북마녀의
웹소설 장면 묘사 실습 강의

일러두기

- 이 책은 〈포스타입〉에 연재된 「북마녀 웹소설 장면 실습 강의」 원고를 가필, 수정하여 출
  간한 것입니다. 이 책의 예제 순서와 번호는 〈포스타입〉의 초고 연재 순서와 동일하지 않
  습니다. 내용 역시 대폭 수정되었으며 〈포스타입〉에선 공개하지 않은 새로운 예제를 추
  가하였습니다.
- '오늘의 장면'에서 예시로 언급된 직업군, 지역, 성별 등은 내용 이해를 돕기 위한 설정일
  뿐 특정 사실과는 관계가 없음을 밝힙니다.

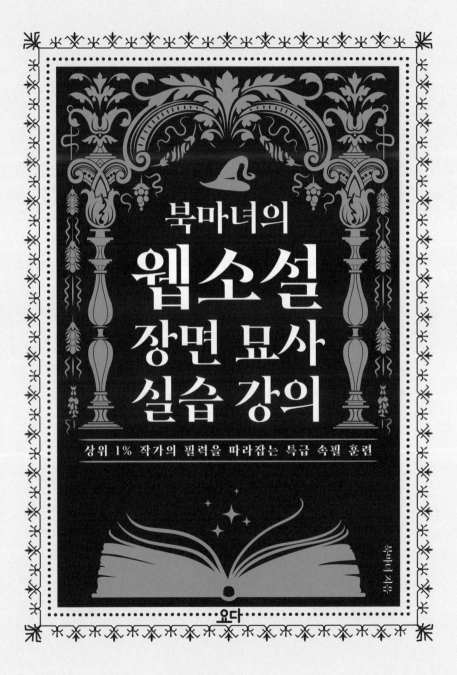

북마녀의
웹소설
장면 묘사
실습 강의

상위 1% 작가의 필력을 따라잡는 특급 속필 훈련

북마녀 지음

요다

'글럼프'는 착각이다

웹소설 시장의 한복판에서 자주 듣는 넋두리, 글럼프. 많은 이들이 지금 글럼프에 빠졌다며 괴로워한다. 작가 지망생부터 기성 작가까지 증상을 토로하는 이 병은 글이 써지지 않고, 글을 쓸 수 없고, 억지로 써봤자 퀄리티가 나오지 않는 슬럼프를 말한다. 신작병, 내글구려병, 리메이크병과 함께 잊을 만하면 찾아오는 질환 중 하나다. 환절기 감기처럼 약하게, 때로는 독감처럼 세게, 불운하다면 폐렴으로 악화하기도 한다. 글럼프를 이기지 못하고 집필을 때려치우는 경우도 허다하다.

그런데 정말 이렇게 무시무시한 글럼프에 걸린 게 맞을까? 당신은 정녕 글럼프인가? 결론부터 말하자면, 당신은 글럼프가 아니다.

막힌다고 다 '글럼프'가 아니다

진짜 글럼프는 푹 쉬면 대부분 낫는다. '푹'의 기준이 사람마다 다르긴 해도 낫긴 낫는다. 심신의 컨디션이 돌아오고 특히 체력이 돌아오면 글도 돌아오는 법이다.

그런데 글럼프가 아닌데도 글럼프라고 착각하면서 글을 안 쓰고 계속 쉬면 낫지 않는다. 다시 쓰고 싶은 의지가 생겨 키보드를 두드렸는데 별 차이가 없거나 더 안 좋은 결과가 나온다? 그건 글럼프가 계속되고 있는 게 아니다. 그냥 필력 수준이 낮았던 것이다.

지망생들은 스스로 글럼프라 판단한다. 그러나 현실적으로 자신의 상태를 객관적으로 진단할 수 있는 사람은 드물다. 작가 집단은 대부분 유리 멘털이기에 더욱 그렇다. 본능적으로 자신을 보호하기 위해 글럼프라며 자기합리화를 하는 신인 작가가 셀 수 없이 많다. '요즘 글이 안 써지네요. 글럼프인가 봐요', '조금 쓰다가도 자꾸 막히고 생각이 안 나요. 이거 글럼프 맞죠?' 이렇게 현 상황을 글럼프로 진단하는 것이 '내 실력이 이것밖에 안 되다니…'라는 현실 자각보다 자존심을 지킬 수 있으니까.

그러나 당신의 증상은 글럼프가 아니다.
현실 회피는 그만할 때가 되었다.

장면 연출이 막히는 증상은 모든 소설가를 괴롭히지만 특히 웹소설 작가를 극악무도하게 고문한다. 웹소설 시장 바깥에 있는 작가들은 앞이 안 써질 때 뒤를 쓰면 된다. 이 장면이 잘 안 써지면 건너뛰어도 문제가 생기지 않는다. 약속한 마감 기한까지 편집자가 기다려줄 테니까. 그러나 웹소설은 장면이 막히면 진도를 나갈 수 없고, 이번 회차를 마무리할 수 없다. 웹소설 시장에서 각 회차는 서로 이어지면서도 물리적 완결성을 갖는다. 일정 분량이 완성되지 않으면 그 회차를 올리는 것이 불가능하다. 이 장면을 쓰지 못하는 내내 그 작품은 업데이트되지 못한다.

필력을 키우고 유지하는 단 하나의 방법은 바로 '쓰기'다. 한데, '쓸 거리'가 없다면 '쓰기'라는 행위 자체를 할 수 없다. 바로 이것이 지망생들이 겪는 가장 직접적인 문제다.

스파르타식으로 퍼부어도 따라오는 사람만 따라오고 낙오될 사람은 낙오된다. 아무런 '쓰기' 없이 강의를 통해 쉽게 방법과 노하우를 얻으려는 사람은 아무리 시켜도 하지 않는다. 그러나 스파르타 훈련을 따라오는 사람은 크게 성장한다. 바로 이것이 오랜 기간 글쓰기 강의를 하면서 깨달은 점이다.

작가 지망생과 신인 작가들의 유사 글럼프 증상을 해결하려면 억지로라도 '쓰기'를 해야 하고, 이를 위해선 강제성을 띤 실습과 훈련이 필요하다. 이것이 이 책의 기획 의도다.

영민한 채찍질과 불굴의 의지가 만나면 시너지를 일으킨다. 따라올 의지가 충만한 사람을 위해 북마녀가 차곡차곡 예제를 만들어 책으로 엮었으니 꾸역꾸역 쓰기만 하면 된다. 잘 써지지 않더라도 어떻게든 꾸역꾸역 써본 그 시간이 당신을 작가로 만들어줄 것이다.

문장을 쌓고 묘사를 쌓아라. 끊임없이 장면을 펼쳐라.

노력만 하면 누구나 상위 1% 작가의 필력을 따라잡을 수 있다. 그리고 200일 안에 반드시 작가 데뷔의 길이 열린다. 아니, 그 문은 스스로 여는 자에게만 열린다.

작가 테스트: 나는 현재 어떤 상태일까?

☐ 작가를 꿈꾸고 있지만 아직 어떤 스토리를 써야 할지 모르겠다.

☐ 현생이 너무 바빠 원고를 쓸 시간이 없지만, 미래를 위해 작가가
  될 준비를 꾸준히 하고 싶다.

☐ 필력을 기르고 싶은데 무엇을 연습해야 할지 모르겠다.

☐ 글쓰기 연습을 하고 싶지만 소재 정하는 게 힘들고 귀찮다.

☐ 글럼프라 원고를 거의 못 쓰고 있어서 문장력이 떨어질까 봐 걱
  정된다.

☐ 한동안 글을 못 쓰다가 준비한 스토리를 겨우 시작했는데 잘 써
  지지 않아 답답하다.

☐ 필력이 모자라 내가 내 스토리를 망치는 기분이 든다.

☐ 줄거리를 자세히 적어두었는데도 막상 원고를 쓰려니 눈앞이
  깜깜해진다.

☐ 장면을 어떻게 서술해야 할지 몰라서 매번 막힌다.

위 문항 중 하나라도 체크했다면 현재 장면 연출 및 묘사 트레이닝이 꼭 필
요한 사람이다. 오늘부터 자신의 스토리를 쓰고 싶어 미치기 일보 직전까지
이 책과 함께 훈련하라.

차례

Part 3) 1일 1장면!
웹소설의 결정적 장면 따라잡기

Part 1

상위 1% 웹소설 작가가
양질의 글을 빨리 쓰는 까닭

시놉시스를 써도
원고에서 계속 막힌다?

많은 지망생이 '지름작'의 유혹에 빠진다. 지름작이란, 탄탄한 스토리라인 구성 없이 아이디어만으로 원고 앞부분을 시작하는 경우를 말한다. 아이디어 단계에서도 필력에 따라 최소 1~2화, 많게는 5화까지 너끈히 나오기 때문에 웹소설 작가 지망생들이 이 작은 분량을 들고 연재를 시작했다가 큰 좌절을 맛본다. 지름작이 무명작가를 벗어날 발판이 되기도 하지만, 이는 극소수의 행운일 뿐이다. 지망생 중 대부분은 여기에 속하지 않는다. 그렇기 때문에 유튜브 영상과 책, 여러 강의를 통해 시놉시스의 중요성을 강조해왔다. 이는 북마녀뿐만 아니라 많은 작법서와 강의에서도 이야기하는 바다.

그런데 강사들의 조언대로 시놉시스를 열심히 만들고 마침내 원고 집필 단계에 이르러 명작을 써 내려가려 했건만, 일필휘지는커녕 첫 장면부터 막힌다. 시놉시스에 답이 있다면서! 시놉시스가 지도라더니! 아무리 시놉시스를 들여다보아도 하얀 화면으로 돌아오면 글이 써지지 않는다. 1화의 도입부를 쓰는 게 이토록 어렵다니. 한 장면을 겨우 끝내고 나면 다음 장면, 그다음 장면에서 또 막힌다. 막힘 구간을 여러 번 경험하고 나면 풀이 죽기 십상이다. 결국 불안감에 휩싸인 작가 지망생은 부정적인 생각으로 빠져들게 된다. '아무래도 글럼프인가 봐! 그런데 글럼프가 왜 이렇게 오래 가지…', '역시 나는 작가가 될 수 없는 운명인가?' 도대체 이 가련한 작가 지망생에게 무슨 일이 일어난 걸까?

스스로 구성한 장면을 어떤 식으로 구현해야 할지 몰라 헤맨다는 게 말이 안 되는 일 같지만, 실제로 수많은 작가 지망생이 이와 같은 현상을 부지기수로 겪으며 절망하고 있다.

소설 한 편을 완성하는 것은 쉬운 일이 아니다. 천재들을 포함한 그 누구도 비축분을 한꺼번에 뚝딱 만들어낼 수 없다. 그들도 장면 하나하나를 차곡차곡 써 내려가다 보니 어느새 소설 한 편이 완성된 것뿐이다.

지금 웹소설 시장에서 잘나가는 프로 작가는 이 단어 다음엔 어떤 단어가 들어가야 편안하고, 이런 장면에선 이런 내용이 들어가야 쉽게 읽히고 독자가 재미를 느낀다는 것을 자연스레 체감하고 체득한 사람들이다. 그 프로들이 과연 처음부터 그렇게 잘 썼을까? 결코 그렇지 않다. 그저 지망생들에 비해 경험치가 많은 것뿐이다. 다시 말해 지망생들이 글을 쓰지 않는 동안 프로 작가들은 그 시간을 습작으로 보냈기 때문에 체득에 성공한 것이다.

우리는 여기서 무엇을 깨닫고 무엇을 해야 할까? 우선 시놉시스의 재미가 원고의 재미를 보장하진 않는다. 이 사실을 인정해야 한다. 소설은 허구의 서사 스토리다. 스토리는 사건과 사건의 집합이며, 사건은 장면과 장면의 집합이다. 셀 수 없이 많은 장면을 하나하나 잘 쓸 수 있고 그 장면들이 자연스럽게 흘러가도록 연결할 수 있다면 누구든 프로 작가가 될 수 있다. 반대로 장면을 제대로 쓰지 못한다면 잘 만든 시놉시스도 기똥찬 스토리 아이디어도 무용지물이다.

소설을 충분히 써보지 않은 지망생들은 '소설 쓰기' 연습이 되어 있지 않다. 한마디로 소설 쓰기의 경험치가 충분하지 않다는 뜻이다. 시놉시스를 아무리 재미있게 만들어 놨더라도 이 경험치가 없으면 원고 집필 시작 단계부터 고통받을 뿐만 아니라 아무리 애를 써도 소설의 퀄리티가 단기간에 올라가지 않는다.

왕초보 단계의 지망생들은 이전에 웹소설 시장의 열혈 독자였을지라도 '쓰기'에 익숙하지 않다면 쓰기 연습을 해야 한다. 그 쓰기의 최소 단위는 단어와 문장이며, 단어와 문장으로 이루어진 최소의 서사 단위가 장면이다. 재미있는 시놉시스를 재미있는 원고로 변환하려면 소설 쓰기 연습은 필수다. 이 책의 장면 묘사 훈련으로 소설 쓰기에 익숙해지고 나면 심리적 부담도 덜해지고 경험치가 쌓여 한결 편안하게 자신의 스토리를 쓸 수 있을 것이다.

프로 작가들의
연참 비결은 무엇인가?

웹소설 시장에서 '연참'은 작가의 성실성 지표이자, 마케팅 도구다. 하루에 한 회차 연재가 웹소설 시장의 암묵적 규칙이라면, 연참은 하루에 두 회차 이상 연달아 올리는 것을 말한다. 1일 2연참이라면 하루 두 개 오픈, 1일 3연참이라면 하루 세 개 오픈이다. 만약 비축분이 충분하여 하루에 다섯 개 이상을 올린다면 마구 퍼붓는다는 의미로 '폭참'이라고도 이야기한다.

하지만 지망생 대부분이 1일 1회 분량 쓰는 것조차 버거워하는 실정이다. 상위 1% 작가들은 대체 어떻게 연참을 넘어 폭참까지 할 수 있는 것일까? 그 비밀은 바로 속필에 있다. 그들은 같은 시간이라도 작가 지망생보다 더 빨리, 많이 쓸 수 있다. 실제로 프로 작가들과 함께 마감을 하다 보면 놀라울 만큼 빠른 속도로 원고를 쳐내는 광경을 보게 된다.

속필은 어떻게 가능한 걸까? 장면 연출 능력이 탁월하여 긴 생각을 할 필요가 없어야 한다. 또한 장면을 묘사할 단어가 신속하게 떠오르되 그 단어들이 정확한 문법에 맞춘 문장으로 엮여 나와야 속필이 가능해진다.

문제는 여기서부터 시작된다. 그렇다면 그 프로 작가들은 그 능력을 어디서 어떻게 키웠단 말인가. 무슨무슨 강의에서 노하우를 배운 것일까? 그럴 리가. 천재라면 처음부터 자연스럽게 지니고 있었을 테고, 천재가 아니라면 쓰다 보니 길러졌을 것이다. 그리고 작가 집단의 9할은 천재가 아니다. 그들은 결과적으로 지금 잘 쓰게 된 것일 뿐인데 아무도 그들이 장기간 기울인 노력을 궁금해하지 않는다. 심지어 그들 자신도 구태여 암흑기를 언급하지 않는다.

살인자만 스릴러물을 쓸 수 있는 것이 아니듯, 실제로 임신을 경험한 사람만 임신·출산 장면을 쓸 수 있는 것은 아니다. 웹소설 작가들이 불같은 연애를 해봐서, 이세계에 들어갔다 나온 적이 있어서 그 장면을 현실감 넘치게 쓰는 게 아니다. 소설에 흔히 나오는 장면은 자신이 경험하지 못한 일이어도 쉽게 쓸 수 있어야 한다. 허구 스토리를 쓰는 동안 현실에서 경험해보지 않은 내용을 쓸 일이 훨씬 많기 때문이다.

어떤 장면을 한 번도 써보지 않은 사람은 신인이든 기성 작가이든 그 장면의 묘사를 시작하는 단계에서 매우 힘들어한다. 전투 장면을 많이 써본 사람은 전투 장면을 한 번도 안 써본 사람보다 더 쉽게, 다양하게, 새롭게, 그리고 어색하지 않게 쓸 수 있다. 집필의 경험치는 자연스러운 스토리에 영향을 준다. 한마디로 기성 작가들의 속필은 집필 경험이 축적된 결과물이다.

　당신이 천재 작가라면 이 책을 살 필요가 없다. 애초에 집어 들지도, 이 책의 상품 페이지를 클릭하지도 않았을 것이다. 하지만 우리 중 대부분은 천재가 아니므로 밀도 있는 노력을 해야 프로 작가의 속력을 따라잡을 수 있다.

장면 묘사 훈련에 적합한 시기는 언제인가?

장면 연출 연습과 묘사 훈련은 언제 하는 게 가장 좋을까? 바로 지금이다. 지금 하지 않으면 앞으로 훈련할 시간이 없다. 그러니 습작 기간에, 자신이 '신인' 혹은 '지망생' 타이틀을 달고 있을 때 해야 한다.

무료 연재 플랫폼에서는 오타가 많아도, 비문이 많아도, 묘사가 별로여도, 장면이 어색해도 대다수의 독자가 그러려니 하면서 봐준다. 그곳은 무료로 글을 읽을 수 있는 공간이고 그들은 한 푼도 쓰지 않았기 때문에 관대하다.

그러나 그 글이 유료화되고 ISBN이 붙어 출판되는 순간 독자들은 예민해진다. 100원이라도 내 돈을 쓴 입장과 안 쓴 입장의 차이는 현격하다. 유료 구매 독자는 냉정한 시선으로 작품을 바라보고 언제든 질타

할 준비가 되어 있다.

담당자 역시 작가와 협업하는 업무 파트너일 뿐, 작가를 가르치는 사람이 아니다. 애초에 장면 장면이 매우 어설픈 원고를 출판사가 계약하는 일은 거의 없다.

오래전에는 스토리만 재미있다면 편집자가 어떻게든 끌고 밀고 당겨서, 사실은 고쳐서 내놓는 경우도 많았다. 그러나 지금은 시장이 달라졌다. 요즘 출판사들은 신인을 키우려 하지 않는다. 그냥 잘 쓰인 작품을 내놓는 게 속도 편하고 일도 줄어든다는 사실을 PD들이 알아버렸다.

당장 어떤 원고를 써서 투고하고 연재하고 계약하고 싶어 안달이 나 있겠지만 퀄리티가 안 나오면 아무것도 할 수 없다. 조급한 마음을 잠재우고 습작 기간에 최대치의 필력을 만들어내는 것이 바람직하다. 이것이 가장 빠르고 효율적인 방법이다.

같은 웹소설 시장에 속해 있더라도 장르에 따라 속필과 연참이 필요 없는 경우도 있다. 그래도 장면 연출과 묘사 훈련을 꾸준히 한다면 데뷔와 계약, 그리고 출간을 앞당기는 데 큰 도움이 된다.

그뿐만 아니라 데뷔에 성공하여 기성 작가 대열에 속해 있지만 슬럼프에 된통 빠지는 바람에 원고에 손을 대지 못하고 있는 작가도 너무 많다. 심신 건강부터 챙기는 한편으로 이 책을 활용하여 굳은 손을 풀어라. 필력은 스트레스의 여파로 잠시 굳었을 뿐이다. 굳은 손이 풀리면 뇌도 풀리고 필력도 돌아온다.

Part 2

효과를 극대화하는
장면 실습 예제 활용법

01

장면 실습 예제의
구성

:오늘의 장면:

차후 실제 원고에서 활용하더라도 크게 문제없는 클리셰와 함께 개연
성이 충분히 녹아든 장면의 개요를 예제로 구성했다. 장면의 흐름을 간
단히 서술하되, 실습자의 자유로운 상상력을 위해 되도록 상세한 설정
은 의도적으로 생략했다.

　이 책에서 소개하는 다수의 장면은 웹소설을 포함한 장르 소설, 웹
툰, 시나리오 등 모든 서사형 스토리에 활용할 수 있다. 사전 설정 작업
시 쓰기로 결정한 장르에 맞춰 장면이 달라지는 경험을 하게 될 것이다.
웹소설 장르인 판타지, 현대 판타지, 무협, 현대 로맨스, 동양풍 로맨스,
서양풍 로맨스 판타지, BL 중 자신이 잘 쓸 수 있는 장르가 무엇인지 시

험하는 기회로도 활용해보자. (단, BL을 쓰고 싶다면 예제에 '여주'가 나오더라도 이를 '수'로 대체하고 BL 감성으로 실습할 것!)

웹소설을 포함하여 많은 스토리를 접한 사람들은 예제 장면에서 익숙한 향기를 느낄 수 있다. 이는 '어디서 많이 본 듯한' 스테디셀링 시퀀스이기 때문이다. 웹소설을 포함한 장르 소설, 출판 만화, 웹툰, 드라마, 영화에 이르기까지 수많은 서사 매체에서 클리셰라 할 수 있는 장면을 북마녀가 연구하여 개요로 정리했다. 물론, 북마녀의 상상력으로 장면의 구성 요소와 흐름이 새로이 전개된 예제들이다.

이렇게 실습으로 작성한 원고는 인물 설정과 전후 서사를 실습자가 직접 만들어낸 것이기 때문에 실제 원고에 바로 붙여도 무방하다. 디테일의 차별화를 통해 걱정 없이 써먹을 수 있는 예제이니 더 재미있는 MSG를 구상하여 직접 뿌린다면 더욱 멋진 장면이 탄생할 것이다.

:반드시 필요한 설정:

'오늘의 장면'을 쓰기 위해 필요한 간단한 설정 목록을 정리해두었다. 어떤 장면이든 아무런 설정 없이 문장을 적어 내려갈 수는 없다. 설정 작업을 먼저 하면 효율적으로 원고를 집필할 수 있다.

만약 자신의 스토리 속 장면이라면 이미 사전에 줄거리와 세계관 등 정리된 내용이 있고, 머릿속에 그 설정이 있을 것이다. 그러나 장면 실습을 위해 주어진 예제에서는 정리된 설정이 없기 때문에 베이스를 깔아야 한다. 이 설정이 서로 다르기 때문에 같은 장면을 소재로 하여 연습하더라도 각기 다른 장면이 연출되는 것이다. 또한, 각자의 단어 스펙

트럼이 차이 나는 점도 무시할 수 없는 변수다(『억대 연봉 부르는 웹소설 작가수업』, 『북마녀의 시크릿 단어사전』 참고).

설정 연습 역시 이 책의 본질적인 기능이자 목표다. 장면 실습을 하기 위해 설정을 계속 만들다 보면 시간이 갈수록 설정이 훨씬 더 쉽고 빠르게 잘 뽑히는 경험을 하게 된다.

:북마녀의 조언:

예제 장면을 어떤 요소로 구성해야 잘 쓸 수 있는지, 어떤 부분에 초점을 맞추어 묘사하면 좋을지 알려주는 조언 코너다. 해당 장면이 작품에 들어간다면 스토리 전체에서 어떻게 기능할지, 어느 방향으로 상상력을 발휘하면 좋을지 등 차후 적재적소에 최대한 활용할 수 있게끔 도움말을 넣어두었다.

각각의 장면 연출에 중요한 사안이지만 불특정 다수를 위한 강의에서 한꺼번에 설명하기는 힘든 내용도 상세히 담았다. 제자의 원고를 받았다고 가정했을 때 각각의 장면에서 피드백해줄 수 있는 주요 사항을 언급했다. 웹소설 특유의 소재가 나올 경우 웹소설 시장에서 그 소재가 어떤 감성과 방향으로 제작되는지, 독자들이 어떤 방식을 선호하는지에 관한 정보도 덧붙였다.

200개의 예제를 모두 실습해보지 않더라도 각 예제에 달아둔 조언을 읽는 것만으로 장면 묘사의 감이 얼추 잡힐 것이다.

실습 트레이닝 주기와 구체적인 방법

:인물의 이름을 정하여 써라:

이름을 정하지 않고 대명사로 진행해도 무방하지만, 이름을 정하면 대사나 지문을 쓰기가 훨씬 수월해진다. 성별과 연령대, 신분에 어울리게 이름 짓는 연습을 동시에 해보자.

:시점을 정하되, 하나의 시점으로만 써라:

'오늘의 장면' 예제에서 주인공이 '나'로 지칭된다면 1인칭 시점으로 장면을 적어본다. '주인공' 등 3인칭 시점으로 지칭된 예제라면 자유롭게 시점을 정할 수 있지만 되도록 3인칭 시점으로 연습할 것을 권한다. 초보 작가 지망생일수록 3인칭 시점 훈련이 되어 있지 않다.

또한 하나의 예제는 하나의 시점으로 쓰여야 한다. 이 정도 분량 안에서 시점이 바뀌는 건 소설의 문법을 모르는 대왕초보가 하는 실수다.

:즉흥적으로 써라:

오래 고민하지 말고 생각나는 내용을 빠르게 써보자. 장면 실습을 위해 설정 작업을 몇 시간씩 하는 것은 시간 낭비다. 당장 머릿속에 떠오르는 설정으로 휘리릭 적는 것이 오히려 속필 체화에 효과적이다. 오류가 있다면 잠시 멈추고 설정을 바꿔도 되지만, 지금 장편을 쓰는 게 아니기 때문에 약간의 오류 정도라면 그냥 밀고 나가도 된다.

:분량을 자유롭게 써라:

예제는 사건이 아니라 '장면'이다. 사건은 수많은 장면의 집합이고, 장면은 그중 하나다. 따라서 이 장면으로 A4 다섯 장 이상을 쓰면 안 된다. 아무리 길어도 두세 장 안에 끝나는 게 좋다. 때로는 1,000자도 되지 않는 짧은 분량으로 끝날 수도 있다. 그건 잘못된 것이 아니니 걱정할 필요 없다.

:순서를 지키지 않아도 된다:

이 책에 실린 예제들은 각기 다른 배경이며, 서로 연결되어 있지 않다. 그러니 예제 001부터 시작하지 않아도 된다. 그날그날 마음에 드는 제목을 선택해도 좋고, 썩 내키지 않는 제목은 건너뛰어도 상관없다.

:하루에 하나씩 예제 실습을 하라:

연습 기간을 정하되, 단시간 집중하여 매일 하길 권한다. 그러나 하루에 예제 여러 개를 몰아서 실습하는 건 추천하지 않는다. 오히려 느긋하게 하루에 하나씩 해야 부담되지 않으면서 필력 향상에 도움이 된다.

:장면 실습 원고는 버리지 마라:

잘 써진 내용이든 쓰다 멈춘 내용이든 원본 그대로 모아둔다. 언제 다시 끄집어내 재활용하게 될지 모른다. 원고를 각각 다른 파일로 저장하기보다 하나의 파일로 모아두되 각 장면의 제목과 함께 특수 기호를 적어두면 차후 해당 분량을 활용할 시 검색에 용이하다. 다중 백업은 필수!

본문 '예시'를 절대로 주지 않는 까닭

〈포스타입〉에서 이 책의 초벌 콘텐츠를 연재하는 동안 장면 예시를 적어달라는 요청이 초반에 들어왔었다. 그러나 '오늘의 장면'을 연출한 예시가 등장한다면 거기서부터 소재와 설정, 그리고 표현이 제한되어버린다.

예시를 만든다면 필연적으로 하나의 장르, 하나의 배경, 그리고 한 가지 방향으로 흘러간다. 그 예시는 북마녀의 생각에 따른 장면이 될 것이다. 실습자의 뇌는 예시를 본 순간, 거기에서 벗어날 수 없고 결국 비슷한 방식, 비슷한 설정, 비슷한 단어로 흘러가게 된다.

이 강의의 목표는 연출 연습이지, 잘 쓰인 무언가를 베끼는 것이 아니다. 필사의 문제점과 한계에 관하여 『억대 연봉 부르는 웹소설 작가수업』과 유튜브 영상에서 몇 번이고 언급한 바 있으니 참고하길 바란다.

소설 쓰기에서 자꾸 '정답'을 찾으려 하지 마라. 그리고 좋은 예시, 즉 잘 쓰인 남의 글은 웹소설 플랫폼에 셀 수 없이 많다. 유료 구매하여 읽다 보면 자연스레 습득하게 된다. 그렇다고 그 잘 쓴 글이 '정답'도 아니며, '기준'도 아니다. 자신이 가진 고유의 상상력을 스스로 제한하지 마라. 동일한 설정이어도 훨씬 더 특별한 장면을 만들어낼 수 있다.

장면 실습 예제
강의의 효과

:세부 설정의 경험치 축적:

작가의 창작이 매번 힘들고 고통스러운 이유는 그 내용을 처음 써보기 때문이다. 원고 집필은 이전에 썼던 작품을 필사하듯이 그대로 쓰는 작업이 아니지 않은가. 고통받는 건 신인이나 기성 작가나 마찬가지다. 작품이 늘어날수록 창작의 고통에 내성이 생기고, 이전의 경험치가 쌓이면서 무뎌지고 저도 모르게 스킬이 생기는 것뿐이다.

단순하게 계산해보자. 10종을 출간했다면 시놉시스를 열 번 썼을 것이고 이 작가의 설정 작업 경험치는 열 번이다. 3종을 출간했다면 시놉시스를 세 번 썼을 것이고 이 작가의 설정 작업 경험치는 세 번이다. 출간작보다 시놉시스의 수가 더 많은 경우가 대부분이지만 원론적으로 그렇다는 말이다.

한편, 설정 놀이만 하고 원고는 쓰다 만 사람은 당연히 설정을 더 편안하게 잘 만들겠지만 원고를 제대로 쓰지 않았으니 작가 대열에 올라설 수 없다. 그러므로 이 경우는 제외해야 한다.

내가 만드는 설정은 내가 쓰려는 스토리에 연결된 흐름과 방향이어야 한다. 아이디어에서 시놉시스를 만들고 그 시놉시스를 토대로 원고를 쓰는 것은 소설 집필의 정석적인 단계다. 이 과정에서 내가 쓰려는 스토리와 전혀 연결되지 않는 디테일 설정을 만드는 경험은 신작병 걸렸을 때 빼고는 하기 힘들다. 반대로, 작가는 되고 싶지만 무엇을 써야 할지 감도 안 잡히는 상태라면 경험치가 0이니 디테일 설정을 짜는 작업이 더욱 힘들 것이다.

어느 쪽이든 이 책의 예제를 따라 설정을 만들고 장면을 연출하다 보면, 자연스럽게 이러한 문제가 해소된다. 한마디로 디테일 설정 경험치를 강제로 쌓을 수 있다.

:필력 유지와 묘사 훈련:

다양한 이유(핑계)로 지망생들은 집필을 피하기 위해 애쓴다. 영감을 기다리고, 글럼프에 걸리고, 약속이 생기고, 집안에 우환이 생기고…. 다양한 이유로 글을 쓰지 않는 사이에 필력은 퇴화한다.

쓰지 않는 동안 손은 굳는다. 손이 굳는다는 건 실상 머리가 굳는다는 뜻이다. 한동안 안 쓰다가 다시 원고를 쓰려면 굳은 손을 풀고 필력을 최고치로 끌어올리는 데 상당한 시간이 걸린다. 그 소요 시간을 견디지 못하거나 개인 신상에 좋지 않은 일이 생겨 글을 또 쓰지 못한다면 작가의 삶을 지속하는 게 불가능해진다.

물론 10년 동안 매일 쓰던 작가가 슬럼프로 한 3개월 안 쓴다고 필력이 떨어지지는 않는다. 그러나 1년 동안 띄엄띄엄 쓰던 지망생이 3개월을 쭉 쉰다면 그동안 겨우 쌓은 필력이 도로 아미타불이 된다.

지금 '나의 원고'를 쓸 수 없는 상태이지만 필력을 유지하고 싶은가? 혹은 '나의 원고'가 없는데 필력을 기르고 싶은가? 그렇다면 장면 묘사 훈련을 하라. 주어진 예제를 보고 특정 장면을 실제 원고로 만들다 보면 원고 집필 기간의 컨디션을 유지할 수 있다.

'소재'로 글쓰기 연습을 시키는 책이나 모임도 시중에 많다. 그러나 소재만 제공될 경우 너무 많은 것을 생으로 만들어내야 하기 때문에 훈련의 부담이 커진다. '어디서부터 시작해야 할지 모르겠다'는 작가 지망생의 고민을 쉽게 해결하면서 훈련의 효율성을 높이기 위하여 장면 실습 예제 강의를 연구했다.

:샘솟는 아이디어 브레인스토밍:

작가가 꿈이라면서 당장 쓰고 싶은 스토리가 없는 사람도 생각보다 많다. 심지어 기성 작가 중에서도 차기작 계약은 해놨는데 무엇을 쓸지 정해두지 않았고, 전작이 완결 난 지 한참 되었는데도 스토리가 떠오르지 않아 머리를 싸매는 경우가 허다하다. 그놈의 영감은 대체 언제 찾아올까? 쌈박한 스토리는 언제 떠오를까?

이 책의 예제와 조언을 하나하나 따라가면서 인물을 상상하고, 뒷받

침할 디테일 설정을 짜고, 장면을 연출하다 보면 불현듯 아이디어가 떠오를 것이다. 정확하게 말하자면, 그 장면의 전후 상황이 떠오르게 된다. 왜냐하면 방금 장르를 정했고, 캐릭터를 설정했고, 디테일도 구성했기 때문이다.

또, 뒷받침할 디테일 설정을 짜는 과정에서 여러 소재가 생각나기도 한다. 여러 개의 가지가 뻗어 나가면서 다채로운 아이디어가 생각난다면 지금 브레인스토밍이 이루어지고 있는 것이다. 떠오르는 모든 것을 활용하여 각각의 스토리로 쓸 수는 없다. 몸은 하나이고, 기력과 시간은 한정되어 있으니까. 브레인스토밍의 결과 중 가장 좋은 것을 고르되, 내가 가장 쉽고 편하게 쓸 수 있는 것을 선택하면 비로소 자신의 이야기를 시작할 수 있게 된다.

영감과 뮤즈는 기다리는 사람한테 오지 않는다. 오직 바빠 쓰고 있는 사람한테만 자주 찾아온다.

:스테디셀링 트렌드 체화 및 클리셰 비틀기 훈련:

웹소설의 다양한 장르에서 활용도 높은 장면은 분명히 존재한다. 이 책에서 소개하는 장면 예제와 설정 팁, 그리고 북마녀의 조언을 살펴본 후 장면 연출을 꾸준히 해보자. 이를 통해 잠깐 뜨고 사라지는 유행을 넘어 꾸준히 잘 팔리는 클리셰를 몸소 접하고 익숙해지도록 익힌다. 다시 말해 독자들에게 편하게 읽히는 대중문학 고유의 스테디셀링 클리셰를 체화할 수 있다.

클리셰를 찍어내듯이 복제하라는 뜻이 아니다. 잘 팔리는 클리셰를 체화한다고 해서 클리셰 범벅의 스토리 라인이 만들어지는 경우는 흔치 않다. 이를 그대로 활용한다고 해도 장르와 인물, 배경 설정이 달라지기 때문에 촘촘히 다른 형태로 서사를 쌓아가게 된다. 그리고 다르게 쓰는 것이 작가 고유의 업무이자 의무다.

독자들의 뒤통수를 치려면 독자들이 뭘 아는지를 잘 알고 쓸 수 있어야 한다. 이를 기반으로 고차원적인 '클리셰 비틀기'도 가능해진다. 같은 장면을 여러 작품에서 활용하더라도 각기 다른 방식으로 비트는 연습을 해보라.

원론적으로 '클래식 이즈 더 베스트'는 진리다. 그러나 모든 클리셰가 항상 통하지는 않는다는 점을 기억해라.

：내 작품을 위한 실질적 원고 축적：

만약 지금 쓰고 있는 작품이 있고 장면 실습 예제 강의에서 쓴 내용이 그 작품과 이어진다면 그대로 원고에 붙일 수 있다. 실습 시 아예 해당 인물을 현재 쓰고 있는 원고 속 인물로 설정하는 것도 괜찮은 방법이다.

그렇게 만든 내용으로 일반적인 외전을 만들 수도 있다. 아예 색다른 세계관에 그 인물을 대입하여 IF 외전*, AU 외전**을 만드는 것도 가능

• '만약'의 상황을 가정하여 풀어낸 외전. 본편에서 진행된 흐름의 일부를 뒤집거나 엔딩을 다른 버전으로 만들고 싶을 때 활용. 기존 독자의 호불호가 있을 수 있다.

•• 'Alternative Universe'의 약어로서, 특정 작품의 설정이나 인물을 가져와 완전히 다른 세계관이나 상황으로 바꾸어 다른 이야기를 펼쳐내는 외전.
예) 본편은 동양풍 로맨스인데 현대 배경 오피스물로 AU 외전 만들기

하다. 외전은 본편 뒤에 짧게 붙는 것이 원칙이지만, 근래 스토리를 본편만큼 길게 풀어내 또 하나의 완전한 작품으로 만드는 경우도 증가하고 있다. 인기 많은 작품인 경우 이렇게 후속작을 만들면 전작의 인기에 힘입어 매출 상승 효과가 나타난다.

프로만 아는 웹소설 장면 묘사 절대 원칙 5

모든 장면은 각각 다른 배경, 인물, 상황을 기반으로 한다. 이를 동시에 접목할 수 있는 기막힌 꼼수는 존재하지 않고, 어떤 팁이든 장면에 따라 적용되지 않을 가능성이 있다. 그럼에도 장르를 막론하고 원론적으로 지켜야 할 원칙은 존재한다. 중요한 포인트를 간략하게 짚어두겠다. 더 자세한 노하우는 〈북마녀 여성향 웹소설 특별심화반〉, 〈북마녀 빨간딱지 웹소설 강의〉, 〈일요습작클럽〉에서 소개하고 있으므로 참고하길 바란다.

① 인물의 입장에서 묘사한다

3인칭 시점으로 적더라도 인물에 빙의하여 주변을 본다고 생각하라. 위에서 내려다보는 것이 아니라 각 인물의 시선으로 카메라 앵글이 움직이듯이 묘사한다. 슬로비디오로 움직인다 생각하고 느긋하게 적어야 장면이 상세해진다. 단, 그 '시선'이 매 문장, 매 문단 바뀌면 독자가 어느 인물의 입장인지 몹시 헷갈린다. 일정 분량은 한쪽의 입장을 유지해야 한다. 가장 이상적인 기준은 '***'(장면 전환 표시)가 나올 때까지다.

② 배경 묘사는 지문으로 한다

웹소설에서 대사는 중요하지만 그렇다고 전부는 아니다. 독자들은 장면 전환 혹은 공간 이동 시 인물의 주변 환경을 궁금해한다. 그러나 모든 정보를 대사로 해결하면 어색해지고, 대사로 말할 수 없는 부분이 분명히 존재한다. 인물이 말로 할 수 있는 내용은 한정되어 있다.

③ 옷이나 얼굴 묘사는 적절히 생략한다

특징적인 인물의 이미지를 알리는 상황이 아니라면 굳이 자세할 필요가 없다. 인물이 귀족이나 왕족이라 화려한 옷을 자주 입는 것이 기본 설정이더라도 이를 매번 설명하는 건 글자 낭비다. 전혀 중요한 내용이 아니라서 독자들도 흐린 눈으로 대충 읽거나 안 읽고 넘긴다. 데뷔탕트°나 무도회 등 잔뜩 꾸미거나 이미지 대변신을 하는 모습이 나와야 하는 상황처럼 특이점이 있지 않다면 평소에는 넘어가도 된다. 반대로 여주가 납치를 당하거나 폭행을 당하여 뺨이 붓고 옷이 뜯기는 등 몰골이 말이 아닐 땐 상세 묘사가 중요하다.

④ 한 장면에서 반복되는 표현과 단어를 최소화한다

하나의 장면은 독자들이 체감하기에도 그리 길지 않다. 그렇기에 이 짧은 장면 안에서 단어가 반복될 시 독자들이 이를 바로 인지하게 되고, 그 순간 묘사에 대한 불만, 작가의 필력에 대한 업신여김 증상이 발생한다.

⑤ 중요한 장면만 자세히 쓴다

반복되는 일상, 사건과 사건 사이 장소 이동, 시간이 많이 걸리지만 별일 없는 장면은 압축하거나 생략한다. 예를 들어 자동차를 타고 이동하는 동안 특별한 일이 생기는 게 아니라면 이동 과정을 낱낱이 묘사할 필요가 없다. 우리에겐 만능 치트키인 '***'(장면 전환 표시)가 있다.

• 여성향 로판에서 상류층의 어린 여성이 일정 연령이 되어 처음으로 사교계에 등장하는 공식 데뷔 행사를 가리킨다.

이 책에서 자주 나오는 웹소설 기초 용어

아래의 단어들은 웹소설 시장에서 통용되는 용어이며, 실습 예제가 수록된 파트 3에서 자주 등장한다. 웹소설 시장의 오랜 독자나 작가 지망생이라면 충분히 알 만한 용어이지만 왕초보일 경우 모를 수 있으므로 미리 적어둔다.

- **여주&남주:** 여성향 장르의 여주인공과 남주인공의 줄임말. 남성향에선 대부분의 주인공이 남성이지만 '남주'라고 부르지 않는다. 남성향 세계관에서는 여주가 따로 존재하지 않기 때문이다. 남성향 장르에 여성이 나오더라도 이 인물은 대개 주인공이 아니다. 남성향에서 여성 조연은 '히로인'이라 불린다.
- **서브남:** 여성향 작품에서 남주 외에 여주와 감정적 관계가 있는 남성 캐릭터. 일방향 감정이어도 서브남이라 지칭한다. 삼각관계 수준으로 비중이 높다면 '서브 남주'라고 부르기도 한다.
- **공&수:** 남성 간 러브 스토리 장르인 BL의 두 남자 주인공. 현실의 동성애에서 쓰이는 용어와 비교하자면 공은 삽입하는 탑, 수는 삽입을 받는 바텀을 의미한다. 수의 캐릭터가 로맨스의 여성과 비슷한 이미지인 작품도 많지만 100% 일치한다고 볼 수는 없다.
- **회빙환:** '회귀, 빙의, 환생'을 합친 줄임말. '회귀'는 기억을 그대로 간직한 채 과거의 어느 시점으로 돌아가는 설정이며, '빙의'는 주인공의 영혼이 다른 인물의 몸으로 들어가 완전히 다른 삶을 살아야 하는 소재다. '환생'은 죽음에 준하는 삶의 결말을 맞이한 이후 새로운 인물로 '태어나는' 개념이다. 회빙환은 일반적으로 이전의 삶을 기억하는 상태이거나, 망각했더라도 어느 시점에 이전의 삶이 전부 기억나는 구조로 진행된다.
- **떡밥:** '복선'을 대체하는 은어. 스토리의 앞쪽에 뿌려진 떡밥은 언젠가는 회수되어야 한다. 회수되지 못한다면 작품의 퀄리티가 낮아지며 독자의 비판을 받게 된다. 떡밥 회수는 작가의 능력이다.

◦ **씬**: 장면을 뜻하는 '신'과는 다른 개념으로, 웹소설 시장에서는 인물 간의 성관계 장면, 즉 러브 신을 지칭한다. 포옹이나 키스만 나오는 장면을 '씬'이라 부르지는 않으며 최소한 키스를 넘어선 애무가 나와야 '씬'이라 할 수 있다. 이 장면의 상세 묘사 수위에 따라 해당 작품의 유통 등급이 정해진다.

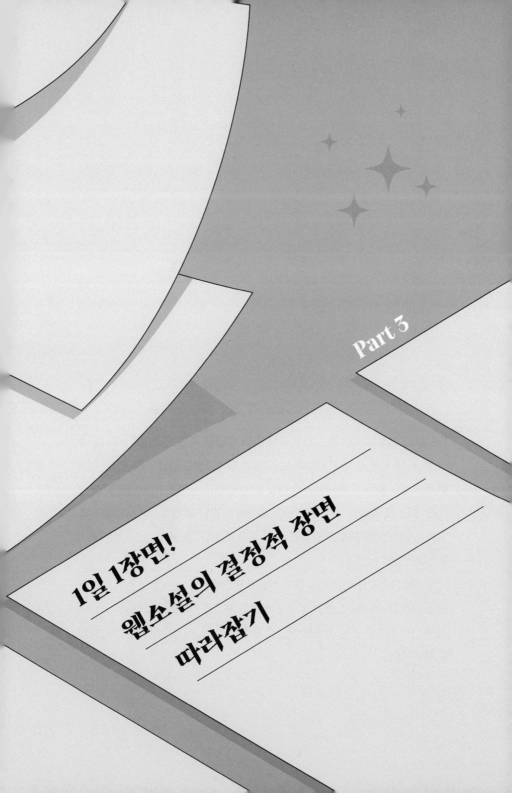

Part 3

1일 1장면!
웹소설의 결정적 장면
따라잡기

이제부터 선보일 예제들은 스토리에 따라 도입부 혹은 클라이맥스가 될 수도 있고, 때로는 독자의 기억에 남지 않고 지나가는 구간일 수도 있다. 그러나 웹소설이 아무리 자극적이라 해도 모든 장면의 임팩트가 '강강강강'이 될수는 없다. 물 흐르듯 아주 편안하게 흘러가는 장면의 연속성이 독자를 정주행하게 만드는 비밀이다. 결정적인 한 방은 특별한 데 있지 않고, 평온한 가독성에 있다.

예제를 차근차근 따라가며 장면 실습에 열중해보자. 웹소설의 결정적 장면을 실습하고 체화하다 보면 필력이 쌓이고 원고도 쌓인다. 200일이 지나기 전 당신은 웹소설 쓰는 기술을 제대로 구축할 수 있고, 동시에 자신의 스토리를 갖게 된다.

001

장면 실습 예제

왕따엿는데요, 회귀했습니다

:오늘의 장면:

정신을 차려 보니 최악의 인생을 살고 있던 시절, 왕따를 당하다 못해 일진들에게 구타당하던 옥상으로 돌아갔다. 그러나 지금 주인공은 각성하여 능력을 가진 채로 회귀했다. 단지 어려지고 경험치가 줄었을 뿐 너끈히 일진들을 이길 수 있다. 이 사실을 알 리 없는 일진들은 주인공을 툭툭 건드리고, 사태를 파악한 주인공은 일진 중 가장 서열이 높은 녀석을 골라 공격한다.

:반드시 필요한 설정:

- 주인공의 성별과 이름
- 각성한 주인공이 가지게 된 능력
- 회귀한 시점의 나이(학년)
- 일진의 인원수
- 일진 중 주인공을 건드리는 인물들의 이름

북마녀의 조언

오늘의 장면은 단순한 따돌림 문제를 넘어 일진에게 찍혀 물리적인 괴롭힘을 당했던 과거를 회귀한 주인공이 바꾸는 장면이다. 회귀의 참맛을 보여주는 길은 바로 초장부터 독자 앞에 사이다를 대령하는 것이다. 정말 자주 쓰이지만 언제나 새롭고 늘 짜릿한 클리셰라 할 수 있다. 비율적으로 남성향 현대 판타지(현판)에서 훨씬 자주 나오지만, 여성향 장르에서도 써먹을 만하다.

일진 집단의 인원은 자유롭게 정해도 되지만 소설 속에서 이런 그룹이 열 명 이상으로 이루어지는 건 어색해 보일 수 있고 비효율적이다. 패싸움 장면을 서술할 게 아니라면 적게는 너덧 명, 많게는 예닐곱 명이 가장 무난하다.

그중에서도 주인공을 확실하게 괴롭히는 인물, 즉 주인공에게 물리적인 폭력을 가하거나 대사를 주고받는 캐릭터는 1~3인을 권장한다. 일진 중 모든 인원이 대사를 하는 것은 비효율적이다. 주요 일진 외의 다른 녀석들은 적당히 낄낄대거나 폭행에 참여하는 수준으로 남기고 익명성을 부여해도 문제가 안 된다.

오늘의 장면에서는 주인공의 이름뿐만 아니라 일진들의 이름도 분명하게 나와야 한다. 이 조연들이 소설 전체에서 잠깐 나오고 마는 캐릭터라고 해도 주요 일진의 이름을 전부 지어두어야 한다. 참, 악역들의 이름은 너무 멋있게 짓지 않도록 주의하자.

과거의 그날, 일진들이 주인공을 어떻게 괴롭혔는지를 생각해보되 일반적으로 서열 1, 2위와 똘마니 정도면 적당한 대사와 지문을 엮어낼 수 있다. 그들 사이에서도 권력 관계가 성립한다. 그 서열이 서로를 대하는 태도와 주인공을 대하는 태도에 묻어나게 된다.

주인공은 특정 능력을 가진 채로 회귀했다. 이 능력을 활용하여 일진을 공격할지, 아니면 영혼만큼은 어른이니 어설프게 허세를 부리는 미성년자의 빈틈을 찾아내 말로 공격할지 결정해야 장면을 자연스럽게 연출할 수 있다. 말로 공격을 시작하고 몸으로 마무리하는 흐름 역시 시원한 전개다.

요즘은 게임 속 세상을 구현하는 내용이 아니어도 상태창을 활용하는 작품이 많다. 오늘의 장면 역시 상태창을 활용한다면 흥미를 유발할 수 있겠다. 상태창을 만들기로 했다면 항목 설정도 함께 들어가야 한다.

[상태창]

이름: 스킬(종류):

나이: 등급:

오늘의 장면에선 이 정도만 구성해도 충분하다. 실제 소설에서는 세계관과 내용 전개에 따라 추가 항목이 더 많이 필요하다. 하지만 내용이 진행될수록 상태창 항목 정리가 귀찮아지거나 작가의 착각 및 망각에 따른 오류가 일어날 우려가 있다. 이번 예제만 해도 일진이 네 명이라면 네 명과 주인공의 상태창을 다 만들어야 한다. 그러니 오류 방지를 위해서라도 상태창을 가급적 단출하게 만드는 것을 권장한다.

부부 행세

:오늘의 장면:

여주인공과 친구들이 모여 이야기를 나누던 곳에 여주인공의 남편이 우연히 나타난다. 결국 합석하게 된 자리에서 친구의 잘생긴 남편을 처음 소개받은 친구들은 궁금했던 것을 조잘조잘 물어본다. 뒤늦게 친해진 친구들은 그동안 여주가 기혼이라는 사실을 믿으려 하지 않았다. 여주는 불안하다. 왜냐하면 이 결혼은 거짓이나 다름없고, 두 사람은 정말 사랑하는 사이가 아니기 때문이다. 눈치 빠른 남편이 너무나 자연스럽게 스킨십을 해오자 여주는 쑥스럽기만 하다.

:반드시 필요한 설정:

- 장면이 진행되는 장소
- 남녀의 연령대 및 나이 차
- 여주와 친구들이 친해진 계기
- 여주와 친구들이 이 자리에 있는 까닭

• 남편이 이 자리에 등장한 까닭

북마녀의 조언

계약 결혼을 소재로 하거나 거짓으로 부부 혹은 연인 행세를 하는 스토리에서는 으레 불특정 다수나 주변 인물들 앞에서 다정한 부부인 척 연기를 해야 하는 장면이 등장한다. 이런 장면을 통해 상대의 사적인 정보를 더 인지하게 만들 수 있다. 거짓 부부라면 아무래도 서로에 대해 아는 것이 부족할 테니까.

특히 조연이면서 엄청난 비중은 아닌 주변 인물을 활용하여 눈치 없어 보이지만 의외로 날카로운 질문을 하게 만든다면, 여주나 남편은 적절한 대답을 하는 과정에서 상대와 이 관계에 관해 더 깊이 생각하게 된다. 이 사람이 나를 정말 그렇게 생각하는지 헷갈리기도 하고, '아무리 거짓이라도 이런 말을 하다니' 하며 도리어 비참해질 확률도 있다.

아내의 연령대를 기준으로 아내의 친구들 나이가 설정되고, 남녀의 나이 차에 따라 남자의 입장이 달라지기 때문에 같은 장면이라도 다양한 연출이 가능해진다. 특히 나이 차가 크게 나는 설정이라면 이 장면에서 남자의 심경이 복잡해질 수 있다. 죄책감이 생길 수도 있고, 장기적으로는 빨리 놓아줄 생각을 할 수도 있겠다.

또한, 다정한 부부 연기를 위해 스킨십을 하면서 그에 따른 감정의 변화도 추가할 수 있다. 그러나 사람들이 보고 있는 자리에서 농도 짙은 스킨십을 대놓고 하는 건 무리수다. 가벼운 이마 뽀뽀 역시 어찌 보면 과도해 보일 수 있다. 타인이 보기에 다정다감한 배우자이면서 상대를 매우 사랑한다고 판단할 법한 몸짓을 생각해보자. 직접적으로 손을 잡거나 어깨를 끌어안거나 머리카락을 만지고 쓰다듬는 동작도 적절하다. 앞에 음식이 놓여 있다면 음식 이용을 권한다.

그런데 남자는 어떻게 아내와 친구들이 있는 자리에 간 것일까? 예제에서는 '우연히'라고 써 두었지만 소설에서 '우연'이란 존재하지 않는다. 남편이 그 자리에 간 이유가 있어야 한다. 비즈니스 미팅이 같은 장소에서 있었거나 혹은 주인공이 기혼이라는 사실을 증명하기 위해 일부러 그 자리에 갔을 수도 있다. 즉, 우연의 개연성을 확보해야 한다. 아무런 까닭 없이 냅다 등장하는 건 매우 빈약한 전개다.

너무 가까워

∶오늘의 장면∶

유난히 피곤한 날이라 교실 책상에서 엎드려 자고 있었는데, 친구가 일어
나라고 깨운다. 몸을 일으켜 보니 너무 가까운 거리에서 친구가 얼굴을 들
이밀고 있다. 주인공은 크게 놀라 친구를 밀치며 땀 냄새 핑계를 댄다. 어
째선지 주인공의 심장이 두근거린다. 매몰차게 굴며 자리를 뜨는 주인공
을 친구가 쫓아가며 투덜거린다.

∶반드시 필요한 설정∶

- 장면이 진행되는 시간대
- 주인공과 친구의 성별
- 주인공의 책상 위치
- 주인공과 친구의 학급(같은 반인지 다른 반인지)
- 주인공이 땀 냄새 핑계를 댈 수 있는 이유

 북마녀의 조언

아무 감정이 없다면 전혀 문제가 되지 않을 상황이다. 오늘의 장면은 친구 관계인 두 사람 중 한 명만 다른 감정을 느끼고 있기에 더 당황해버리는 내용이다. 큰 사건이 아닌 소소한 에피소드이지만, 주인공과 상대의 관계 및 감정을 여실히 드러낼 수 있다. 두 사람의 대화를 진짜 '친구'처럼 티키타카가 잘 되게 쓰는 것이 중요하다. 대사 분량을 넉넉하게 써야 한다.

장면의 도입부에서는 이 상황이 언제 일어나는지가 드러나야 한다. 마지막 수업 끝? 체육 시간 후 쉬는 시간? 아니면 등교하자마자? 이것이 정해져야 두 사람의 자질구레한 대사가 이어질 수 있다.

오늘의 장면에서 친구의 감정은 드러나지 않는다. 정말 친구로서의 마인드이며 주인공의 마음을 아예 모를 수도 있다. 친구도 주인공을 좋아하고 있을지언정, 이 장면에서는 친구가 아무 생각이 없는 것처럼 보이도록 연출되어야 한다. 주인공 입장에서 그려지는 장면이고 아직은 티가 안 나는 상태일 테니까.

오늘의 장면은 성별을 어떻게 정하느냐에 따라 장르가 바뀐다. 학교를 배경으로 하는 학원 로맨스, BL(그중에서도 청춘 게이물), 러브 코미디 계열의 라이트노벨에서 활용할 수 있다. 특히 재회물의 과거 에피소드로 써먹기 알맞은 장면이다.

소문이 틀렸다

:오늘의 장면:

공작저의 응접실. 남자는 살육을 광적으로 즐기는 냉혹한 전쟁의 신이라는 이야기와 함께 계급 상관없이 온 동네 여자들을 후리는 난봉꾼이라는 소문이 파다하다. 그러나 눈앞의 그 남자는 그저 무례할 뿐, 소문으로 익히 알려진 것과는 전혀 달라 보인다. 여주인공은 용기를 내어 남자에게 소문을 알고 있는지 물어본다. 아무리 생각해도 소문 속 이미지는 남자의 사회생활에 도움이 되지 않을 것 같다. 소문의 내용을 당사자에게 그대로 말하는 건 상처가 될까 봐 조심스럽게 돌려 말한다. 남자는 그 맥락을 알아듣긴 하지만, 세간에 알려진 잘못된 이야기를 군이 정정할 생각이 없다.

:반드시 필요한 설정:

- 남자의 나이와 계급
- 여주의 나이와 계급
- 남자와 여주의 관계

• 그런 소문이 나게 된 까닭

 북마녀의 조언

오늘의 장면이 진행되는 공작저의 응접실은 누구의 집일까? 만약 여자의 집이라면 여주의 집안이 공작 가문일 것이고, 남자의 집이라면 남자가 공작 가문의 일원일 것이다. 두 사람의 사회적 신분을 어떻게 짜느냐에 따라 가지각색의 전개를 만들어낼 수 있다. 남자는 일개 병사일 리 없고 전쟁을 주체적으로 치를 수 있는 계급일 것이다. 남자의 신분은 어느 정도 편중되어 있으나, 여주는 비교적 선택의 폭이 넓다. 비슷한 계급의 귀족으로 정하는 건 로맨스 판타지(로판)의 기초 클리셰다. 그 외에도 하녀나 가정교사 등 다양한 역할을 부여할 수 있다.

맥락상 소문은 부정적인 내용이며, 아주 자극적인 단어를 포함한 이야기로 보인다. 하지만 여주인공이 이를 당사자에게 전달할 땐 돌려 말하는 상황이므로 소문의 원본을 여주의 머릿속(지문)으로 적어주면서 여주의 입(대사)으로는 돌려 말하는 방식을 활용하면 실질적인 정보와 여주의 태도를 한꺼번에 나타낼 수 있다. 어쩌면 이 시점에서 여주가 소문 얘기를 꺼내는 건 자기 위치에서 선을 넘는 행동일지도 모른다. 그런 뜬금없는 용기가 두 사람이 엮이도록 돕는 역할을 한다.

두 사람의 관계가 무조건 연인으로 발전하리라는 법은 없다. 남녀가 생판 남이 아니라 혈연인 조건도 만들어볼 만하다. 변형 육아물인 남동생과 누나의 관계로 짜도 되고, 빙의물로서 남자를 여주의 아빠로 짜도 흥미로운 대화가 이루어지겠다.

이 주제를 이야기하는 여주인공에게 남자가 어떻게 반응하는지는 남자의 성격에 따라 달라진다. 예를 들어 얼굴은 냉혈한처럼 생겼어도 알고 보니 연약한 성격이라면 상처를 받으면서 체념할 테고, 얼굴만큼이나 성격도 차갑다면 남들이 자신을 어떻게 볼지 신경 쓰지 않을 것이다. 이렇듯 여주의 말에 반응하는 모습을 통해 설정된 캐릭터의 정보를 전달한다.

감금된 소년

∴오늘의 장면∴

어린 시절, 남자 주인공은 누군가에게 납치되어 한동안 감금되었던 적이 있다. 그곳에서 그는 여주를 처음 만났다. 납치범은 가둬둔 아이에게 도저히 먹을 수준이 아닌 음식만을 주었다. 쫄쫄 굶다시피 한 아이의 눈앞에 한 소녀가 나타난다. 소녀가 말을 걸어도 아이는 대답하지 않는다. 아이의 경계 어린 눈빛을 보고, 품속에서 먹을 것을 꺼내 그 앞에 놓는 소녀. 아이는 처음엔 거절하다가 결국 허겁지겁 먹는다.

∴반드시 필요한 설정∴

- 납치 당시 아이의 연령대
- 아이가 감금되어 있는 공간
- 소녀의 외모와 연령대
- 소녀가 그 공간에 들어갈 수 있었던 까닭
- 납치범이 준 음식

- 소녀가 준 음식

 북마녀의 조언

오늘의 장면은 남녀가 어린 시절에 만났던 장면을 회상으로 구현하는 내용이다. 현실에서는 이런 재회가 흔하지 않지만 허구의 스토리는 이런 MSG가 있을 때 더욱 재미있어진다는 사실!

동시에 이 장면은 남주에게 평생의 트라우마를 부여하는 설정이 되기도 한다. 심지어 트라우마에 여주인공이 낀다면 결코 잊을 수 없을 터. 실상 아동 납치범의 공간에 어린 소녀가 있다는 건 정상적인 환경이 아니다. 소녀 역시 범인들과 어떤 관계가 있을 수 있다.

여주를 생명의 은인으로 세팅하거나, 복수의 대상으로 만들거나 그것은 작가가 짜기 나름이다. 그런데 웹소설에서는 여주가 생명의 은인이든 복수의 대상이든 결론적으로는 둘이 잘되는 흐름을 구축해야 한다. 유튜브 영상과 여러 강의에서 강조했듯이 전체 스토리에서는 해피 엔딩을 권장한다. 오늘의 장면은 바로 두 사람의 해피 엔딩을 위한 첫 번째 복선이라 볼 수 있다.

소년을 누가 납치했고 감금했는지, 누가 사주했는지에 관한 정보는 이 장면의 필수 설정이 아니다. 그래도 취향에 따라 설정이 떠올랐다면 녹여줘도 된다. 지키는 자들의 대화를 소년이 듣고 어림짐작하는 식으로 보여주는 것도 좋은 기술이다. 납치범들을 직접적으로 언급할 필요 없이 놓고 간 음식만 묘사해도 문제없다. 소녀의 외모는 세세히 적어줘야 한다. 남자의 머리에 오래도록 기억될 형상이므로.

자존심으로 버티던 소년이 결국 굶주림에 눈이 돌아가 소녀가 준 먹거리를 입에 욱여넣고 씹는 모습을 한 동작 한 동작 정교하게 기술해보자. 소녀가 준 음식도 메뉴, 모양, 식감 등을 구체적으로 적어둔다. 소년과 소녀 사이의 대화도 넣어주면 더할 나위 없이 좋다. 먹는 도중 소년의 대사를 뭉그러뜨리면 허겁지겁 먹는 느낌을 더 잘 살릴 수 있다.

그렇다고 너무 과하게 뭉개면 안 된다. 괄호를 치고 해석해줘야 할 정도로 못 알아들을 수준이 아니라, 어디까지나 적당히 웅얼거리는 분위기로 써보자.

정원에서 만난 아이

:오늘의 장면:

아빠와 함께 어느 저택 앞에 선 어린 주인공. 이 커다란 집에 다다르기까지 거대한 문을 지나 한참을 걸어와야 했다. 여기서 기다리라고 단단히 이른 후 집 안으로 들어간 아빠는 한참 동안 나오지 않는다. 건물 앞에 가만히 서 있던 주인공은 좀이 쑤신 나머지 주변을 돌아보다가 집 뒤쪽에 펼쳐진 넓은 정원에 들어선다. 그곳에는 다른 아이가 한 명 있다. 그 아이는 주인공이 지금까지 본 사람 중 가장 예쁘장하다.

:반드시 필요한 설정:

- 저택 주인과 아빠의 관계
- 아빠가 이곳을 방문한 까닭
- 정원에서 만난 아이의 정체
- 주인공과 아이의 성별
- 주인공과 아이의 연령대

북마녀의 조언

집의 규모 묘사가 장면 초반부에 들어가야 한다. 저택에 사는 이가 엄청난 부자라는 건 모를 독자가 없다. 그럼에도 꿋꿋이 선명하게 드러내야 하는 까닭은 인물이 그 규모에 압도되어 있다는 점을 암시하기 위해서다.

오늘의 장면은 현재보다는 과거에 해당하는 장면으로 쓸 것을 권장한다. 주요 인물이 등장하는 장면은 언제나 임팩트가 있어야 한다. 어린 시절 주요 인물들이 처음 만나는 광경으로, 정원에서 마주친 아이의 이미지를 살짝 신비로운 느낌으로 살려준다면 더욱 극적인 연출이 가능하다. 주인공의 미모 역시 만만치 않겠지만, 처음 보는 아이의 미모가 더 우위에 있고 어린 주인공이 그 외모에 놀라는 흐름이 자연스럽다. 이렇게 낯선 공간에서 만난 특징적인 인물이 평범하다는 설정은 드라마틱하지 않다. 웬만하면 성별 무관 미남 미녀로 설정하는 게 바람직하다. 두 아이의 나이 차가 너무 크지 않도록 하되, 대화로 충분히 소통할 수 있을 만한 나이로 정하자.

주인공과 아이의 성별을 여&남, 남&여로 설정한다면 장면 속 설명도 맥락도 달라지겠지만, 어느 쪽이든 여성향 웹소설에 알맞다. 남&남도 안 될 건 없다. 아이가 과도하게 예쁘장하다면 BL로 장르를 선택하더라도 여자아이로 착각하는 전개가 될 수 있다.

참고로, 이런 식으로 처음 주요 인물을 만나는 장면은 남성향 웹소설 장르에선 잘 쓰이지 않는다.

살인자의
다음 목표

:오늘의 장면:

즐겁고 행복한 기분으로 문을 열었는데, 배우자가 바닥에 쓰러져 있다. 그리고 배우자의 몸에서 흘러나온 피가 웅덩이를 이루고 있다. 충격이 가시기도 전에 뒤에서 이상한 인기척이 느껴진다. 상대의 다음 목표는 나다! 살인자가 무기를 들고 나를 향해 달려들지만, 내겐 상대할 무기가 없다. 서둘러 방안을 살펴본 나는 무기가 될 만한 물건을 재빨리 잡는다.

:반드시 필요한 설정:

- 시대적 배경
- 살인자의 외형
- 살인자의 무기
- 배우자의 성별과 몸 상태
- 나의 싸움 실력

북마녀의 조언

오늘의 장면은 집에 낯선 인물이 들어와 두 사람이나 죽이려고 날뛰는 상황이다. 현실에서는 단순한 강도살인범도 존재하나, 소설에서는 개연성 없는 살인을 이렇게 자세하게 뽑아내는 건 의미가 없다. 웹소설에서 등장하는 살해 장면에는 모름지기 이유가 있어야 한다.

정황상 배우자와 나, 둘 중 한 명이 어떤 위험한 일에 관계되어 있다고 볼 수 있다. 인물의 사회적 계층 정보는 변수로 작용한다. 그러니 등장인물의 계층을 정하는 것부터 시작해야 한다. 누가 이들이 죽기를 바랄까? 또한 둘 중 누가 타깃일까? 처음부터 두 사람 모두 타깃이었을까? 아니면 나만 타깃이었는데 배우자가 먼저 맞닥뜨리는 바람에 죽은 걸까? 상류층이든 평범한 서민이든 나름의 이유로 암살자의 목표가 될 수 있다.

실제 소설에서는 이런 설정이 잡혀 있어야 하지만, 오늘의 장면은 기반이 안 잡혀 있어도 실습용으로 쓸 수 있다. 그래도 설정이 자연스럽게 되었다면 장면에 녹여주자. 주인공의 속내, 즉각적인 관찰 결과를 대사에서 구현할 수 있다.

집에 들어가기 직전에는 극히 평화로운 분위기를 조성해 극적인 전환을 노리자. 콧노래를 부르다가 맞닥뜨린 살해 현장은 참혹하기 그지없을 터. 그러나 배우자의 상태에 관해 길게 설명할 틈이 없다. 배우자가 중상을 입었든 이미 숨이 끊어졌든 지금은 내가 살아남는 게 우선이니 빨리 액션으로 넘어가야 장면의 긴장감이 증폭된다. 슬픔과 분노는 이후에 해결할 감정이다.

사람을 죽이기 위해 은밀히 들어온 킬러가 말이 많은 타입은 아닐 것이다. 여기서 주인공이 어떻게 하느냐에 따라 장면의 느낌이 달라진다. 주인공이 끊임없이 킬러에게 말을 걸거나, 도리어 침착하게 공격을 한다면 주인공은 이 상황을 이전부터 예상했거나 즉각적으로 현명한 판단을 내릴 수 있는 인물일 터. 그러나 도대체 이 미친 살인자가 누구인지 알 수 없고 정신없는 가운데 살아야겠다는 일념으로 움직이는 '보통 사람'으로 만들 수도 있다.

암살자는 마스크를 써 얼굴을 가리는 등 정체를 숨기는 방향으로 전개해도 효과적이다. 그러나 사용하는 무기는 명백하게 정해져 있어야 한다. 시대적 배경에 맞게 무기 종류를 선택하자. 무기를 대체할 물건으로 내가 고르는 아이템 역시 배경에 어울려야 한다.

유모의 비밀

:오늘의 장면:

오후에 산책을 나갔다가 갑작스러운 문제가 생기는 바람에 예상보다 일찍 집에 돌아오게 되었다. 내 방으로 올라갔더니 방안에 있던 유모가 깜짝 놀라며 서랍장 앞에서 후다닥 뭔가를 숨긴다. 그 모습이 너무 의심스러워 나는 유모와 실랑이를 벌인다. 그러나 늙은 유모가 훨씬 젊은 나를 이길 수 없다. 유모가 손에 꼭 쥐고 있는 것을 내가 겨우 뺏어낸다.

:반드시 필요한 설정:

- 시대적 배경
- 산책하다가 생긴 문제
- 나의 성별
- 유모와 나의 관계
- 유모의 외모
- 유모가 숨긴 물건과 숨긴 까닭

 **북마녀의 조언**

'유모'라는 캐릭터는 주요 인물을 갓난아이 때부터 보살폈던, 특히 젖을 먹여 키운 여성을 의미한다. 그렇기 때문에 주요 인물의 연령대가 10대 후반 이후인 시기부터는 유모가 중년 여성으로 설정되는 게 정상이다. 대체로 그 보살핌은 현재진행형이고 주요 인물이 성인이 된 후에도 가까이에서 머무르며 관계성이 유지되기 마련이다. 일반적으로는 생모만큼이나, 어쩌면 생모보다 더 친밀한 관계다.

또한 유모가 존재하려면 보살핌을 받는 인물의 사회적 위치가 상당히 높을 수밖에 없다. 평민은 젖동냥을 하지 유모를 부리지 않는다. 키워진 인물이 여성이라면 결혼하여 남편 쪽 집으로 가면서 유모와 헤어지기도 한다. 아니면 유모를 하녀들과 함께 남편의 집으로 데려가기도 한다. 이는 스토리에 따라 적절히 조절 가능한 요소다.

오늘의 장면은 이렇게 내 편이라 믿었던 유모 캐릭터로 살짝 반전의 충격을 주는 에피소드다. 유모가 주인공에게서 무언가를 숨길 일은 흔하지 않다. 유모가 실상 악역일 수도 있고, 어쩔 수 없이 악역의 하수인이 되었을 수도 있고, 혹은 반전에 반전을 더하여 유모의 사연을 추가할 수도 있다.

숨긴 사실을 걸렸을 때 유모의 표정 변화를 잘 구현하면 더욱 의뭉스러운 감정선이 연출된다. 실랑이는 한 문장으로 끝나서는 안 된다. 유모와 나의 동작을 세세하게 적되, 목숨을 걸 정도의 액션이 나오는 건 너무 과하다. 심하지 않은 몸싸움이 적당하다. 실랑이를 하는 도중 대사도 필요하다. 특히 몸을 움직이고 헐떡이느라 말이 늘어지거나 말을 하다가 뺏기는 등 행동과 대사가 서로 어우러지도록 만든다면 갑절로 재미난 장면을 연출할 수 있다. 더불어 물건의 종류, 유모의 키와 몸집도 몸싸움에 변수로 작용한다.

참고로, '산책 도중 예상보다 일찍 집에 돌아온' 구간은 굳이 길게 늘일 필요가 없다. 갑자기 내린 비, 눈, 몸 상태(예를 들면 발목 삠, 배고픔) 등으로 간략하게 정하고 그대로 써도 문제없다. 대신 그 문제로 인해 유모에게 뭔가를 부탁하려다가 방안의 광경을 목격하게끔 이어놓으면 인물의 충격이 더해진다.

영상 연출을 하듯 방의 구조를 세세하게 정하진 않아도 되지만, 최소한 방안에 어떤 가구가 있는지 생각해두는 게 낫다. 두 사람이 실랑이를 벌이다 보면 부딪히는 일이 벌어질 것이고 문과 서랍장, 그 외의 가구나 소품이 설명될 때 보다 실감 나는 이미지가 그려진다.

직장 상사가
나를 괴롭힌다

:오늘의 장면:

주인공은 이 팀의 평사원 중 가장 일을 잘하고, 그래서 평소에도 일을 가
장 많이 한다. 이번 주에는 직속 상사인 김 과장의 괴롭힘 때문에 평일 내
내 더 오래 야근을 하고도 모자라 주말 특근까지 해야 했다. 얼마 전 회식
자리에서 술에 취한 김 과장이 이상한 짓을 하려다가 주인공이 선을 그은
다음부터 김 과장은 주인공을 계속 괴롭힌다. 오늘은 일처리를 위해 빨리
결재를 받아야 하는데 늑장을 부리며 해주지 않는다. 말 한 마디 한 마디
계속 주인공을 비꼬며 느물거리는 김 과장. 그러나 주인공은 숙여줄 생각
이 없다. 주인공이 따박따박 대꾸하니 김 과장은 펄펄 뛴다. 다른 팀원들
은 고개를 숙이고 모른 척하는 중이다.

:반드시 필요한 설정:

- 주인공과 김 과장의 성별
- 김 과장이 회식 자리에서 하려고 했던 이상한 짓

- 결재 받아야 할 서류
- 다른 팀원의 수

 북마녀의 조언

오늘의 장면은 오피스를 배경으로 쉽게 나올 수 있는 에피소드다. 독자들 상당수가 직간접 경험이 있기 때문에 언제 어느 작품에 나와도 매번 감정 이입을 할 수 있는 클리셰다. 김 과장은 주인공과 이어지는 메인 캐릭터일수 없으며, 무조건 악역으로 설정하는 게 원칙이다. 쪼잔하고 구질구질하며 권력형 성범죄까지 저지르는 인물이 주인공과 잘되는 건 절대 금지다.

지금 써야 할 장면은 회식 이후 괴롭힘을 당하는 상황이다. 회식 자리에서의 성희롱 혹은 성추행(미수) 내용은 가볍게 요약하는 느낌으로 써도 무방하다. 단, 무슨 행동을 하려 했는지 구체성을 띠어야 한다.

결재 받아야 할 서류에 관해 깊은 이야기가 나오지 않아도 되지만, 용어의 정확성은 필수다. '하청 업체 대금 지급 건'과 같은 식으로 말이다. 오피스물을 쓸 땐 일반적인 사무직 용어를 어느 정도 숙지해야 한다. 사무직이라 해도 업계마다 업무가 다르므로 직장 생활을 해보지 않았다면 어느 정도의 자료 조사는 해두어야 한다. 사무직 경력이 있다면 자신의 업무경험을 살리는 것도 손쉬운 방법이다. 왜 이 결재가 빨리 이루어져야 하는지가 나와야 주인공의 답답함과 조바심이 더욱 선명하게 표출되고 그 감정이 더 깊은 공감대를 이룬다.

직장 내 성범죄는 대체로 지위의 고하 관계에서 발생하기 때문에 주인공이 꼭 여자일 필요도 없고 앙심을 품은 김 과장이 반드시 남자일 필요도 없다. 두 사람을 모두 남자로 설정하여 BL 속 장면으로 만드는 것도 가능하다. 이 경우에는 상대가 게이일 거라고 생각한 이유를 만들거나, 아니면 상대를 이성애자로 알고 있지만 취해서 앞뒤 안 가리고 들이댔다는 전제로 써야 하기 때문에 남녀일 때와는 느낌이 묘하게 다른 장면이 만들어진다.

오늘의 장면에선 두 사람의 대화가 상당 부분을 이루게 된다. 김 과장의 대사에는 얄미우면서도 자존심 상한 감정이, 주인공의 대사에는 딱 부러지는 내면이 모자람 없게 드러나도록 적어보자.

모시던 주인이
변했다

:오늘의 장면:

세상에서 제일 게으른 주인. 오죽하면 침대 밖으로 나가는 것도 귀찮아하는 사람이라 매 끼니를 침대까지 갖다 바쳐야 했던 시종. 그런데 오늘 아침 방문을 열어 보니 주인이 이미 일어나서 옷도 깔끔히 갈아입고는 책상에 앉아 무슨 글을 쓰고 있다가 빙긋 웃으며 시종을 반긴다. 주인을 모시게 된 이래 단 한 번도 없었던 일이다. 얼떨떨한 얼굴로 멈춰 선 시종에게 주인이 평소였다면 결코 하지 않았을 이야기를 한다. 시종은 주인이 혹시 죽을병에 걸린 게 아닐까 걱정한다.

:반드시 필요한 설정:

- 시종이 모시는 주인의 계급과 작위
- 주인의 연령대와 외모
- 시종의 연령대와 경력

🔖 북마녀의 조언

웹소설 판타지나 로맨스 판타지에서 주인공의 영혼이 어떤 인물에게 빙의하거나 과거로 회귀하면 캐릭터가 극적으로 변화한다. 빙의했다면 완전히 다른 캐릭터가 된 것이기에 원래 그 인물과는 다른 언행을 할 수밖에 없다. 주변 사람들은 이상하다고 느낄 테고, 당사자는 다른 영혼이라는 사실을 걸리지 않기 위해 최대한 적응하려고 애쓴다. 회귀를 했다면 정황상 주인공은 과거에 몹시 후회되는 삶을 살았고, 그 과거를 바꾸기 위해 부단한 노력을 할 것이다. 빙의나 회귀를 하지 않더라도 어떤 계기로 캐릭터의 성격과 행동이 변하는 것은 납득할 만한 전개다.

실제 소설에서는 오늘의 장면 이전에 주인의 입장이 적당히 서술되었을 터. 오늘의 장면에서는 시종의 시선에서 주인의 변화를 전달하는 것이 관건이다. 이를 위해 시종의 경력과 연령대를 노출하는 스킬도 필요하다. 시종이 오래 일했을수록 주인의 한심한 과거도 길어진다. 시종 입장에서는 주인의 갑작스러운 변화가 믿어지지 않겠지만, 자신의 본분을 다해야겠다. 당황한 시종과 새로운 사람이 된 주인의 만담 같은 대화를 정교하게 짜보자.

참, 시종이 붙는다면 주인의 성별은 무조건 남자가 되어야만 한다. 귀족 영애의 내밀한 관리를 남성인 시종이 맡을 수는 없으니까.

한밤중에
남자가 들어와서

:오늘의 장면:

한밤중이 되어서야 귀가한 남자. 종일 노인네들에게 붙잡혀 달달 볶이느
라 피로에 절었다. 남자가 몸을 씻고 나오자 고용인이 그제야 여자가 다
쳤다는 소식을 전한다. 남자는 놀란 마음으로 당장 여자의 방으로 향한다.
잘 준비를 하고 있던 여자는 남자의 갑작스러운 등장에 퍽 놀란다. 한밤중
에 왜 온 거지? 무슨 일이 있는 건가? 남자는 아랑곳하지 않고 여자의 상
처를 살핀다. 다행히 상처는 심하지 않다. 그제야 남자는 왜 조심하지 않
느냐며 여자를 타박한다.

:반드시 필요한 설정:

- 시대적 배경
- 남자의 신분과 나이
- 여자의 신분과 나이
- 남자와 여자의 관계

- 여자가 부상을 입은 경위
- 여자의 상처 위치

🪶 북마녀의 조언

남자의 귀가가 늦은 이유에 관해서는 나오지 않아도 되고, 실습 시 예제에 나온 내용을 그대로 활용하면 효율적이다. 그러나 '노인네들'이 누구인지 상상된다면 조금 더 구체성을 띤 인물들로 서술하자.

오늘의 장면은 도입부에서 쓰기에는 부적합하다. 대신 두 사람의 관계 변화나 속마음을 대변할 수 있다. 주인공이 자기 마음을 알지 못하더라도 독자들은 알 수 있도록 만드는 것이다.

상처를 살피는 남자의 동작을 어떻게 짜느냐에 따라 오늘의 장면에서 두 사람의 성적 긴장감 연출도 가능하다. 바로 상처가 키포인트다. 상처의 위치와 심각한 정도를 명확하게 정하면, 남자와 여자의 행동도 자연스럽게 이어진다. 얼굴을 다쳤다면 손으로 턱을 쥐고 살펴볼 수 있다. 이렇게 대담한 행동이 불가한 관계라면 얼굴을 빤히 내려다보는 정도로도 감정이 표현된다. 발목을 다쳤다면? 옆구리를 다쳤다면? 윗가슴을 다쳤다면? 상처의 위치에 따라 다양한 상황이 전개될 것이다.

오늘의 장면이 나이 차가 좀 나는 키잡물(키워서 잡아먹는다는 뜻으로, 두 사람의 나이 차가 많이 나는 스토리)의 일부이고 여자가 아직 미성년자라면 윗가슴이나 옆구리까지 가서는 안 되고, 적당한 수위로 조절해야 한다.

로판 육아물로 생각해본다면 아버지와 딸의 관계일 테니 부녀간의 애틋한 마음으로 서술할 수 있겠다. 참, 부녀간의 근친 설정은 특히 여성향 웹소설에서 절대적으로 금기시하는 소재이니 주의 바란다.

여자의 방을 구구절절 기술할 필요는 없다. 남자가 급히 들어와 여자의 상처를 다짜고짜 살피는 장면이기 때문에 여기서 배경 묘사는 사족일 뿐이다. 대신 남자의 시선으로 여자의 현 상태를 매우 꼼꼼히 상상하고 집중적으로 서술해야 한다. 설정에 따라서는 잠옷, 피부, 향기, 머리카락 등까지 적을 수 있다.

여름이었다

: 오늘의 장면 :

한 여인이 사내 앞에서 부들부들 떨며 자신을 소개한다. 눈앞의 사내는 한
눈에 봐도 그다지 좋은 상태가 아니다. 그러나 그 눈빛이 상당히 광포하고
위압적이다. 사내가 치료를 받는 동안 여인은 시중을 드는 역할로 이곳에
왔다. 윗사람은 자신을 여기로 보내며 사내의 존재를 비밀에 부치라고 단
단히 경고했다. "○○(계절)에 태어났나?" 사내는 여인의 이름을 듣고 여
인이 어느 계절에 태어났는지 추측하지만 여인은 고개를 저으며 아니라
고 대답한다.

: 반드시 필요한 설정 :

- 시대적 배경
- 남자의 정체
- 남자의 건강 상태
- 여인의 이름

- 여인의 이름에서 유추할 수 있는 계절
- 여인이 고개를 젓는 까닭

북마녀의 조언

오늘의 장면에서는 남녀의 신분 격차를 여실히 드러내야 한다. 시대적 배경이 현대라고 해도 남자는 고용주와 친분이 있거나 같은 급의 인물이며, 여자는 확실히 아랫사람이다. 또한, 남자는 몸 상태가 그리 좋지 않음에도 불구하고 연약한 이미지의 캐릭터가 아니다. 이에 따라 위력의 차이가 느껴지도록 캐릭터의 행동을 표현해야 한다.

계절에서 따온 글자로 이름을 정하는 건 어떨까? 유구한 역사를 지닌 클리셰이면서, 공교롭게도 지망생들이 계절과 자연물의 명칭을 이름으로 쓰는 일이 흔하다. 인물이 너무 어려 보이거나 스토리가 동화처럼 보이는 경우가 많아 이 네이밍 방식을 권장하진 않는다.

그럼 계절성 이름 짓기를 무조건 하지 말아야 할까? 그렇지 않다. 특히 동양풍이나 서양풍 배경에서 써먹을 만하다. 어떤 계절이 좋을까? 봄, 여름, 가을, 겨울 모두 특색이 있기 때문에 안 좋은 계절이 없다. 등장인물의 외모나 이미지에 구축하고 싶은 특징이 있다면 그에 연결되는 계절을 정하면 된다. 관련 한자나 외국어를 활용하라. 단, 그 이름이 자칫 신분과 따로 놀지 않도록 해야 한다.

현대물에서는 경우에 따라 어른스럽지 않은 캐릭터로 보일 우려가 있으니 주의해야 한다. 이런 이름 때문에 스토리가 유치해 보이거나 가독성이 떨어지는 일도 생긴다. 꽃 이름이나 계절명을 그대로 이름으로 삼기보다는 적당히 응용하는 센스가 필요하다.

캐릭터에 어울리는 특징적 이름으로 가장 선호되는 계절은 겨울이다. 겨울은 다른 계절에 비해 차갑고 춥기 때문에 반대로 따뜻함을 추구하는 특성을 지닌다. 그래서 트라우마가 있거나 불행한 과거 혹은 현재도 불행한 등장인물에게 의미를 부여하기 좋다. 또한 냉미녀, 냉미남처럼 냉랭한 이미지를 주기에도 적절하다. 성격은 반대인데 이름만 이런 식으로 만들 수도 있다.

오늘의 장면은 이름을 듣고 태어난 계절을 유추하지만 그 추측이 틀렸다는 반전으로 흘러간다. 여자는 여름에 태어났으나 단풍나무 아래에 버려져 가을 관련 이름을 얻었을 수 있다. 여러 가능성을 생각해보면 여자의 과거 서사까지 거뜬히 정리된다.

013

장면 실습 예제

하급 몬스터 군대
그리고 대장

:오늘의 장면:

한 남자가 여러 몬스터에게 둘러싸여 있다. 몬스터는 이 구역에서 흔히 볼 수 있는 하급 괴물로, 상당히 징그럽고 포악한 생김새를 지녔다. 또한 지극히 평범한 인간이라면 결코 이겨낼 수 없는 우월한 신체 능력을 가졌다. 몬스터 군대는 인간 마을을 폐허로 만들어버린 전력이 있다. 남자도 그 역사를 잘 안다. 그 대학살 장소에서 유일하게 살아남은 사람이 바로 자신이므로. 몬스터들은 남자를 얕보며 동시다발적으로 공격하지만, 사내는 그 공격을 사뿐히 피한다. 순식간에 펼쳐진 남자의 강력한 반격으로 그를 둘러쌌던 몬스터 중 몇 마리가 즉사한다. 남아 있는 몬스터들이 주춤주춤 뒤로 물러난다. 삽시간에 공기가 달라졌고, 남자는 미소를 띤다.

:반드시 필요한 설정:

- 몬스터의 특징
- 이 장면이 진행되는 장소

- 남자의 연령대
- 남자의 과거
- 남자의 무기

 북마녀의 조언

남성향 판타지에서는 몬스터나 몹으로 많이 쓰이는 반면, 로판에서는 몬스터보다 마물, 마수 등의 단어로 더 많이 쓰인다. 남성향 판타지에서는 통용되는 게임 용어가 변형 없이 쓰이고 게임 용어의 활용이 잦은 편이며, 여성향 로판은 서양풍이어도 한자어를 많이 쓴다.

몬스터의 특징은 단순히 외모뿐만 아니라 때로는 냄새까지도 포함해 설정해야 한다. 신체적으로 어떤 힘과 능력이 있다면 그것은 생김새와 관계가 있다. 꼬리가 튼튼한 악어나 무는 힘이 대단한 늑대처럼 말이다. 또한, 인간 수준의 지능이 있어 각자 움직이는지 아니면 지능이 인간만큼 높지는 않고 들개 무리처럼 리더의 명령에 따를 뿐인지도 생각해두어야 한다. 이족 보행을 할 수 있는지, 무기를 쓸 수 있는지 등 인간과 비교하여 어떤 점이 비슷하고 어떤 점이 다른지를 설정하는 것이 최우선이다. 생김새는 달라도 인간과 공통점이 많다면 그것대로 잔인하고 무서운 설정이며, 반대로 인간의 지능을 가지지 않은 괴물 개념이라면 주요 악역 수준의 빌런이 되기는 힘들다. 특히 사족 보행 구조의 동물은 인간과 동등한 수준의 캐릭터로 설정하는 것이 쉽지 않다.

몬스터를 단순히 몬스터 1의 개념이 아닌 '오크' 등 특징적인 종족으로 설정하는 작품도 많다. 어쨌든 실제 소설에서는 새로운 몬스터가 등장할 때 외모를 반드시 언급해야 독자에게 친절한 원고가 된다. 반면 이전에 나온 적이 있는 몬스터가 또 나온 거라면 외형 묘사의 반복은 불필요하다. 하지만 이번 실습에선 묘사를 넣어보자.

남자는 용병이나 무사 등 전투에 최적화된 직업인일 가능성이 크지만, 그 직업 설명이 나오지 않아도 무방하다. 학살된 마을의 유일한 생존자가 어떻게 살아남을 수 있었는지 상상해보자. 신생아였을 수도 있고, 어린아이인데 부모가 아이를 어딘가에 숨겼을 수도 있고, 어쩌면 용병이나 농사꾼으로 일하다가 돌아와보니 아내와 자녀가 썩은 시체 꼴로 그를 맞이했을지도 모른다. 이처럼 남자의 과거와 연령대 설정은 동시에 이루어진다. 그와 함께 남자의 인생 목표 역시 정해진다.

오늘의 장면처럼 1대1 혹은 N대1 액션 장면에서는 양측의 합이 중요하다. 그러나 동작을 너무 상세하게 하나하나 적기 위해 노력하진 말자. 상세히 쓰려다가 오히려 전개가 늘어질 수 있다. 웹소설 독자는 무술 교과서를 펼쳐 들고 기술을 공부하려는 사람들이 아니다. 특히 상대가 하급일 땐 속전속결로 죽여야 주인공의 능력이 돋보인다. 마지막으로 공격 전후 몬스터들의 태도 차이를 극명하게 드러내면 오늘의 장면은 역할을 다 한 것이다.

오늘의 재회

:오늘의 장면:

어느 후미진 산에 위치한 별장. 주인공은 오늘의 재회를 간절히 원했다. 주인공은 거침없이 지하실로 내려간다. 지하실엔 남자와 여자가 피범벅이 된 채 결박되어 있고, 주변에 주인공의 부하들이 늘어서 있다. 두 사람은 주인공이 누구인지 알아보고 허겁지겁 이름을 부르며 친한 척을 한다. 여기서 풀려나려면 주인공의 성정에 기대는 수밖에 없다고 남녀는 생각한다. 두 사람의 기억 속 주인공은 아주 착하고 소심한 아이였다. 남녀는 머리를 굴리며 비굴하게 애원한다. '옛정', '개미 한 마리 죽이지 못하는 아이', '은혜' 같은 표현에 주인공이 어이가 없어 웃는다. 그것은 비웃음이다. 왜냐하면 주인공은 더 이상 그들이 기억하는 그 존재가 아니기 때문이다. 주인공이 손짓하자 부하들이 그들을 고문하기 시작한다. 비명이 지하실 전체에 울려 퍼진다.

:반드시 필요한 설정:

- 남녀가 결박된 자세
- 남녀의 관계
- 주인공과 남녀의 연령대
- 남녀와 주인공의 관계 및 과거
- 주인공의 직업

 북마녀의 조언

악역을 처단하는 장면으로 활용할 수 있는 장면이다. 남녀와 주인공 사이에는 좋지 않은 과거가 있고, 그 과거는 주인공의 삶에 악영향을 주는 변수다. 정황상 주인공은 이들에게 원한을 가지고 있다. 주인공의 과거를 어둡게 만드는 데 크게 기여한 캐릭터를 마침내 잡아들였고, 이제 이 악역들에게 미래는 없을 터.

아무래도 남녀가 같이 잡혀 올 땐 이들이 부부로 설정되는 경우가 드물지 않다. 하지만 모자, 부녀 관계로 정하는 것도 상당히 무난한 스토리텔링이다. 때로는 두 사람 모두 주인공의 친구(를 가장하여 괴롭힌 지인)였을지도 모른다. 세 사람의 연령대와 과거를 정리해보자.

사실 오늘의 장면에서는 이들의 과거가 완전히 풀리지 않아도 된다. 왜냐하면 실제 소설에서 이런 장면이 나올 땐 이미 스토리가 후반부에 치달았을 테고 이들의 과거는 앞부분에서 길고 생생하게 기술되었을 것이기에.

오늘의 장면에선 대화에 집중하자. 악역들의 비굴하면서도 교활하고 뻔뻔한 모습을 드러내는 게 가장 중요하다. 주인공의 대사는 거의 없어도 상관없으나, 시원한 대사를 짧게라도 날려주어야 카타르시스가 생긴다.

장르 소설에서는 악역 캐릭터의 최후를 웬만하면 끝장내주는 게 낫다. 권선징악의 '징악'은 어디까지 가능할까? 법적 처벌로 끝나도 괜찮지만 스토리와 악역의 수준에 따라 사적인 보복 역시 용인한다. 오늘의 장면은 바로 사적인 보복에 속한다. 주인공이 이들을 죽일지 말지 결정하는 것은 그다음 장면에 나와도 되는 부분이라 여기서 정하지 않아도 된다. 실제로 어디까지 하고 끝났는지 분명하게 표현하지 않아도 무방하다. 주인공이 이들을 곱게 내보내주진 않을 것만은 확실하니까.

예제에 '고문'이라고 적어두긴 했으나, 전기 고문, 물고문 같은 본격 고문은 아니다. 신체적으로 위해를 가하면서 영구적인 장애를 만들지만 그렇다고 죽을 정도는 아닌 행위로 어떤 것이 있을지 취향대로 상상해보자. 참고로, 악역이 당하는 것이라 해도 표현이 너무 잔혹하면 폭력성 검수에서 걸릴 수 있다. 자신이 쓰려는 등급을 감안하여 과하지 않은 수준으로 서술하자.

내가 죽었다니!

:오늘의 장면:

눈앞에 교통사고 현장이 펼쳐져 있다. 완전히 전복된 자동차 바깥으로 반쯤 나와 있는 피투성이 몸. 시신 주변 바닥과 자동차 유리에는 핏자국이 선명하다. 그건 바로 나다. 경찰차와 응급차 소리가 시끄럽게 울리고 사람들이 몰려들어 사진과 영상을 찍고 있다. 다들 사고 현장을 찍고 있을 뿐, 누구도 나를 쳐다보지 않는다. 내 몸은 저기 있는데 영혼은 여기에 있다니. 어떻게 된 일인지 혼란스러운 와중에 누군가 내게 말을 건다.

:반드시 필요한 설정:

- 교통사고의 원인
- 나의 신상 정보와 죽기 전 근황
- 사고 나기 전 내가 향하고 있던 목적지
- 자동차에 타고 있던 인원
- 죽은 나에게 말을 건 존재

 **북마녀의 조언**

웹소설의 대표 키워드인 회귀, 빙의, 환생 소재 작품의 도입부로 자주 활용되었던 장면이다. 하지만 근래에는 이전의 삶과 죽기 직전 광경을 속속들이 드러내지 않는 작품도 많다. 특히 대한민국 직장인의 과로사처럼 어이없지만 개연성 있고, 그래서 딱히 이야깃거리가 되지 않는 죽음이라면 사망 장면이 아예 등장하지 않아도 된다.

오늘의 장면 속 사고가 평범한 교통사고라면 전체 스토리에서 그렇게까지 중요하지 않다. 그러나 이 교통사고가 사실은 누군가의 의도로 발생한 범죄라면? 누군가의 매수, 사주, 혹은 착각으로 주인공이 죽게 된 것이라면? 이처럼 이전의 삶에 긴요한 떡밥 요소를 만드는 것도 괜찮고, 독자의 예측을 교란하는 비법으로 써먹을 수 있다.

오늘의 장면을 위해 죽은 나의 모습과 죽기 전 내가 어떤 삶을 살았는지 설정해놓아야 한다. 모든 죽음은 슬프고 애석하지만, 대학 합격 혹은 좋은 직장 면접 통과 소식을 들은 직후 죽게 되었다면 죽은 이가 더욱 원통할 게 아닌가. 또는 주인공이 오늘 결혼 예정인 신부이고 결혼식장으로 가는 길이었는데 주인공의 친구나 이복 언니가 매서운 질투로 이런 일을 벌인 거라면? 여기에 신랑까지 엮여 있다면? 자, 이렇게 한 장면만으로 스토리 아이디어가 하나 탄생했다.

교통사고 장면은 사고 순간과 사고가 난 직후 현장의 디테일을 살려 하나하나 설명하길 권한다. 죽은 나의 외모도 마찬가지다. 위에서 언급한 신부 설정이라면 피에 젖은 웨딩드레스를 통해 아주 강렬한 죽음의 묘사가 구현된다.

한편, 죽은 나에게 말을 거는 존재는 나를 다시금 살아나게 해줄 능력을 가졌거나 아니면 나를 사후 세계로 끌고 가려는 캐릭터다. 그래야 이야기가 흘러갈 수 있으니까! 저승사자처럼 한국인에게 익숙한 존재라면 형체를 기술하는 편이 큰 흥미를 일으킨다. 반면, 회빙환으로 내게 다른 삶을 선물해줄 캐릭터일 땐 그 존재의 외모를 설정해도 되고, 미지의 존재로서 목소리만 나오게 해도 문제없다.

계약 결혼 제안

:오늘의 장면:

남자는 아내가 필요하고, 여자는 남편이 필요하다. 3년 이상 결혼 생활을 유지해야 남자는 재산을 상속받을 수 있고, 여자 역시 부잣집 자제이지만 가정 폭력에 노출되어 있기에 그 집에서 탈출하는 게 꿈이다. 오늘 상류층 파티에서 오랜만에 다시 만난 두 사람. 한 명이 상대에게 혼인신고와 함께 공식적으로 부부 행세만 하면 된다며 계약 결혼을 제안한다. 여자는 어젯밤에 맞은 흔적을 남자에게 보여준다. 남자는 그렇게까지 놀라진 않는다. 남자는 여자가 집에서 맞고 지낸다는 사실을 오래전부터 알고 있었다. 상대가 짧은 고민 끝에 제안을 승낙한다.

:반드시 필요한 설정:

- 상류층 파티가 진행되는 장소
- 두 사람이 대화를 나누는 장소
- 결혼을 제안하는 쪽

- 남자가 여자의 가정 폭력 피해를 알게 된 계기
- 여자를 집에서 때리는 사람
- 남녀의 성격

북마녀의 조언

웹소설 현대 로맨스나 로판에서 자주 쓰이는 계약 결혼 소재에 꼭 필요한 장면이다. 계약 결혼을 하려면 일단 '제안'하는 장면이 존재해야 하지 않는가. 양쪽 모두 서로의 사정을 알고 있을 수도, 제안하는 쪽만 상대의 문제를 알고 있어서 자신이 처한 상황을 상대에게 납득시켜야 할 수도 있다. 동일한 클리셰여도 다양한 흐름이 가능하여 각각 다른 장면이 연출된다.

여성 캐릭터가 가정 폭력 피해자이므로 이 불행 서사가 녹아들도록 서술하길 권한다. 단순히 자신이 가정 폭력을 당하고 있다고 말하는 것만으로는 충분하지 않다. 누구에 의한 폭력인지를 정하면 그에 따라 폭행 수준과 방식이 정해진다.

오늘의 장면에서 여자가 드러내는 폭행 흔적은 적당히 보여줄 수 있는 위치에 있어야 한다. 얼굴은 바로 드러나는 부위이니 곤란하다. 또, 당장 다음 날 파티에 나가야 하는 사람의 얼굴을 대놓고 때리는 악역이라면 너무 멍청한 인물로 보인다. 게다가 그렇게 설정하면 예제의 후반부 흐름과 어울리지 않기 때문에 실습 진행이 불가능해진다.

목이나 팔 안쪽, 쇄골 아래쪽 정도로 옷이나 소품으로 숨길 수 있으나 들추면 타인의 시선에 노출될 수 있는 위치로 정하자. 15금이라면 너무 은밀한 부위는 곤란하다. 반대로 생각하면, 살짝 은밀한 위치로 설정할 때

19금에서 상당히 묘한 분위기를 연출할 수 있다. 폭행 흔적이 어느 부위에 있든 일정 이상 옷을 걷어내야 한다면 장소 이동이 오늘의 장면 안에서 어김없이 이루어져야 한다. 은밀한 부위가 아니어도 목의 상처를 파티장 한가운데에서 공개할 수는 없다. 반대로 소매 안쪽을 보여주는 건 트인 공간에서도 가능하다.

필요하다면 타인의 눈과 귀가 닿을 수 없는 공간을 추가해야 한다. 상류층 파티의 장소를 정했다면 그곳에 걸맞은 밀폐 공간을 생각해두자. 계약 제안과 폭행 흔적을 보는 일의 순서는 어느 흐름이든 상관없다.

폭행은 때리는 것만이 아니다. 목을 조르고, 손톱으로 할퀴고, 머리를 쥐어뜯고, 물건을 던져 몸에 맞히거나 액체를 붓는 것까지 포함한다. 단, 상처가 나려면 뜨거운 액체여야 한다. 어제 일어난 일이 매우 격하고 위험천만했다고 전제한다면 단순한 멍뿐만 아니라 찰과상, 절창(칼이나 유리 조각에 베임), 자상(뾰족한 못이나 유리 조각에 찔림), 열상(찢어짐) 등으로 연출할 수 있다. 오늘의 장면에서 오래전 남자가 봤던 광경을 활용하는 것도 학대의 심각성을 강하게 드러내는 방법이다. 어제 일어난 일은 폭행 흔적으로 요약하고 지나가도 좋다.

두 사람에게는 각자의 사정이 있다. 정황상 여자의 불행 서사가 훨씬 심각하기는 하나, 남자가 무조건 여자에게 동정심을 드러내진 않는 게 낫다. 실제 소설에서도 이 장면은 초반에 나올 것이기 때문에 감정이 나타나기엔 너무 이르다. 남자 역시 본인 이득을 위해 움직이는 것뿐이다.

제안과 협상의 장면에서는 밀고 당기는 기민한 티키타카가 들어가야 한다. 이 결혼을 남자가 제안하느냐, 여자가 제안하느냐에 따라 대화의 분위기가 사뭇 달라진다. 남자에게 제안을 받았을 때, 반대로 여자가 제안할 때 여자가 폭행 흔적을 보여주는 까닭이 각각 다른 내용으로 정해진다.

도망치는 여인

:오늘의 장면:

한 여자가 미친 듯이 숲속을 가로질러 달리고 있다. 몸과 옷차림이 완전히
만신창이가 되었지만 그녀의 머릿속에는 지금 남자로부터 도망쳐야 한다
는 생각밖에 없다. 그러나 그녀를 쫓는 남자는 이곳의 권력자이며, 금방
그녀를 찾아낸다. 남자는 여자가 도주를 포기하길 원하지만, 여자는 남자
가 바라는 대로 해줄 생각이 전혀 없다. 대치 상태에서 남자가 한 걸음 다
가가고, 그녀는 한 걸음 물러선다. 그 뒤로는 절벽이다.

:반드시 필요한 설정:

- 시대적 배경
- 도망치고 있는 여자의 몸 상태
- 여자가 도망치는 까닭
- 남자의 신분
- 남자의 성격

• 두 사람의 관계

 북마녀의 조언

여자의 미추에 관해 언급하기보다는 도망치고 있는 현재 상태를 머리부터 발끝까지 꼼꼼히 서술하는 게 중요하다. 말을 탄 것도 아니고 정신없이 내달리고 있었다면 머리카락이나 옷과 신발, 발이 어떻게 되었는지, 중간에 넘어지진 않았는지, 부상을 당하진 않았는지 등 각종 변수가 등장한다. 이를 통해 여자의 두려운 마음과 긴박하고 화급한 사정을 암시할 수 있다.

오늘의 장면 속 여자는 주인공일까? 아닐까? 이렇게 도주 장면이 길게 나온다면 주인공이 아니더라도 주요 조연 중 하나다. 어쩌면 주인공의 어머니일 수도 있다. 어머니라면 주인공을 품에 안고 있거나, 임신 중이라는 정보를 도망치는 과정에 명확하게 넣어주어야 한다. 임신했다고 해서 꼭 배가 불룩하다고 표현할 필요는 없다. 만삭이 아니어도 배를 보호하듯 감싸는 행동 등 다채로운 표현을 시도해보자.

오늘의 장면에서는 남자가 여자를 발견하는 순간의 행동 혹은 대사가 반드시 나와야 한다. 그뿐만 아니라 대치 상태에서 두 사람의 대화가 필수다. 남자는 집착이 심한 인물일 것이고 지금 잔뜩 화가 나 있겠지만, 집착남이라도 어떤 성격인지에 따라 여인을 대하는 방식이 달라진다.

여자가 주인공이 아니라면 남자는 무조건 악역이다. 그러나 여자가 여주라면 남자 역시 남주일 가능성도 있다. 쫓는 남자가 남주인지 아닌지를 정하면서 신분도 명확하게 정하자. '도망 여주'는 여성향 웹소설에서 오랫동안 사랑받은 키워드 중 하나다. BL에서는 '도망수'로 진행할 수 있다.

이번이 여주의 1회차 인생이었다면 절벽으로 뛰어내려 죽음을 맞이하게끔 진행해도 드라마틱하다. 그러나 인생 2회차라면 여주가 죽지 않고 이번 인생을 이어갈 수 있게 해야 한다. 회빙환 소재가 아니어도 마찬가지다. 절벽으로 뛰어내리더라도 소설적 허용으로 캐릭터가 목숨을 건지는 전개가 가능하다.

소꿉친구가
자자고 한다

:오늘의 장면:

남자와 여자는 친남매는 아니지만 혈육처럼 함께 자랐다. 어릴 적에는 그
야말로 '불알친구'처럼 볼 꼴 못 볼 꼴 다 보기도 했다. 여자는 아직도 그
때 그 소동을 두고 남자를 놀리곤 한다. 어느 휴일 오후, 평소와 다름없이
끼니를 같이 때우고 소파에 늘어져 시간을 보내던 중 한 명이 상대에게
자자고 얘기한다. 그러자 상대의 얼굴이 굳어버린다.

:반드시 필요한 설정:

- 남녀의 나이
- 남녀의 사회적 관계
- 그때 그 소동의 전말
- '자자'고 말한 사람
- 그 말을 한 까닭

 **북마녀의 조언**

여기서 '자자'는 얘기를 '이제 잘 시간이니 각자 방에 들어가자'는 소리로 이해한 사람은 설마 없으리라 믿겠다. 이전까지 성적인 긴장감이 전혀 없었던 관계이기 때문에 오늘의 장면은 스토리의 중간에 들어갈 수 없다. 오히려 초반에 들어감으로써 이후부터는 그들의 관계에 뚜렷한 변화가 있을 거라고 예고하는 기능을 한다.

끼니를 무엇으로 어떻게 때웠는지 한 바닥씩 쓸 필요는 없다. 하지만 이들이 그 말이 나오기 전에 어떤 자세로 소파에 늘어져 있었는지를 기술하는 건 중요하다. 평소와 다름없었던 날이 현실감 있게 구현된 직후 별안간 청천벽력 같은 대사가 나오며 관계에 균열이 생기는 것이다. 누가 누구에게 제안했는지를 정하고 상대의 반응을 서술하다 보면 자연히 두 사람의 성격과 심리적인 관계가 드러난다. 무심한 반응일 수도 있고, '너 미쳤냐'며 펄펄 뛸 수도 있겠다.

두 사람은 어떤 관계일까? 이웃사촌인가? 단순한 룸메이트인가? 양측 가족의 관계는 어떤가? 가족들은 과년한 딸과 아들이 이러고 있다는 사실을 알고 있는가? 알고 있지만 아무 일이 없을 거라고 생각할 만큼 끈끈한 사이인가? 이 뒷배경을 전부 설정해두면 좋지만 독자에게 냅다 소개하진 말자. 휴일에 두 사람이 한 공간에서 밥을 먹고 늘어져 있는 광경을 서술하다 보면 두 사람이 어떤 관계인지부터 주변의 시선까지 다 나오게 되어 있다.

오늘의 장면에서 느닷없이 제안을 한 사람은 상대에 대한 마음이 있는 걸까? 정말 좋아하는 설정으로 시작해도 되지만, 성적으로 좋아하는 감정이 없다고 해도 큰 문제는 아니다. 그야말로 자신의 동정을 떼기 위해, 상대를 누군가에게 빼앗길까 봐 등 제삼자의 시선으로는 도저히 용납할 수 없는 모종의 이유가 있을 수도 있다.

서로를 향한 감정 역시 완전히 드러나지 않아도 되고, 심지어 양쪽 다 아무 생각이 없었다는 설정도 가능하다. 낯선 남녀의 하룻밤이 그렇듯이 서로 잘 알뿐더러 상대를 지금까지 이성으로 생각하지 않았던 남녀의 성애 역시 한순간에 일어난다. 이들이 주인공이라면 지금까지 그런 일이 없었어도 어느 날 별안간 번개 치듯이 그 감정이 샘솟는다. 그러한 행위가 있고 나서는 결코 원래대로 돌아갈 수 없을 테고, 돌아가서도 안 된다.

현실도 소설 속 세계도 마찬가지다. 그래서 어른들이 말씀하신 남녀칠세부동석이 진리인 것이다. 반대로 말하면, 로맨스에서는 '남녀칠세동석'을 시켜야 한다. 단순히 분량을 늘리려고 어린 시절 일화를 넣는 게 아니다.

'친구→연애' 키워드는 처음 만나는 남녀의 러브 스토리만큼이나 인기 있다. 다만 대학 동창보다 미성년자 시절부터 친구였던 '남사친'이 남주로 등장하는 작품 수가 훨씬 더 많은 이유를 생각해보자. 이는 여성향 웹소설 독자층의 로망과도 맞닿아 있다.

여자가 남자를 놀리는 문제의 사건은 '불알친구'라는 설정에 맞추어 아직 다 크지 않은 소년의 벗은 몸에 관한 에피소드가 가장 알맞지만, 꼭 그래야 한다는 법은 없다. 사건의 전말은 특별히 어떤 비밀이 숨겨진 것이 아니라면 요약하여 오늘의 장면에서 잠시 언급하는 것으로 족하다.

단칸방에
낯선 남자가 있다

:오늘의 장면:

비좁은 단칸방에서 가족과 함께 사는 소녀. 학교에서 돌아온 소녀는 열려 있는 현관 앞에 멈춰 서고 만다. 없는 살림에 도둑이라도 든 걸까 걱정하며 들어갔더니 검은색 정장을 입은 남자가 밥상 앞에 앉아 있다. 소녀는 오늘 남자를 처음 봤지만, 그가 누구인지 알 것 같다. 어느 날부터인가 부엌에 쌓인 쌀가마, 예전보다 풍성해진 도시락, 더 이상 밀리지 않는 전기세, 그리고 가족의 미소. 소녀의 가족은 남자에게 고맙다며 거듭 인사를 한다. 남자가 일어서자 소녀도 꾸벅 고개를 숙이고 남자의 얼굴을 힐끔거린다. 남자는 소녀를 지그시 쳐다보더니 머리를 어색하게 쓰다듬고 짧게 한마디 한 후 그곳을 떠난다. 어쩐지 이 얼굴을 잊지 말아야겠다는 생각이 든다.

:반드시 필요한 설정:

• 단칸방 분위기

- 소녀의 연령대
- 소녀의 가족(한 명)
- 남자의 외모와 연령대
- 소녀의 가족이 남자에게 고맙다고 인사하는 까닭
- 소녀는 남자를 누구로 생각하고 있는가?

 북마녀의 조언

오늘의 장면은 관점에 따라 인물의 무게 중심이 달라진다. 정황상 남자는 이 집안사람들을 돕고 있다. 세상에는 이유 없이 가난한 이를 돕는 사람들도 많다. 하지만 소설에서는 단순한 친절이 아니라 특정적인 도움을 줄 경우 이유가 명백해야 개연성이 확보된 전개로 보인다는 점을 명심하자.

남성향 장르에서는 남자가 남주일 테고, 과거의 은혜를 갚는 내용으로 쉽게 짤 수 있다. 소녀의 죽은 아버지가 오래전 남자의 은인이라면 은인의 남은 가족을 경제적으로 돕는 것이 선역 남주의 중대한 몫이다. 단, 이러한 설정이라면 소녀도 소녀의 가족도 그다지 중요한 인물이 아니다. 이름조차 짓지 않고 '소녀'나 '할머니'로 지칭해도 문제없다.

여성향 웹소설 역시 위와 같은 전개가 가능하지만 소녀가 여주인공이라면 이야기가 달라진다. 의문의 남자가 남주인공이 될 가능성도 다분하다. 나이 차가 심하게 나지 않는다면 이들은 앞으로 계속 엮이게 된다. 참고로, 소녀가 10대 중반인데 남자가 서른이 넘는다면 현재 여성향 웹소설 시장에서 진행하기 힘든 설정이다. 나이 차가 나는 설정이 무조건 안 되는 건 아니나, 소녀가 성인이 되었을 때 남들이 보기에 부담스럽지 않은 나이

차로 짜는 것이 안전하다. 여성향 감성에서 '아저씨'는 구원자일 뿐, 소녀를 성적 대상으로 보는 역할이 아니다. 현시점에서는 소녀가 청년을 '아저씨'라 지칭해도 이상하지 않다.

남자의 연령대를 중년으로 잡아 남주의 아버지로서 이야기를 전개하는 방법도 유용하다. 남주의 아버지가 왜 이들을 도왔는지를 설정하면 여주와 남주가 어떻게 엮이며 어떤 가족사가 있는지도 나올 수밖에 없다.

지금까지 이야기한 캐릭터 설정 문제는 오늘의 장면 안에서 전부 서술되긴 힘든 내용이다. 스토리의 기반으로 깔리는 뒷배경일 뿐, 이 장면에선 소녀의 입장에서 낯선 남자를 관찰하는 전개가 드러나야 한다. 남자에 대한 정보를 소녀 가족의 대사로 끄집어내도 좋지만, 설명조여서는 안 된다. 이 장면에선 감사 인사가 더 필요하니까.

똑같은 검정 슈트를 입었어도 어떤 외모로 묘사하느냐에 따라 남자의 직업이나 분위기가 달라진다. 예를 들어 드러난 목에 문신이 보였다면? 남자가 어둠의 뒷골목 세계 쪽에 있는 사람이라고 해도 악역인지 선역인지는 작가가 정하기 나름이다. 경제적인 도움을 준다고 무조건 선역이라는 법은 없다. 처음엔 악역이었다가 선역으로 변화하는 흐름도 가능하다.

오늘의 장면에선 대화가 많지 않아도 된다. 소녀의 시선 및 머릿속 생각을 충분히 써야 한다. 남자 역시 스토리 전체에선 말을 잘하는 타입이어도 이 장면에서만큼은 여성향이든 남성향이든 과묵하게 행동하는 것이 바람직하다. 남자의 마지막 한마디는 근사한 멘트, 가벼운 인사말, 앞으로의 미래를 암시하는 말 모두 통할 수 있다.

NPC가
나를 유혹한다

:오늘의 장면:

잠도 안 자고 웹소설을 읽어대는 독자였던 내가 어느 날 게임 판타지(겜판) 세상에 떨어졌다. 차라리 게임 속이라면 나을 것 같다. 게임 판타지 속은 작가의 상상과 소설적 허용 탓에 시스템에 예외가 없는 일반 게임과는 큰 차이가 있다. 눈앞의 이런 상황 말이다. 나는 현재 한 NPC*와 서로 마주보고 있다. 이 NPC는 내가 읽던 소설 속에서 복불복으로 플레이어를 돕거나 죽이는 캐릭터였다. 별안간 이 여자가 나를 향해 윙크를 하더니 유혹하기 시작한다. 작가야, 이런 얘긴 없었잖아! 황당하지만 정신을 바짝 차려야 한다. 만약 눈앞의 NPC가 나를 죽이려 든다면, 살기 위해 그녀를 없애야 한다.

* Non Player Character의 약자. 게임 속 캐릭터 중 플레이어가 선택하여 플레이할 수 없는 캐릭터를 말한다. 물품보관소 직원이나 주기적으로 퀘스트를 소개하는 캐릭터 등이 이에 속한다.

:반드시 필요한 설정:

- 겜판 속 주인공의 외모와 무장 상태
- 여자 NPC와 마주친 공간
- 여자 NPC의 직업(게임 속 캐릭터)
- 여자 NPC의 외모
- 여자 NPC가 나를 유혹하는 까닭

 북마녀의 조언

판타지 작품의 여러 위치에서 나올 수 있는 장면이다. NPC가 왜 내가 읽었던 소설과는 다른 행동을 하는지 그 까닭이 전체 스토리 라인에서 중대한 기능을 한다면 이 NPC는 주요 캐릭터일 확률이 높다. 너무 머리를 싸매지 않아도 된다. 별다른 이유 없이 주인공이 읽은 소설과 다른 양상으로 흘러가고 있다는 것을 나타내는 용도로 이용해도 괜찮다.

남성향 웹소설 장르에서는 이른바 '서비스 신'*으로 활용할 수 있겠다. 여성형 NPC의 외모를 너무 빤하게 정하지는 말자. '아름다운 얼굴과 육감적인 몸매의 젊은 여성'은 언제나 통하는 클리셰이지만 머리 길이부터

---

* 여성의 성적 매력을 최대한 살려 묘사하는 장면. 일본 라이트노벨에서 시작되어 한국에서도 남성향 장르에 종종 나온다. 일상 속에서 여성 캐릭터가 껴안거나, 불가피하게 몸이 겹쳐지는 환경이 조성되어 스킨십이 생기는 장면이 주를 이루고, 종종 수영장이나 탈의실, 침실 등에서 속옷이 노출되는 광경이 나오기도 한다. 서로 원하여 포옹, 키스, 섹스 등의 행위를 하는 개념은 전혀 아니라 여성향 장르의 씬(러브 신)과는 성격이 아예 다르다.

얼굴의 이미지, 그리고 의상까지 다양한 변수가 있다. 예를 들어 칼단발에 은테 안경을 낀 여성, 긴 생머리에 몸에 딱 붙는 가죽옷을 입은 채 장검을 든 여성, 머리에 기다란 토끼 귀를 달고 메이드복을 입은 여성은 각각 다른 이미지다. 또한 이 세 캐릭터는 게임 속에서 다른 직업의 캐릭터일 가능성이 크다.

서비스 신이 아니라는 전제로 특이한 설정을 해도 재미있겠다. 우락부락한 근육질의 여성을 남주인공이 좋아하는 경우는 드물다. 이는 대중적인 선호도에 따른 결과다. 하지만 오늘의 장면을 유혹을 빙자하여 '여공남수'* 느낌으로 덮치는 모습으로 전개한다면 특이한 에피소드가 될 수 있겠다. 유혹이 통하지 않는 방향으로 전개되는 장면이니까.

클리셰를 따라 NPC의 외모를 정했다면 그녀의 유혹에 당해낼 자가 없을 터. 그러나 그 유혹이 통하지 않을 수도 있다. 예를 들어 주인공이 남장 여자이고 이성애자라는 설정에서는 남성형 NPC라면 모를까 여성형 NPC의 유혹이 먹힐 리 없다. 여성 주인공 판타지(여주판)나 여주판 분위기를 살린 로판에서 전개 가능한 에피소드가 되겠다.

다음 장면에서 NPC가 결국 주인공을 죽이는 쪽을 택한다면 주인공도 여성형 NPC를 죽여야 한다. 그런데 현재 한국 시장에서 여성을 잔인하게 살해하는 광경을 과도하게 묘사할 시 검수 단계에서 걸려 유통 불가 처리될 우려가 있다. 그 여성 캐릭터가 악역이어도 마찬가지다. 특히 여성의

---

* BL의 공과 수에서 파생된 개념. 남녀 스토리에서 여성이 남성보다 더 높은 조건을 갖고 있거나 강하게 리드하는 모습을 보이는 설정.

가슴 등 중요 부위의 절단, 헤집기, 갈라서 내장 꺼내기와 같은 식의 행동 기재는 사실상 제재를 받는다고 생각해야 한다.

검수는 아직 인간이 하기 때문에 어느 정도 복불복이 있지만, 기본적으로는 남성을 향한 폭력성보다 여성을 향한 폭력성이 더 예민하게 걸러지는 편이다. 그러므로 상상의 나래를 펴되 적정 수준으로 조절해야 한다. 한마디로 깔끔한 살해가 낫다.

어머니는
큰아들만 편애한다

: 오늘의 장면 :

중환자실 침대에 누워 있던 어머니가 겨우 눈을 뜨고, 주인공은 가슴이 먹먹해진다. 그러나 어머니는 눈앞에 보이지 않는 큰아들 걱정만 한다. 큰아들은 가세를 기울게 하고 가족 모두의 속을 썩이는 망나니다. 아버지가 화병으로 돌아가신 것도 따지고 보면 그가 원인이었다. 어머니를 닦달하여 모은 재산을 털어간 것이 몇 번째인가. 첫 통장은 주인공의 유학 자금이었고, 이번 통장은 이사를 위해 모으던 예금이었다. 이번에 들어간 어머니의 병원비며 수술비는 전부 주인공이 대야 했다. 대수술을 끝마치고 이제 정신을 차린 어머니에게 차마 뭐라 할 수가 없다. 주인공은 어쩔 수 없이 어머니에게 거짓말을 한다.

: 반드시 필요한 설정 :

• 어머니의 병명과 수술 내용
• 주인공의 성별

- 주인공의 나이와 직업
- 큰아들의 나이와 직업
- 큰아들이 과거와 현재에 벌인 행각
- 현재 집안의 경제적 형편

 북마녀의 조언

주인공의 속마음과 함께 솔직하게 말하지 못하는 속사정이 섬세하게 설명되어야 하는 장면이다. 큰아들이 무슨 잘못을 하고 다녔는지는 예제에 나온 내용만으로 끝내지 말고 적당히 부풀려 서술한다. 주인공과 큰아들, 어머니와 큰아들이 했던 대화를 아주 짧은 회상으로 채워주면 큰아들의 과거 행각이 더욱 강조된다. 뻔뻔하기 짝이 없는 철면피한 대사로 주인공과 독자의 속을 태워버리자.

주인공이 남동생이라면 둘째로서의 서러움과 책임감이 보일 것이고, 여동생이라면 여기에 아들을 편애하는 어머니를 향한 애증까지 겹치며 힘듦이 극대화된다. 전자는 현대 판타지나 BL의 주인공, 후자는 여성향 로맨스의 주인공이 될 수 있겠다.

큰아들이 어떻게 어느 정도로 집안을 망쳤는지는 보다 치밀하게 정보를 짜야 한다. 금액 등 수치적인 데이터가 언급될수록 독자는 이를 현실성 있게 받아들인다. 또한 큰아들이 과거에 저지른 짓은 주인공의 과거와 현재에 영향을 미쳐야 한다. 주인공은 이를 갈며 이겨내왔고 스토리가 진행되면서 인내심이 무너지는 때가 오겠지만, 그 시점이 오늘의 장면은 아니다. 주인공은 애석하게도 효심 있는 자식이다.

널 한입에
잡아먹을 테다

:오늘의 장면:

정신을 차려보니 손발이 결박되어 있다. 머리 뒤가 축축하고 콧속으로 피
비린내가 들어온다. 아까 무언가로 머리를 세게 맞았고 그대로 정신을 잃
었다가 지금 깨어난 것이다. 어둠 속에서 누군가 ○○을 바라보고 있다.
가까이 다가오니 상대의 얼굴이 보인다. 사람인지 짐승인지 알 수 없는 외
모다.

○○을 바라보는 괴물의 입에서 침이 질질 흐른다. 체취가 좋은 듯 코를
살에 대고 킁킁거리다가 살갗도 핥아본다. 혀의 감촉이 생생히 전해진다.
○○은 자신이 곧 잡아먹힐 거라고 직감하지만, 도망칠 방법이 없다. 괴물
이 ○○의 몸에 상처를 내고, 그 피를 혀로 핥아 먹는다. 살이 터지고 피가
줄줄 흐른다. 아무래도 괴물은 ○○을 단번에 죽일 생각이 없는 듯하다.

:반드시 필요한 설정:

• 시대적 배경

- ○○이 공격당한 장소와 시간대
- 이 장면이 진행되는 공간
- ○○의 이름과 성별, 나이
- 괴물의 외모
- 괴물의 신상 정보

 북마녀의 조언

괴물의 외모는 아주 상세하게 기술해야 한다. 그래야 공포감이 더욱 짙어지기 때문이다. 식인을 하는 사람이어도 혐오스럽겠지만, 이번 장면은 '사람이 아닌 괴물에게 잡아먹히기 직전'의 상황이므로 이를 극대화하려면 괴물을 최대한 낯설고 징그럽고 혐오스럽게 만드는 게 낫다.

오늘의 장면에서 의외로 유심히 생각해두어야 할 것이 있다. 이 괴물이 사람에 가까운지 아니면 짐승에 가까운지를 선택하자. 정황상 인간을 먹으려는 의도가 명백하게 보이기 때문에 ○○을 잡아 온 존재가 괴물인지, 아니면 누군가 괴물에게 먹이가 될 인간을 사냥하여 준 것인지도 정해야 한다.

이 설정은 예제의 첫 문장에 언급된 '결박'을 누가 해두었는지까지 연결되는 요소다. 인간 수준의 지능이 아닌 짐승이 밧줄을 묶는 행위를 한다고 표현하면 어폐가 생긴다. 또, 괴물이 사람의 말을 하지 못한다면 으르렁거리는 소리만 낼 것이다. 반대로 사람의 말을 할 수 있다면 공포감을 조성하는 대사를 넣어야 한다.

괴물이 ○○의 신체 부위 어디에 무엇으로 상처를 내는지 세밀하게 적어보자. 피가 흐르고 상처가 벌어지는 모습을 생생히 전달하는 게 중요하다. 납치될 당시 입고 있던 옷이 그대로라면 괴물의 공격에 찢어질 테니 이 부분도 살려줘야 한다. 옷이 이미 벗겨졌다면 정신을 차린 직후에 반드시 설명되어야 한다. 손이 앞으로 묶여 있는지 뒤로 묶여 있는지도 이후의 행동에 무조건 영향을 주기 때문에 앞쪽에서 언급한다.

오늘의 장면 이후 ○○은 어떻게 될까? 누군가 와서 이 사람을 구해주는 전개로 나아갈 수도 있고 결국 잡아먹히고 마는 식으로 흐를 수도 있다. 하지만 오늘의 장면에서는 어떻게 전개될지 모르기 때문에 최악을 예상하고 적어야 한다. 아마 ○○도 죽음을 예감하고 공포와 절망에 빠져 있을 테니 ○○의 속내와 신체 반응을 모자람 없이 적어주자.

○○이 언제 어디서 괴물에게 잡혀 왔는지는 이전 내용이기 때문에 오늘의 장면에서 긴요한 요소는 아니다. 다만 이것을 정해놓는다면 정신을 차린 ○○이 상황 파악을 위해 이전 광경을 머릿속으로 정리할 때 조금 더 편하게 묘사할 수 있다.

023

 # 장면 실습 예제

'고아'라고 놀리는
아이들

:오늘의 장면:

성당에 딸린 보육원에서 사는 주인공. 초등학교에 입학하면서 자신이 보육원에서 산다는 사실이 알려질까 봐 늘 불안하다. 그런데 담임 선생님의 잘못으로 그 정보가 드러나고 만다. 사실을 알게 된 같은 반 아이들은 수군거리고, 친했던 친구는 표정이 달라졌으며, 몇몇은 눈앞에서 대놓고 비꼬기까지 한다. 급기야 하굣길에 심한 수모를 당한 주인공이 펑펑 울면서 성당의 수녀에게 달려간다. 수녀는 주인공을 품에 안고 달래며 조언을 하고, 주인공은 속눈썹에 눈물방울을 매달고서 고개를 끄덕인다.

:반드시 필요한 설정:

- 주인공의 성별과 나이
- 주인공이 고아라는 사실을 아이들이 알게 된 경위
- 수녀의 이름

107

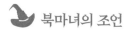 북마녀의 조언

여러분이 어떤 역한 상상을 해도 현실은 더하다. 애석하게도 성악설이 옳다는 증거는 세상에 차고 넘친다. 충격적인 사건 사고가 발생할 때마다 '작가들이 더 분발해야 한다'는 자조 섞인 우스갯소리가 나올 정도다. 현실과 상상의 경계에서 작가는 이를 어떻게 개연성 있게 녹여낼지 다방면으로 연구해야 한다.

어린 시절의 상처는 주변 아이들의 놀림이나 괴롭힘으로 생기기 마련이다. 이것이 성인이 되어서까지 지워지지 않는 트라우마로 남는 일도 허다하다. 정상적으로 사회화되고 상식을 탑재한 성인은 속으로 어떤 생각을 하든 겉으로 티를 내지 않지만, 아이들은 그렇지 않다. 오늘의 장면에서 소악마를 잔뜩 만들어보자.

덧붙여 담임교사가 순수하게(그리고 배려심 없이) 실수한 것인지, 아니면 명백하게 의도적으로 행동한 것인지도 반영되어야 한다. 어느 쪽이든 결과는 같지만 독자의 분노 게이지가 급상승하는 건 후자다. 동년배 아이들의 철없는 행동보다 더 심각한 트라우마로 남는 것은 바로 어른의 다분히 의도적인 언행이다.

수녀란, 천주교(가톨릭)의 여성 종교인을 가리키는 명칭이고 평생 비혼과 비연애 원칙을 지키며 신을 모시는 사람이다. 등장인물 중 수녀가 있다면, 이야기의 시대적 배경이 어떻든 '세례명'다운 이름을 지어주자. 한국배경이어도 가톨릭 계열 성녀나 성서 속 여성 인물의 이름으로 적는 것이 원칙이다.

수녀의 이름을 특이하게 정하려고 노력할 필요 없다. 아그네스, 마리아, 젬마, 미카엘라, 안젤라, 아녜스 등이 가장 무난하고 누가 봐도 수녀처럼 보이는 이름이다. 포털 사이트의 '여자 세례명 추천' 검색 결과를 참고하자. 천주교에서 제공하는 성인 성녀 이름 검색 사이트 (https://maria.catholic.or.kr/sa_ho/saint.asp)도 유용하다. 단, 일반 독자에게 너무 낯선 세례명을 쓰는 건 권장하지 않는다.

수녀는 종교인이므로 종교적 신념에 걸맞은 이야기를 하되, 아이의 눈높이에 맞는 대사를 쳐야 한다. 꼭 성서의 구절을 따올 필요는 없고 어울리는 구절을 알고 있다면 써먹어도 괜찮다. 여기서 조언을 들은 아이의 반응도 꼭 곁들인다.

오늘의 장면에서 아이의 겉과 속을 어떻게 짜느냐는 스토리 전체의 중요한 맥락을 결정한다. 적어도 이 장면까지는 아직 순수한 아이라 수녀의 말을 진심으로 따르는 것처럼 흘러가도 된다. 겉으로는 착하고 말 잘 듣는 아이의 얼굴을 하더라도 속으로는 완전히 다른 생각을 하는 캐릭터로 정했다면 실제 소설에서는 성인이 되어서도 이 성격을 계속 유지할 수 있도록 스토리를 짜야 한다.

저는 오늘 칼을
처음 잡아보는데요?

:: 오늘의 장면 ::

오늘따라 늦게 일어나 지각해버린 나. 남들 일할 때 지각하지 않은 척 끼려고 했건만, 어째선지 분위기가 조용하다. 마구간 앞에서 집사가 저택의 남자 일꾼들을 다 모아 놓고 있다. 눈치를 보며 슬그머니 뒤쪽에 서려다가 집사의 매서운 눈에 걸려버렸다. 귀족의 대련 상대가 되라니! 나는 아무 훈련도 받지 못한 하층민일 뿐이다. 어차피 질 게 뻔한데 그러다가 칼에 찔리기라도 하면 죽거나 장애가 생길 수도 있지 않은가. 가늘고 길게 살고 싶은 나는 손사래를 치며 물러선다. 집사가 나를 협박했다가 달랬다가 어떻게든 설득하려 애쓴다. 싸우는 척만 잠깐 해주고 나면 내가 원하는 것을 주겠다고…. 이것이 내가 지금 이 정원에서 생전 처음 잡아보는 칼을 들고 벌벌 떨며 서 있는 까닭이다. 귀족이 칼을 들고 달려든다.

:반드시 필요한 설정:

- 귀족이 대련을 하는 까닭
- 귀족이 대련 상대를 일꾼 중에서 찾는 까닭
- 귀족의 연령대와 외모
- 나의 연령대와 외모
- 대련을 해주는 대가로 내가 받기로 한 것

 북마녀의 조언

오늘의 장면에서 귀족이 주인공일 리는 없다. 모든 독자는 주인공에게 감정이입을 하게 된다. 만약 남자가 선천적으로 검술의 재능을 가진 사람이라면 대련에서 생각지도 못한 승리를 거머쥘 것이다. 그러나 그게 아니라면, 억울한 죽음을 맞이할 가능성이 농후하다. 전자는 자신도 모르게 힘을 숨기고 있었던 먼치킨물이고, 후자라면 스토리가 '1회차 인생 끝, 2회차 시작!'의 흐름으로 흘러가게 된다. 전자와 후자 모두 남성향 웹소설 판타지의 감성을 가득 품은 전개다. 전자에서도 대련에서 귀족을 죽이게 되면 또 개죽음을 당하게 될 테니 회빙환 전개의 패턴은 어느 쪽에든 넣을 수 있다. 하지만 귀족을 죽이지 않는다면 다른 방식으로 이번 생을 살아갈 수 있게 된다.

　오늘의 장면에선 대련이 왜 열리는지 나오지 않지만 그 이유를 정해놓는다면 귀족과 집사의 의도를 파악할 수 있다. 정황상 대련은 거짓으로 점철된 결투다. 대련 상대인 귀족은 건실하게 훈련을 받지 않았거나 자신의 실력이 미덥지 못한 게 분명하다. 이쯤에서 귀족이 그다지 좋은 인성을 가진 캐릭터는 아니라는 것을 알 수 있다. 훈련되지 않은 사람을 희생양으로 삼고 싶어 하는 귀족의 의도를 나타내자.

누가 봐도 허약하게 생긴 말라깽이 소년을 상대로 이기는 게 재미있을까? 아니면 막노동으로 근육이 잡힌 청년을 상대로 꽤 힘들게 경합하는 척하다가 이기는 게 재미있을까? 아니면 늙수그레한 중년 남자를 상대로 이기는 게 재미있을까? 집사가 수많은 남자 일꾼 중 주인공을 택한 까닭을 생각해보자. 선택의 이유에는 귀족의 연령대와 외모, 나의 연령대와 외모가 변수로 작용한다. 나의 외모는 자유롭게 정하고, 귀족의 외모는 근육질만 아니면 된다. 귀족은 마른 쪽보다는 비대한 편이 해당 이미지에 어울린다.

귀족, 집사, 일꾼들, 주인공 자신까지 스토리에 나오는 그 누구도 주인공이 귀족을 이기리라고 생각하지 않는다. 아니, 귀족을 이기면 안 된다. 공격이 시작되기 전, 귀족의 거만한 태도를 눈빛과 표정, 행동거지로 세세하게 그리자. 이런 놈한테 지면 분하고 이기면 시원한 법. 어느 쪽 전개이든 극적인 감정선을 쌓을 수 있다. 귀족은 어김없이 거들먹거리는 대사를 쳐야 한다. 주인공의 속마음(혹시라도 죽을까 봐 불안함, 귀족 꼴 보기 싫음, 거래를 했으니 지켜야 한다는 책임감 등)을 진솔하게 그리는 것이 포인트다.

애인의 바람 현장

:오늘의 장면:

어느 날부터 왠지 모르게 차가워지고 신경질이 늘어난 애인. 결혼까지 생각하는 사이인데 각자 일이 바쁘다는 이유로 데이트다운 데이트를 한 지 오래다. 주인공은 권태기를 노력으로 극복하겠다고 마음먹고 도시락을 준비해 애인을 찾아간다. 그런데 들어간 곳에서 펼쳐진 광경은…?! 어둠 속에서 남자와 여자가 뒤엉켜 있다. 그들은 지금 은밀한 구석에 숨어 서로를 만지고 빨며, 주인공에 대해 뒷담화를 하고 있다. 주인공은 목소리를 듣고 애인의 상대가 누구인지 깨닫는다. 이를 악문 주인공이 두 연놈에게 달려들려는 순간, 불이 켜진다. 남녀가 놀라 소리를 지르며 몸을 가린다. 불을 켠 사람은 주인공이 아니다.

:반드시 필요한 설정:

- 장면이 진행되는 공간
- 주인공의 성별과 나이

- 애인의 성별과 나이
- 상대의 성별 및 주인공과의 관계
- 불을 켠 사람의 정체

 북마녀의 조언

바람날 인간은 언제든 바람이 날 것이고, 바람피우는 인물은 웹소설에서 절대로 주인공이 될 수 없다. 두 남녀의 성격은 아주 평면적으로 정해도 상관없다. 불륜 남녀가 나누는 스킨십에 관하여 너무 실감 나고 길게 서술하지 않는 것이 웹소설계의 암묵적 원칙이다. 독자는 악역들의 스킨십이 딱히 궁금하지 않고, 길어질수록 기분만 찝찝해진다. 결정적으로 묘사를 너무 잘하여 악역들(특히 남성)이 성관계에 능수능란하다고 표현하면 남주의 비중을 잡아먹게 된다. 이렇게 소모적인 구간은 가능한 한 줄이는 것이 낫다.

그렇다고 바람난 인물들의 스킨십을 너무 간략하게 넘어가도 곤란하다. 최소한 이들이 무슨 짓을 벌이고 있는지는 누가 읽어도 알 수 있도록 나와야 한다. 다만 그들의 스킨십 묘사만으로 열 줄이 넘어서면 너무 길게 적혔다고 봐야 한다. 대략 두어 줄에서 최대 다섯 줄로 한 문단이 넘지 않는 분량이면 적절하다.

이런 악역 조연(악조)의 씬은 주인공들의 씬과는 느낌이 달라야 한다. 성관계는 누구에게나 격정적이고 은밀하며 끈적하다. 그러므로 악조의 씬을 쓸 땐 추접스러운 단어 중심으로 고르되 배신을 당한 사람의 시선으로 실감 나게 적는다. 이렇게 악조들의 씬에 독자가 스며들 여지를 차단해버려야 배신의 고통을 더욱 강화할 수 있고, 동시에 독자에겐 구역감과 울분을 선사할 수 있다.

　오늘의 장면에선 배신당한 주인공의 머릿속에 더 집중하자. 난잡한 광경을 목격한 직후의 신체 반응을 아주 꼼꼼히 적어야 한다. 그러나 어쩔 수 없이 나타나는 생리적 반응과 의지를 가진 행동은 별개다. 눈가가 붉어져도 이를 꽉 깨물고 화를 참는 캐릭터도 존재한다. 애인이 바람난 현장을 목격한 주인공의 행동은 성별과 성격에 따라 달라져야 한다.

너의 이름은

:오늘의 장면:

이름만 들어봤던 아버지를 생전 처음 만나는 날. 나는 아직 어리지만 아버지의 외모를 이미 알고 있다. 나는 한 번 죽은 적이 있고, 어찌 된 일인지이 아이의 몸에 깃들었기 때문이다. 아버지와의 관계를 훈훈하게 만들지 않으면 이번에도 아주 불행하게 살다 죽게 될 터. 과거의 나를 포함하여 아버지의 혼외 자식들은 전부 그랬다. 나는 그 흐름을 바꾸기 위해 노력할 생각이다. 곧 젊은 아버지의 얼굴을 한 남자가 들어온다. 어머니의 품에 안겨 있는 나를 잠깐 지켜보던 아버지가 고개를 돌릴 찰나, 나는 최선을 다해 아버지에게 기억될 행동을 한다. 아버지는 잠시 굳었다가 인상을 찌푸리며 나의 이름을 지어준다. 어머니와 몇 마디를 나누고 자리를 뜨는 아버지. 어머니가 내게 고개를 파묻고 울음을 터뜨린다. 감동의 눈물이다. 지금까지 아버지는 어느 혼외자에게도 이름을 지어준 적이 없었다.

- 시대적 배경

- 이 장면이 진행되는 공간

- 아버지의 신상 정보

- 아이가 아버지에게 한 행동

- 아이의 이름을 ○○○으로 지어준 까닭(이름의 뜻)

 북마녀의 조언

빙의나 환생 소재에서 인생 1회차에 주인공이 어떻게 살다가 죽었는지 구구절절 서술하고 그 내용을 프롤로그로 깔아주는 방식은 유행이 지났다. 지금 그렇게 쓰면 살짝 올드한 느낌이 들 수 있다. 빙의자와 환생자가 어떻게 불행했고 어떻게 죽었는지 궁금해서 미치는 독자는 이제 존재하지 않는다. 그러므로 빙의물이나 환생물을 쓰고 싶다면 새로운 삶을 바로 시작하되, '나는 이러이러한 삶을 살다가 이번 생으로 넘어오게 되었다'라고 적당히 요약해도 크게 문제없다. 단, 이전의 삶에 매우 중대한 열쇠와 반전이 있다면 현생을 살아가면서 조금씩 전생 속 요소도 풀어주어야 한다.

오늘의 장면은 웹소설 장르 중 가상 시대를 활용한 판타지 계열에서 활용할 수 있다. 갓난아기 시절부터 시작되는 육아물에서 흔히 쓰이는 클리셰이지만 세부적인 요소 때문에 클리셰가 비틀려 있는 예제다.

아버지와의 관계를 긍정적인 방향으로 끌고 나갈 예정인 여성향 육아물에서 아버지한테 혼외 자식이 많고 그 자식들한테 관심을 전혀 주지 않았다고 설정해버리면 시작부터 공감대를 형성하지 못한다. 실상 악역의 성정을 가진 아버지와 여주인공이 유독 좋은 관계를 맺는다는 흐름은 그야말로 어불성설이다. 이런 아버지는 여성향 장르에서 여주의 조력자로 적합하지 않다.

반대로, 아버지를 악역으로 두고 가문의 패망을 주인공의 목표로 삼는다면 로판과 여주판에서도 가능하다. 어떤 클리셰든 비트는 순간 전개가 다르게 흘러가니 마음껏 비틀어보길 바란다.

맥락상 아버지의 신분은 최하 고위 귀족, 최고 황제다. 평민이라면 방탕한 생활을 하더라도 한계가 있고, 힘없는 하급 귀족이라면 그와의 관계가 좋아진다 해도 크게 달라질 일이 없다. 아버지가 줄 수 있는 환경과 조건을 정리하고 인생 계획을 세우는 아이의 되바라진 머릿속을 그려보자.

아이가 아버지의 눈에 들기 위해 노력하는 행동을 제대로 구현해야 한다. 어떤 행동을 하느냐에 따라 이름도 달라진다. 아버지 손가락을 물어뜯는 대담한 아이에게 어여쁘고 순수한 이미지의 이름을 지어주진 않을 테고, 아버지의 손을 꼭 잡고 웃는 아이에게 거친 이름을 주진 않을 테니까. 시놉시스 단계에서 의미가 있는 이름으로 네이밍 작업을 했다면 이런 장면을 통해 작가의 의도를 알릴 수 있다.

027
장면 실습 예제

특종을 막아라

:오늘의 장면:

현재 한국에서 가장 잘나가는 배우 ○○○에겐 알려지지 않은 비밀이 있고, 이 비밀을 어느 기자가 알게 되었다. 단독으로 특종 기사를 내리려는 기자. 소식을 들은 소속사 대표는 걱정이 태산이다. 오늘 밤 안에 기사를 막지 않으면 내일 아침 ○○○은 나락으로 떨어질 것이다. ○○○이 어떻게 좀 해보라며 난리를 치고, 대표는 안 되겠다 싶어 직접 나서기로 한다. 늦은 밤 신문사 앞에서 대기를 타던 끝에 드디어 문제의 기자를 겨우 잡은 대표. 하지만 기자는 소속사 대표의 부탁을 들어줄 생각이 없다. 급기야 돈 봉투를 들이밀며 거액을 제시했는데도 통하지 않자, 대표는 얼굴색을 바꾸고 협박을 하기 시작한다.

:반드시 필요한 설정:

• 배우의 성별, 연령대, 이름
• 배우의 커리어

- 배우가 가진 비밀

- 기자의 성별과 성격

- 대표의 성별과 성격

- (배우의 인기와 상관없이) 소속사의 규모

- 신문사의 규모

 북마녀의 조언

현대 로맨스나 현대 판타지 등 21세기 현재 대한민국을 배경으로 한 작품
에서 활용할 수 있는 장면이다. 연예계를 다루는 스토리라면 한 번쯤 발생
하게 되는 에피소드다.

오늘의 장면은 세 인물의 성별에 따라 연상되는 버전이 완전히 달라진
다. 어느 정도는 성별에 따른 고정관념이 작용할 수밖에 없다.

편견이 이뤄낸 클리셰를 인위적으로 바꾸려는 노력은 결코 시급하지
않다. 크게 다르지 않더라도 언제나 재미있을 뿐만 아니라, 비슷한 장면이
구성된다 해도 딱히 표절 문제가 생기는 것은 아니니 불안에 떨지 않아도
된다.

소속사 대표가 보도를 막기 위해 죽기 살기로 애쓰는 까닭은 무엇일
까? 대체 어떤 비밀이기에? 기발한 내용이 썩 떠오르지 않는다면 연예계
에서 실제로 발생했던 사건을 적당히 써먹어도 무방하다. 논픽션 수준으
로 활용하는 건 곤란하지만, 사회적 파장까지 일으켰던 사건들은 얼마든
지 스토리에 녹일 수 있다. 마약, 문어발 연애, 불륜, 성매수, 성매매(의지
에 따른 '스폰'), 폭행, 데이트 폭력, 강간을 포함한 성범죄 등이 대표적인

소재다.

　이렇게 거대한 스캔들은 거짓일 수도 있다. 정말 사실인지, 그 이면에 다른 문제가 있어서 억울한 상황인지를 정해두어야 한다. 배우가 선역이라면 소문에 불과한 것으로, 배우가 선역이 아니라면 소문이 팩트이고 증거도 고스란히 남아 있도록 짜는 건 당연하다. 예를 들어 배우가 명백히 착한 캐릭터인데 정말 성매수를 했거나 바람을 피웠다는 건 앞뒤가 안 맞는다. 이것이야말로 캐릭터 붕괴다. 오늘의 장면에서 맥락상 기자는 팩트 체크를 완료했고 그 비밀은 진실일 테니 이를 염두에 두고 정리한다.

　대표와 기자의 대화에 집중하되, 대표의 불안한 속내를 신체 반응으로 묘사하자. 두 사람의 성별을 다르게 정하는 편이 훨씬 더 흥미를 자아낸다. 남자 대표와 남자 기자라는 설정보다는 여자 대표와 남자 기자, 혹은 남자 대표와 여자 기자 설정이 비교적 더 재미있다는 뜻이다.

이렇게
죽을 순 없다

※ 주의: 이번 예제는 실습자에게 자살 관련 트리거로 작용할 수 있다. 불안하다면 다음 예제로 넘어가도 좋다.

:오늘의 장면:

허공에 매달려 있는 남자. 의자에 올라가 동그랗게 감아 매듭지은 전선을 목에 걸 때까지만 해도 남자는 담담히 죽음을 맞이할 작정이었다. 그러나 막상 굵은 전선이 목을 꽉 조이자마자 남자는 살아야겠다는 본능으로 몸부림친다. 전선이 팽팽하게 당겨지며 기이한 소리를 낸다. 그러나 야속하게도 중력은 무거운 몸을 끝없이 바닥으로 당기고, 남자의 목뼈가 그 힘을 계속 감당하며 버티기에는 역부족이다. 남자의 힘으로는 이 위기를 벗어날 수 없다. 흐릿한 눈앞에 주마등처럼 기억 속 장면이 지나간다. 결국 모든 것을 포기하고 죽음의 미래를 받아들이는 순간, 남자는 구사일생으로 살아난다.

⁝반드시 필요한 설정⁝

- 이 장면이 진행되는 장소
- 남자가 목을 매달게 된 까닭
- 죽기 직전 떠올린 장면
- 남자가 살아난 방식

 북마녀의 조언

죽기 직전까지 갔다가 살아나는 과정을 긴박하게 구현하면 독자도 숨을 멈추고 읽는다. 독자는 주인공이 죽지 않는다는 걸 알면서도 불안감을 느낀다. 경동맥이 압박되어 눈의 실핏줄이 터지는 등 목매달렸을 때 일어나는 신체 증상을 알아두고, 이를 실감 나게 적을 필요가 있다. 동시에 고통에 몸부림치는 인물의 소리도 대사로 넣어야 리얼리티가 살아난다. 주변 소음과 전선의 소리는 남자의 귀에 잘 들리지 않겠지만, 독자한테는 이 배경 정보를 알려야 한다.

남자는 본인의 선택으로 목을 매달게 된 것일까? 아니면 누군가의 강요로 어쩔 수 없이 의자에 올라서게 된 것일까? 다시 말해 오늘의 장면은 자살 혹은 자살당하는 장면이라 할 수 있다. 이를 위해 생각해야 할 요소가 하나 더 있다. 다른 사람의 존재 여부다. 남자가 의자에 올라서는 순간 같은 공간에 다른 사람이 있다면 그는 의심할 바 없이 남자에게 자살을 강요하는 존재일 테고 이 장면에서 꼭 노출되어야 한다. 그러나 뒤늦게 이 공간에 들어온 사람이라면 급한 동작으로 천장에 매달려 죽어가는 남자를 살릴 것이다. 제힘으로 살아났는지, 아니면 누구의 도움을 받았는지도 확정하여 장면의 마지막을 장식하자. 무게를 이기지 못해 전선이 끊어지는 흐름도 꽤 사실감 넘치는 전개다.

이대로 죽는다면 남자는 주인공일 리가 없다. 웹소설의 주인공이 불치병에 걸려 어쩔 수 없이 죽는 것도 욕을 먹는 판에 무려 자살로 생을 마감한다? 제발 그러지 말자. 주인공 주변 인물이 목매달아 죽는 경우는 없지 않으나, 주인공의 결말이 그렇게 끝나서는 안 된다.

주인공이라면 그만큼 살고자 하는 의지가 있어야 한다. 스스로 죽음을 선택했더라도 몸부림치는 과정을 통해 살고 싶은 욕망, 생존 욕구를 강렬하게 드러내자. 그게 그의 진심일 테니까. 자살 현장에서 새롭게 태어난 주인공은 이전과는 다른 선택을 하고, 이전과는 다른 삶을 살게 된다.

누군가 그를 살린 것이라면, 두 사람은 긴밀한 관계가 된다. 때로는 신적인 존재가 결국 죽어버린 그에게 제2의 삶을 제공하기도 한다. 이는 회귀, 빙의, 환생의 시작이 되겠다.

029

장면 실습 예제

당장 헤어져라

:오늘의 장면:

여주인공의 어머니는 고상하고 우아하고 다정하다. 지금까지 여주인공을 포함한 그 누구에게 단 한 번도 목소리를 높인 적이 없다. 그런 어머니가 그녀에게 말한다. 지금 사귀고 있는 사람과 헤어지라고. 예상했던 바다. 하지만 그녀는 애인과 매우 깊은 관계이고, 결코 헤어질 생각이 없다. 이 번만큼은 어머니의 말을 따르지 않을 생각이다. 그녀는 애인의 장점과 두 사람의 관계를 이야기하며 모친을 열심히 설득한다. 그러나 어머니는 오 랜만에 자기 말을 거역하려는 딸의 언행에 심기가 불편하다. 주인공이 끝 까지 애인과 헤어지지 않는다면, 어머니는 그녀에게서 아주 소중한 것을 빼앗을 예정이다. 지금까지 그렇게 그녀를 길들였듯이.

:반드시 필요한 설정:

- 이 일이 일어나는 장소
- 주인공과 어머니의 관계성

- 어머니가 두 사람의 이별을 바라는 까닭
- 과거에 어머니가 한 행동
- 현재 주인공에게 아주 소중한 것

 ## 북마녀의 조언

다수의 웹소설 작품에서 '연애나 결혼을 반대하는 어머니'는 대부분 과격하고 드센 이미지로 연출되어왔다. 바로 그 클리셰를 깸으로써 오히려 흥미를 자아내는 흐름이 만들어진다.

오늘의 장면에서는 어머니의 품격이 여실히 드러나도록 외모와 몸짓, 그리고 대사를 짜야 한다. 품격과는 별개로 자기 말을 딸이 거역한다는 것은 그녀의 세상에서 있을 수 없는 일이다. 이를 통해 어머니의 이중성을 뚜렷하게 나타낼 수 있다.

평소 주인공이 어머니를 어떻게 생각하고 어떻게 대해왔는지까지 알려준다면 주인공의 이번 언행이 더 달라 보이겠다. 또한 연인을 향한 사랑이 얼마나 깊은지도 드러낼 수 있다. '주인공에게 소중한 것'은 무엇일까? 물건이나 기회, 어쩌면 사람일 수도 있다. 주인공의 애인 그 자체를 뜻할지도 모른다.

장면 전체가 대화 중심으로 돌아가되, 여기에 중간중간 과거 주인공이 어머니에게 당했던 경험을 지문으로 몇 가지 나열하면 어머니의 잔인성이 눈에 띄게 강조된다.

주인공이 어머니의 친딸이 맞는 걸까? 대중이 생각하는 친모와 계모의 이미지, 그리고 많은 소설에서 표현되는 이미지를 따라간다면 보통 계모가 이런 행동을 하곤 한다. 그러나 친모라고 이상 행동을 절대로 하지 않는다고 단언할 수 없다. 자식을 소유물로 취급하는 친부모도 셀 수 없이 많다. 또한, 모성애는 사람에 따라 다르다. 애석하게도 오늘의 장면에서 어머니가 하는 행동조차 비뚤어진 모성애의 결과일 수 있다.

작가의
경제적 사정

:오늘의 장면:

나는 전업 작가다. 전작을 완결한 지 한 달 조금 넘었다. 전작이 폭망하진
않았지만 대박을 친 것도 아니라 매우 아쉽다. 아침에 눈뜨자마자 순위를
확인한 결과, 훅 떨어졌다. 통장 계좌를 확인해보니 더욱 쪼들리는 기분이
든다. 빨리 신작을 써야 한다는 조급함에 부지런히 준비하여 담당 편집자
에게 시놉시스를 보냈다. 그런데 돌아오는 반응이 썩 좋지 않다. 나름대로
돌려서 말하고는 있지만 이 스토리로는 계약을 하지 못할 분위기다. 당장
계약금을 받아야 생활이 가능한데 어쩌지? 심지어 이달에 큰돈이 들어갈
일까지 있다.

:반드시 필요한 설정:

- 주인공의 성별과 쓰고 있는 장르
- 주인공의 재정 상태
- 담당 편집자의 성격

• 담당 편집자와의 소통 수단

 북마녀의 조언

근래 '웹소설 작가'를 주인공으로 한 작품이 웹소설 시장의 모든 장르에서 등장하고 있다. 작가의 실생활은 작가가 가장 잘 아는 법! 그래서 작가를 주인공으로 내세운 작품은 글쓴이의 당사자성이 장면에 잔뜩 묻어나곤 한다. 하지만 데뷔 경험이 없는 사람에겐 오늘의 장면 역시 상상력을 요하는 작업이다. 대박을 치는 상상이 다반사겠지만, 쓸쓸하고 찝찝한 상상도 필력을 위해 수행해야 한다.

주인공의 경제적 사정은 그리 좋지 않다. 통장 계좌에 얼마가 들어 있는지 정확한 숫자를 적어도 좋고, 숫자가 아니더라도 심히 힘든 형편이라는 걸 유추할 수 있는 디테일을 살려주면 된다. 여기에 이달에 큰돈이 들어갈 일이 무엇인지 적시한다면 불안과 걱정의 무게감을 더욱 강조할 수 있다. 가족의 수술비나 사채, 주인공의 학자금 대출 상환 등 경제적으로 타격이 심하고 부담이 클 만한 사정을 핵심적으로 언급한다.

작가의 스트레스와 조급한 마음을 현실감 있게 반영하되, 자신의 경험을 토씨 하나 안 바꾸고 그대로 반영하진 말자. 아무리 실제로 겪은 일이라 해도 말투나 단어를 포함해 장면에서 현실의 주변 인물(특히 웹소설 관계자)을 특정할 수 있는 요소를 직접적으로 쓰는 행위는 위험 부담이 크다. 긍정적인 상황이라면 그나마 낫지만 부정적인 장면에서 그렇게 썼을 때 차후 현실의 인간관계 및 비즈니스에 문제가 생길 수 있다. 장면 예제 실습에서 쓰는 건 상관없으나 공개적으로 노출되는 원고에서는 해선 안 될 일이다.

담당 편집자가 메일을 보냈는지, 메시지를 보냈는지, 아니면 통화로 의견을 전달했는지 정하자. 메시지나 전화 통화는 아무래도 담당자의 의견을 마주한 작가의 즉각적인 반응까지 등장하게 된다. 메일이라면 정말 담당자가 쓴 업무 메일처럼 써야 하고, 내용의 일부 혹은 전체를 적기 때문에 담당자의 거절이 확실히 보인다. 어떤 수단이든 각각 장점이 있다.

담당 편집자의 성격이 매우 빙빙 돌려 말하는 타입이든 직설적인 타입이든 그 스토리 라인을 신작으로 쓸 수 없다는 것만은 의심할 바 없다. 그러나 아무리 직설적인 담당자라도 작가가 상처받지 않도록 나름대로 노력하기 마련이다. 이러나저러나 작가가 그 의도를 간파했다면 상처가 될 테지만 말이다. 담당자의 메시지 혹은 대사를 적을 땐 누가 봐도 거절로 보이게 혼동되지 않도록 적자.

잠든 너를
처음 본 날

:오늘의 장면:

한 여자가 소파에 누워 잠들어 있다. 남자는 볼일이 있어 집에 들어왔다가 여자의 자는 얼굴을 내려다본다. 여자가 깨어 있을 때, 남자와 여자의 사이는 언제나 좋지 않았다. 당장 어제만 해도 대판 싸웠다. 다투는 내내 여자의 미간은 찌푸려져 있었고, 눈가는 붉었으며, 아마도 어딘가에서 울었을 것이다. 하지만 오늘은 잠든 얼굴이 너무나 평온하고 예뻐서, 남자는 스스로 미친 게 확실하다고 생각한다. 얼굴에 열이 올라버린 남자는 마음을 다잡으려 노력한다.

:반드시 필요한 설정:

- 남자와 여자의 연령대
- 남자와 여자의 관계
- 깨어 있을 때, 남녀의 성격
- 어제 두 사람이 다툰 문제

• 남자가 그 집에 들어온 까닭

 북마녀의 조언

깨어 있을 때 두 사람의 관계가 이미 다른 장면을 통해 나타났다면 여기서 긴 설명은 불필요하다. 그래도 남자 입장에서는 잠든 여자를 처음 봤으니 깨어 있을 때와 자고 있는 지금의 차이점을 적어줄 필요가 있다. 지금 깨어 있었다면 여자가 어떻게 행동했을지를 추측해서 설명하면 어떨까.

오늘의 장면에서는 남자의 회상을 통해 어제 싸운 기억이 중간에 끼어든다. 두 사람이 어떤 방식으로 싸우는지 각각의 스타일을 짜되, 연령대를 감안하여 정한다. 두 사람이 아직 철없는 나이라면 조금 더 격렬하게 소리치면서 싸워도 독자가 이를 너무 심각하게 받아들이지 않는다. 그러나 두 사람이 이미 성인인데 서로 고함을 지른다면, 특히 이 장면은 주요 남자 캐릭터(남주가 아니어도 최소 서브 남주)만 나올 수 있는 내용이기 때문에 남주에 준하는 인물이 여주에게 과도하게 소리를 지르거나 신경질을 부리는 모습은 여성향 독자의 불호 감정을 일으킬 우려가 있다. 다투는 장면의 디테일을 오늘의 장면에 전부 쏟아내지 않아도 된다. 실제 원고에서는 그 세부 내용이 다른 장면에 등장하게 된다. 그러므로 오늘의 장면에서는 어제 다툰 까닭을 아주 짧게 언급하고 지나가도 괜찮다.

잠든 여자의 얼굴을 바라보면서 달라지는 남자의 기분을 단순히 '설명'만 해서는 안 된다. 이때 신체적인 변화를 곁들인다면 남자의 기분을 보다 사실감 있게 묘사할 수 있다. 뺨이 간지럽다거나, 가슴께에 어떤 이상 증상이 생긴다거나 다양한 현상을 연구해보자. 스토리 설정에 따라서는 남자의 아랫도리에 크나큰 문제가 생길 위험도 있겠다. 다만 이렇게 그리면 연령 등급 문제가 생기게 되니 자신이 생각하는 작품의 등급에 맞춰 수위를 조절해야 한다. 장면의 끝은 남자가 어떻게 열을 식히려 노력하는지 행동을 적는 것으로 마무리한다.

황태자의 병을
낫게 하려면

:오늘의 장면:

제국의 황태자가 중병에 걸렸다. 무슨 짓을 해도 황태자의 병은 차도가 없다. 황제는 크게 상심하지만 열성적인 기도 끝에 신탁이 내려온다. 신전을 지키는 이로부터 신탁의 내용을 들은 황제는 기가 막혀 고함을 지른다. 황녀의 불행을 비료 삼아 황태자가 완치될 수 있다니. 황제는 잠시 고민하지만 신의 뜻을 받아들이고 신탁을 따르기로 결정한다. 그에게 황자는 한 명뿐이며 지금 그 소중한 자식이 죽기 일보 직전이다. 자신은 그저 황실의 정통성을 유지하기 위해 모든 노력을 할 뿐. 죄책감이 사라진 황제는 가장 보잘것없는 아이를 고른다.

:반드시 필요한 설정:

- 황제의 자녀 수 및 성별 구성
- 황태자의 나이
- 황태자의 증상

- 신탁의 내용
- 황제가 고른 아이의 신상 정보

 ## 북마녀의 조언

앞쪽에서 어느 정도 설정 요약 버전이 나와도 되는 장면이다. 장면의 앞부분에 황태자가 몇 살이고, 어떤 증상에 시달리고, 얼마나 위독하며, 앓아누운 지 얼마나 오랜 시간이 흘렀으며, 황태자의 병을 고치기 위해 황실이 어떤 노력을 했는지가 전부 다 들어가야 하지만 분량 자체는 짧게 써도 된다는 뜻이다. 실제 소설이라면 시놉시스의 줄거리에 적어둔 설정이 있을 테고, 그 구간을 그대로 떠 와 몇 문장만 덧붙여도 관계없다.

황태자가 황제에게 매우 소중한 자식이라는 전제는 예제에 이미 깔려 있다. 그렇다면 황제가 신탁을 따르기 위해 희생양으로 삼을 아이는 누구일까? 분명 이 아이가 소설의 주인공일 텐데 어른들은 신탁을 빌미로 아이에게 대체 무슨 짓을 하려는 걸까?

오늘의 장면에서 황태자는 황실의 모든 인물에게 소중한 존재이지만 스토리를 이끌어가는 주체적인 캐릭터일 리 없다. 그는 그저 주인공의 불행을 더욱 돋보이게 하기 위한 도구일 뿐이다. 가장 집중하여 설정하고 집요하게 설명해야 하는 건 바로 신탁이다. 황태자의 병에 관해서는 어떻게 써도 상관없으나 신탁 내용은 차별성 있게 짜야 한다. 신탁의 주요 내용이 정해지면 이 장면의 설정 및 소설 전개 방향이 사실상 확정된다.

신탁은 신으로부터 받은 명령 수준의 메시지이기에 다소 충격적인 해결책으로 설정해도 상관없다. 현대물에서는 도저히 진행할 수 없을 만큼

비도덕적이고 비인간적이어도 무방하다. 솔직히 말하면 자극적일수록 효과적이다. 아무리 윤리에 어긋나고 터무니없는 내용이라도 황제는 그 신탁을 틀림없이 실행할 것이다. 독자를 더욱 분노케 하자!

계부VS계모

:오늘의 장면:

저녁 식사 시간. 네 식구가 식탁에 둘러앉아 있다. 오늘은 아버지의 재혼 후 처음으로 집에서 네 명이 함께 밥을 먹는 자리다. 아버지는 오랜만에 가족이 함께 식사하는 분위기에 마냥 가슴 벅차고 행복한 것 같지만, 나는 그저 가시방석에 앉은 기분으로 어색하게 웃는 중이다. 아버지가 해맑은 얼굴로 내 밥공기 위에 반찬을 얹어준다. 그걸 본 의붓어머니의 얼굴빛이 미묘하게 달라진다. 다음 순간 그녀는 미소를 지으며 자기 딸의 숟가락에 반찬을 듬뿍 올려준다. 아버지는 순식간에 이상해진 분위기를 전혀 감지하지 못한 것일까? 나는 모든 식구의 눈치를 살피느라 밥알이 입으로 들어가는지 코로 들어가는지 모를 지경이다.

:반드시 필요한 설정:

- 나의 성격
- 나의 성별과 연령대

- 의붓동생의 신상 정보
- 반찬 종류

 ## 북마녀의 조언

계부&계모 서사는 어린 시절 주인공을 괴롭히는 전형적인 클리셰로 유구한 역사를 자랑한다. 오늘의 장면에서 나는 새로 만들어진 가족이 모쪼록 평화롭길 바라는 것 같지만 앞으로 결코 조용하지는 않을 전망이다. 눈치 없는 아버지로부터 시작된 앙금은 서서히 눈덩이처럼 불어나 스토리를 길게 엮어낸다.

예제에는 의붓동생의 행동이 뚜렷하게 나오지 않았으나 의붓동생의 신상 정보를 간단히 정해두고 장면을 시작한다면 조금 더 자연스럽고 정교한 진행이 가능해진다. 의붓동생의 친부가 누구일까? 나의 아버지가 친부라면 의붓동생의 나이가 몇 살이든 그는 매우 뻔뻔한 성격일 것이다. 사별이든 이혼이든 나의 어머니가 죽기 전 불륜이 일어났다면 상황이 더욱 심각해진다. 새어머니 역시 재혼이라 딸을 데려온 것이라면 내가 크게 분개할 문제는 아니다. 그래도 재혼이 너무 일찍 이루어졌다면 이는 나에게 심리적 상처가 될 수 있다.

아버지와 나의 성격 설정에 따라 이 장면에서 긴 대화가 오갈지가 결정된다. 아버지의 행동과 그에 즉각적으로 반응하는 의붓어머니의 행동을 시선 이동을 따라 자연스럽게 적어보자. 새로 구성된 가족 안에서 살아남아야 하는 인물의 관찰 결과와 머릿속 생각을 최대한 펼치는 것이 관건이다.

반찬은 엄청나게 비싸지 않더라도 어느 정도 고급스러워 보이는 메뉴로 정해야 읽었을 때 어른들이 자기 자식에게 신경 쓰는 것처럼 보인다. 예를 들어 깍두기나 콩나물을 얹어주면 느낌이 살지 않는다. 되도록 고기 류 혹은 매우 비싼 생선 종류로 고르다면 더욱 의미 있는 행동으로 인지 된다.

목욕 시중

:오늘의 장면:

여주는 목욕을 언제 마지막으로 했는지 가물가물할 정도로 몹시 더러운 상태다. 시중을 처음 받아보는 여주가 어설프게 움직이는 통에 하녀들은 조금 답답하다. 주인은 이 지저분한 여자를 사람들에게 소개해야 하니 그 시각 전까지 단장을 끝마치라 했다. 하녀들은 부지런을 떨어 땟국물이 줄줄 흐르는 여주를 거의 빨래하듯이 씻기고 단장해준다. 몇 시간 후 하녀들은 자신들이 만들어놓은 작품을 보며 감탄한다. 여주 역시 거울 속 자신의 자태가 놀라울 따름이다.

:반드시 필요한 설정:

- 시대적 배경
- 주인의 신상 정보
- 여주의 신상 정보
- 여주가 현재 불결한 까닭

 북마녀의 조언

다들 자동적으로 '빈민가에서 빌어먹던(혹은 도둑질하던) 거지 소녀'를 떠올렸을 텐데, 이 역시 아주 평범한 클리셰다. 이렇게 구성해도 문제는 없다. 하지만 꼭 거지 소녀가 아니어도 땟국물이 줄줄 흐르고 목욕을 하지 못할 만한 일은 웹소설의 세계에서 자주 일어난다. 그녀는 전쟁에서 방금 돌아온 여기사일 수도 있고, 감옥에 오랫동안 갇혀 있던 죄수였을 수도 있고, 딱히 하층민이 아니지만 어떤 이유로 먼지 구덩이에 처박혀 뒹굴고 몇 날 며칠을 나오지 못하는 바람에 온몸이 지저분해졌을 수도 있다.

'메이크오버'* 장면은 현대 배경의 작품에서는 굉장히 진부해 보이기 때문에 활용하지 않는 편이 낫다. 메이크오버의 과정이든 결과든 스토리가 늘어지거나 오글거리게 되는 이유 중 하나가 되어버린다. 반면, 서양풍이나 동양풍에서는 여주의 과거 서사를 극단적으로 만드는 일이 가능하기 때문에 메이크오버 장면을 넣더라도 그리 진부해 보이지 않는다.

메이크오버 장면에서는 큰 변화가 눈에 띄어야 한다. 목욕 전과 후 여주의 외모가 어떻게 달라졌는지 머리부터 발끝까지 세세하게 적어보자. 목욕 및 목욕 후의 단장 과정도 고스란히 들어가야 한다. 이 과정의 세부 사항은 시대적 배경을 언제로 정하느냐에 따라 단어 선택이 완전히 달라진다. 도구나 아이템 이름부터 다르므로 시대적 배경이 나타나도록 써야 그 맛이 살아난다.

• 인물의 외모를 머리부터 발끝까지 변신시키는 것. 본인이 직접 하기보다는 해당 인물을 타인이 바꾸어주는 의미로 더 많이 쓰인다.

실제 소설에서는 여주가 어쩌다 이곳에 끌려와서 목욕 시중을 받게 되었는지가 전후 장면에서 나오겠지만, 오늘의 장면에서는 그 내용을 빼도 된다. 여주의 꽃단장에 집중하되 난생처음 받아보는 목욕 시중에 어색함을 감출 길 없는 여주의 반응을 담아야 한다. 참, 이 장면에서는 여주가 어떤 식으로든 미녀가 되어야 한다. 때 빼고 광도 냈는데 결괏값이 평범하다면 장면의 효과가 낮아진다.

떠나는 부모와 마주쳤다

:오늘의 장면:

어느 날 학교에서 돌아와 문을 열려고 열쇠를 꺼내 드는데, 문이 먼저 열린다. 엄마(아빠)다. 엄마(아빠)는 큰 가방을 들고 있으며, 나와 마주쳐버려 당황한 것 같다. 잠시 침묵이 흐른 후 머리 위에서 미안하다는 말이 작게 들리고, 나를 스쳐 지나가는 엄마(아빠). 나는 몸이 굳어버려 움직이지 못한다. 뒤늦게 입을 열지만 울음이 쏟아져 내 귀에도 내 말이 정확하게 들리지 않는다. 그러나 나는 차마 매달리지 못하고, 엄마(아빠)가 차에 올라타 사라질 때까지 그 자리에 멈춰 있다.

:반드시 필요한 설정:

- 이 장면이 진행되는 공간적 배경
- 떠나는 양육자의 성별
- 나의 가족 관계 및 다른 양육자의 존재 유무
- 나의 연령대

- 나의 성별과 성격
- 주인공이 그(녀)를 차마 붙잡지 못하는 까닭

 ## 북마녀의 조언

주인공이 미성년자인 시절에 펼쳐지는 장면으로서, 한마디로 부모에게 버려지는 장면이다. 부모의 입장을 주인공이 이해했다 한들, 주인공에게 상처가 되지 않는 건 아니다. 어른이 될 주인공에게 트라우마가 되면서, 주인공의 성장 과정이 순탄치 않을 거라는 예측까지 하게 되는 에피소드다. 실제 소설에서는 해당 장면에서 가정환경을 충분히 기술해두면, 이후의 고된 성장 과정을 생략하고 시간을 건너뛸 수 있다. 즉, 어른이 된 현재를 빨리 시작하여 효율성 높은 전개가 가능해진다.

오늘의 장면을 위해 우선 주인공의 가족 관계부터 만들어야 한다. 예를 들어 아이가 미혼모(부)의 자식이고 조부모와 함께 넷이 지냈다면, 친부(모)가 사라져도 다른 양육자가 남아 있는 환경이 된다. 어쩌면 지금 주인공을 스쳐 지나가는 사람은 자기 부모에게 아이를 맡기다시피 하며 살다가 잠깐 짐을 가지러 온 건데 아이한테 운 나쁘게 걸려버린 상황일지도 모른다. 혹은, 아이를 키워줄 사람이 전혀 없는데 극단적인 이기심으로 아이를 내팽개치고 떠나는 광경이라면 어떨까? 어린 동생을 주인공이 책임져야 하는 최악의 환경이 된 거라면?

오늘의 장면이 진행되는 장소로 너무 번듯한 곳을 고르면 곤란하다. 그렇게 번듯한 집이 있는데 양육자가 떠나는 건 개연성이 떨어져 보인다. 이런 일이 일어나는 공간으로는 시골이나 변두리의 허름한 집이 훨씬 그럴

싸하다. 시골의 작은 마을이 아닌 도시도 가능하지만 대문이나 현관문의 도어록이 또르륵 하고 열리는 건 어울리지 않는다.

그다음에는 어린 나의 성격과 연령대도 생각해보자. 누구나 슬픔이 사무치겠지만 성격에 따라 다른 반응이 튀어나오게 된다. 주인공이 상대에게 무슨 말을 하거나 아예 말을 하지 못하는 것도 성격에 달려 있다. 연령대 역시 행동에 영향을 미치는 요소다. 초등학생과 고등학생이 이런 상황을 맞닥뜨렸을 때 어떻게 달리 행동할지도 따져보자.

떠나는 사람은 미안하다는 말 외에는 하기 힘들다. 입이 열 개라도 딱히 할 말이 없을 테니까.

깊은 강에 빠지다

:오늘의 장면:

충격적인 광경을 목격한 여자가 허둥지둥 뒷걸음질하다가 발을 헛디뎌 배에서 떨어진다. 그대로 강에 빠져버린 여자. 소리를 지를 틈도 없이 코와 입 안으로 물이 들어오고, 허우적거리는 소리도 선상에서 울려 퍼지는 음악 소리에 가려진다. 힘을 잃고 수면 아래로 가라앉던 여자의 몸을 누군가 획 잡아채 끌어올린다.

:반드시 필요한 설정:

- 시대적 배경과 계절
- 배의 규모
- 배에 탄 사람들이 하고 있는 일
- 여자의 나이
- 여자의 신분과 의상
- 여자가 이 배에 탄 이유

- 아무도 사람이 빠진 걸 모르는 까닭
- 강물에 빠지기 직전, 여자가 목도한 광경

🧙 북마녀의 조언

오늘의 장면은 여자의 신분을 먼저 설정하고 그에 따라 의상과 승선한 이유 등을 정해야 한다. 드레스, 두툼한 옷, 메이드복 등 어떤 의상을 입었는지에 따라 빠진 당시와 구출된 이후 여자의 신체적인 컨디션이 달라지기 때문이다. 일반적으로 선상 파티를 떠올리겠지만 다른 행사이거나, 배를 타고 어디로 향하던 중 일어난 사고로 정하는 것도 가능하다.

꼬마가 빠진다면 주인공의 어린 시절 장면이 되고, 성인 여성이 빠진다면 현재 발생하는 사고로 진행되겠다. 되도록 계절을 가을이나 겨울로 정하고, 관련 표현을 넣어 사고의 위험도를 끌어올려보자.

대부분의 장르 소설에서는 구해준 사람이 누구인지 바로 등장시키는 편이다. 하지만 누가 구해줬는지 헷갈리도록 의도하는 연출도 가능하다. 정 구출자의 정체를 모르게 하고 싶다면 독자는 알지만 구출된 여자 혼자 모르거나 다른 사람으로 착각했다가 나중에 알게 되는 전개가 가장 무난하다. 웬만하면 구해준 인물이 누구인지 독자가 인지하게끔 암시하는 것을 추천한다.

오늘의 장면 이후에 이어질 내용은 무엇일까? '물에 빠진 여성을 구해내 인공호흡을 하는' 장면은 이제 좀 진부하므로, 길이감 있는 서술은 금물이다. 설령 인공호흡을 하여 살렸다 해도 대놓고 그 동작을 적지 않는 편이 낫다. 특히 가슴을 압박하고 입에 숨을 불어넣는 의료 행위로 굳이 분량을 늘리지 말아야 한다. 이 동작을 텍스트로 읽으면 늘어져 보이고 지루할 수 있다. 물에서 건져지는 모습의 서술만으로 이미 이 장면은 제 할 일을 다 한 것이다. 건져진 이후에는 떨고 있는 여자의 모습과 체온 유지를 위한 사후 처리 등을 서술하며 인물들의 대화를 이어나가자.

파혼을 해야 한다

:오늘의 장면:

인생 2회차를 살게 된 나는 이번 생에서 온전히 살아남으려면 파혼이 필
수라는 사실을 깨닫고 만다. 어릴 적부터 약혼으로 묶여 있었지만 그렇게
친밀한 사이는 되지 못한 약혼자. 그 이유는 약혼자의 성격이 무뚝뚝하고
과묵해서 재미가 없었기 때문이다. 주기적으로 만날 때마다 나는 눈앞에
있는 간식에만 집중했더랬다. 이 약혼을 유지하고 결혼까지 하게 된다면
결국 파국을 면치 못할 것이다. 그래서 나는 약혼자에게 갑작스러운 만남
을 청한다. 두 집안을 살리고, 특히 우리 둘의 목숨을 구하려면 눈앞에 있
는 약혼자를 어떻게든 설득하여 파혼해야 한다. 타들어가는 내 속도 모르
고 약혼자는 간식을 권하고 앉아 있다.

:반드시 필요한 설정:

- 시대적 배경
- 이 장면이 펼쳐지는 시간대와 공간

- 여주의 설득 논리
- 간식 메뉴

 북마녀의 조언

오늘의 장면은 웹소설의 메가트렌드인 회귀물에서 흔히 볼 수 있는 내용으로 자신의 삶이 어떻게 흘러가는지 알게 된 주인공이 미래를 바꾸고자 노력하는 장면이다. '파국'의 구체성은 장면 실습에서 필수는 아니지만, 빠르게 정해진다면 이를 녹여낼 수 있다. 예를 들어 그 파국이 약혼자의 흑화와 사형 엔딩이라면, 여주가 눈앞의 약혼자를 바라보면서 '저렇게 아름다운 남자가 사형당하는 꼴은 내가 못 보지'라고 생각할 수 있는 것이다. 이전의 삶이 전부 서술되지 않더라도 현재 시점에서 중간중간 MSG를 뿌리듯 넣어주면 독자가 전후 맥락을 알아듣고 비교의 재미를 느낀다. 이것이 회귀물의 색다른 맛이다.

약혼자를 만나는 자리에 간식이 나온다면 그 공간은 실외나 건물의 복도가 될 수 없다. 합당한 그림을 그려낼 만한 장소를 선택한다. 간식이 이 장면을 좌지우지할 정도로 긴요한 요소는 아니다. 하지만 간식을 사소한 복선으로 활용할 수도 있다. 약혼자가 티를 내지는 못했으나 약혼녀를 마음에 품고 있었다는 걸 강조하는 식이다. 여자에게 큰 호감이 있는 남자는 그녀가 무엇을 좋아하는지, 무엇을 잘 먹는지 기억하기 마련이다. 단, 오늘의 장면에서는 그런 의도를 온전히 공개할 필요는 없다. 말 그대로 떡밥의 역할을 하는 순간이다.

주인공이 약혼자를 설득하는 장면이므로 대화 분량이 넉넉히 나와야 한다. 대사를 너무 많이 넣는 바람에 지문이 아예 없으면 곤란하다. 지금 이 장면이 어느 시간대 및 어느 공간에서 펼쳐지는지에 따라 같은 설득을 하더라도 다른 지문이 나오게 된다. 오후 티타임에 응접실에서 일어나는 장면과 한밤중에 집으로 찾아가는 장면은 완연히 다르게 연출해야 한다.

대화 사이에 주인공의 머릿속 생각이 쏙쏙 들어가야 읽는 재미가 더해진다. 머릿속 생각으로는 무엇이 있을까? 우선 자신이 말해야 할 것을 곱씹어야 하고, 주인공의 말에 대한 약혼자의 반응을 분석하는 내용이 들어갈 수 있겠다. 약혼자가 주인공에게 설득되지 않거나, 주인공이 생각지도 못한 말을 한다면 그에 대한 감정도 표현해야 한다.

결정적으로 약혼자에게 인생 2회차와 미래에 대해 당장 얘기할 순 없으므로, 현시점을 기준으로 상대를 납득시키기 위해 여주 혼자 생각한 논리가 필요하다. 파혼해야 하는 당위성을 거창하게 정할 수 있다면 좋지만, 두 집안 사이의 약혼이 지금까지 이어졌다는 건 파혼의 합당한 이유를 찾기 힘들다는 뜻이다. 그러니 여주가 자신의 성정을 의심케 하는 억지를 부린다는 설정도 별문제가 안 된다. 예를 들어 '더 큰 권력을 갖고 싶어 황태자비가 되려 하니 나를 놓아 달라'든가? '좋아하는 상대가 생겼다'는 핑계도 흔히 활용되는 클리셰지만, 진부하지 않다. 이는 약혼자 스스로 인지하지 못했던 질투심과 소유욕을 촉발하는 계기가 될 수 있다.

청부업자

:오늘의 장면:

주인공은 청부업자의 공격을 받았던 기억을 떠올린다. 평소 운동을 열심히 해왔지만 격투기 등 공격과 방어 용도의 종목을 배운 건 아니었고, 너무 갑작스러운 공격이었기에 제대로 대응할 수 없었다. 그때 누군가 몸을 날려 주인공을 밀어내고 자신이 그 공격을 그대로 당해 부상을 입었다. 또한, 재차 주인공을 공격하려는 청부업자를 제압했다. 주인공은 아직도 이해가 가지 않는다. 그 사람이 왜 목숨을 걸고 자신을 구해줬는지.

:반드시 필요한 설정:

- 주인공이 공격받은 공간(위치)과 시간대
- 청부업자가 공격할 때 쓰는 무기 및 공격 동선
- 구해준 사람의 부상 위치
- 구해준 사람의 성별과 정체
- 구해준 사람과 주인공의 현재 관계

 **북마녀의 조언**

오늘의 장면은 과거를 회상하는 내용이다. 우선 그 과거를 '현재'처럼 일반적인 장면 묘사 방식으로 그려낼지, 명확한 '과거'로 쓸지 선택한다. 디테일은 살리지 않아도 된다. '청부업자로부터 공격받은 적이 있었다'면서 요약 버전으로 회상 내용을 언급하는 것도 괜찮다. 여기서 말하는 요약 버전은 자세하게 쓴 줄거리 버전을 의미한다.

하지만 현재의 사건을 기술하듯 상세한 사항이 나와야 하는 경우도 있다. 맥락상 주인공을 구해준 사람이 엑스트라일 리는 없고, 또 다른 주인공이 아니라면 최소한 조력자 혹은 배신자가 될 캐릭터다. 부상을 입으면서 생긴 상처나 흉터가 현재 남아 있고, 그것이 조금이라도 현재의 인물에게 변수로 작용한다면 공격 당시 상황을 세밀하게 펼쳐내야 한다.

상처나 흉터가 현시점에 남아 있는 편이 캐릭터 간의 관계를 더욱 끈끈하고 밀접하게 만들어준다. 예를 들어 등에 칼을 맞은 남자가 주인공의 환심을 사서 보디가드 겸 비서가 되었다면? 팔에 상처를 입은 그 여자가 주인공의 회사를 예의 주시하던 검찰청 사람이라면? 나중에 무슨 일로 경찰서에 출두해보니 자신을 구해준 사람이 담당 형사이고 부상 때문에 키보드를 한 손으로 두드리고 있다면? 소설 속에서 이유 없는 에피소드는 없고, 필요 없는 캐릭터도 없다. 우연한 사건이어도 개연성이 확보될 수 있도록 장치를 곳곳에 설치해보자.

폭발 사고에서
살아남았다

:오늘의 장면:

매캐한 공기에 기침을 하면서 깨어난 여자. 일어나보니 사방이 연기로 가
득하다. 그때 방문이 열리고 남자가 들어와 급히 그녀를 이끈다. 수건과
옷으로 코와 입을 막고 2층에서 1층으로 내려와보니 1층은 더 심각하다.
여자는 다른 사람에 관해 묻지만 남자는 묵묵부답이다. 눈물 콧물 쏟으며
몸부림치는 여자를 거의 끌어내듯이 빼낸 남자. 두 사람이 별장을 빠져나
온 직후 엄청나게 큰 소리와 함께 주방에서 가스가 폭발한다. 순식간에 불
길이 별장 전체를 뒤덮는다. 여자는 망연자실하여 그대로 털썩 주저앉는다.

:반드시 필요한 설정:

- 시대적 배경
- 여자와 남자의 나이
- 두 사람의 관계
- 집 안에 있던 다른 사람(들)의 신상 정보

- 폭발 사고의 범인
- 범인이 방화를 저지른 까닭과 타깃

 ## 북마녀의 조언

오늘의 장면이 실제 소설에 나온다면 화재의 범인이 무조건 정해져야 하고, 스토리를 책임지는 작가가 반드시 알고 있어야 한다. 그 떡밥이 이 장면에서 살짝 나와야 더욱 재미있기 때문에 실습에서도 설정을 짜는 것이 좋다.

여자를 구하기 위해 방으로 들어오는 남자 캐릭터를 어떻게 설정하느냐에 따라 내용이 극적으로 변모하게 된다. 만약 두 사람이 남매라면? 혹은 애인이라면? 어쩌면 서로 잘 알지 못하는 관계이고 남자가 여자를 죽이려다가 생각을 바꿨을 수도 있다.

누가 화재를 일으켰는가? 누구를 목표로 삼은 방화인가? 그 누구를 왜 없애려 했나? 이 질문에 대한 답을 생각해보자. 타깃이 여자였다면? 범인은 사실상 실패한 것이다. 그러나 타깃이 여자가 아닌 다른 사람들, 예를 들어 여자의 가족이라면 여자만 빠져나와 살아남았을지도 모른다. 이 별장에 여자 외에 다른 인물이 몇 명 있었는지도 내용의 흐름과 연결된다. 다른 사람들도 별장에 있었다면 밖으로 나오지 못한 까닭을 정해둘 필요도 있다. 꼭 스릴러를 쓰지 않더라도 원인이 명확한 사건에서는 스릴러의 재능을 뽐내보자.

여자의 방(2층)에서 1층, 그리고 집 밖으로 빠져나오는 동선을 그려보고 두 사람의 행동을 구체적으로 정리하라. 여자의 시선으로 집안의 구도와 가구 배치 같은 요소가 나와야 훨씬 더 급박하고 사실적인 광경이 영상처럼 펼쳐진다. 별장에서 빠져나오는 입구가 1층 현관인지, 발코니인지, 뒷문인지, 아니면 창문인지도 명백하게 언급되어야 한다.

기습

:오늘의 장면:

황녀를 싣고 달리는 마차. 누구도 황녀에게 말을 걸지 않고, 황녀 역시 침묵하며 창밖을 구경할 뿐. 목적지에 도착하려면 한 이틀은 더 달려야 한다. 수도를 벗어난 마차가 숲길 중간까지 왔을 때, 밖에서 갑자기 나팔 소리가 들리며 소란스러워진다. 기습이다! 기사들이 소리치고 마차를 지키기 위해 분주하게 움직인다. 황녀가 창밖을 내다본 순간 마차 옆을 지키며 달리던 기사가 '억' 소리를 내며 말에서 떨어진다. 마부도 활을 맞아 굴러떨어진다. 끊임없이 들려오는 비명의 주인이 적군인지 아군인지 알 수 없다. 마차 안의 사람들도 이제는 황녀를 보호할 생각을 하지 못하고 불안감에 떤다. 제어할 주인을 잃고 주변 소음에 흥분한 말들이 제멋대로 날뛰고 그 바람에 마차가 전복된다. 정신이 든 황녀는 전신을 강타하는 통증을 느끼지만, 살기 위해 몸을 일으킨다. 부서진 파편에 낀 다리를 겨우 빼낸 황녀가 마차 밖으로 나왔을 때, 그녀를 기다리고 있는 사람은…!

- 황녀를 태운 마차가 향하는 목적지

- 마차 안에 앉아 있는 인원(황녀 외에 누가 있는가?)

- 마차를 호위하는 기사의 수

- 공격하는 자들의 목표

- 기다리고 있는 사람의 정체

 북마녀의 조언

간소한 전투 장면으로 주요 인물이 직접 액션에 가담하지는 않는다. 기습과 방어 자체가 스토리 라인의 큰 줄기를 담당하지는 않아 중대한 장면은 아니지만, 장면의 마지막 구간이 등장하기 전까지 긴박한 분위기를 생생하게 살려야 한다. 그래야 마지막 구간의 임팩트가 대비 효과를 얻는다.

마차가 달리는 와중에 닥친 습격이기 때문에 주변에 있는 기사들이 대항하는 와중에도 황녀를 실은 마차는 서지 않고 계속 달릴 수밖에 없다. 더 빨리 달려 그 길을 벗어날 수 있도록 오히려 박차를 가하는 것이 현실에서도 공격자들을 제치는 기술이다.

마차를 공격해 온 이들의 공격 진행 흐름을 생각하고 순서대로 적어야 한다. 어떤 소리가 들리며, 무엇으로 공격이 시작되는지, 화살이 어디서 날아와 누구누구를 맞히는지, 활이 아닌 다른 무기로는 어떻게 싸우는지를 구성하면 된다.

마차 안에 있는 사람들은 바깥 상황을 온전히 파악하기 어려우며, 오늘의 장면에서 적극적인 행동을 하기 힘들다. 아무것도 할 수 없는 구조라면 아무것도 할 수 없기에 더 불안한 심경을 표현해야 한다. 특히 눈앞에서 누군가가 칼이나 화살을 맞고 죽는 순간을 지켜보는 충격은 엄청나다. 이러한 황녀의 심리가 필히 담겨야 한다. 마차가 전복되는 광경 역시 한 줄로 끝나서는 안 된다. 마치 슬로 모션 효과를 주듯 찬찬히 적어 내려가자.

마차에서 겨우 빠져나온 황녀를 기다리는 사람은 누구일까? 다행스럽게도 살아남은 황실의 기사일 수도 있고, 반대로 기습을 감행한 악역의 부하들일 수 있다. 어쩌면 악역인 것 같지만 사실은 조만간 남주가 될 캐릭터일지도. 남주라면 첫 등장이 드라마틱해야 한다. 일상적인 장면에서 감흥 없이 마주칠 바에야 최악의 첫인상이 차라리 낫다.

나에게 팔아요

:오늘의 장면:

돌아가신 아버지가 주인공에게 남긴 땅. 사실 그 땅은 넓기만 할 뿐 별다른 쓸모가 없고 세금만 나갈 뿐이다. 어느 날 두 사람이 찾아온다. 어느 기업의 회장이라는 자와 그를 보좌하는 역할로 보이는 젊은 남자다. 그들은 매입가를 시세의 두 배로 쳐주겠다며 아버지의 유일한 유산인 땅을 팔라고 종용한다. 목돈이 필요한 건 사실이지만 주인공은 섣불리 결정하지 못하고 고민한다. 생각할 시간을 달라는 주인공의 모호한 표정을 본 남자. 그는 주인공이 땅을 팔고 싶으면서도 돈을 더 받기 위해 저울질한다고 생각한다. 남자의 무례한 태도에 주인공은 기분이 언짢아진다.

:반드시 필요한 설정:

- 주인공의 성별과 나이
- 주인공이 현재 목돈이 필요한 까닭
- 그럼에도 땅을 팔지 말지 고민하는 이유

- 회장이 운영하는 기업의 이름
- 회장이 그 땅을 사려는 까닭
- 회장의 성별과 연령대
- 남자의 연령대 및 회장과의 관계

 북마녀의 조언

남자는 회장의 비서일 수도 있지만 회장의 아들이나 손자일 수도 있다. 혈연이 정통 클리셰이지만, 무조건 피가 섞인 관계라는 법은 없다. 또한 회장이 중노년일 거라는 인식 역시 고정관념이다. 어쩌면 회장은 이번에 회장이 된 청년일 수도 있다. 소설적 허용에 따라 연령대는 자유롭게 설정해도 된다. 다만, 20대 중반까지는 너무 어린 티가 나서 독자의 감정이입을 방해하는 요소가 될 수 있다. 30대 초중반으로 잡아도 젊은 대표의 이미지가 적당히 생기고, 이 역시 현실의 대기업 기준으로는 파격적인 인사다.

인물의 입장에서 새로운 캐릭터를 맞닥뜨리는 장면에서는 상대의 외모 서술이 이루어져야 한다. 매번 세밀하게 적는 건 반복적인 연출이라 권장하지 않지만, 상대의 첫인상이 어떠하며 해당 인물이 상대를 어떤 이미지로 받아들이는지를 은연중에 암시하려면 간략한 외모 적시가 필요하다.

예를 들어 오늘의 장면에서 회장과 남자 중 회장이 더 중요한 역할이라면 회장의 외관을 더 세밀히 적고, 남자는 단출하게 넘어간다. 반대로 회장보다 남자가 더 중요한 캐릭터라면 남자는 남주에 준하는 캐릭터일 테니 외모를 더 명확하고 길게 적음으로써 독자에게 더 크게 어필한다. 여성향 장르일 때는 매력적인 인물로 잡는 게 옳고, 남성향일 때는 보다 자유롭다. 번듯하게 생긴 놈이 악역이라면 더 얄미운 법이다.

목돈이 필요한 까닭을 정할 때 거의 모든 사람이 '아버지가 남긴 빚'을 떠올린다. 이것이 바로 클리셰다. 언제나 재미있는 설정이라 나쁘진 않지만 좀 비틀어보는 편이 실습 효과를 높이는 길이다.

젊은 남자가 정중함 속 무례한 언변을 보여줄 수 있도록 연출한다. 한마디로 존댓말을 한다고 정중한 건 아니라는 뜻이다. 사실상 비즈니스 자리이니 격식 있는 존댓말을 하되 주인공의 심기를 크게 건드릴 만한 문장을 만들어보자. 또한 '시세의 두 배를 쳐주겠다'는 말과 함께 실제 매매가를 확실하게 명시한다면 더 강력한 현실감을 구축할 수 있다.

전신 마비

⠂오늘의 장면⠂

경기 중 머리를 크게 다쳐 전신 마비에 이른 주인공. 정신은 깨어나 생각은 할 수 있지만 몸이 말을 듣지 않는다. 재활은커녕 전혀 움직일 수 없으니 이제 선수 생활은 물 건너갔다고 뉴스에서 계속 떠들어댄다. 그동안 주인공을 후원해왔던 회장이 온갖 과일 바구니를 들고 찾아와 가족들에게 위로를 건넨다. 사실 회장은 이번 사고로 여러 가지 이득을 보았다. 가장 크게는 쓸모없어진 선수를 버리지 않고 책임감 있게 보살핌으로써 이미지 세탁을 톡톡히 할 수 있었다. 어디 그뿐인가? 주인공은 알고 있다. 회장의 악랄함을. 비서가 와서 가족들에게 이런저런 제안을 설명하는 동안 회장이 슬그머니 주인공에게 다가와 귓가에 대고 뭐라 속삭인다.

⠂반드시 필요한 설정⠂

- 주인공이 활동하는 종목과 선수 경력
- 회장이 주인공을 어떻게 돌봤는가?(물질적인 지원)

- 주인공과 회장의 관계
- 회장이 이미지 세탁을 해야 했던 까닭

 북마녀의 조언

오늘의 장면은 기본적으로 권투, 격투기, 프로레슬링 등 격투 스포츠물에 넣기 좋고 구기 종목도 가능하다. 어쨌든 경기 중 머리를 어디에 부딪히거나 장비에 맞아 심하게 다치는 사고가 날 수 있다면 어느 종목이든 가능하다. 웹소설에서 대부분의 스포츠물은 현대 판타지나 BL에 속하기 때문에 아무래도 주인공의 성별을 남성으로 잡고 시작해야 집필이 수월해진다.

주인공은 사고 발생 전까지만 해도 잘나가는 선수였다. 그에 합당한 경력 설정으로 흥미를 유발해보자. 그러나 잘나가는 선수가 되기 전에는 어렵고 비참한 삶을 살았다는 사연을 추가해야 독자를 더 쉽게 끌어들일 수 있다. 집안 좋고 잘나가던 사람이 잠깐의 사고가 있었으나 이후에도 계속 잘 지낸다는 이야기에 어느 독자가 감정이입을 하겠는가.

주인공의 몸 상태는 '전신 마비가 되었다'로 요약하지 말고 조목조목 적어야 한다. 의사의 입을 빌려 말한다면 더욱 전문성을 띠게 된다. 예제에 나왔듯이 유명한 선수라면 뉴스에 이런 소식이 나오는 일이 일상다반사다. 앵커의 입으로 얘기하면 자연스럽게 독자들이 주인공의 상태를 알게 된다. 불의의 사고로 인해 선수 생활을 접어야 할 만큼 망가진 주인공의 몸뿐만 아니라 그 사실을 눈뜨자마자 알게 된 주인공의 마음이 어떨지를 풀어나가는 것도 흥미를 유발하는 대목이다.

회장이 대외적으로는 상당한 지원을 했을 것이기에 이에 대한 설명도 이 장면에서 어김없이 나와야 한다. 주인공의 병원비뿐만 아니라 그를 간호할 가족에게 적잖은 지원금을 보낼 정도로 지원이 빵빵하다는 언급이 필요하다. 그래야 회장의 비열한 속내를 노출할 때 더욱 극적인 대비 효과가 생긴다.

오늘의 장면에 등장하는 회장은 이중적인 악인이다. 아직 대놓고 드러내지 않지만, 움직이지 못하고 앞으로도 일어나지 못할 것으로 보이는 주인공에게는 오히려 솔직하게 속내를 밝힐 수도 있다. 주인공이 일어날 수 있다면 당장이라도 벌떡 일어나 목을 틀어쥐어 죽이고 싶을 만큼 행동도 대사도 정말 악랄하게 만들어보자. 그래야 나중에 처단할 때 더 시원해지니까.

한데, 주인공의 사고가 정말 우연히 일어났을까? 회장이 개입된 사건은 아닐까? 주인공의 기적적인 회생과 완쾌, 그리고 복수를 기원한다.

마법사와 나의
마지막 저녁 식사

:오늘의 장면:

나는 어둠 속에서 온종일 마법사만을 기다렸다. 이윽고 돌아온 마법사는 나에게 식사를 차려준다. 테이블 위에 차려진 메뉴는 간소하지만 따뜻하다. 나는 내 자리에서 허겁지겁 먹기 시작한다. 마법사는 미묘한 표정으로 나를 바라보면서 제대로 먹지 않는다. 나는 먹는 와중에도 마법사의 눈치를 본다. 마법사가 입맛이 없다며 음식을 양보해주자, 나는 기뻐하며 열심히 먹는다. 사실 오늘 밤 마법사는 나를 버리고 이곳을 떠날 계획이다. 그러나 나는 아무것도 모르고 마법사에게 달라붙는다.

:반드시 필요한 설정:

- 나는 인간인가?
- 인간이 아니라면 어떤 존재인가?
- 나와 마법사의 성별 및 나이
- 내가 마법사를 기다린 공간

- 마법사와 나의 관계
- 식사 메뉴

 북마녀의 조언

오늘의 장면은 캐릭터의 과거 서사로 활용하기 좋은 내용이고, 아예 프롤로그처럼 스토리의 도입부에 위치하기에도 적절하다. 버리고 버려지는 것은 웹소설에서 매우 자주 쓰이는 설정이다. 동시에 버려지기 직전의 거짓된 평화도 쏠쏠한 재미를 주는 장치다.

가장 우선으로 정해야 할 설정은 '나'의 존재다. 만약 인간이라면 마법사가 나를 어떻게 만났으며 어떤 관계로 같이 지냈는지 떠올려본다. 숲에서 주워 온 어린아이라면 마법사가 어떤 실험에 아이를 이용하려 했거나, 동정심으로 보살피게 되었을 터. 성별이 서로 다르고 혈연으로 엮이지 않았을 경우, 훌쩍 성장한 아이는 마법사를 양육자가 아닌 연애의 상대로 보게 될 것이다. 이는 역키잡물(키웠는데 잡아먹힌다는 뜻으로 키잡의 반대 개념)로 통하는 흐름이다. 대표적인 예로 서브컬처에서 다량 창작되어온 '마녀가 인간 남자아이를 구하고, 아이가 성장하여 남자로서 마녀를 사랑한다'는 클리셰가 있다. 혹여 두 사람의 성별이 같더라도 각각 BL과 GL로 진행 가능하다. 반대로, 내가 마법사의 자식이라면 마법사는 정황상 아주 이기적인 양육자가 아닐 수 없다.

그러나 내가 인간이 아니라면 나는 마법사가 직접 만든 괴물이나 마정석에서 태어난 생명체일 수도 있다. 어쩌면 머리가 세 개 달린 강아지일지도 모른다.

인간이라면 사회적 계급부터 어쩌다 마법사와 함께하게 되었는지까지 마법사를 만나기 전의 과거를 줄줄이 구성해놔야 한다. 실제로 스토리 작업을 할 땐 인간이 아닌 쪽으로 구상하면 오히려 서사가 간편해진다.

마법사는 이 존재를 버리고 떠나겠다는 마음을 단단히 먹은 상태이므로 독자들이 이 존재에게 측은지심을 가질 수 있도록 순수함과 해맑음, 마법사를 향한 의존성이 드러나야 한다. 여기서 나의 마음은 사랑일 수도 있고, 어쩌면 공포심일 수도 있다. 마법사가 그동안 다정했는지, 학대했는지를 간단히 정하면 나의 행동에 이를 슬쩍 반영할 수 있다.

인외 존재(인간 외의 생명체나 신적 존재)로 만들 경우, 두 가지 선택지가 있다.

① 일반 사람처럼 보이지 않으며 극단적으로 추한 외형
② 어느 정도 인간화되어 있지만 완전히 인간은 아닌 외형

이 캐릭터가 주요 인물이라면 대체로 ②를 채택하는 작품이 많다. 그러나 종종 ①을 활용하여 클리셰를 비껴가는 작품도 잘된 경우가 없지는 않다. ①이었는데 어떤 계기를 통해 ②로 변하거나, 아예 인간의 외형으로 진화하는 방법도 있다. 번뜩 떠오른 캐릭터가 좀 징그러운 외관이라도 그대로 밀어붙여보자. 인외 존재의 외형 설정은 판타지물에서 다양하게 쓸 일이 많으니 정밀하게 연습하길 바란다. 인간이든 인외 존재이든 독자에겐 외모 정보가 없으므로 선명한 이미지로 남을 수 있게 기재해야 한다.

사형 선고

⦂오늘의 장면⦂

○○○은 오늘 아침 사형 선고를 받았다. 어이없는 판결에 눈물은 나오지 않았다. 사형 선고 소식은 빠르게 번지고, 흥분한 군중의 '죽여라!' 소리가 멀리서 들려온다. 일반적으로 사형 선고가 내려져도 수일의 시간을 준다고 들었다. 차디찬 돌바닥에 누운 주인공은 그동안 여러 지인에게 편지를 써두어야겠다고 생각하며 남은 물건은 어떻게 정리할지, 누구한테 보내야 할지 생각한다. 그런데 갑자기 철컹거리는 소리가 들리더니 주인공이 갇혀 있는 감방의 문이 열린다. 문 앞에는 보고 싶지 않은 남자가 병사들 앞에 서 있다. ○○○은 그대로 즉결 처형된다.

⦂반드시 필요한 설정⦂

- ○○○의 이름과 성별
- ○○○의 사회적 신분
- 사형 선고를 받은 까닭

- 즉결 처형되는 까닭(사형 집행이 급하게 이루어진 까닭)
- 공개 처형 여부
- 사형 방식
- 감방으로 찾아온 남자의 정체

 북마녀의 조언

오늘의 장면은 동양풍 혹은 서양풍 등 시대물로 실습해야 한다. 현대물이라고 해도 진짜 현대보다는 근미래의 가상 시대로 세팅하는 게 좋다. 현대에는 사형 집행을 즉결 처형으로 진행하는 국가가 많지 않고, 특히 웹소설에서는 그 한정적인 나라를 배경으로 설정하기가 쉽지 않다.

○○○이 주인공이라면 이를 과거 장면으로 활용 가능하며, 웹소설 로판이나 판타지에서 회귀물의 프롤로그로 쓰이는 일이 부지기수다. 주인공인데 형장의 이슬로 사라지거나 피를 토하고 죽음을 맞이하면 어이없는 새드 엔딩이 된다. 그런 결말로 끝나버린다면 독자들이 작가를 가만두지 않을 테니 제발 피하자.

그런데 사형을 당하는 캐릭터가 반드시 '주인공'이어야만 하는 건 아니다. 대신 스토리 내에서 어떤 역할을 담당하는지 정해야 한다. 예를 들어 주인공의 부모로도 정할 수 있다. 부모의 사형이 정당한 이유로 결정된 것이 아니라 억울한 상황이라면 주인공에겐 부모의 죽음을 조사하고 한을 풀어야겠다는 목표가 생긴다.

누구든 납득할 만한 이유로 사형 선고가 내려졌는데, 알고 보니 누명을 쓴 것이었다?! 이렇게 과거를 한 번 꼬는 설정도 재미있겠다. 더 상세하게 예를 들자면 '살인자의 딸'이라는 꼬리표를 감내하며 살았는데 알고 보니 부모가 계략에 의해 누명을 쓰고 사형당했다는 사실을 주인공이 알게 되는 것이다. 그러나 오늘의 장면을 서술할 땐 이렇게 깊은 설정까지는 필요하지 않다.

사형 선고를 받은 인물의 머릿속은 어떨까? 체념과 분노 같은 감정이 뒤섞여 있을 것이다. 어쩌면 담담하고도 이성적인 상태가 되어 상황이 여기까지 오게 된 이유에 관해 되짚어보고 있을지도 모른다.

인물의 외관은 평소와 같진 않겠다. 감옥에 누워 있는 자세와 표정, 얼굴 피부, 몸에 걸친 옷의 상태를 통해 인물의 괴로움을 대신 전한다. 사형 선고가 내려지는 순간을 장면의 도입부에 넣고, 그 순간의 ○○○이 어떤 상태인지 그려도 괜찮다.

사형 선고 및 집행 장면은 공식적인 절차이므로 어느 정도 형식적인 규율을 따르는 게 원칙이다. 하다못해 쿠데타로 정권을 잡은 독재 국가라고 해도 재판부가 선고하는 그림으로 그리자. 그 절차를 실행하는 인물의 대사 역시 형식을 갖추어야 한다. 공개 처형이라면 구경꾼들의 흥분 어린 소리가 추가될 테고, 공개 처형이 아니라면 군중은 없지만 심리적으로 더 고통스러울 수 있다. 어느 쪽이든 죽음의 순간은 생각보다 더 처참하고 끔찍하게 표현해야 드라마틱하다(그래도 플랫폼 검수를 통과할 수준으로!). 그렇게 비참한 죽음을 맞이한다면 인생 2회차를 기도할 만하지 않겠는가. 작가의 원고도 이제부터 시작이다.

다녀올게

:오늘의 장면:

산속 외딴집에서 사는 형제. 부모님은 병에 걸려 돌아가신 지 오래이며,
일가친척이 전혀 없어 둘이서 지내왔다. 남아 있는 돈은 거의 없다. 형은
마지막으로 남은 과일을 동생과 나눠 먹은 후, 내일 식재료도 살 겸 일거
리를 찾으러 마을에 다녀오겠다고 말한다. 어린 동생은 형의 품에 안겨 잠
든다. 다음 날 아침 일찍 형이 집을 나서고 동생은 형을 배웅한 다음 부지
런히 집안일을 해놓는다. 먹은 게 없으니 설거지감도 없고 일은 많지 않
다. 형은 언제 올까? 해가 지고 밤이 되어도, 다음 날 아침이 되어도 형은
돌아오지 않는다.

:반드시 필요한 설정:

- 시대적 배경
- 형제의 연령대와 나이 차
- 이 가족은 왜 외딴집에서 살았는가?

북마녀의 조언

동생을 주인공으로 설정하는 것이 일반적이며, 시점에 따라 다르게 연출할 수 있는 장면이다. 1인칭 주인공 시점을 활용하여 동생 입장에서 서술한다면, 형의 속내가 전혀 보이지 않는다. 그래서 형을 기다리고 걱정하며 집안일을 하는 동생을 집중해서 그리면 이후 닥쳐올 '형과의 이별'이 더 큰 배신과 충격으로 다가오게 된다.

반대로 전지적 작가 시점으로 쓴다면 형의 입장까지도 솔직하게 적을 수 있기에 다른 느낌으로 동생의 순수함과 형의 속내를 나타낼 수 있다.

오늘의 장면을 실습하면서 '형이 왜 떠났는가, 어떻게 동생을 두고 사라질 수 있는가'라는 의문이 들 수 있다. 형이 선량한 사람이든 이기적인 사람이든 땡전 한 푼 없고 집 안에 비축된 식량이 전혀 없는 가난한 상태를 진득하게 그려내자. 극단적인 현실을 마주한다면 누구든 극단적인 선택을 할 수 있다. 그러므로 형을 반드시 악역으로 만들지 않아도 된다.

또한 형이 피치 못할 사정 때문에 동생에게 돌아오지 못하고 있는지도 모른다. 갑작스러운 사고를 당해 의식을 잃은 자가 스스로 걸어 산을 올라올 수는 없을 테니까. 그러나 오늘의 장면에서는 이런 내용이 당장 필요하지 않고, 사정이 있다 치더라도 잠시나마 독자를 속여야 한다. 그저 동생의 공포와 불안에 집중하자. 형이 영영 돌아오지 않으리라는 걸 아이가 인지하는 타이밍, 깨달았어도 믿지 않으려고 노력하는 모습 등을 녹여낸다면 독자가 아이의 감정에 더욱 공감하게 된다.

참, 시간상 거의 이틀간의 일이지만 실제로 원고 분량이 그렇게 길게 뽑히진 않는다. 한 인물의 트라우마가 형성될 만큼 큰 사건이라도 그 내용이 자극적인 언행으로 이루어지지 않으므로, 이 내용으로 한 화 분량을 채우는 건 무리다.

홧김에
남자를 샀다

:오늘의 장면:

가문의 사정으로 늙은이와 강제로 결혼하게 된 여인. 신분이 높으면 무슨 소용인가, 물건처럼 팔려가는 존재인데. 지금까지 부모의 말을 단 한 번도 어긴 적 없었지만 이번만큼은 크게 반항하고 싶다. 늙은이는 뻔뻔하게 여인과의 결혼을 요구했고, 부모는 받아들였다. 여인은 홧김에 하룻밤 상대를 사기로 한다. 자신의 순결을 그 역겨운 늙은이에게 줄 바에 차라리 이름 모를 사내와 첫날밤을 치르는 게 낫겠다 싶다. 호위 무사나 하녀도 없이 몰래 나온 여인은 허름한 여관에서 '창부'를 만난다. 문을 열고 들어온 상대 남자는 생각보다 창부답지 않다. 그러나 위험하게 매력적이다.

:반드시 필요한 설정:

- 여자의 신분
- 여자의 외모
- 정략결혼 상대(늙은이)의 신상 정보

- 늙은이와 부모의 거래
- 여관에서 만난 남자의 외모
- 남자의 정체
- 여관의 내부 구도 및 두 사람이 만나는 방의 위치

 북마녀의 조언

이 장면은 아무래도 가상 시대(서양풍, 동양풍) 배경으로 써야 무난하다. 신분이 높은 여인이 허름한 여관에 들어갈 일은 흔하지 않다. 고귀한 신분이라면 옷이나 외모에서도 드러난다. 여관이 얼마나 여인의 신분과 어울리지 않는지 구석구석 빈틈없이 보여주어 여인과 공간의 이질적인 느낌을 살려야 한다.

여인이 왜 이렇게 화가 나서 일탈을 시도하는지 그 연유에 대한 설명도 나름대로 구체성을 띠어야 한다. 그녀와 결혼하려는 늙은이는 고위 귀족이라는 설정이 무난하지만 필수는 아니다. 신분이 낮은 부유한 상인일 수도 있다. 가문의 이름과 작위만 번지르르할 뿐 실속 없는 귀족은 실존했고, 그 가문의 여식들은 본인 의사와는 무관하게 이리저리 팔려가곤 했다. 여인의 부모가 늙은이에게 어떤 도움을 받았는지, 어떤 빚을 졌는지, 딸을 대가로 무엇을 얻었는지 생각해보자. 그러한 거래 내용은 부모보다 늙은이의 입으로 듣는 게 훨씬 수치스럽다.

여주를 정략결혼의 희생양으로 설정할 경우, 결혼 상대의 외모를 매력이 없다 못해 무참하게 만들어버리는 게 일반적이다. 과거에는 나이 많은 남자와 조혼해야 하는 일이 부지기수였다. 젊고 못생기고 뚱뚱한 놈보다

늙고 못생기고 뚱뚱한 놈이 훨씬 더 강력한 불호 감정을 일으킨다. 여성 독자 입장에서 눈살이 찌푸려지지 않을 리 없다. 특히 시대물에서는 이런 설정일 때 나이 차를 강조하는 것도 감정이입 효과를 높이는 장치다.

여인의 시선으로 창부의 외형과 행동을 관찰하고 이를 서술하면 독자의 궁금증을 강하게 유발할 수 있다. 이 남자는 무조건 남주인공이 될 테니까. 서양풍 배경이라면, 이국적인 타국 사람으로 설정하는 것도 가능하다. 단순히 다른 나라 사람이 아닌 다른 종족, 혹은 다른 종족의 피가 섞인 혼혈로 설정하는 것도 흥미를 자극하는 기법이 되겠다.

예를 들어 금발의 나라에서 구릿빛 피부에 근육질 몸을 자랑하는 흑발 남자는 몹시 희귀하며 치명적인 매력을 뿜어낼 것이다. 늑대의 피가 섞인 수인이나 엘프는 어떨까?

위협적이면서도 저도 모르게 빠져들 만한 남성 캐릭터는 여성향 장르의 기본 설정이다. 때로는 스토리가 진부해도 남주의 매력만으로 독자를 끝까지 끌고 갈 수 있다.

오늘의 장면 뒤로는 두 사람의 '씬'이 나올 가능성이 높다. 여성향 웹소설을 쓰고 있다면, 이후 스킨십 장면을 이어서 기술하는 방법도 권한다. 밤새 운우지정을 나눈 다음 두 사람이 다시 만났을 때 남자가 전혀 다른 곳에서 다른 신분이 되어 나타나는 흐름 역시 시대물의 오랜 클리셰다.

사냥터에서
그 짐승이

:오늘의 장면:

여기저기서 비명이 들려오는 가운데 거대한 짐승이 남자를 향해 돌진한다. 몸에 화살이 꽂혀 있지만 거침이 없다. 창을 겨누면서도 병사 중 누구하나 움직이지 못하고 있을 때, 달려드는 짐승에게 남자가 공격을 가한다. 무기가 급소를 관통하자 짐승은 그대로 목숨이 끊어진다. 커다란 몸이 쿵소리를 내며 땅바닥에 쓰러진다. 사람들 모두 남자의 용기와 능력에 감탄하고 있으나 한 명만이 씁쓸한 표정이다.

:반드시 필요한 설정:

- 시대적 배경
- 이 일이 일어난 장소
- 짐승은 어떤 동물인가?
- 남자의 연령대와 외모
- 남자의 신분

- 남자가 쓴 무기
- 짐승의 급소 부위
- 감탄하지 않은 한 사람의 정체
- 이 사람과 남자의 관계

북마녀의 조언

이 짐승은 누가 봐도 인간에게 위협적인 존재여야 한다. 훈련을 받은 병사들마저 공포에 움직이지 못할 만큼 말이다. 짐승의 외형을 실감 나게 서술하되, 짐승이 흥분 상태에 있다는 점을 강조하라. 의태어와 함께 소리를 요모조모 활용한다면 수월해진다. 세상에 존재하는 동물도 괜찮지만 조금 더 상상력을 발휘해도 좋겠다. 던전에서 튀어나왔거나 마계의 입구가 열려 인간계로 넘어온 존재라면 짐승에 대한 설명에 이 정보가 은근히 스며들어야 한다.

남자의 얼굴은 크게 중요하지 않다. 실제 소설에 이 장면이 쓰인다면 이 장면 전에 이미 남자의 외모 관련 설명이 나왔을 것이다.

오늘의 장면에서는 얼굴 대신 몸집과 근육 관련 정보에 초점이 맞춰져야 한다. 작고 왜소한 몸집이라면 반전 매력이 부각되고, 훤칠하고 단단한 근육으로 무장한 타입이라면 주인공에게 어울리는 멋진 외형이 된다. 차분함을 유지하며 짐승의 동선을 분석하여 빠르게 공격하는 식으로 장면을 연출하자.

속으로 벌벌 떠는 모습은 웹소설의 주요 캐릭터로서 매력이 떨어진다. 그리고 사냥 장면에서 주요 인물이 짐승의 공격을 받을 땐 한 방에 죽여야 시원하다는 점을 잊지 말자. 상대가 사람이라면 합을 겨루는 대결이나 생사를 건 결투가 나와도 되지만, 짐승 한 마리를 단번에 못 죽여 이리저리 뛰어다니는 모습은 매력을 떨어뜨린다. 특히 이 인물이 여성향 장르의 남주라면 더욱 그렇다.

레스토랑 총격

:오늘의 장면:

휴일의 점심시간. 사람들의 말소리와 식기 부딪히는 소음으로 적당하게 시끄럽고 적당하게 평화로운 레스토랑. 그러나 별안간 들린 총소리를 시작으로 이곳은 그야말로 난장판이 된다. 한 남자가 총에 맞아 즉사하고, 그 일행이었던 여자가 눈물범벅으로 소리를 지른다. 즐거운 대화를 나누며 한가로운 식사를 즐기던 손님들은 혼비백산이 되어 테이블 아래로 숨어든다.

:반드시 필요한 설정:

- 레스토랑의 위치
- 총을 쏜 사람의 정체
- 총을 쏜 사람이 공격을 가한 까닭
- 총을 쏜 사람의 위치와 동선
- 총을 쏜 사람의 일행 유무

• 죽은 남자, 일행인 여자의 외모

 북마녀의 조언

오늘의 장면에서는 총격이 일어나기 직전과 이후의 광경이 극명하게 차이가 나도록 구현하는 것이 중요하다. 레스토랑의 위치는 긴박감에 영향을 주는 요소가 아니지만 서울 도심인지, 뉴욕인지, 이탈리아 시골 마을인지 정도는 생각해두면 좋다. 그래야 직전의 광경을 그릴 때 수월해진다. 창문이 부서지고, 그릇은 산산조각이 나 파편이 바닥에 흩어져 있는 등 그야말로 박살 나버린 공간의 변화를 면밀히 서술해보자. 이때 손님과 레스토랑 직원들이 각각 어떤 행동을 하는지 알려줘야 실감 나는 장면이 된다.

총을 쏜 사람의 동선은 장면 묘사에서 결정적인 역할을 한다. 밖에서 레스토랑의 누군가를 공격했다는 설정이라면 동선을 설명할 필요가 없다. 레스토랑 안에서 총격이 벌어진 설정이라면 총을 쏜 사람의 대사와 행동을 넉넉히 넣을 수 있다.

총을 쏜 사람에게 일행이 있다면 대사가 더 늘어난다. 총을 든 사람이 피해자와 말을 주고받는 일도 가능하지만, 억지로 대화를 넣으려고 노력하지 않아도 무방하다. 이는 자칫 장면의 늘어짐을 야기할 수 있다.

피해자들의 외모 소개는 구구절절 이루어지지 않아도 된다. 그래도 최소한 대머리, 백인, 마스카라가 번져 시커먼 눈가 등의 정보는 나와야 한다. 이것이 소설 전체를 좌지우지하는 디테일은 아니지만, 독자가 해당 장면을 머릿속 영상으로 떠올 수 있게 돕는 장치다.

좀비 부모

：오늘의 장면：

내 방 침대 위에서 힘겹게 눈을 뜬 나. 직전에 겪었던 일이 생생히 떠오른다. 우리 가족은 좀비가 된 사람들에게 쫓기고 있었다. 마지막 기억은 옆에서 달려드는 좀비의 끔찍한 얼굴과 나를 껴안는 아버지의 뜨거운 품, 그리고 어머니의 찢어질 듯한 비명이었다. 하지만 이곳은 우리 집이고 내 몸은 멀쩡한 걸 보니 무사히 빠져나왔나 보다. 방에서 나와보니 현관문이 활짝 열려 있고, 입구에 서 있는 부모님이 보인다. 어머니가 아버지를 안고 있다. 어머니와 눈이 마주치고 나는 깨닫고 만다. 이미 좀비로 변해버린 아버지가 어머니를 뜯어 먹고 있다. 눈물이 번진 얼굴로 어머니가 나에게 마지막 인사를 하고, 현관문을 닫아버린다. 도어록 잠기는 소리가 들린다.

：반드시 필요한 설정：

- 나의 연령대
- 나의 성별

- 아버지가 좀비한테 물린 사건이 발생한 장소
- 아버지가 좀비가 되는 시점
- 어머니가 좀비가 되는 시점

 북마녀의 조언

좀비는 이미 장르 소설에서 제한 없이 쓸 수 있는 소재로 자리 잡았다. 대중문화 속 좀비 캐릭터는 대체로 비슷한 면모를 지니고 있다. 특히 외모나 성질은 거의 그대로 따다 써도 실무적으로 큰 문제가 없다. 그래도 수년 사이 구체적인 특징과 전염되는 원리를 차별화한 작품이 늘어나고 있다. 특히 같은 웹소설 장르의 종족 설정을 그대로 따라 하면 문제가 될 수 있으니 조심하자. 좀비 캐릭터를 활용하되 '좀비'라는 단어를 쓰지 않고 다른 이름을 붙여도 문제없다.

'좀비가 된 부모나 애인의 희생'은 언제든 강렬한 감동과 슬픔을 동시에 담아낼 수 있는 에피소드다. 다만, 이번 예제는 장면의 흐름과 디테일이 완벽한 클리셰라 할 수 없다. 실제로 좀비물을 쓰게 된다면 세세한 시퀀스는 자신의 스토리에 맞게 변형하는 것이 좋겠다.

오늘의 장면은 부모와 나의 연령대 설정에 따라 분위기가 달라진다. 내가 어리다면 부모님이 젊은 세대일 테고, 내가 다 큰 성인이라면 부모님도 나이 지긋한 세대가 된다.

이 장면이 과거 시점이라도 요약 버전으로 흘리기엔 임팩트가 굉장히 큰 사건이기 때문에 넉넉한 분량으로 회상 장면을 서술해야 효과적이다. 이 상황이 현재라면 이제부터 우리 집에서 나가 살아남는 것이 주인공의 과제가 되고, 이 내용으로 스토리의 전반부 전개가 충분히 이루어진다.

내가 너무 어린 나이라면 구조자 캐릭터가 있지 않은 이상 현실적으로 성인이 될 때까지 좀비의 공격을 피하는 게 쉽지 않다. 이런 문제 때문에 스토리를 짤 땐 단면적인 캐릭터 설정에 급급해서는 안 된다. 장편으로 분량을 뽑아내려면 해당 인물을 활용하여 현실적으로 이야기를 길게 끌어갈 수 있는지 생각하면서 캐릭터를 짜야 한다.

오늘의 장면 중 좀비의 습격을 받는 구간은 기억 요약으로 대체할 수 있다. 아버지 역시 자식을 구하고 대신 물리는 바람에 좀비가 되었지만, 자식과 부인을 집에 데려다 놓을 때까지 정신을 붙잡고 있었을 것이다. 이는 암시적인 서술만으로도 정황이 파악된다.

주요 구간은 내가 깨어나 어머니가 자신을 희생하는 광경을 맞닥뜨리는 순간이다. 이미 좀비가 된 아버지와, 좀비가 되어가는(변하기 직전의) 어머니의 외모 변화를 필수로 언급하자.

후작의 소원

:오늘의 장면:

저녁 식사 자리. 후작은 자리에 앉자마자 예리한 눈초리로 딸의 얼굴 상태와 차림새, 행동거지를 하나하나 트집 잡는다. 늘 있는 일이라 딸은 타격 없이 들으며 대답한다. 오늘따라 잔소리가 길어진다 싶었는데, 후작이 얼굴빛을 바꾸더니 황태자가 주최하는 연회 소식을 알린다. 황실은 황태자의 성년을 맞이하여 그 연회에서 황태자비를 고를 계획이다. 딸은 연회를 생각하니 한숨만 나올 뿐이지만, 후작은 딸이 황태자의 선택을 받을 수 있으리라 믿으며 신이 나 있다. 왜냐하면 이날을 위해 아주 어릴 적부터 딸을 공들여 관리했으니까. 딸은 아버지가 자신을 상품으로 생각한다는 사실을 잘 알고 있다. 황태자비가 되지 못한다면 또 다른 남자에게 팔려갈 것이 분명하다. 그러나 딸은 죽어도 황태자비는 되고 싶지 않다.

:반드시 필요한 설정:

• 가문의 이름(성)

- 후작이 지금까지 딸의 외모 관리를 위해 시킨 일

- 후작이 딸을 황태자비로 만들고 싶어 하는 이유

- 딸이 황태자비 자리를 원하지 않는 까닭

- 가족 구성원(다른 식구는 없는지)

 북마녀의 조언

오늘의 장면은 여주의 불행 서사를 기본적으로 깔고 간다. 그런데 이번 불행 서사는 좀 다르다. 귀족의 자식이니 특별히 곤란한 일을 겪진 않았겠지만, 양육자의 과도하고 집요한 관리로 어릴 적부터 평생을 압박감에 시달렸을 것이다.

예제를 읽는 것만으로도 후작과 딸의 관계가 어떤지 인지된다. 이 관계성이 사전 설정이라면, 이를 장면으로 풀어나가면서 여주가 가족에게 마음을 주기 힘든 환경이라는 정보를 독자에게 주어야 한다. 후작 외에 다른 가족 구성원이 있다면 그들의 행동과 반응도 함께 보여준다.

후작의 잔소리 내용은 자질구레하면서도 피로감을 줄 수 있도록 하나하나 섬세하게 풀어내자. 여기에 핀잔과 비꼼, 꾸짖음의 어조를 섞어준다면 숨이 턱턱 막히게 된다.

귀족 사회라면 모든 가문이 딸을 황태자와 결혼시키고 싶어 할 것이다. 미래의 권력인 황태자를 사위로 삼으면 어떤 식으로든 가문의 위상이 높아지고 경제적 이득과 권력을 얻을 기회가 무궁무진하게 생길 테니까. 하지만 실제 소설에선 조금 더 명료한 이유가 필요하다. 현재 가문이 유명무실한 귀족이고 빚에 쪼들리고 있다거나, 황태자를 이용하여 무언가를 꾸밀 계획이라는 등 부모의 욕심을 꼼꼼하게 기재하는 것이 훨씬 드라마틱해 보인다.

식사 자리에서 끊임없이 압박을 준다면 누구라도 식사를 제대로 하기 힘들다. 소화도 쉬이 되지 않기 마련이다. 이렇게 스트레스를 받는 딸의 심신 반응을 중간중간 넣어준다면 인물의 고통에 독자들이 보다 쉽게 감정이입을 할 수 있다.

술집에
소문이 돈다

:오늘의 장면:

객잔(주막)은 시끌벅적하다. 술병이 바닥에까지 뒹굴고, 거나하게 취해 목소리가 커진 남자들이 장안에 파다한 소문에 관해 이야기하는 중이다. 그 소문이란, 이 구역을 장악하고 있는 가문에 관한 이야기다. 가문의 가주가 조만간 ○○○으로 바뀔 거란다. 모든 탁자의 사람들이 가주가 바뀌는 까닭에 대하여 저마다 유추하느라 시끄러운 가운데, 구석에 홀로 앉은 사내만이 그 이야기를 들으며 조용히 술을 들이켜고 있다.

:반드시 필요한 설정:

- 시대적 배경
- 사내의 정체
- 사내의 외모와 연령대
- 소문의 내용

북마녀의 조언

오늘의 장면은 동양풍으로 만들어보자. 무협 혹은 일반적인 동양풍 가상 시대로 골라 진행한다. 무협 장르 역시 동양풍에 속하기는 하지만 무협은 무협만의 용어가 따로 있다. 특히 배경 속 문화가 일반적인 동양풍 배경과는 다르기 때문에 이를 유의해서 작성해야 한다. 객잔은 주로 중국을 배경으로 한 무협 쪽에서 쓰는 단어로, 술집과 숙박업소를 합친 개념이다. 주막은 과거 한국에 존재했던 공간으로, 술이나 밥을 팔고 곳에 따라 나그네가 묵어갈 수 있는 방이 마련되어 있기도 했다. 그래서 무협에서 '주막'을 쓰면 이상해 보이고, 조선 시대 배경에서 '객잔'을 쓰면 어색해 보인다. 요즘은 동양풍이어도 실존했던 시대(한국의 과거 시대)보다는 가상 시대가 더 흔하게 쓰이므로 스토리의 분위기에 따라 정하면 되겠다.

또한 이곳은 평민부터 무사까지 지나가던 사람이라면 누구든 들어가 이용할 수 있는 장소다. 기생이 머물고 상류층 귀족 중심으로 드나드는 기루나 요정과는 개념이 다른 공간이라 할 수 있다. 객잔 내부의 인테리어보다는 취한 사람들과 직원들, 그리고 객잔 내에 감도는 분위기 설명에 치중하는 편이 생산적이다. 취객들 사이에 사내가 홀로 외롭게 있는 풍경을 적당히 언급할 필요가 있다.

작가가 직접 지문을 통해 상황 설정을 구구절절 늘어놓는 방식은 틀린 건 아니지만 빤하다. 오늘의 장면에선 엑스트라들의 입담을 통해 독자에게 자연스레 설정을 노출한다. 그야말로 말하지 않고 보여주는 방식이다. 취객 한 명이 소문에 관해 계속 말하는 것보다는 주거니 받거니 하는 대화를 만든다면 대사의 능률이 높아지고 분량도 늘어난다. 인원수는 서너

명 정도가 알맞다. 한 일행의 대화에 집중해도 되고, 두 일행이 탁자 너머로 함께 대화하는 것도 차별화되어 보이겠다. 예의 그렇듯이 그러다가 시비가 붙는 흐름으로 넘어가는 것도 실재성을 확보하는 길이다.

사모님

:오늘의 장면:

커다란 대문 앞에서 남자아이 하나가 엄마 손을 꼭 붙잡고 오랫동안 서 있다. 아침부터 엄마는 아이에게 가진 옷 중 가장 깔끔한 옷을 입혀주었다. 누구의 집인지, 왜 이렇게 오래 기다려야 하는지 아이는 잘 모른다. 마냥 기다려야 하는 이 시간이 힘들고 짜증 날 뿐. 아이가 칭얼거리자 엄마가 다정하지만 단호하게 대한다. 마침내 대문이 열리고 중년 여자가 보인다. 여자의 눈빛은 날카롭고, 결코 반가운 손님을 맞이하는 표정이 아니다. 엄마는 그녀를 사모님이라 부르며 머리를 조아려 인사한다. 내려다보는 여자의 시선에 아이는 고개를 뻣뻣이 들고 빤히 쳐다보다가 야단을 맞는다.

:반드시 필요한 설정:

- 엄마의 연령대
- 사모님의 연령대

- 사모님과 엄마의 관계
- 엄마가 아이를 데리고 이 집에 온 까닭
- 아이에게 야단을 치는 사람이 어느 쪽인가?

 ## 북마녀의 조언

설정을 따로 할 필요가 없을 정도로 앞뒤 정황이 훤히 보이는 클리셰 장면이다. 예제를 읽었는데 맥락이 바로 떠오르지 않고 아무 생각이 안 든다면, 그 사람은 웹소설을 포함한 장르의 클리셰를 잘 모르는 유형에 해당한다. 이건 좋을 수도 나쁠 수도 있는 문제지만, 어쨌든 클리셰를 모른다는 건 스토리(소설, 만화, 드라마, 영화 막론하고 무엇이든)를 충분히 접하지 않았다는 뜻이다. 그러므로 앞으로 훨씬 더 많은 작품을 접할 필요가 있다.

클리셰를 모르는 이를 위해 정답을 적어둔다. 오늘의 장면은 아이가 혼외자이고 엄마는 아이를 오늘 이 집에 맡길, 사실상 버릴 예정이다. 여기서 사모님의 연령대를 확정함으로써 해당 인물이 친부의 모친(즉 할머니)인지, 친부의 본처인지를 자유롭게 정할 수 있다. 어느 쪽이든 두 사람에게 차가울 수밖에 없고, 묘하게 다른 냉정함이 표출된다.

클리셰를 피하려면 어떤 것이 클리셰인지 알아야 한다. 이제 클리셰를 알았으니 다른 내용으로 장면을 전개해봐도 좋다.

아무래도 아이의 시선에서 이야기가 진행되기 쉽지만, 주인공인 아이 입장에선 정보가 넉넉하진 않다. 그렇기 때문에 이 장면에서만큼은 엄마의 시선이 조금 더 나오도록 서술해도 무방하다. 아이의 시선으로만 적을 땐 엄마의 속내를 내보이기가 쉽지 않다. 그러므로 이 장면에서 엄마의 입장을 조금 더 표출할 수 있는 대사를 활용해보자. 엄마와 사모님의 대화에서 그들의 관계와 앞으로 일어날 일을 독자가 유추할 수 있어야 한다. 비록 아이는 그 뜻을 알아듣지 못하더라도 말이다.

오늘의 장면에서는 아이를 너무 되바라지거나 현실을 잘 알기보다 아무것도 모르고 순진한 캐릭터로 그려야 이후 주인공 앞에 펼쳐질 현실을 더 극적으로 만들 수 있다.

장면 실습 예제

상사의 약혼

:오늘의 장면:

여주인공은 비서다. 오늘은 회장 부부가 아들(주인공의 상사)과 오랜만에
식사하는 날이라 본가에 모셔다 놓았다. 회장 가족과 함께 밥을 먹을 것도
아니니 밖으로 나갈 기회만 노리고 있는데, 회장이 오늘은 밥을 같이 먹으
라 한다. 어색함을 감춘 채 밥을 먹던 주인공이 오늘 이 자리에서 알게 되
는 소식은 상사의 약혼. 회장의 아들은 곧 결혼을 해야 한다.

:반드시 필요한 설정:

- 비서의 연령대와 외모
- 상사의 연령대
- 비서와 상사의 관계
- 약혼 상대에 관한 정보
- 회장 부부의 외모

🎩 북마녀의 조언

현실에서 비서와 상사가 반드시 사적인 관계로 엮이지는 않는다. 그래도 소설 안에서 한쪽이 주인공이라면 엮어놓아야 스토리가 시작될 수 있다. 특히 웹소설 시장에서는 회장 아들이 남주인공인 설정으로 진행되는 작품이 상당수다. 이것은 클리셰이기 때문에 굳이 피하지 않아도 되고, 억지로 따를 필요도 없다. 새로이 나타난 남주인공이 여주인공을 빼앗는 식으로 만드는 것도 가능하다.

회장 아들을 여주인공과 사귀는 관계였으나 그녀를 버리는 예전 남자친구로 설정할 수도 있다. 결혼은 결혼대로 진행하면서 여주를 정부로 두고 싶어 하는 파렴치한 설정도 독자의 광분을 일으킨다. 예전 남자친구이든 뭐든 회장 아들이 비서에게 성적 관심이 있다는 전제라면, 미래의 남자친구(남주) 역시 그만큼 힘이 있고 능력자여야 한다. 일반인보다 조금 우위에 있는 정도로는 절대로 만족스럽지 않다.

회장의 아들이 남주이고, 비서와 '썸'을 타거나 함께 밤을 보내거나 사귀고 있으면서 집안에서 원하는 정략결혼을 할 생각이라면? 사실 이 패턴은 여성향 웹소설 독자의 감성에 맞지 않는다. 단순히 '후회남', '냉정남' 키워드를 쓴다고 남주를 인간 미만의 존재로 만들면 안 된다. 여주가 비참한 기분을 느끼는 것도 정도가 있다. 한 끗 차이로 독자들이 돌아설 수 있으므로 굳이 자갈길을 택하진 말자. 반대로, 결혼 얘기가 나오는 시점에 비서와 사적으로 아무 일도 감정도 없는 상태라면 이후에 감정선이 달라지는 계기가 생길 테니 그렇게 만들어도 상관없다.

기본적으로 비서들은 단정한 이미지로 외모를 관리한다. 현실에서도 그렇고 대중이 생각하는 이미지 역시 그러하기 때문에 이에 맞춘 여주의 외형 설정이 필요하다. 회장 부부 입장에서 바라보는 비서가 어떤 외모인지, 간결하고도 명확한 서술이 들어가야 효과적이다.

자기 아들이 비서에게 관심이 있거나 서로 사귄다는 사실을 회장 부부가 알고 있다면, 일부러 비서를 이 자리에 앉혀놓고 약혼 소식을 전하는 걸지도 모른다. 아무 의도 없이 우연히 어떤 행동을 하는 것보다 다분히 의도적으로 하는 행동을 구상하라. 캐릭터 간의 관계가 더욱 뚜렷해지고 감정선 역시 격렬히 요동치게 된다.

내가 키우겠습니다

:오늘의 장면:

먼 친척의 장례식장. 죽은 친척에게는 아이가 있었고, 그 아이는 졸지에 고아가 되어버렸다. 아이는 제대로 보살핌을 받지 못한 탓에 몰골이 말이 아니다. 주인공은 한쪽에 웅크리고 사람들을 멀거니 쳐다보고 있는 아이에게 음식을 가져다주지만 아이는 자리가 불편한지 먹지 않는다. 친척 어른들은 혹을 달게 될까 말도 함부로 걸지 않고 아이의 시선을 피할 뿐이다. 누가 아이의 인생을 책임져야 할까? 장례식장에 있는 사람 모두 그게 자기는 아니라고 생각한다. 주변 어른들의 이기적인 태도에 화가 난 주인공이 자신이 아이를 키우겠다며 충동적으로 나선다. 저지르고 보니 뒤늦게 걱정이 밀려온다. 이 아이를 잘 키울 수 있을까?

:반드시 필요한 설정:

• 아이의 성별과 나이
• 아이의 외모와 몸 상태

- 친척의 사망 사유

- 죽은 친척과 주인공의 관계

- 죽은 친척의 성별(엄마인지 아빠인지)

- 죽은 친척과 아이의 관계

- 주인공의 성별과 나이

- 주인공의 현황(직업, 재산 규모, 집 상태 등)

 북마녀의 조언

오늘의 장면은 길게 쓴다면 한 화 분량도 가능하고 스토리의 시작 구간인 1화나 프롤로그에 배치될 만한 내용이다. 그러나 장면 실습 시에는 설정 부분을 간략하게 쓰고 주인공과 어른들의 실랑이를 집중적으로 적어보도록 하자.

주변 어른들의 이기적인 태도를 그릴 땐 대사로 확실하게 적어야 효과적이다. 대사도 그냥 '우리 집은 저 아이를 못 맡는다' 정도가 아니라 조금 더 자극적인 멘트를 내놓아야 임팩트가 커진다.

아이의 상태가 말이 아닌 것은 두 가지로 생각할 수 있다. 애초에 죽은 부모가 제대로 보살피지 않았다는 설정, 혹은 부모가 죽은 후 며칠간 방치되었다는 설정. 죽은 부모를 향한 아이의 마음은 어떨까? 첫 번째 설정과 두 번째 설정은 서로 다르게 표현되겠다. 그러나 보살핌을 받지 못했더라도 어린아이에게 부모란 존재는 그립고 소중한 법이니 이 양가감정을 반영하길 권한다.

아예 철저히 학대당했다는 설정도 극적인 연출을 하기에 아주 적당하다. 어쩌면 아이는 죽은 친척의 친자식이 아닐지도 모른다. 혹은 도망간 배우자를 너무 닮은 나머지 죽은 친척의 미움을 산 것일지도? 학대는 정당화될 수 없지만 이유를 만들어야 개연성이 생긴다. 그러나 웹소설에서 과도한 아동 학대 묘사는 검수에 걸릴 수 있으므로 조심할 필요가 있다.

오늘의 장면에선 부모가 이미 죽었기 때문에 아동 학대가 현재 진행형으로 나올 일이 없다. 이 설정이라면 아이의 팔다리나 옷 아래로 언뜻 보이는 몸 상태로 과거의 학대를 암시하는 기법을 활용해보자. 주인공의 시선으로 관찰한 바를 담담하게 서술하면 된다.

어제 그래 놓고 필름이 끊겼다

:오늘의 장면:

대학 친구들끼리 한 명의 집에 모여 술을 퍼마셨다. 그리고 지난밤 남자와 여자 사이에는 야릇한 스킨십이 있었다. 오늘 아침에 일어났을 때 여자의 옆자리는 비어 있었다. 친구들과 아침 식사로 해장 라면을 끓여 먹는 동안, 여자는 남자의 눈치를 살피며 대화를 나눈다. 아무래도 남자는 전날 밤에 있었던 일을 기억하지 못하는 듯하다. 여자를 대하는 태도가 평소와 다를 바가 없다. 여자는 실망을 감추고 태연한 척하려 애쓴다.

:반드시 필요한 설정:

- 지난밤 함께 술을 마신 집의 주인
- 함께 술을 마신 친구의 수
- 스킨십의 진도
- 남자와 여자의 평소 관계

북마녀의 조언

두 사람이 지난밤 전까지 완벽한 친구 관계였던 설정과 어느 한쪽이 상대를 짝사랑해온 설정은 충동적인 스킨십 이후 다른 흐름을 보이게 된다. 참고로, '짝사랑'이라고 생각했지만 알고 보니 서로 좋아하고 있었다는 설정역시 가능하다. 이는 여성향 장르에서 자주 언급되는 '쌍방 삽질'의 흐름으로 이어지게 된다.

남녀 사이의 스킨십이 어디까지 이루어졌는지는 매우 중요한 전제다. 우선 포옹은 예제에 기재된 '야릇한 스킨십'에 해당하지 않는다. 키스나섹스여야 하고, 섹스에 준하는 성행위까지도 포함될 수 있다.

스킨십은 간밤의 일이므로 아침 장면에서 그 내용이 세세하게 서술되지 않아도 된다. 여자가 뚜렷하게 혹은 가물가물하게 스킨십을 회상하는것도 원만한 연출 중 하나이지만, 이 장면에선 스킨십 분량을 너무 길게늘이지는 말자. 실제 소설에서는 스킨십 내용을 아주 면밀히 풀어낸 장면이 이전에 들어갔을 테니 말이다.

술에 잔뜩 취했던 친구들이 식사를 하는 시끌벅적한 광경을 여상하게그리되, 그 안에서 여자 혼자 머릿속이 복잡한 것이 이 장면의 핵심이다. 남자가 지난밤 일을 기억하지 못하는 상태(블랙아웃)라는 정보를 대놓고'어젯밤에 필름이 끊겨서 기억이 안 나네'라고 말하는 건 재미없다. 두 사람의 대화, 친구들과의 대화를 통해 이를 넌지시 알려주자.

흐름상 남자가 정말 기억을 못 하는 건지, 기억하면서도 실수라 생각하여 기억나지 않는 척하는 건지, 친구들 앞이라 평소처럼 굴고 있지만 나중에 다시 얘기를 나눌 생각인 건지 남자의 의중은 오늘의 장면에선 아직 알 수 없다. 여자의 시선으로 남자를 관찰하는 것이기 때문이다. 여기선 그저 여자의 입장에서 관찰 결과만을 도출하는 것이 다음 장면을 기대하게 만드는 세련된 스킬이다. 실제 소설에서는 남자의 상태와 속내를 독자에게 알려주는 장면이 오늘의 장면 이후 별도로 꼭 나와야 한다.

싸우는 노예

:오늘의 장면:

이곳은 지하 투기장. 불법이지만 암암리에 귀족들도 참가하여 판돈을 대고 여흥을 즐기는 곳이다. 오늘은 오랜만에 마물*과 인간 노예의 경기가 있어서 사람들의 기대가 크다. 사회자가 등장하여 노예를 소개한다. 노예는 지금까지 이 투기장에 나왔던 검투사들에 비해 수려한 외모를 자랑하면서도, 자신을 지켜보는 노름꾼들보다 훨씬 단단한 몸을 가졌다. 대다수의 노름꾼들은 그가 마물을 이기진 못할 것이라고 생각한다. 이윽고 흉포한 마물이 경기장에 등장하고, 흥분한 관중들이 고함을 치기 시작한다.

---

* 마성을 가진 괴물. '몬스터'를 대체하는 호칭으로 혼용되고 있으나, 몬스터에 비해 미묘하게 지능이나 외모 면에서 하위인 개념이다. 단순한 '괴물'이 아니라 마력으로 만들어졌거나 마계에서 탄생했음을 강조하는 맥락이 들어 있다. 웹소설에서는 사전적 의미인 '물건'으로 쓰이지 않는 편. 마수 역시 같은 뜻으로 혼용된다.

:반드시 필요한 설정:

- 노예의 이름
- 노예의 연령대와 외모
- 노예가 경기에서 쓰는 무기
- 노예의 경기 경력(이번 경기는 몇 번째인가?)
- 마물의 종류와 형태

 북마녀의 조언

스스로 원해서 노예가 되는 사람은 없다. 처음 투기장에 발을 내디뎠을 때 자진하여 참가한 상황도 아니었을 것이다. 하지만 검투사 경력이 꽤 오래되었다면, 즉 계속해서 살아남아 경기에서 승리했다면 현시점에서는 공포나 불안을 느끼기보다는 조금쯤 무뎌진 상태가 된다. 노예가 된 남자의 얼굴과 표정, 몸 상태를 그리되 적절한 감정들이 드러나도록 해야 한다.

남자의 외모 묘사는 자유이지만, 투기장에 끌려 나오는 이를 너무 왜소한 소년으로 그리는 것은 권장하지 않는다. 이곳은 투기장이니 어느 정도 서로 싸움이 되는 판을 깔아야 투기의 맛이 생긴다. 마물과 작은 소년을 붙인다면 싸움이 되지 않는다. 그렇다면 일정 수준 몸집이 있고 단단한 근육이 잡힌 모습으로 기술하는 것이 훨씬 효과적이다. 예전 혹은 당장 어제까지 핍박을 받으며 채찍질을 당해서 몸에 상처가 그득하다거나, 인두로 지진 낙인이 찍혀 있다거나, 강제로 문신이 새겨졌다거나…. 머릿속에서 검투사의 이미지를 끄집어내보자. 로마의 검투사 이미지를 그대로 따오지는 말고 가상 시대에 걸맞은 불법 투기장의 링에 누가 올라올지 연구해야 한다.

아무리 불법 투기장이어도 경기의 형식을 갖추고 있는 만큼 진행자가 그럴듯한 소개 멘트를 날려야 극적이다. 노예의 진짜 이름, 가명, 그리고 투기장에서 불리는 번호 같은 것들을 짜두면 원고 집필이 손쉬워진다. 이렇게 여러 이름이 있다면 사회자의 멘트에서는 번호나 가명을, 지문에서는 진짜 이름을 활용할 수 있다.

이 장면이 소설의 도입부라면 지문에서도 숫자를 이용하여 서술한 후, 이후 장면에서 이 번호의 노예가 주인공이라는 사실을 알리는 타이밍에 이름을 밝히면 임팩트가 조금 더 커진다.

구경꾼들은 자기가 판돈을 건 쪽이 이기기를 바랄 터. 그들은 어느 쪽을 응원할까. 인간 노예가 마물의 목숨을 끊어주기를 바랄까? 아니면 마물이 인간을 찢어발기기를 원할까? 관중 묘사 시 인간의 잔혹성을 극대화하여 표현하자.

아침에 들은
충격적인 소식

:오늘의 장면:

영애는 아침 햇살에 잠에서 깨어난다. 어제는 그녀를 괴롭히는 인간 때문에 너무 힘든 하루였다. 다음 주에도 그 인간과 만날 약속이 잡혀 있는데 벌써부터 마음이 괴롭다. 심하게 아픈 척, 꾀병을 부린다면 약속을 취소할 수 있지 않을까? 영애는 거울 앞에서 머리를 굴려본다. 그런데 전담 하녀가 눈치를 보며 다가오더니 충격적인 소식을 전한다. 그 인간이 어젯밤 시체로 발견되었다고 한다.

:반드시 필요한 설정:

- 영애의 가문과 작위
- 영애의 연령대
- 영애를 괴롭힌 사람의 신상 정보
- 영애를 괴롭힌 사람과 영애의 관계
- 그 사람이 영애를 괴롭힌 방식

- 시체가 발견된 장소
- 발견 당시 시체의 상태

 북마녀의 조언

실제 소설에서는 독자가 문제의 인간이 어디서, 어떻게, 왜 죽었는지 다른 장면을 통해 이미 파악했을 것이다. 그러나 여주는 그 자리에 있었던 것이 아니기 때문에 그 정보를 알 길이 없다. 소설 속 주인공이 천리안을 갖고 있지 않는 한 모든 상황이 그렇다.

오늘의 장면처럼 조연 캐릭터가 주요 인물에게 요긴한 정보를 전달하는 장면을 중간중간 넣어주면 스토리 속에서 이 문제를 해결할 수 있다. 그러므로 주인공 주변에 소식을 전해줄 조력자를 만들어두면 유용하다. '조력자'급이 아니라 엑스트라급이어도 괜찮다. 이 엑스트라 캐릭터들을 특별히 선도 악도 아닌 상태로 설정해도 관계없다. 선과 악 집단에 포함시키는 순간 그 캐릭터는 조연급으로 올라서게 된다.

이 장면에서 '시체로 발견되었다'고만 표현하기보다는 조금 더 세심하게 정보를 전해야 한다. 소식을 전하는 캐릭터가 수다쟁이라면 역할에 어울리고 인물의 활용도 역시 높아진다.

문제의 인간이 죽었다는 사실은 어차피 '소식'이고, 그 소식은 발견한 사람들이 주변에 퍼뜨려 하녀에게까지 전해진 것뿐이다. 그러므로 오늘의 장면에서 죽임을 당한 과정이 나오진 않는다. 그러나 죽임을 당한 결과, 즉 시체의 상태를 전달하는 건 필수다. 산짐승이 먹은 듯 갈가리 찢겼거나 몸의 일부가 뜯어 먹힌 자국이 있을 수도 있고, 목이 꺾여 죽었을 수도 있고, 두 눈이 파였을 수도 있다. 또는 팔이 뎅강 잘려 과다 출혈로 죽음에 이르렀을지도 모른다. 무조건 잔혹하고 끔찍하게 묘사하라는 뜻이 아니다. 각각의 상태는 이 사람이 죽음에 이르게 된 까닭이며, 동시에 그 살인을 통해 누군가를 보호하고자 하는 의도와 연결된다. 갑작스러운 죽음에는 합당한 이유와 의도가 있어야 한다.

부자 친구를 따라갔다

:오늘의 장면:

전학 온 친구가 어린 주인공에게 자기 집에 같이 가서 놀자고 한다. 높은 담벼락에 대문부터 아주 호화로운 집이다. 친구가 초인종을 누르고 뭐라 말하자 철문이 열린다. 정원은 너무 넓고, 한참 걸어야 집이 보인다. 주인공은 지금까지 가난하다고 생각한 적이 없지만, 왠지 위축되는 기분이다. 현관문이 열리고 가사도우미가 두 명이나 친구와 주인공에게 인사를 건넨다. 이미 대문 앞에서부터 놀랐던 주인공은 집 안에 들어서자 입을 떡 벌린다. 친구는 주인공에게 방에 올라가 게임을 하며 놀자고 한다. 거실을 지나 2층으로 올라가는 친구의 꽁무니를 따라 주인공도 올라간다. 친구가 방문을 열자 넓고 잘 정리된 내부가 보인다.

:반드시 필요한 설정:

• 주인공과 친구의 성별
• 전학 온 친구가 주인공을 집으로 초대한 까닭

- 집의 구조
- 친구의 방에 있는 값비싼 물건

 북마녀의 조언

마음에 들지 않는 아이를 집까지 초대하는 일은 드물다. 특히 부잣집 아이가 싫어하는 아이를 집에 데려온다면 여러 명을 함께 초대했을 가능성이 크다. 동시에 상대를 무시하려는 의도 역시 품고 있을 터. 오늘의 장면에서는 부잣집 아이가 주인공에게 마음을 연 상태이므로 그 호감이 반영된 언행을 적으면 된다.

이번 예제는 평범한 가정의 아이가 처음으로 부잣집에 발을 들이면서 느끼는 충격을 드러내는 장면이다. 스토리의 큰 줄기에 해당하는 내용은 아니지만 캐릭터의 관계 기반을 위해 초반에 꼭 필요한 장면이라 할 수 있다. 전지적 작가 시점으로 쓰더라도 아이의 시선으로 아주 세세하게 적음으로써 집 안 구석구석의 부티를 독자에게 뽐내자. 동시에 아이의 마음속을 중간중간 드러내는 스킬을 활용하자. 자기 집과 비교하게 되는 건 인간의 어쩔 수 없는 본능이다.

세밀한 묘사를 위해 '대문→정원→건물 입구(현관)→건물 내부(1, 2층)'에 이르기까지 집 안의 구조를 모두 정해두어야 한다. 그리고 아이의 눈으로 관찰하는 것이므로 성인 관점의 값비싼 물건보다는 아이가 부러워할 만한 아이템이 눈에 띈다면 가정 형편이 더욱 극명하게 대비될 수 있다. 참, 두 사람의 성별은 남녀, 남남, 여여 모두 가능하다.

오디션

:오늘의 장면:

영화 주인공이 될 신인 배우를 뽑는 공개 오디션 현장. 주인공이 준비한 장면의 연기를 펼치다가 가장 클라이맥스가 되는 대사를 치려는 순간, 눈 앞의 남자가 끊어버린다. 남자는 이 바닥에서 매우 유명한 감독이기에 주인공은 그에게 잘 보이고 싶다. 자신의 연기력을 더 보여주고 싶어서 두 손을 모으고 애걸해보지만 소용없다. 감독은 지루함과 권태감이 가득한 눈빛으로 주인공에게 핀잔을 준다.

:반드시 필요한 설정:

- 영화 제목
- 감독의 경력(구체적으로)
- 주인공의 나이와 성별, 외모
- 주인공의 연기 경력

 **북마녀의 조언**

오디션에 참가하는 수많은 신인 배우 중 유독 주인공을 콕 집어 감독이 핀잔을 주는 까닭은 물론 주인공이 '주인공'이기 때문이겠지만, 이유를 디테일하게 정해야 주인공에게 더 큰 고통을 줄 수 있다. 특히 주인공과 감독이 서로 아는 관계여서 감독이 이러는 거라면, 과거의 인연을 추가로 설정해야 한다. 그리고 그 과거는 더럽고 치사하며 구질구질할 것이다.

감독 캐릭터를 악역으로 짠다면 딱히 과거사가 없어도 불쾌한 에피소드를 거뜬히 만들어낼 수 있다. 특히 주인공이 여성일 땐 감독이 지저분한 소리를 해대는 패턴도 나쁘지 않은 클리셰다.

많은 작가 지망생이 주인공의 연기 장면을 집어넣을 때 큰 실수를 한다. 액자식 구성처럼 해당 연기 장면을 매우 세세하게 펼쳐야 한다고 생각하는 것이다. 굳이 그러지 않아도 된다. 소설은 영상이 아니기 때문에 이렇게 하면 오히려 혼란을 야기한다. 어정쩡하게 장면을 섞는 것보다는 어떤 드라마 혹은 영화의 장면이라는 설정만 정확하게 해도 너끈하게 오디션 장면을 짤 수 있고, 연기 대사 역시 한두 마디로 족하다. 연기 자체가 아니라 오디션 현장의 분위기와 감독의 못된 태도, 주인공의 마음속 생각을 다루는 게 훨씬 더 효과적이다. 주인공은 최선을 다해 오디션을 준비했을 것이다. 어떻게, 얼마나 준비했는지도 오늘의 장면에서 서술한다면 주인공의 열정과 간절함이 독자에게 전해진다. 그렇게 감정이입을 한 독자들은 감독을 향한 분노와 짜증을 금하지 못하게 된다.

괴물을 죽여라

:오늘의 장면:

주인공은 놈이 나오길 기다리는 중이다. 물속에서 정체불명의 괴물이 튀어나와 물을 마시고 있던 짐승의 목을 물어뜯고 찢어발긴다. 아뿔싸, 저쪽을 공격할 줄이야! 놀랄 틈도 없이 주인공은 곧바로 사체를 뜯어 먹는 괴물을 향해 활을 쏜다. 화살은 놈의 한쪽 눈에 정확히 꽂힌다. 괴물은 고통스러워 몸부림치고 주인공은 여러 발을 쏜다. 자신을 공격하는 대상을 기어코 찾아낸 괴물이 주인공을 덮쳤을 때, 주인공은 회심의 마지막 공격을 가한다.

:반드시 필요한 설정:

- 이 사건이 일어나는 장소
- 괴물에게 공격당한 짐승의 종류
- 주인공의 직업
- 괴물의 형체

- 마지막 공격 시 무기

 북마녀의 조언

괴물의 등장 전에는 아주 평화로운 광경을 그림으로써 극적인 대비 효과를 노리자. 괴물의 공격은 갑자기 시작되고 순식간에 끝나야 한다. 진행이 늘어지면 안 되는 장면이다. 괴물에게 공격당한 짐승은 그 근처에 머물며 물을 마시러 오는 야생동물일 수 없다. 주인공이 당황하려면 주인공과 관계가 있는 동물이어야 한다. 여기까지 타고 온 말일 수도 있고, 근처에 사는 들개인데 주인공이 간간이 먹이를 주며 보살폈던 녀석일 수도 있다. 오늘의 장면엔 나올 필요가 없지만 실제 원고에서는 주인공과 밀접한 관계가 있는 동물이 죽는 장면이 나올 시 해당 장면 직후 동물을 땅에 묻는 등 나름의 장례를 치르는 흐름이어야 한다.

주인공이 괴물을 공격하는 내용은 섬세하게 펼쳐져야 한다. 그러나 주요 무기가 활일 땐 별다른 움직임이 나오기 힘들다. 보통 주인공을 능력자로 설정하기 때문에 화살이 빗나가는 연출을 하기가 쉽지 않다. 대신 괴물의 처절한 몸부림을 면밀히 서술한다면 주인공의 동선이 넓지 않아도 액션의 긴장감이 높아진다. 한 방에 죽는 놈이 아니고 강하고 흉포한 상대라는 점을 모자람 없이 묘사해야 한다.

마지막 공격은 괴물과의 거리가 상당히 가까워졌다는 점을 반영하면 더 효과적이다. 활을 계속 쓰지 말고 단검이나 도끼 등 손으로 공격할 수 있는 무기를 동원하여 더 자극적인 액션을 만들어보자.

짝사랑이 들통났다

:오늘의 장면:

퇴근 후 직원들끼리 가볍게 하게 된 술자리. 상사가 만나는 사람 있냐고 묻자, ○○은 최근 만나고 있는 애인에 관한 정보를 늘어놓으며 결혼 계획까지 덧붙인다. 결혼이 확정된 건 아니지만 상대와의 미래를 꿈꾸고 있는 것이다. 주인공은 묵묵히 안주를 씹으며 ○○을 자연스럽게 챙긴다. 술에 취한 ○○이 금방 해롱거린다. 주인공은 흐느적거리는 ○○을 택시 태워 보낸다. 이를 눈여겨본 상사가 주인공이 ○○을 짝사랑한다는 걸 눈치채고 넌지시 한마디 한다.

:반드시 필요한 설정:

• 술집의 종류
• 세 사람이 다니는 회사의 분야
• 세 사람의 직급(사회적 관계)
• 상사의 연령대 및 성별

- ○○과 주인공의 연령대 및 성별
- 상사가 주인공의 짝사랑을 눈치챈 까닭

북마녀의 조언

오늘의 장면에서는 같은 회사 직원들끼리 하는 술자리를 배경으로 세 사람의 언행이 나오게 된다. 직장 내 상하 관계가 정해져 있으므로 세 사람의 직급을 딱 정리해놓는 것이 적당한 대사를 쓰기에 편하다. 직장 생활의 경험이 있다면 그 경험을 토대로 호칭을 정하는 것도 효율적이다. 업계와 분위기에 따라 무조건 직급을 부르는 회사도, 직급이 아닌 다른 호칭을 쓰는 회사도 흔하다. 예를 들어 직급이 따로 있든 없든 '○○ 쌤'으로 상대를 부르는 분야나 '○○ 씨'로 통칭하는 곳도 존재한다.

부하 직원들은 상사에게 무조건 존대를 할 수밖에 없다. 반대로 상사의 연령대가 비교적 높다면 부하 직원에게 반말을 섞어도 문제없다. 존대어를 쓰되 아랫사람에게 하는 말투로 변형해도 현실적이다.

상사가 주인공의 짝사랑을 눈치챈 것은 단순히 감이 좋아서일 수도 있겠지만, 일단 누군가를 좋아하는 마음은 말이나 행동에서 티가 날 수밖에 없다. 아무리 남몰래 하는 짝사랑이라 해도 말이다. 주인공은 상당히 과묵한 인물이니 행동에 슬며시 묻어나게 해야 한다.

짝사랑 상대가 자신의 애인에 관해 주저리주저리 하는 이야기만 늘어놓는 것은 충분치 않다. 그 얘기를 듣는 주인공의 마음속 고통을 설명할 필요가 있다. 독자는 관찰만을 원하지 않는다. 관찰과 함께 인물의 속내를 알려주는 스킬을 적용하라. ○○의 연애 스타일을 추가로 정해둔다면 묘사가 편해진다. 한 사람을 진득하게 만나는 타입이든, 애인을 계속 갈아 치우는 타입이든 주인공의 가슴은 문드러지고 만다.

오늘의 장면에서 성별을 미리 정해놓을 수도 있지만, 자유로운 실습을 위해 여지를 남겨두었다. 예를 들어 세 명이 전부 남자라면 응당 BL이 될 것이다. 부하 직원들은 모두 남자인데 상사만 여성이라면 주인공의 마음에 관해 진중한 조언 등을 해주길 권장한다. 이것은 BL의 주 소비층인 여성 독자를 아우르는 장치다. ○○이 여자라고 해도 상사와 주인공의 성별이 남자이면서 두 사람이 메인 캐릭터라면 BL 전개가 가능하다.

이 장면으로 이성애 러브 스토리 역시 연출할 수 있다. 그러나 정황상 ○○은 조금 철없는 이미지가 강하고 더욱이 다른 인물을 열렬히 좋아하고 있으니 ○○을 여주로 잡는 건 적절하지 않다. 차라리 주인공을 여주로 잡고 남주인 상사와 엮는 것이 여성향 웹소설 감성과 맞아떨어진다. 같은 맥락으로 주인공이 남주인 설정은 여성향에 부적합하다. 여주의 눈앞에서 다른 여자를 진심으로 짝사랑하고 챙기는 남주의 모습을 여성향 독자는 결코 보고 싶어 하지 않는다.

무인도에서 눈을 떴다

:오늘의 장면:

타지로 향하던 웅장한 배가 난파선이 되고 말았다. 바닷가로 밀려온 시체 더미에서 정신을 차린 나는 겨우 몸을 빼내고 주변을 둘러본다. 이곳은 섬이다. 배에 탔던 사람들은 전부 죽은 듯하다. 살아 있는 사람의 흔적이 전혀 보이지 않는다. 구출될 때까지 어떻게든 버텨야 한다. 배에 실려 있던 물건들이 떠밀려 오기라도 했으면 좋으련만. 나는 혹시 뭐라도 있을까 싶어 시체 더미를 뒤져본다. 그때, 뒤에서 사람 소리가 들린다. 나는 반가움에 고개를 돌리지만, 상대를 본 순간 당황스러움을 감출 길이 없다.

:반드시 필요한 설정:

- 시대적 배경
- 나의 사회적 위치 및 직업
- 내가 배를 탔던 까닭
- 뒤에서 소리를 낸 사람의 정체

- 두 사람의 관계
- 두 사람의 성별

 ## 북마녀의 조언

무인도만큼 무한한 상상을 이끌어낼 수 있는 소재가 있을까? 모든 시대적 배경에서 풀어낼 수 있는 소재이고, 주인공과 새로 등장하는 인물의 관계를 어떤 식으로 정하느냐에 따라 극적인 재미가 커진다.

- 서로 가까운 사이
- 아예 모르는 사이
- 이전부터 알지만 (어떤 문제 때문에) 어색한 사이

이 관계 중 하나로 만들면 아주 무난하게 장면 묘사 실습을 할 수 있고 한 편의 스토리도 뚝딱 만들어낼 수 있다. 모두 이야기를 풀어나가는 데 문제는 없고, 어떤 것이 더 좋다고 말할 수도 없다. 특히 성별을 어떻게 정하느냐에 따라 장르가 달라지고, 각 인물을 어떤 성별로 정할지도 흥미로운 선택이 되겠다. 두 사람이 어떤 관계이든 주인공이 당황할 만한 상황을 연출하는 것이 중요하다.

새로 등장한 캐릭터가 말이 안 통하는 원주민이거나 불가피한 사연으로 짐승들과 함께 지낸 사람이라면, 완전히 다른 형태의 스토리가 구현된다. 말이 안 통하거나 사람의 언어를 할 수 없는 캐릭터라고 해서 주인공이 되지 말라는 법은 없다.

어쩌다 이 배가 난파하고 말았는지 앞부분에서 살짝 풀어주면 극적인 느낌을 줄 수 있다. 그러나 주인공이 배를 타고 배가 난파한 상황은 이미 과거이므로 너무 길게 풀어내진 말자. 시체 더미의 풍경을 강렬하게 그릴수록 최악의 환경으로 인식된다. 뭐라도 나오길 바라는 마음으로 썩어가는 시체 더미를 뒤지고 있을 주인공의 모습을 생생하게 표현하자.

중요한 건 이들이 앞으로 어떻게 협동 혹은 경쟁하여 이 무인도에서 살아남느냐다. 어떤 스토리여도 '현대 사회에서 사회화를 통해 숨겨졌던 본능적인 욕구가 바깥으로 표출되는 환경'이 이야기의 근간이 된다. 나 자신의 생존을 가장 중요하게 여기는 심리가 커질 수밖에 없다. 생존 본능에 따라 인물들은 평범한 사회에서라면 절대로 하지 않았을 행동까지도 하게 된다.

원나잇 후에는
도망이 정석

: 오늘의 장면 :

지난밤은 몹시 뜨거웠다. 새벽녘 겨우 깨어난 여자는 옆에 누워 잠든 남자가 눈을 뜨기 전 빨리 떠나는 게 좋겠다고 판단한다. 여기저기 널브러진 옷을 주워 입고 테이블 위에 놓여 있는 메모지에 몇 마디를 적은 다음 문을 향해 살금살금 걸어간다. 손잡이를 돌려 문을 여는 순간, 뒤에서 남자의 목소리가 들린다. 여자가 당황하여 돌아보니 남자가 언제 깨어났는지 침대 헤드에 기대어 앉아 여자를 바라보고 있다.

: 반드시 필요한 설정 :

- 이 장면이 진행되는 장소
- 두 사람의 사회적 관계
- 두 사람이 지난밤을 함께 보낸 이유
- 메모지에 쓴 내용
- 여자가 몰래 도망치려고 한 까닭

북마녀의 조언

오늘의 장면에서는 몰래 도망가려는 여자의 심경이 조목조목 설명되어야 한다. 효과적인 스토리텔링을 위해 두 사람의 관계부터 설정해보자. 그저 하룻밤의 일탈일 뿐이었어도 어제 처음 본 관계와 얼굴을 아는 관계는 각각 상당 부분 다른 감정선이 연출될 수밖에 없다. 후자라면 매우 친밀한 친구 관계, 같은 회사를 다니는 관계, 과거에 사귀었으나 헤어졌고 어제 재회한 상황 등 다양한 설정이 가능하다.

원나잇 후 한 명이 도망갔다가 이후 예기치 못한 재회를 하게 되는 흐름은 여성향 웹소설에서 흔히 쓰인다. 특히 현대 배경의 로맨스인 현로에서는 도망가는 패턴이 워낙 클리셰로 여겨지다 보니 이제는 현장에서 상황 정리를 하는 방향으로 발전하고 있다. 결정적으로, 이 방향으로 전개할 때 물리적으로 대화를 많이 하기 때문에 분량이 훨씬 많이 나온다. 남자 입장에서는 도망가려는 여자의 태도가 어이없을 것이다. 심해진 집착은 다정한 방식으로, 때로는 위압적인 방식으로 표현 가능하다. 여기서 '원나잇이었으니 오히려 좋다'고 생각하는 놈은 로맨스 남주가 아니다. 특히 19금을 쓴다면 현장에서 몸의 대화를 다시금 나누는 전개로도 살릴 수 있다.

격정적이었던 지난밤에 대한 상세 묘사는 이 장면에서 불필요하다. 실제 소설에서는 이 장면 직전에 지난밤에 대한 묘사를 넉넉한 분량으로 작성하길 권한다. 요즘은 19금이 아닌 15금도 씬이 나올 수 있지만, 검수에 걸리지 않는 수위를 유지해야 한다. 19금에 관한 자세한 설명은 『북마녀의 19금 웹소설 단어 사전』에서 꼼꼼하게 설명해두었으니 참고 바란다.

망나니 황태자
혼쭐나는 날

:오늘의 장면:

사고를 치고 황제의 눈 밖에 난 황태자. 노발대발한 황제는 그를 황궁에서
아주 먼 시골로 보내버린다. 정신 차리고 심신 수련을 하라며 모처에 아들
을 맡긴 것이다. 그곳에는 황제가 어린 시절 스승으로 모셨던 자가 지내
고 있다고 한다. 쫓겨난 황태자는 툴툴거리며 겨우 그곳에 도착하지만, 스
승이 머무는 공간은 몹시 초라하다. 이 정도면 수련이 아니라 유배 아닌가
싶을 정도로 좁고 불편하다. 당연히 황실에서 미리 연락했을 줄 알았는데
그것도 아니다. 아무리 자신의 신분을 강조해도 스승은 귓등으로 흘리고
존대를 전혀 하지 않는다. 심지어 밥도 혼자만 먹는다. 황태자는 버럭 고
함을 치면서 생떼를 부리다가 호되게 혼이 나고 만다. 황궁에 돌아가고 싶
어도 돌아갈 수 없으니 답답한 노릇이다. 스승은 버릇없는 망나니 황태자
를 곱게 거둘 생각이 없다.

:반드시 필요한 설정:

- 시대적 배경
- 황태자의 연령대
- 황태자가 친 사고
- 스승이 머무는 공간과 위치
- 스승의 신상 정보
- 스승이 먹는 음식

 북마녀의 조언

앞뒤 분간하지 못하고 날뛰던 황태자가 난생처음 어떻게 깨지는지 보여주는 장면이다. 거만한 황태자의 성정을 기술하되, 특히 상대를 얕잡아 보는 태도가 대사에 잘 드러나도록 해야 한다. 지금까지 보살핌만 받아왔던 신분이기 때문에 무엇 하나 제 손으로 하지 않을 게 뻔하다. 황태자가 어리다면 얄밉고, 다 큰 청년이라면 한심하기 짝이 없다.

무대를 어떤 공간으로 정하느냐에 따라 장면의 분위기가 조금씩 달라진다. 깊은 산속이라면 암자나 동굴로 정할 수 있겠고, 외딴섬이라면 대충 짚을 얽어 지은 초막이어도 좋다. 일반적인 시골로 잡는다면 쓰러져가는 집이나 사당 등을 생각해봐도 좋겠다.

이런 허름한 장소에서 지내는 스승이 만들어 먹는 음식이 대단할 리 없다. 황태자가 궁에서 먹던 음식에 비하면 아주 단출하고 소박할 것이다. 고기반찬이 없는 쪽으로 기술해야 더욱 효과적이다. 그럼에도 불구하고 오랜 여독과 제 성질을 못 이긴 나머지 허기가 심해진 황태자의 상태를 강조한다. 황자는 지금 지푸라기라도 먹고 싶은 기분이며, 배에서 천둥소리가 날 것이다. 공간과 상차림을 설명하는 단어들은 시대적 배경에 어우러지게 신중히 골라야 한다.

황제의 스승이었던 자는 보통 나이가 지긋할 것이고, 황태자와의 나이차 설정을 감안하면 초로의 노인일 가능성도 다분하다. 그러나 꼭 노인으로 구현하지 않아도 된다. 노인이 아니라면 왜 노인이 아닌가에 대해 설정해봐도 재미있겠다. 머릿속 아이디어를 끄집어내보자. 생물학적 나이로는 무덤에 들어가고도 남았어야 하는데 전혀 늙지 않아서 황태자와 비슷한 청년으로 보일 수도 있고, 백발이 성성하지만 놀랍도록 정정한 노인으로 그리는 것도 너끈히 가능하다. 혹은 인간이 아닌 존재라 노화와 죽음을 겪지 않는 것일지도 모른다. 또한 스승이 남자라는 법은 없다. 스승의 나이, 성별, 외모 등 특징을 정해두면 묘사가 술술 풀릴 것이다.

오늘의 장면에서는 황태자가 친 사고가 길게 나오지 않아도 된다. 스승이 머무는 곳으로 향하는 황태자의 머릿속을 나타내는 지문으로 황태자가 무슨 짓을 했는지 독자에게 정보를 전달한다면 장면의 효율성이 높아진다. 이 구간의 정보는 요약 버전으로 족하다. 그렇다고 아예 안 나오면 유배의 개연성이 약해지니 잊지 말고 언급하자.

스승은 기고만장한 황태자를 어떻게 혼냈을까? 어떤 무기로 무릎을 꿇렸을까? 어쩌면 무기 하나 없이 맨손과 맨다리로 황태자의 코를 납작하게 만들었을지도 모른다. 실력 대비 외모가 연약해 보이도록 설정한다면 스승의 대단한 실력이 더 눈에 띄게 된다.

황녀가 받은 친절

:오늘의 장면:

힘든 일을 겪고 궁을 잠시 떠나 피신했던 황녀. 설상가상으로 부상을 입고 누추한 공간에서 은신하게 된다. 몸을 웬만큼 추스른 후, 황녀는 궁으로 돌아갈 채비를 한다. 그동안 황녀를 자신의 공간에 머물게 하고, 살뜰히 보살폈던 사람이 가는 길에 요깃거리로 삼으라며 소박한 음식 꾸러미를 건넨다. 황녀는 신분을 온전히 밝히지 않았으나, 이 사람은 그녀가 범상치 않은 인물이라는 걸 알고 있다.

:반드시 필요한 설정:

- 시대적 배경
- 황녀의 성격
- 황녀가 궁에서 나오게 된 까닭
- 황녀는 어디를 다쳤는가?
- 황녀를 보살폈던 사람의 신분, 성별, 연령대

• 황녀가 높은 신분이라는 걸 이 사람이 알게 된 경위

 북마녀의 조언

바깥출입 없이 온실 속 화초처럼 자란 황녀가 궁 밖에서 새로운 경험을
하게 되는 광경을 구현하는 장면이다. 황녀의 성격 설정에 따라 조금씩 다
른 반응이 나올 것이다. 하지만 오늘의 장면을 통해 황녀의 위치가 공고함
을 밝힐 수 있고, 또 황녀 자신도 많은 생각을 하게 만들 수 있다.

황녀를 보살핀 사람이 남주인공이라면 이들이 나중에 다시 만날 가능
성이 있도록 여지를 두어야 한다. 어떤 식으로든 서로 관심이 있다는 낌새
를 슬그머니 넣자. 호감은 은연중에 서로를 보는 눈빛에 묻어나고, 행동거
지에도 드러나게 된다. 이는 신분과는 전혀 상관없는 문제다.

반드시 남주와 여주의 내용으로 엮을 필요는 없다. 시골의 이름 모를
부부가 황녀를 보살폈을 수도 있고, 다친 황녀를 치료해준 의원일 수도 있
겠다. 오래전에 사라진 딸을 닮아서 더 애틋하게 느꼈을지도 모른다.

작별 인사를 하는 와중에 꾸러미를 풀어 열어볼 수는 없을 테니 음식
메뉴가 정확하게 언급되지 않아도 좋다. 메뉴를 정한다면 소박하다는 전
제가 있으므로 근사한 도시락처럼 차림새가 있는 메뉴는 피하도록 하자.
이 사람이 꾸러미를 직접 건네며 하는 대사에 음식 메뉴를 슬그머니 끼워
넣는다면 센스 있는 흐름이 될 것이다.

또한 대사가 많지 않아도 되는 장면이다. 때로는 눈빛과 행동이 더 많
은 말을 하는 법이다.

궁녀의 실수

:오늘의 장면:

여자는 궁에 들어온 지 아직 일 년도 되지 않은 몸이다. 그녀는 음식을 담은 쟁반을 들고 다른 궁녀들과 함께 연회장으로 향한다. 오늘은 황제가 오랜만에 여는 연회다. 그곳엔 황제, 황태자, 조정 대신이 전부 모여 있다. 고개를 푹 숙인 여자는 준비한 쟁반을 연회장 안에서 수발을 드는 궁녀 중한 명에게 건네려다가 자신을 뚫어지게 쳐다보는 황태자와 눈이 마주친다. 궁녀는 당황하여 손을 떠는 통에 쟁반을 놓치고, 발을 헛디뎌 바닥에 쓰러지고 만다.

:반드시 필요한 설정:

- 연회가 열리는 공간의 이름
- 황제가 연회를 연 까닭
- 궁녀가 가져가는 음식 메뉴
- 황태자의 연령대와 외모

- 궁녀의 연령대
- 황태자가 궁녀를 쳐다보는 이유
- 궁녀가 당황한 까닭

 북마녀의 조언

이번 장면은 동양풍 배경이므로 그에 합당한 단어들을 물색하여 적으면 더욱 동양풍의 맛이 날 것이다. 하지만 배경이 동양풍이라고 무조건 모든 단어를 어려운 한자어 범벅으로 적지는 말자. 곳곳에 특징적인 단어들을 적어주는 것만으로 족하다.

궁녀가 연회장으로 들어가는 타이밍에 연회장 내부의 상세 묘사가 있어야 한다. 여기서 특징적인 단어들이 나오기 마련이다. 궁녀라는 미천한 신분으로 고개를 당당히 쳐들고 구경하진 못하겠지만, 곁눈질만으로도 휘황찬란한 배경이 눈에 들어올 것이다.

궁녀가 쟁반을 받쳐 갖고 들어오는 음식 메뉴는 크게 중요하지 않다. 어떤 메뉴로 정해도 장면과 스토리 라인에 영향을 주지는 않는다. 그러나 이는 궁녀가 맡은 업무 중 하나이고, 이렇게 사소한 디테일이 모여 선명한 실재성을 확보하게 된다. 음식이 아닌 음료나 주류여도 무방하다. 단, 어떤 메뉴든 시대적 배경에 어우러지면서 아주 고급스러운 재료를 쓴 메뉴여야 한다.

황태자와 눈이 마주친 순간에 어떤 신체적 반응이 발생했을까? 또 궁녀의 머릿속은 어떨까? 이에 관한 서술이 오늘의 장면에서 하이라이트를 담당한다. 두 사람이 과거에 만난 적이 있고 두 사람 모두 주인공이라면 바로 지금이 재회의 타이밍이다. 하지만 만난 적 없는 설정이라도 이 장면을 만들 수 있다. 한낱 궁녀에게 황태자란 너무나 높은 존재일 테니 부담스러운 것이 당연하고 실수도 할 만하다.

반면, 황태자가 주인공이 아니라면 대개 악역에 가까워진다. 동양풍 세계관에서 모든 궁녀는 잠재적인 '황제의 여인'이기에, 그 아들인 황태자가 궁녀를 취하는 것은 도리에 어긋난다. 과거에 만난 적이 있든 없든 주인공이 아닌 황태자의 관심은 궁녀의 향후 안전을 위협하게 된다.

버려진다는 걸
알았을 때

:오늘의 장면:

아이를 혼자 키우는 여자. 어느 날, 아침 일찍부터 여자는 아이의 짐을 이것저것 챙기며 아이에게 외출복으로 갈아입으라고 재촉한다. 아이는 밀려오는 불안감에 엄마 주위를 맴돈다. 오늘 여자는 아이의 생부에게 아이를 맡길 계획이다. 여자가 별다른 설명을 하지 않았는데도 대번에 아이는 엄마가 자신을 떠날 거라는 사실을 눈치챈다. 아이가 소리 없이 울기 시작한다. 여자는 이 상황이 답답하고 버겁고 힘들고 슬퍼서 진저리를 친다.

:반드시 필요한 설정:

- 여자가 지금까지 아이를 혼자 키운 까닭
- 여자의 외모와 성격
- 아이의 성별과 성격, 나이

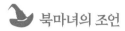

북마녀의 조언

부모에게 버림받은 캐릭터의 과거가 밝혀지는 장면으로서, 캐릭터의 트라우마를 드러내는 기능을 한다. 엄마와 아이의 일상적인 행동이 이어지지만, 감정은 저마다 고조되어 있어야 한다.

캐릭터가 어른이 된 후 이 장면을 뒤늦게 회상하는 방식보다는 시간순으로 어른이 되기 전 스토리의 앞쪽에 배치하는 편이 훨씬 효과적이다. 생부는 이 장면에 직접 등장하지 않지만, 여자의 회상으로 생부와 나눈 이야기나 생부와의 약속이 가볍게 등장해도 된다.

여자는 결과적으로 이기적인 행동을 하지만 모성애가 없는 것은 아니다. 여자의 복잡한 속마음을 적어주되, 겉으로는 아이의 마음에 생채기를 낼 수 있는 대사를 많이 해야 한다. 정을 떼고자 하는 마음이 확실히 있기 때문이다. 요령껏 아이를 아프게 할 말을 만들어 쏟아붓자.

그에 비해 아이는 말을 적게 하는 편이 낫다. 그래야 대비 효과가 일어난다. 오늘의 장면에서 아이는 상당히 명석하고, 눈치가 빠르고, 분위기를 읽을 줄 아는 캐릭터다. 그럼에도 불구하고 아직은 어린아이에 불과하기 때문에 엄마에게 매달리는 게 정상이다. 그런데 왜 큰 소리로 엉엉 울면서 매달리지 않을까? 아이가 왜 소리 없이 우는지 생각해보고 아이의 내면을 정리하여 지문에 녹여야 한다.

시신 없는 관

:오늘의 장면:

길고 긴 전쟁이 끝났다. 병사들, 그리고 그들을 이끄는 기사들도 돌아왔다. 승리했지만 돌아온 이들의 표정이 좋지 못하다. 그들은 많은 병사를 잃었고, 동료 기사도 여럿 잃었다. 여자가 애타게 기다리던 남자 역시 살아 돌아오지 못했다. 병사들이 들고 온 관을 정원의 땅바닥에 내려놓는다. 멍하니 서 있던 여자가 달려가 관 뚜껑을 연다. 관 속엔 시체가 없고, 피가 말라붙은 투구뿐. 자리에 있던 모두가 고개를 숙인다. 여자가 미친 듯이 소리를 지르다 쓰러지고, 곁을 지키던 기사가 졸도한 여자를 안아 부축한다.

:반드시 필요한 설정:

- 여자와 죽은 남자의 관계
- 여자의 신분과 나이
- 남자는 어떻게 죽었는가?
- 시신이 관에 없는 까닭

 북마녀의 조언

예제를 읽은 사람이라면 누구나 정원에서 기다리던 여자와 죽은 남자의 관계를 부부 혹은 연인 사이로 생각할 것이다. 이것은 어쩔 수 없이 우리 뇌가 떠올리게 되는 클리셰다. 그러나 오늘의 장면이 실제 소설 속 장면이고 앞뒤를 더 길게 써야 한다면?

장면 속 여인이 여주인공이라면 죽은 남자가 '소중한 남자'일 수는 있겠지만 '이성으로서 사랑하는 남자'일 가능성은 없다. 캐릭터들의 사정상 피치 못할 이유로 계략을 꾸미느라 남자가 죽은 척하는 게 아니라면 말이다. 무엇보다 남주인공이 이렇게 쉽게 죽어버리는 건 상식적으로 말이 안 된다. 그러므로 죽은 남자가 여자와 어떤 관계여야 할지 클리셰에서 멈추지 말고 더 깊이 생각하고 캐릭터를 창조해보자. 남자가 남주라면 살아 있을 확률이 100%에 달한다.

여자가 애타게 기다린 사람이 여자의 아버지나 오라버니, 남동생이라면 죽여도 괜찮다. 이렇게 설정했다면, 실신한 여자를 부축한 기사를 남주로 발탁하는 건 어떨까? 기사가 남주다운 언행을 충분히 할 수 있게 만들자.

관에 시신이 들어 있어야 정상인데 사망 소식과 관만 오고 시신은 없는 상황은 언제 일어날까? 시신이 너무 심하게 훼손된 나머지 관에 담을 시신의 형체가 거의 없을 때 발생한다. 또 사망한 곳과 고향(고국) 사이의 거리가 너무 멀어 시체가 부패할 우려가 있다면 현장에서 단출하게 묻고 시신 없이 돌아오는 경우도 왕왕 있다.

빈 관으로 장례를 치르는 건 해당 인물이 사라져 찾을 길이 없지만 정황상 사망한 것이 거의 확실시되는 상황에도 발생한다. 남자가 어떻게 죽었는지는 굳이 이 장면에서 면밀히 묘사할 필요는 없고, 가벼운 언급으로 충분하다. 중요한 것은 전쟁의 승리라는 희소식과 개인의 죽음이라는 비극이 겹쳐지는 순간이다. 삽시간에 널을 뛰는 여자의 감정, 그에 따른 극단적인 행동에 초점을 맞춰보자.

용병 대 산적

:오늘의 장면:

의뢰인이 누구든 돈만 두둑이 주면 만사 오케이인 용병. 오늘도 한 의뢰인의 짐마차를 지키는 역할을 맡기로 하고 짐마차에 터덜터덜 실려 가는 중이다. 산 너머 도시에 도착할 때까지 아무 일이 없으면 돈을 거저 버는 것이나 다름없다. 그러나 산을 통과하는 길에 별안간 도적들이 모습을 드러낸다. 마부가 벌벌 떨며 짐칸에 숨어든다. 이쪽은 싸울 사람이 한 명뿐인데 산적 인원은 열 손가락이 넘는다. 대장으로 보이는 자가 협박을 해대더니, 놈들이 몰려들어 용병을 포위한다. 용병은 달려드는 산적 셋을 순서대로 처리한다.

:반드시 필요한 설정:

• 용병의 성별과 연령대

• 용병의 외모와 주요 무기

• 의뢰인은 어떤 사람인가?

• 마차의 생김새(구조)와 마차에 실린 짐의 품목

- 대장 산적의 외모
- 달려드는 도적들의 무기

🎩 북마녀의 조언

오늘의 장면에서는 액션을 짜야 한다. 용병에게 한꺼번에 달려드는 도적은 세 명이지만, 온전히 동시에 공격하는 것은 아니기에 용병 입장에서는 순서대로 이들을 제압할 수 있다.

산적 세 명의 공격 형태가 중요하다. 이들이 동일한 무기를 들고 동일한 동선으로 공격한다면 재미가 전혀 없을 것이다. 각각 다른 무기를 들고 저마다 다른 패턴으로 공격해 온다면 읽는 재미가 훨씬 강해진다. 이를 피하며 쳐내는 용병의 방어 및 공격도 세 번 모두 다른 형태와 패턴으로 구성할 수 있다. 그러면서 필요한 분량이 쉽게 채워진다.

이번 장면에서 의뢰인에 관한 설정은 아주 가볍게 적고 지나가도 무방하다. 그래도 의뢰인과 용병의 대화가 살짝 들어가는 편이 낫다. 이를 통해 평온하고 쉬운 일이라는 인식을 줄 수 있고, 작품의 흐름에 따라 앞으로 용병이 하려는 계획을 은연중에 드러낼 수 있다.

산적 중 대장 노릇을 하는 자가 허세 섞인 대사를 하면서 상황을 이끌어가게 만들어보자. 대장 외의 산적은 몇 마디를 얹어도 좋지만 입도 뻥긋하지 않아도 괜찮다. 공격 용도의 기합과 단말마의 비명이면 족하다.

대장의 말이 길다고 해서 대사를 받아주는 용병까지 말이 많을 필요는 없다. 용병은 머리로 생각하고 몸으로 말하는 존재이니까. 생각은 지문으로 적어 내려가자.

민폐 가족

:오늘의 장면:

집주인이 집을 언제 비워줄 거냐며 갑작스럽게 연락이 왔다. 이게 무슨 뚱 딴지같은 소리인가. 들어보니 얼마 전 오빠가 이사를 갈 거라며 보증금을 빼 갔고 이사 날짜는 조정 중이라 조만간 연락드리겠다고 했단다. 오빠의 연락을 기다리던 집주인이 너무 지체되는 것 같아 독촉 연락을 해 온 것 이다. 그러나 같이 살던 오빠는 이 집에 들어오지 않은 지 한참 되었다. 여 주인공은 최소 몇 주만 더 지내게 해달라고 매달리듯 부탁한다. 그러나 당 장 새로 이사 올 사람이 정해져 있기 때문에 그건 불가능하다.

:반드시 필요한 설정:

- 보증금 금액
- 오빠가 집주인에게 연락한 시점과 집에 안 들어온 기간
- 집주인의 성격
- 주인공의 가족 관계

• 주인공과 오빠의 관계

 북마녀의 조언

여주인공의 불행 서사를 만드는 클리셰적인 장면이다. 오빠가 돈을 빼 간 전후로 여주인공에게 어떻게 태연하게 행동했는지 혹은 어떻게 거짓말을 했는지 설명해주는 것도 민폐 지수를 확실히 높이는 방법이다. 당장 눈앞에서 돈을 빼앗아가는 장면도 괴롭지만 이렇게 뒤통수를 치는 방식으로 불행 서사를 만들면 독자의 분노가 더 드세어진다. 민폐 가족 캐릭터가 한 번만 이러지는 않을 테니 실제 소설에서는 다양한 장면을 연구해보자.

오늘의 장면은 집주인과 여주인공의 대화를 중심으로 그려야 한다. 오빠의 등장은 여주의 머릿속에서 이루어질 뿐, 현실에선 집주인과 계속 통화를 하고 있는 것이다. 대화 내용은 집주인의 성격에 따라 다르게 그려진다. 냉정한 캐릭터라면 여주를 한 치의 동정도 없이 날카롭고 딱딱하게 대할 것이다. 그러나 사는 동안 나름대로 친절했던 집주인이라면 매달리는 여주와 통화하며 어쩔 줄 몰라 할 것이다.

하지만 성격이 어떻든 집주인의 결정은 동일하다. 어떤 집주인도 자기 돈 떼어먹히는 미래를 가만히 두고 보지 않고 손해를 감수할 생각도 하지 않는다. 주인공은 지금 당장 급전을 구하지 않으면 길바닥에 나앉게 생겼다.

1. 마왕인데 아무도 못 알아봄

오늘의 캐릭터

이 동물은 마왕의 현신으로서, 어떤 계기로 짐승의 몸이 되었다. '수인'[*] 개념은 아니며 현재 자유롭게 몸을 바꿀 수 없다.

반드시 필요한 설정

- 동물의 종류
- 캐릭터의 이름(마왕일 때/짐승일 때)
- 성격
- 특이한 버릇
- 마왕이던 시절 벌였던 행각
- 짐승으로 변하게 된 계기
- 주인 유무

---

[*] 장르 소설을 포함한 서브컬처에서 자주 등장하는 '짐승형 인간'을 뜻한다. 다음의 두 가지 형태가 가장 대중적이다.
① 이족 보행 인간의 외양을 그대로 유지하되 동물의 꼬리나 귀가 붙어 있고 때로는 손발톱을 세울 수 있는 존재. 때에 따라 동물 요소를 숨길 수 있다.
② 특정 상황에서 인간 형태 혹은 동물로 완전히 변신할 수 있는 존재.

소설에 동물 캐릭터를 등장시킬 땐 종의 특성을 최대한 살리는 것이 중요하다. '귀여운 존재 → 귀여운 존재', '멋진 존재 → 멋진 존재', '무서운 존재 → 멋진 존재' 흐름도 재미있지만 '무서운 존재 → 귀여운 존재'가 훨씬 더 재미있다. '갭모에'는 언제나 늘 새롭고 짜릿하기 때문에 '공식'으로 작용한다는 사실을 잊지 말자.

동물의 종류는 육식 동물과 초식 동물 중 대중에게 익숙한 종으로 고르자. 개구리 등 양서류, 뱀을 포함하는 파충류도 될 수 있다. 보통 어류는 포함되지 않으나 연골어류인 상어는 가능하다. 낯선 종, 익숙한 종 모두 가능하지만 원고에서 독자의 이해를 위해 엄청난 설명이 필요하다면 그건 좀 고민해야 할 사안이다.

특이한 버릇은 다른 사람에게 확실히 인지될 정도로 눈에 띄는 행동이어야 한다. 짐승일 때와 마왕일 때를 별개로 설정하되, 공통점을 만들어 모습이 겹쳐 보이게 한다면 더욱 현신답겠다. 마왕일 때의 버릇을 짐승 모습으로는 할 수 없어서 그 버릇을 대체하는 동작이 나와도 재미있을 것이다.

장르 소설에서 짐승이 등장하면 주인이 특정되는 경우가 많지만, 주인이 꼭 존재하지 않아도 된다. 만약 주인이 있는 방향으로 설정한다면 두 캐릭터가 어떻게 엮였는지도 간략하게 정리해본다. 짐승의 주인이 소설 속 주인공이라면 마왕(짐승)은 제2의 주인공 혹은 조력자가 된다. 주인이 없다면, 다른 등장인물과 만나 다양한 관계를 맺을 수 있도록 캐릭터를 짜볼 것.

마왕이 짐승으로 변하게 된 계기가 자신의 의도적인 선택이 아니라면 타인의 저주나 공격 등에 따른 결과일 것이다. 캐릭터 설정 단계에서 이러한 서사를 미리 준비해두면 스토리를 만들고 줄거리를 정리할 때 효율이 높아진다.

점쟁이

：오늘의 장면：

한 점쟁이가 공공장소에 쭈그려 앉아 있다. 지나가는 사람들은 이 캐릭터가 점쟁이라는 사실을 잘 알지 못한다. 그래도 상관없다. 점쟁이는 말해주고 싶은 사람에게만 말을 하는 존재이니까. 곧 주인공이 찾아올 것이다. 주인공의 상태는 그리 좋지 않다. 표정은 썩어 있고, 피로에 절어 있으며, 앞으로 살길이 막막하다. 그럼에도 불구하고 겉으로 허름해 보이는 점쟁이에게 작은 친절을 베푼다. 그것이 맘에 든 점쟁이는 주인공에게 앞날에 대한 흥미로운 예언을 한다. 그 예언은 명백한 사실을 대놓고 말하지는 않으며 은유적이다.

：반드시 필요한 설정：

- 주인공의 신상 정보
- 점쟁이의 외형 및 연령대, 성별
- 주인공이 점쟁이를 만나게 되는 장소

• 점쟁이가 주인공에게 해주는 이야기

 북마녀의 조언

장르 소설의 초반부에 나올 만한 장면으로 독자에게 던지는 최대 떡밥이다. 클리셰 장면이라 특별히 새롭지는 않지만 독자들이 딱히 부정적이진 않고 쉽게 받아들인다. 특이점이 있는 설정이 아닌 한, 점쟁이의 예언이 틀릴 리는 없을 터. 예언은 비유로 진행될 테니 앞부분을 읽는 독자들은 이 장면에서 나름대로 예측을 하게 될 것이다.

웹소설 연재 시 독자들의 예측 댓글로 스트레스를 받고 그 예측에서 벗어나야 한다는 강박관념을 가지는 작가들이 많다. 하지만 그 예측이 맞 아떨어지더라도 걱정하지 않아도 된다. 예측이 맞으면 맞는 대로 재미있 고, 빗나간다면 빗나간 대로 재미있다.

점쟁이는 성별과 연령대가 어떻든 '점쟁이'다운 말투를 사용해야 한다. 한국에는 신적인 존재가 빙의하는 점쟁이(신점)도 존재하므로 이를 활용 하는 것도 괜찮다. 겉모습은 할머니인데 동자의 영혼이 깃들어 아이처럼 장난스럽게 말한다거나, 반대로 어린 소년인데 할아버지처럼 호통을 치는 식으로 만든다면 주인공과의 티키타카가 생기기 때문에 흥미가 높아진다. 어쩌면 점쟁이가 평범한 '사람'이 아니라 오직 주인공의 눈에만 보이는 존 재일지도 모른다. 점쟁이가 이 장면에만 나오고 다시는 안 나올 인물이라 고 해도 이 장면만의 쏠쏠한 재미를 담당하는 캐릭터이니 여러 상상을 조 합해보자.

주인공의 과거 행적과 현재 상황은 이 장면에서 길게 그려질 필요는 없지만 설정은 해야 한다. 아무리 비유여도 예언을 하기 위해서는 뭐가 정해져 있어야 한다. 이를 점쟁이가 가볍게 언급한다면 신통한 능력자라는 사실을 효과적으로 알릴 수 있다. 물론 "너희 집에 감나무 있지? 없다고? 있었으면 큰일 날 뻔했어!"처럼 돌팔이로 보이는 분위기를 조성하는 것도 의외의 재미가 된다. 사기꾼 같았지만 사실은 미래를 잘 맞히는 능력자였다는 반전을 넣는 것이다.

아가씨의 괴롭힘

:오늘의 장면:

저택 내 하녀들 방으로 하녀 하나가 훌쩍이며 들어온다. 다른 하녀들이 걱
정스러운 얼굴로 그녀의 얼굴과 몸을 살핀다. 그녀는 방금 자신이 모시는
아가씨에게 크게 야단을 맞았다. 말과 행동으로 받은 타격이 이만저만이
아니다. 특별한 잘못을 하지 않았지만 그냥 아가씨의 심기가 불편했기 때
문에 운 나쁘게 희생양이 된 것이다. 아가씨는 안하무인의 성격이며, 시중
을 드는 하녀 따위는 사람으로 취급하지 않는다. 이 저택에서 아가씨가 잘
보이고 싶은 사람은 단 한 명뿐이다. 하녀들은 오래전 이 저택을 떠난 여
인을 떠올리며 그리워한다.

:반드시 필요한 설정:

- 저택의 주인
- 하녀 방에 있는 하녀들의 수
- 아가씨의 신분과 나이

- 아가씨가 잘 보이고 싶은 사람의 정체
- 오래전 저택을 떠난 여인의 신상 정보

북마녀의 조언

하녀 방에 옹기종기 모여 있는 하녀들의 대화를 통해 아가씨 캐릭터의 인성을 알리는 장면이다. 대사와 대사 사이의 지문에서도 그들의 고용주가 어떤 사람이며 이 저택에서 하녀를 부리는 사람들이 어떤 유형인지 여러 정보를 전달할 수 있다.

그러나 지문에서 정보 전달만 하면 설명조가 되어버린다. 다른 하녀들의 위로와 상처 치료, 울먹이는 하녀의 몸 상태 묘사를 적절히 섞어야 한다. 우는 하녀를 포함하여 두어 명의 이름을 정해두면 대사와 지문을 작성하기에 편리하다.

말로 괴롭히는 것도 고통스럽겠지만, 정수리에 찻물을 끼얹든, 따귀를 때리든, 손등을 꼬집든 신체적인 고통을 가하는 것이 조금 더 악역의 이미지를 강조할 수 있다. 냉혹한 말투는 성격 설정에 따라 주인공 및 선역도 할 수 있다. 그렇기 때문에 캐릭터의 선과 악을 구분하기 위하여 더 확실하고 강력한 행동이 뒤따라야 한다. 특히 권력의 유무가 확실한 주종 관계이거나 갑을 관계라면 '갑질'을 넘어선 언행이 과도하게 이어져야 악역이라 할 만하다.

오늘의 장면에서 아가씨가 공작 영애이고 이 저택이 공작저라면 아가씨는 고용주에 속한다. 하지만 아가씨가 약혼자의 저택에 머물면서 깽판을 놓는 것일 수도 있다.

073

장면 실습 예제

딸은 아버지를
닮지 않았다

:오늘의 장면:

국경 밖으로 나간 남자가 사고를 당하고 실종되었다는 소식이 전해진다.
그에게 받아낼 것이 있는 남주인공은 지체 없이 그 집으로 찾아간다. 그곳
에서 만난 남자의 딸은 신비로운 미모의 소유자다. 아버지와 전혀 닮지 않
은 딸의 얼굴을 보고 남주는 속으로 의아해한다. 딸은 자기 아버지를 죽은
것으로 단정하는 남주에게 마구 쏘아붙인다.

:반드시 필요한 설정:

- 남주인공의 정체 및 신분
- 남주인공이 남자에게 받아내야 하는 것
- 딸의 연령대
- 딸이 아버지를 닮지 않은 까닭
- 아버지가 외국에 나간 이유
- 어머니의 생존 여부

 **북마녀의 조언**

여성 캐릭터의 외모와 성격을 알려주는 장면으로서, 여주의 첫 등장이기 때문에 임팩트 있는 서술이 필요하다. 소설 캐릭터를 설정할 땐 외모 항목을 넣어 싹 정리해놓아야 효율적이다. 그 외모가 뻔하디뻔한 설정이라 하더라도 말이다. 여성향 웹소설에서는 남자 캐릭터의 외모가 '이상형'에 가까운 반면, 여자 캐릭터의 경우에는 다양성이 추구됨과 동시에 허용된다.

여자의 외모에 관한 장면은 전지적 작가 시점으로 쓰더라도 남자의 시선으로 관찰한 바를 구술하듯 서술하는 편이 낫다. '아름답다'에 해당하는 외모를 너무 뻔한 단어로 표현하지 않도록 노력하자. 객관적 정보로 여자의 이목구비가 하얀 피부, 커다란 눈, 오뚝한 코, 도톰한 입술이라 할 때 이것을 그대로 쓰기에는 너무나 흔한 표현이며 이전 작가들이 너무 많이 반복한 탓에 거의 복사한 느낌까지 든다. 이 뻔한 표현을 어떻게 바꿀지, 어떤 다른 단어를 덧붙여서 새로워 보이게 할지 고민해야 한다.

여자의 아버지가 실종된 곳, '외국'의 국가명은 한 번 나오고 말겠지만 그래도 특정하여 적어놓으면 디테일을 살리는 장치가 된다.

오늘의 장면에서는 여주의 미모가 누구의 유전자 덕분인지 가늠해보는 남주의 모습도 잠시 비쳐야 한다. 통상 아버지를 닮지 않았다면 어머니가 미인이다. 그러나 딸이 죽은 남자와 피가 섞이지 않은 입양아일 가능성도 배제할 수 없다. 만약 딸이 아주 어린 설정이라면 어린 나이를 반영한 묘사를 꼭 추가하자.

민낯이 민망하다

:오늘의 장면:

여주는 어젯밤에 일어난 일 때문에 평소보다 늦게 일어났다. 그래서 몰골은 말이 아니지만 수업을 들어야 하니 급히 학교에 왔다. 지나가는 사람들이 초췌한 얼굴을 쳐다보는 것 같아서 신경이 쓰인다. 멀리서 한 무리의 사람들이 몰려온다. 여자들에게 한 남자가 둘러싸여 있다. 여자들은 여주에 비해 너무나 화사하다. 남자 또한 잘 잔 사람처럼 생기가 넘친다. 여주는 볼품없는 자신의 얼굴과 옷차림이 더욱 창피해진다. 이런 꼴로 남자와 마주치고 싶지는 않아서 슬쩍 방향을 튼다. 그러나 여주를 발견한 남자가 이름을 부르고, 남자 주변의 여자들도 전부 여주를 돌아본다. 피할 수는 없으니 어색하게 인사를 나눈다.

:반드시 필요한 설정:

- 여주와 남자의 연령대
- 어젯밤에 일어난 일

- 어젯밤 사건과 늦은 기상의 상관관계
- 여주인공과 남자의 관계
- 두 사람이 마주치는 위치
- 여주의 이름

 북마녀의 조언

오늘의 장면은 등장인물의 분위기와 얼굴 상태 서술이 주를 이루게 된다. 특히 여주가 현재 굉장히 푸석푸석한 외모라는 사실을 강조해야 한다. 필요하다면 옷차림의 디테일을 적어줘도 괜찮다. 꾸미지 못하고 초췌한 모습을 그릴 땐 자신이 집에서 굴러다니다가 잠깐 과자 사러 동네 슈퍼나 편의점에 갔을 때를 떠올려보자.

반대로, 잘 꾸민 여자들의 옷차림과 화장에 관해 머리부터 발끝까지 줄줄이 읊는 것은 살짝 올드하고 이야기가 늘어지는 원인이 될 수 있다는 점을 유념하길 바란다. 엑스트라의 외모는 그렇게 중요하지 않으며 길게 끌고 갈 사안이 아니다. 어디까지나 비교될 만큼만 적당히 해야 유용하다.

어젯밤 일어난 사건은 오늘의 장면에서 구체적으로 묘사하지 않아도 된다. 하지만 어젯밤 어떤 일이 있었는지 정해야 여주가 늦게 일어난 이유가 다른 방향으로 설명될 수 있다. 예를 들어 지난밤에 둘이 만취한 상태로 사고를 쳤다면? 혹은 어떤 실수를 해버린 탓에 여주가 밤잠을 설친 거라면? 두 가지 가정은 서로 완전히 다른 상황이다. 전자라면, 남자도 같이 잠을 못 잤을 텐데 혼자 생기가 넘치는 것이 여주에겐 이상하게 느껴지겠다. 그러나 두 사람 모두 미성년자라면? 혹시 둘 중 한 명이 교사라면? 이런 경우에는 어젯밤 사건을 무조건 19금으로 만들 수는 없다. 연령대부터 먼저 정해놔야 장면이 술술 풀린다.

이 장면이 진행되는 배경 위치는 정확하게 적어야 한다. 학생회관 앞, 인문관에서 학생회관으로 가는 언덕길 등 사실감 있는 장소를 적어보자. 위치가 엄청나게 중요한 문제는 아니지만 원고에 반드시 있어야 어색하지 않다.

참, 남자가 여주의 이름을 불러야 하니 이름을 꼭 정하자.

사고의 순간

:오늘의 장면:

한 여자가 달려가 횡단보도를 건넌다. 교통 신호를 지키지 않았지만 너무 늦은 밤이라 지나가는 차가 전혀 없어 여자는 건너편에 아무 일 없이 도착한다. "○○야!" 여자의 이름을 부르며 그녀를 쫓아가던 중년 남자. 남자는 측면에서 가까워지는 빛 때문에 눈이 부셔 걸음을 멈춘다. 달려오던 덤프트럭이 급히 속도를 줄이지만 완전히 멈추지 못하고 결국 남자를 치고 만다. 남자의 몸이 붕 떴다 퍽 하고 바닥에 떨어진다.

:반드시 필요한 설정:

• 여자의 이름
• 길을 건너는 여자와 쫓아가는 남자의 관계

 북마녀의 조언

교통사고는 실제로 눈 깜짝할 사이에 발생하지만, 소설 원고에서는 그 급박한 순간을 훨씬 더 느리고 정교하게 풀어야 임팩트가 커진다. 특히 차에 치였다가 몸이 바닥에 떨어지는 구간을 마치 슬로 모션처럼 연출한다면 치이는 사람의 고통을 더욱 생동감 있게 그릴 수 있고, 독자의 안타까움은 배가된다. 주변에서 이 광경을 바라보는 사람이 있을 경우 그 사람(들)의 반응을 넣는 것도 효과적이다.

사고를 당한 사람의 몸이 어떻게 되었는지도 적어야 한다. 머리가 깨져서 피가 낭자하거나, 팔다리가 비틀려서 기괴한 형태가 되었거나, 눈을 감지 못했거나…. 조금 잔인한 장면이지만 취향껏 상상해보자.

만약 여러 작품에서 사고 장면을 적어야 한다면 스스로 똑같은 흐름과 표현을 쓰진 않았는지 꼭 더블 체크할 것. 무엇보다 여러 작품에서 매번 동일한 사고가 일어난다면 에피소드를 바꾸길 추천한다. 자기복제는 금물이다.

악녀인데 미인이다

:오늘의 장면:

새로운 세상에서 눈을 뜨게 된 여주. 거울을 보니 누구에게 빙의했는지 바로 알겠다. 간밤에 정주행했던 웹툰 속 엄청난 미인, 그러나 악역이다. 여주는 감탄하며 거울 속 자신을 감상한다. 그러면서 머릿속으로 이 악녀가 얼마나 악독하고 잔혹한 사람인지 떠올린다. 거울 속 악녀 때문에 웹툰 여주는 갖은 고초를 겪어야 했으며, 주변의 모든 이들이 그녀를 두려워했다. 악녀가 배드 엔딩을 맞이한다는 사실까지도 생각나버렸다. 무서운 주인을 깨우려던 하녀가 문을 열고 들어왔다가 여주가 평소와는 달리 일찍 일어나 거울 앞에서 중얼거리는 모습을 보고 기겁한다.

:반드시 필요한 설정:

- 빙의한 웹툰의 제목
- 악녀의 신분과 이름

 **북마녀의 조언**

악녀에 빙의하는 설정은 웹소설 로맨스 판타지에서 자주 사용되는 클리셰 비틀기다. 하지만 언제나 재미있다는 사실을 다시금 강조하겠다. 처음에는 유행 키워드였으나 결국 클리셰가 되어버린 이유가 다 있는 법이다.

오늘의 장면은 여주가 빙의한 악녀의 화려한 외모를 밝힘과 동시에 여주의 영혼이 빙의되기 전 악녀의 행적을 가볍게 정리하는 역할을 한다. 이 장면을 통해 스토리의 근간이 되는 세계관과 함께 앞으로 스토리가 어떻게 흘러갈지 독자에게 그 향방을 알려준다.

독자가 설정을 습득하고 따라오게 만들려면 어떻게 해야 할까? 설정을 작가의 입으로 설명하는 것이 아니라 어느 정도는 장면으로 구현해야 독자들이 재미를 느낀다. 설정을 지문으로 때려 넣는 구간이 언뜻 길게 느껴지는 순간, 스토리는 늘어지고 지루해진다. 악녀의 손에 상처가 있다고 가정해보자. 이 상처는 며칠 전 하녀 하나를 초주검으로 만들다가 생긴 것이고, 이 일을 빙의자가 기억해낸다면 이 여인이 악역이라는 걸 '정의'하지 않아도 된다.

악녀의 외모를 서술할 땐 빙의 전 여주와의 비교 분석을 활용하는 기법도 효과적이다. 그러나 빙의 전 여주가 살아왔던 환경은 이 장면에서 군이 필요하지 않으므로 자세히 설명하지 않아도 된다.

아기 모델

:오늘의 장면:

다시 아기가 되어버린 나는 귀여운 외모를 내세워 아기 모델 콘테스트에
합격했다. 광고 촬영 당일, 함께 출연하게 된 유명 여배우가 하필이면 아
이를 싫어하는 여자다. 여배우는 촬영장에 들어오면서부터 까칠하게 트집
을 잡는다. 오늘 촬영이 고될 것 같아 스태프들은 여배우 눈치를 살핀다.
그러나 여배우와 눈이 마주친 순간, 나는 옹알이 공격과 팔다리 들러붙기
로 그녀를 무장 해제시켜버린다. 그러자 여배우의 굳은 얼굴이 사르르 녹
아버린다. 알고 보니 그녀는 남모를 트라우마로 아이를 만지는 걸 무서워
했던 것이다.

:반드시 필요한 설정:

- 아기의 성별과 나이
- 광고의 주제와 내용
- 광고의 형태(지면 광고, TV 영상 CF)

- 여배우의 이름과 출연한 작품 제목
- 여배우의 트라우마

 북마녀의 조언

아기 시절부터 시작하는 육아물(사실상 성장물)의 에피소드 장면이다. 일정 회차까지는 귀여움 대폭발 에피소드로 계속 끌고 갈 수 있지만, 한계는 확실히 있다. 그래도 초반부에는 귀여움이 먹힌다는 사실을 염두에 두고 내면의 애교를 최대치로 뽑아내보자.

아기가 아예 말을 할 줄 모른다면 정말 어른이 못 알아듣는 말을 할 수도 있고, 연령을 좀 올린다면 어느 정도는 알아들을 수 있는 대사로 바꾸는 게 효과적이다. 단순히 옹알이(즉 대사)만으로 이야기를 풀어나가지는 말고, 아기 특유의 귀여운 몸짓이나 표정 등을 추가한다면 더욱 섬세한 묘사가 된다. 독자층은 성인이 다수이므로 어른들이 귀여워하는 특징들을 생각하여 활용하자. 육아물은 여성향 로판뿐만 아니라 남성향 현판까지도 확장되어서 이모, 삼촌 독자들의 지갑을 열고 있다.

촬영 현장에는 모델뿐만 아니라 광고주 및 광고 촬영 스태프가 포진해 있을 것이기 때문에 여배우가 무장 해제되기 전 스태프의 반응, 아기가 옹알이 공격을 한 다음의 반응이 함께 나오면 장면이 훨씬 더 풍성해지고 분량도 늘어난다.

여배우는 일회성으로 나오는 캐릭터일 가능성이 크다. 하나의 에피소드에만 나오더라도 여배우의 신상 정보와 필모그래피를 설정하고 원고에 녹이면 실감 나는 디테일이 표현된다.

보스의 딸

:오늘의 장면:

여자의 아버지는 조폭 보스였고, 유일한 가족이었으며, 며칠 전 세상을 떠났다. 상을 치르고 집에 돌아온 여자는 가족사진을 보며 아버지를 원망한다. 문밖에는 남자들이 지키고 서 있다. 방문이 열리고 사내 한 명이 들어와 울고 있던 그녀를 일으켜 세운다. 여자는 방에서 나가지 않으려고 버티다가 결국 끌려 나간다.

:반드시 필요한 설정:

- 여자의 나이와 외모
- 여자의 성격
- 아버지의 사망 경위
- 남자들은 누구인가?
- 남자들의 태도

 북마녀의 조언

조폭물은 은근히 자주 다뤄지는 소재이고, 여성향 웹소설에서 스테디셀링 키워드다. 그러나 현 웹소설 시장의 15금 장편에서 조직폭력배를 남주로 내세우는 것은 상당히 위험하다. 스토리텔링에 따라 유통과 프로모션이 불가능해질 수 있으므로 조심스러운 선택과 내용 전개가 필요하다.

한 조직에서 보스의 사망은 크나큰 변화를 초래한다. 또한 보스가 어떻게 죽었는지에 따라 이후 상황이 극과 극으로 변할 수 있다. 2인자가 1인자의 뒤통수를 쳐서 죽였다면, 보스의 딸이 멀쩡히 살아남는 건 불가능하다. 때로는 보스가 평범하게 병으로 죽자마자 2인자가 본색을 드러내기도 한다.

방을 지키고 선 남자들은 누구일까? 아버지의 부하였으나 새로운 보스의 부하가 된 사람들이라는 설정은 지극히 평범하다. 조직 내에서 파가 나뉘는 상황도 생각해볼 수 있다. 조직원이 아닌 다른 사람일 수도 있다. 남자들이 여자를 대하는 태도를 정하고 그에 어울리게 묘사하자. 그러면 남자들이 여자와 죽은 보스를 그동안 어떻게 생각해왔는지 독자에게 전달된다. 남자들의 대사를 꼭 넣어야 이 부분이 확실하게 보인다.

'끌려 나간다'는 문장에서 어떤 모습이 떠올랐는가? 다양한 행동을 생각해보고 그중 가장 눈에 띄는 동작을 선택하자. 여자의 성격에 따라 반항하는 방식이 달라지고, 남자들도 그에 따라 다르게 반응한다.

실제 원고에서는 남자들이 여자를 방에서 끌고 나가는 이유가 으레 나오겠지만, 장면 실습 시에는 생각하지 않아도 된다.

트렁크에 사람이 실려 있다

:오늘의 장면:

트렁크에 사람을 실은 차가 차도를 달린다. 차에 탄 남자들은 전부 조직원이다. 그런데 뒤에서 다른 차가 달려와 조직원들이 탄 차를 따라잡는다. 앞서거니 뒤서거니 하더니 옆으로 붙어 가며 새치기를 시도하다가 결국 사고가 난다. 빨리 트렁크 속 사람을 배달해야 하건만, 자동차가 움직이지 못하게 되었다. 조직원들은 뒷목을 잡고 목뼈를 우두둑거리며 내려서는 사고를 낸 자동차에 들러붙어 차체를 툭툭 건드린다. 그러나 차 문이 열리자 조직원들은 사색이 된다. 만나고 싶지 않은 사람들이 앞차에서 내리고, 그중 한 남자가 트렁크를 연다. 그 안에 그가 찾던 사람이 누워 있다.

:반드시 필요한 설정:

- 트렁크에 실려 있던 사람의 정체
- 그 사람의 생사 여부
- 뒤차에 탄 사람의 수

- 앞차에 탄 사람의 수
- 앞차에 탄 사람들의 정체
- 트렁크를 연 남자와 트렁크 속 인물의 관계

🧙 북마녀의 조언

오늘의 장면 속에서 자동차 사고는 그리 급박한 액션이 아니다. 뒤차에 탄 사람들은 추격전을 벌이고 있지만 앞차에 탄 조직원들은 상대가 누구인지 모르기 때문에 이를 추격이라 생각하지 않는다. 쫓고 쫓기는 광경이 연출될 필요가 없다. 그래도 어느 정도 사고 경위를 짜야만 한다.

이렇게 자동차가 여러 대 나올 땐 두 차의 차체가 확연히 구분되도록 해야 한다. 서술이 길지 않아도 된다. 정확한 브랜드명보다는 세단, SUV, 트럭과 같은 식으로 차종을 적는 편이 알아보기 쉽다. 자동차의 색이나 상태를 덧붙이는 것도 차종의 구별에 도움이 된다.

시체를 싣고 가는 상황과 살아 있는 사람을 싣고 가는 상황은 너무 다르다. 산 사람은 소리를 내거나 움직일 수 있고, 차체의 움직임에 영향을 받기도 한다. 또한 졸도하여 트렁크에 실렸다가 트렁크 안에서 깨어났다면 이 역시 장면에 녹아들어야 한다. 이런 정보들을 조직원들의 대화 속에 넣자. 또 '운전대만 잡으면 성격이 바뀐다'는 세상의 진리와 등장인물이 조직폭력배라는 정보를 적절히 섞어 연출하면 대사가 찰떡같이 나온다.

남자가 마침내 트렁크를 열었을 때, 트렁크에 갇힌 사람이 어떤 자세, 어떤 상태였는지도 선명하게 서술해야 한다. 그 사람이 죽었든 살았든 기절했든 독자가 측은지심을 가질 수 있도록.

암살자를 잡았는데

:오늘의 장면:

방에 몰래 숨어 남자를 노렸던 암살자가 피를 흘리며 쓰러진다. 뒤늦게 고함을 지르며 방으로 들어오는 병사들을 손으로 제어한 다음, 남자는 재빨리 암살자의 복면을 벗긴다. 암살자는 자신이 패배했다는 것을 믿을 수 없다는 얼굴이다. 남자가 쓰러진 암살자를 향해 정체와 경위를 묻는다. 그러나 암살자는 원하는 대답을 해주지 않는다. 그리고 어떻게 해볼 새도 없이 남자의 눈앞에서 스스로 죽어버린다.

:반드시 필요한 설정:

- 시대적 배경
- 남자가 암살자를 공격한 무기
- 암살자의 무기
- 남자의 신분과 연령대
- 암살자의 성별과 연령대

- 암살자가 남자를 공격한 까닭
- 암살자의 자살 방법

 북마녀의 조언

이미 한바탕 액션이 지나간 후의 장면이므로, 암살자가 남자를 어떻게 공격했으며 남자가 어떻게 막아내고 역공을 했는지 상세한 설명은 불필요하다. 그래도 남자와 암살자의 무기를 언급한다면 디테일이 살아난다. 남자가 실력이 있는 인물이라면 별다른 무기 없이 공격에 임하는 것도 가능하다. 암살 시도가 실패했으니 암살자의 무기는 어딘가에 떨어졌거나 꽂혀 있겠다. 이 부분도 언급해야 한다.

오늘의 장면에서 명백한 사실은 암살자가 자신이 죽일 대상을 만만하게 봤으나 오히려 당했다는 점이다. 암살자는 어이없으면서도 분한 감정을 얼굴에 가득 담고 있겠다. 반대로 남자는 차분함을 유지해야 한다. 남자와 암살자의 대화가 길 필요는 없다.

개XX가
처맞고도 또!

:오늘의 장면:

어제 무리했는지 손이 좀 아프다. 간밤에 남자는 한 놈을 마구잡이로 팼다. 시답잖은 녀석들이 가까이 오더니 담배를 꺼내 물며 낄낄거린다. 그들의 대화가 남자의 귀에 들어온다. 어제 남자가 두들겨 팬 놈이 ○○을 족치러 간다고 했다는 것이다. 남자는 ○○의 자취방으로 뛰어간다. 가까운 곳이라 금방 도착했지만, 건물 안에서부터 시끄러운 소리가 울린다. 놈이 ○○의 머리채를 쥔 채 끌고 나오는 중이다. 얼마나 맞았는지 ○○의 얼굴이 말이 아니다. 남자는 분노하여 놈에게 달려든다.

:반드시 필요한 설정:

- 남자가 대화를 듣는 장소
- 남자가 어제 놈을 두들겨 팬 까닭
- ○○의 이름과 성별
- 남자와 ○○의 관계

- ○○과 놈의 관계

 북마녀의 조언

서로 '합'을 겨루는 싸움이 아니라 일방적인 폭력의 일부를 보여주는 장면이다. 관계 설정 자체는 이 장면을 쓸 때 꼭 필요한 요소는 아니다. 그러나 남자와 놈과 ○○의 관계가 정리되어 있다면 더욱 감정이입을 하여 장면을 그려낼 수 있다.

스토리를 전개해나가다 보면 주인공들이 모든 장면에서 함께 있을 수 없고, 매번 모든 정보를 주인공이 직접 찾아내고 확인할 수 없다. 특히 러브 스토리라면 두 사람이 서로 떨어져 있어야 악역이 열심히 뭔 짓을 할 수 있다. 그렇기 때문에 엑스트라들의 대화를 통해 주인공이 정보를 얻는 장면은 어떤 작품에서든 한 번 이상 나올 수밖에 없다. 바로 그것이 이 장면의 역할이다.

자취방으로 뛰어가는 동안, 그리고 ○○과 놈을 발견한 순간에 남자의 심리는 몹시 급박하고 불안하다. 웹소설이라고 심리 묘사가 아예 안 들어가는 게 아니다. 단, 생각이 너무 길어지면 촉박한 상황의 긴장감이 떨어지니 조심해야 한다.

○○의 성별은 어느 쪽이든 상관없다. 여성일 때 놈의 잔혹성을 더 부각할 수 있지만, 아무래도 여성향 독자들은 남성이 맞는 광경을 비교적 마음 편히 본다. 다른 예제에서 언급했듯이, 여성을 향한 폭력 묘사가 너무 과하면 플랫폼 검수에서 문제가 생길 수 있다. 폭력성 문제는 등급이 상향되는 게 아니라 아예 유통 불가 처리되는 이슈이니 주의하자.

오늘의 장면에서 ○○이 내내 맞고 있을 필요는 없다. 맞아서 엉망진창이 된 얼굴을 세밀히 그려내는 것만으로도 놈의 폭력성이 노출된다. 남자가 목격한 찰나의 순간에 폭행이 이루어진다면 더욱 효과적인 연출이 된다.

그렇다고 ○○의 얼굴에 관해 한 문단 이상 적지는 말자. 한두 문장이 적당하다. 질질 끌려 나오는 ○○의 처절한 몸짓이 함께 나와야 사태의 심각성이 더욱 부각된다.

장모의 구박

:오늘의 장면:

신혼부부가 아내의 본가(친정)에 들어선다. 오랜만에 다 같이 하는 식사 자리다. 여자의 어머니는 딸에게 끊임없이 불편한 소리를 해댄다. 몸매 관리와 피부, 머리, 옷, 걸음걸이, 행실, 자기 생각보다 늦은 결혼 시기 등 수도 없다. 걱정과 사랑이라고는 하지만 제삼자가 듣기엔 과하고 거북하게 느껴지는 막말이다. 이런 광경이 가족들에겐 익숙하여 아무도 제지하지 않는다. 심지어 당하는 여자 역시 하도 많이 들어 덤덤하게 반응한다. 남자는 아내를 딱히 사랑하진 않지만 아내의 그 덤덤한 태도에 짜증이 나기 시작한다.

:반드시 필요한 설정:

- 시대적 배경
- 여자의 어머니가 딸에게 이러는 까닭
- 가족 구성원

• 신혼부부의 관계

 북마녀의 조언

시대적 배경에 따라 식탁 차림과 어머니의 잔소리 내용이 달라진다. 같은 장면이어도 배경에 어울리는 단어를 활용하는 것이 기본 원칙이다.

여자의 어머니에게 어떤 신경정신과적 질환이 있는 것이라면 더욱 세세하게 적어야 한다. 특별한 증상이 아니라 그저 딸을 달달 볶는 성격, 혹은 딸을 괴롭히는 인물이어도 상관없다. 어머니가 여자에게 계속 말하는 장면이기 때문에 식사 자리에 앉아 있는 다른 가족 구성원의 대사는 나오지 않아도 된다. 당하는 여자 역시 대사가 많이 필요가 없다. 덤덤한 태도이므로 짧게 답하고 입을 다물어버리거나, 아예 대꾸하지 않는 방식도 무난하다.

오늘의 장면은 현대 로맨스, 동양풍 로맨스, 그리고 로맨스 판타지까지 이성애를 다루는 모든 여성향 장르의 '선결혼 후연애' 소재에서 활용할 수 있다. 사랑하지 않는데 왜 결혼했는지 간결하게 정해둔다면 장면을 이끌어가기에 편리하다. 오늘을 계기로 남자의 심리 변화가 생길 것이고 이는 간접적으로 드러나야 한다. 장면의 끝부분에서 남자의 대사 혹은 행동으로 그 심리를 전달하자. 이런 상황에서 가만히 있는다면 로맨스 남주 자격이 없는 놈이다.

낮잠 관찰

∶오늘의 장면∶

오후 시간대, 햇볕이 조금 누그러들려 한다. 여자는 현관 안으로 들어선
다. 거실 소파에 남자가 낮잠에 빠져 있다. 여자는 남자가 잠든 틈을 타 그
의 얼굴을 뜯어본다. 남자가 눈을 뜨고 있을 땐 이렇게 얼굴을 대놓고 구
경할 수 없다. 그만큼 언감생심 넘볼 수 없는 사람이라는 사실을 여자는
잘 안다. 복잡한 마음을 애써 추스르려는데 남자가 눈을 번쩍 뜬다. 여자
는 내심 놀랐지만 당황하지 않은 척 주절거린다.

∶반드시 필요한 설정∶

- 남자와 여자의 연령대
- 남자와 여자의 관계
- 이 집은 누구의 집인가?
- 여자가 이 집에 들어간 까닭

 북마녀의 조언

잠든 남자의 얼굴을 관찰하는 장면이므로 여자의 시선을 통한 남자의 얼굴 묘사가 펼쳐져야 한다. 여자가 남자와 긴밀한 관계이거나, 눈을 뜬 남자를 여러 번 보아 잘 알고 있다면 그 모습 역시 덧붙여도 좋겠다. 그와 함께 여자의 머릿속 생각을 들이부어보자. 그 내용에서 두 사람의 연령대와 관계 등 미리 설정한 장치들이 전부 밝혀진다.

오늘의 장면이 언뜻 별 의미 없는 장면처럼 보인다면 큰 착각이다. 의외로 소설 속에서 요긴한 역할을 한다. 소설의 초반 아이디어 및 캐릭터 설정 속 등장인물의 특징을 전부 넣을 수 있다. 특히 여성향에서 제일 중요한 남자의 잘생긴 얼굴까지도 여자의 시선으로 상세 묘사가 가능하다. 또한 이 남녀가 이러저러한 캐릭터이고, 서로 어떻게 엮여 있으며, 앞으로 어떻게 되리라는 걸 암시할 수 있다.

참! 장면 앞쪽에 오후의 나른한 풍경을 꼭 적되 너무 길지 않도록 조절할 것. 풍경 서술로 분위기를 조성하는 기법은 꽤 탁월한 선택이지만, 한 문단 이상 진행되면 늘어져 보인다.

먹으면 절대로
안 되는 것

:오늘의 장면:

테이블을 사이에 두고 남자와 여자가 앉아 있다. 여자는 이곳에 잡혀 왔고
몇 날 며칠을 울었다. 그녀를 납치해 앉혀놓은 남자는 능청스럽게 열심히
식사 중이다. 여자는 음식을 먹을 생각이 전혀 없지만 눈앞에 가득 놓인
붉은 열매에 이상하게도 시선이 간다. 그 시선을 알아챈 남자가 열매를 하
나 따서 입에 대주고, 결국 유혹을 이기지 못한 여자가 열매를 삼킨다.

:반드시 필요한 설정:

- 남자의 외모
- 여자의 외모
- 테이블 위 음식
- 붉은 열매의 형태

 **북마녀의 조언**

이번 예제는 유명한 그리스 로마 신화 속 이야기다. 지옥을 다스리는 신 하데스는 대지의 여신 데메테르의 딸 페르세포네를 보고 사랑에 빠져 그녀를 지옥으로 납치한다. 지옥의 음식을 먹으면 지옥에 머물러야 한다는 법칙에 따라 페르세포네는 고작 열매 하나로 발목을 잡히고 만다.

신화는 특정 인물에게 저작권이 있는 이야기가 아니기에 줄거리 자체를 마음껏 차용할 수 있다. 그러나 누구나 다 아는 스토리인 만큼 빤해 보이고 겹칠 위험이 있다. 복제처럼 보이지 않도록 차별화된 특징이 있으면서도 호기심을 불러일으키는 전개를 더 깊이 고민해야 한다.

오늘의 장면에서는 강제로 끌려와서 입맛은 없지만 허기진 여자의 상태를 서술하는 것이 관건이다. 잡혀 오기 전과 후의 외모 변화를 곳곳에 넣는다면 금상첨화다. 열매를 입에 물기 직전과 직후의 갈등이 표현되어야 한다. 신화 속 열매는 석류라고 알려져 있지만, 무조건 석류일 필요는 없다. 실제로 석류라는 과일의 형태와 현대인이 상상하는 해당 열매의 이미지는 사뭇 다르다. 그러므로 세상에 존재하지 않는 가상의 붉은 열매로 정하는 편이 훨씬 흥미롭다. 대신 붉은 열매의 색감과 윤기, 맛까지도 표현해보자.

현실에선 결코 해서는 안 될 범죄를 저질렀으나, 하데스는 어쨌든 굉장히 매력적인 남자 캐릭터다. 잘생겼고, 능청스럽고, 강한 테스토스테론을 뿜어내는 남주를 만들어보자. 페르세포네가 여주라면 하데스를 남주 아닌 역할로 강등하는 것이 쉽지 않다. 이 역시 이미 존재하는 설화를 활용할 때의 제약이다.

자해

:오늘의 장면:

여자는 방문을 걸어 잠그고 거울 속 자신을 들여다본다. 치미는 울렁거림
과 성질을 못 이겨 입술을 뜯다가 결국 신체 부위를 손톱으로 사정없이
긁고 꼬집는다. 살갗이 긁히면서 피가 맺히고 고통이 밀려온다. 아프지만
시원하다. 속이 풀리는 기분에 구역질도 잦아드는 느낌이다. 그때 문밖에
서 하하 호호 웃는 소리가 들린다. 손톱 말고 다른 것을 써볼까 하는 생각
이 스쳐 지나간다.

:반드시 필요한 설정:

- 시대적 배경
- 여자의 연령대와 외모
- 자해를 하게 된 계기
- 자해를 시작한 나이
- 여자가 스스로 해하는 신체 부위

- 문밖에서 웃는 사람들의 정체
- 문밖의 사람(들)과 여자의 관계

 북마녀의 조언

오늘의 장면에서 여자의 외모는 크게 중요한 요소는 아니지만, 머리카락 길이나 얼굴 관련 정보를 덧붙이는 것도 괜찮은 방법이다. 엄청난 미모가 절실히 요구되진 않는다.

등장인물이 자해하는 데에는 타당한 원인, 즉 계기가 있어야 한다. 현실에서 자해 증상의 원인은 다양하겠지만, 소설 속에서 등장인물이 이러는 것은 심약해서가 아니다. 마음에 깊은 상처를 입을 만큼 심각하고 끔찍한 외부 자극이 존재해야 핍진성이 생긴다. 즉, 쓰는 사람이 그 요소를 인물에게 투척해야 한다. 장르 소설에서 이런 인물이 등장하면 피폐물 분위기가 조성된다. 하지만 자해하는 캐릭터를 24시간 내내 음울한 모습으로 나타내는 건 권장하지 않는다.

개인 공간에서 나오지 않는 히키코모리가 아니라 학교나 회사를 다니며 사회생활을 멀쩡히 하는 사람이 꾸준한 자해 증상을 보인다면 눈에 보이는 얼굴이나 팔 같은 부위보다는 다른 사람 눈에 보이지 않는 곳을 건드리는 경우가 대부분이라고 알려져 있다. 다만, 허벅지까지가 한계다. 성기까지 다다르는 건 독자의 심리적 선을 넘는 장치이니 너무 과도하게 잡진 말자.

자해 행위의 동작을 낱낱이 적어 내려가야 독자들이 관찰하듯이 이 장면을 이해할 수 있다. 그러나 묘사가 너무 잔인할 경우 웹소설 플랫폼에서 문제 삼을 수 있다. 또한 실제 소설에서 자해 행위 장면이 자꾸 나오면 그 역시 지루해지는 원인이다. 아무리 묘사를 달리 해도 독자 눈엔 똑같아 보인다. 한번 진득하게 풀었다면 특별한 에피소드가 생기지 않는 한 반복하지 말자.

이 장면이 지나가고 언젠가는 이 인물을 구원할 캐릭터가 등장하고 이 인물이 자해를 멈출 만한 사건이 일어나야 장르 소설의 순조로운 전개가 이루어진다. 그것이 장르 독자가 바라는 길이다.

친구를 찾아갔다

:오늘의 장면:

방금 도망쳐 나온 여자. 어디로 갈지 고민한 끝에 딱 한 번 가봤던 친구의 집을 찾아간다. 자는지 초인종 소리에도 아무 반응이 없다가 문을 여러 번 두드리자 친구가 그제야 나온다. 친구는 이 시각에 찾아온 여자 때문에 크게 놀랐지만, 누가 봐도 황급히 도망친 듯 수상한 행색으로 서 있는 모습에 무슨 일이 나도 단단히 났다 싶어 급히 여자를 집 안으로 들인다. 훈훈한 집 안 온도와 자신을 걱정하는 친구의 진심 어린 얼굴에 마음이 놓인 여자. 갑자기 울음이 터져 나온다.

:반드시 필요한 설정:

- 이 장면이 진행되는 시각
- 여자는 어디서 누구로부터 도망쳐 나왔는가?
- 친구의 성별
- 친구와 여자는 언제부터 알게 되었으며 얼마나 친밀한 관계인가?

🪶 북마녀의 조언

시간대는 늦은 밤이나 새벽으로 정한다. 아무리 야심한 시각이어도 멀쩡한 모습이라면 친구가 그렇게까지 놀라지 않는다. 어떤 차림새이기에 누가 봐도 도망쳐 나온 것처럼 보이는지 머리부터 발끝까지 꼼꼼히 정리하자. 드라마 의상팀이라면 이 장면에서 여배우의 상태를 어떻게 표현할까? 여기서는 아주 극적인 연출이 필요하다. 아무리 도망쳐 나왔다 한들 곱고 우아한 자태이거나 평소와 다를 바 없다면 효과가 없다.

여자가 이런 몰골로 나타난 까닭에 대하여 설정은 해놔야 하지만 상세한 서술이 요구되진 않는다. 그래도 '도망치는' 행위에는 언제나 '쫓아가는' 행위가 따라붙기 때문에 이에 대한 여자의 두려움을 장면 초반에 표현하려면 이 설정이 아예 안 나올 수는 없다.

오늘의 장면에는 대사가 꼭 필요하다. 그러나 긴 대화는 불필요하다. 도망친 여자는 길게 말할 여유가 없을 것이고, 친구는 놀라긴 했어도 꼬치꼬치 캐물을 정도로 사리 분별이 안 되진 않을 테니. 여자가 우느라 말을 제대로 하지 못하더라도, 안심한 여자의 속내를 지문으로 꼭 보여주자.

크리스마스 알바
- 절망 편

:오늘의 장면:

여자는 오늘 하루 종일 산타 걸 복장을 하고 미소를 지으며 주문을 받았다. 진상 민폐 손님은 크리스마스에도 존재한다. 사장이 최소한 팔다 남은 케이크를 직원과 알바생에게 공짜로 나눠 주는 친절 정도는 베풀 줄 알았지만, 현실은 개차반이다. 여자가 떠올리는 그 남자는 어딘가에서 산타 수염을 달고 아이들과 한 명 한 명 사진을 찍어준다고 했다. 조금은 편하지 않을까? 그러나 현실은 좀 다르다. 남자 역시 하루 종일 개고생을 하고 있을 것이다. 집에 돌아온 여자는 조심히 들고 온 찌그러진 케이크를 식탁에 놓고 남자를 기다린다.

:반드시 필요한 설정:

- 여자와 남자의 연령대(동일할 필요 없음)
- 여자와 남자의 관계
- 찌그러진 케이크는 어디서 났는가?

🧙 북마녀의 조언

오늘의 장면은 두 개다. 두 장면은 여자의 생각에 의해 이어진다. 이상과 현실의 차이가 극명하게 달라 보이도록 만들자. 여자의 개고생, 남자의 개고생을 구체적으로 풀어낸다. 등장인물에게 괴로움이 있어야 이후의 행복이 더 크게 다가온다는 사실을 잊지 말아야 한다. 모름지기 웹소설을 포함한 모든 장르 소설 작가 지망생이라면 인물이 괴로움을 겪는 장면을 쓰는 연습이 필요하다.

찌그러진 케이크의 출처도 장면의 재미를 더하는 요소다. 직원 하나가 여자를 가엾이 여겨 버리게 된 케이크를 선심 쓰듯 줬을 수도 있고, 아니면 버려진 케이크를 주워 왔을 수도 있다. 어쩌면 손님들의 싸움에 휘말려 망가진 케이크일지도 모른다.

두 사람을 반드시 로맨틱한 연인 관계로 설정하지 않아도 된다. 예제를 읽으면서 연인 관계가 바로 생각났을 텐데, 그게 바로 클리셰다. 그러나 단순한 룸메이트이자 친구일 수도 있고, 헤어진 사이일 수도 있다. 또한 오누이 관계일 수도 있다. 어쩌면 남자는 인간이 아니라 여자가 키우는 수인일지도? 클리셰를 벗어나는 방향도 꼭 생각해보길 바란다. 오늘의 장면에 이어서 두 사람이 기대했던 크리스마스의 분위기를 덧붙여 풀어내면 어떨까.

크리스마스 알바를 한다고 해서 가난하다는 설정이 반드시 요구되는 건 아니다. 두 사람이 연인 관계라면 이 장면은 과거 회상으로 기능할 수 있다. 어떤 이유로 인해 소박한 행복이 무너졌고 현재의 두 사람은 이 장면을 추억한다.

크리스마스 알바
– 희망 편

∶오늘의 장면∶

나는 산타 알바생이다. 비수기가 길고 딱 하루 성수기인 알바. 한국은 굴뚝 있는 집이 적어서 들어갈 방도가 쉽지 않지만 어찌어찌 들어간다. 산타클로스 한국 지부가 마련해준 방법이다. 모두가 잠든 이후 들어가야 하기 때문에 일은 새벽에 끝난다. 아이들은 우리를 보려고 버티고 버티다가 자니까. 오늘따라 너무 춥다. 뜨끈한 루돌프가 있어 다행이다.

겨우 들어가 보니 어린아이의 머리맡에 카드와 화려하게 포장된 선물, 그리고 인쇄된 종이가 있다. 산타클로스와 눈앞의 아이가 합성되어 있다. 나는 그 옆에서 피로에 찌든 얼굴로 잠든 어른을 바라본다. 이제는 나보다 늙어 보이는 아이. 나의 영원한 아이. 나는 오늘 이 아이에게 선물을 주러 왔다.

∶반드시 필요한 설정∶

• 한국 지부가 마련해준 '굴뚝 없는 집 들어가는 방법'

• 산타가 준비한 선물

북마녀의 조언

오늘의 장면은 자주 볼 수 있는 클리셰는 아니지만, 앞선 절망 편에 대응하는 희망 편을 만들기 위해 짧은 에피소드를 구성해보았다.

겨울밤 모두가 잠들기를 기다리며 추위에 떠는 산타와 루돌프의 모습을 꼭 넣어야 한다. 루돌프는 대사가 있어도 되고 없어도 되지만, 산타는 혼잣말처럼이라도 루돌프에게 말을 하는 게 자연스럽다. 오늘의 장면에서는 산타가 혼잣말을 하지 않으면 대사가 나올 틈이 없다.

잠든 어른의 성별을 정하지 않아도 큰 문제는 없다. 성별을 정할 시, 그 성별에 어울리는 표현을 추가해서 넣을 수 있다. 남자는 남자대로 여자는 여자대로 약간 측은한 포인트를 넣는다면 그다음 맥락이 더욱 살아난다.

그나저나 예제에 몇 가지 떡밥을 넣어두었는데 알아챈 사람이 있을까? 나는 정직원이 아니라 알바이기 때문에 이 시즌 외에는 산타가 아니다. 또한 아이가 어른이 되어 늙는 동안 나는 늙지 않는다. 그렇다면 어떤 존재일까? 이러한 전제들이 오늘의 장면에서 아주 절실한 문제는 아니다. 그래도 공상은 작가의 취미이자 특기이니 자신만의 설정을 덧붙여보자.

참고로, 오늘의 장면에서 언급된 합성 사진은 현실 세계에서 크리스마스용 사진 앱을 활용해 만들 수 있다. 아이가 자는 동안 산타가 방문했다는 증거로 보여주면 아직 어려 순진한 아이들이 이 사진을 보고 산타의 존재를 굳건히 믿는다고 한다.

 # 장면 실습 예제

용병 같지 않은
용병

:오늘의 장면:

마을 사람들이 '문제'를 처리해줄 용병단을 찾기로 한다. 모집 공고를 보고 찾아온 용병은 달랑 한 명. 서둘러 맞이했는데 용병의 외모가 그다지 위협적이지 않고, 밭일로 다져진 마을 청년들보다도 못한 느낌이다. 게다가 여럿 와도 모자랄 판에 한 명이라니. 정말 '용병'이 맞는 걸까, 사기꾼은 아닐까 불안해진다. 촌장은 찜찜한 마음으로 밥을 차려주고, 용병은 자리에 앉자마자 미친 듯이 음식을 입에 넣는다.

:반드시 필요한 설정:

- 시대적 배경
- 마을 사람들을 괴롭히는 '문제'란 무엇인가?
- 용병의 연령대와 성별
- 용병의 외모

 북마녀의 조언

용병이 아주 강인하고 위압적이고 그야말로 기골이 장대한 피지컬의 소유자일 수도 있겠지만, 반대로 겉으로 보기에 작고 아담하다 못해 신체가 부실하거나 특징적인 장애를 갖고 있거나 혹은 남성이 아닌 여성일 수도 있다. 전자도 분명 멋지지만 후자 역시 멋진 설정이다.

강해 보이는 사람이 강한 건 당연한 레퍼토리이고, 그만큼 재미가 있다. 반면 유약해 보이는 사람이 강하다면 색다른 흥미를 자아낼 수 있다. 이는 평범한 독자의 갈망을 자극하는 설정이다.

오늘의 장면이 포함된 스토리에서 마을 촌장이 주인공일 리는 없다. 하지만 독자가 촌장의 외모를 인지할 수 있도록 슬며시 묘사를 넣어주자. 또한 용병이 등장한 후부터는 촌장의 입장에서 용병을 관찰하는 방식으로 구현되어야 한다. 그래야 용병의 외형을 낱낱이 서술할 수 있다. 일반인의 눈으로 보기에 '용병 같지 않은 용병'은 어떤 모습일까? 이 이미지를 잘 구현해야 장면이 살아난다. 캐릭터 설정에 가까운 실습이 될 수 있다.

용병이 밥을 아주 잘 먹는 모습도 간략하게나마 서술하자. 세상에 밥을 적게 먹는 용병은 없다. 작달막하고 마른 여성이어도 많이 먹는 편이 낫다. 용병이 고봉밥을 신나게 먹을수록 촌장의 마음은 타들어간다. 수지 타산이 맞지 않을까 봐 식은땀 흘리는 촌장의 속마음이 제대로 표현될수록 읽는 재미가 더해진다. 시대적 배경에 따라 음식 메뉴가 달라져야 한다.

아기 울음소리

:오늘의 장면:

한밤중에 눈을 뜬 여자의 귓가에 갓난아이의 울음소리가 들린다. 아무리
두리번거려도 아이는 보이지 않는다. 남자가 여자를 보듬어 달래지만 전
혀 위로가 되지 않는다. 여자는 계속 울다가 호흡곤란이 와 헐떡인다. 몹
시 괴로워하며 몸부림친다. 아이가 다시 운다. 귀를 막아도 젖먹이의 울음
소리가 계속 들린다. 아이는 그곳에 없다. 사실은 세상 어디에도 없다.

:반드시 필요한 설정:

- 시대적 배경
- 이 장면이 일어나는 장소
- 아이가 세상에 존재하지 않는 까닭
- 여자의 외모와 연령대
- 여자와 남자의 관계

 북마녀의 조언

오늘의 장면은 소재 특성상 트라우마를 일으킬 수 있다. 쓰는 자신이? 아니다. 바로 독자가 PTSD를 겪을 수 있다는 뜻이며, 그만큼 처절한 느낌을 살려야 한다는 말이다. 살인 경험이 있는 사람만 살해 장면을 쓸 수 있는 게 아니듯, 아이를 잃어본 사람만 아이를 잃은 장면을 쓰는 건 아니다. 세상에는 다양한 고통이 있고 그 고통을 장면으로 연출하는 것도 작가의 일이다.

다만, 이번 내용은 실습자의 연령대 및 경험치와 사전 지식의 유무에 따라 장면 실습이 힘들 수 있기 때문에 다른 예제보다 구체적으로 나올 수 있는 설정을 짚어두겠다. 경험한 사람들의 이야기를 인터넷으로 찾아보는 작업도 도움이 된다.

오늘의 장면은 세상에 존재하지 않는 아기의 울음소리를 환청으로 듣는 여인의 고통을 그려낸 장면이다. 여자는 계속 울고 있지만 남자와 여자의 대화가 어느 정도 나와야 여자의 상태가 더욱 완연하게 드러난다. 이렇게 신경 질환적 증상이 나타난다면 거의 같은 말을 계속 반복하게 된다. 그래도 이 장면에서 남자가 여자의 증상과 현실을 전부 아는 유일한 존재이므로 남자의 대사를 통해 독자에게 정보를 전달할 수 있다.

여자의 연령대는 외모 묘사에 필요한 설정일 뿐, 이 장면에서 굳이 연령대를 분명하게 적어둘 필요는 없다. 아이를 갓 잃은 젊은 여인일 수도 있고, 반대로 아기를 잃은 지 십 년이 넘었는데 계속 고통받고 있는 것일지도 모른다. 광인狂人의 극적인 증상이 어떻게 발현하는지 낱낱이 밝혀보자.

아이가 세상에 존재하지 않는 까닭은 일반적으로 '상상임신/유산/사산(출산했는데 아기가 죽어서 나옴)/병으로 인한 사망/누군가에게 살해됨' 정도로 분류할 수 있겠다. 덧붙여 아이를 죽인 죄책감(자기 아이든 남의 아이든)으로 인한 광증, 아이를 너무 원하는데 임신이 안 되어서 생긴 광증도 가능하다.

이 장면은 대체로 침실이나 거실에서 연출될 것이며, 시대적 배경 설정에 따라 공간 서술이 달라지게 된다. 그러나 이전에 다른 에피소드를 통해 배경이 세세하게 나왔을 테고, 장면의 기능상 배경보다는 인물의 행동에 초점을 더 맞춰야 한다. 그렇기 때문에 디테일한 공간 묘사가 요구되진 않는다. 아기를 찾아 두리번거리는 여자의 시야에 보이는 정도만 간결하게 언급하자.

그 여인의 목걸이

:오늘의 장면:

여주인공은 생각에 잠겨 걷다가 맞은편에서 걸어오던 여인과 부딪치고 만다. 가냘픈 그 여인이 비명을 지르며 넘어질 뻔한 걸 주인공이 겨우 잡아 부축한다. 그녀가 몸가짐을 바로 하는 사이, 주인공의 시야에 여인의 목걸이가 들어온다. 주인공은 과거에 그 목걸이를 본 적이 있다. 비로소 여인이 누군지 알게 된 주인공은 여인의 얼굴을 똑바로 본다.

:반드시 필요한 설정:

- 시대적 배경
- 이 장면이 일어난 장소
- 여인의 정체
- 여주인공과 여인의 관계
- 목걸이에 관한 정보
- 여주인공이 목걸이를 언제, 어디서 봤는가?

북마녀의 조언

주인공이 목걸이를 보고 여인이 누구인지 알게 되는 장면이기 때문에 목걸이를 정교하게 기술해야 한다. 목걸이에 관해 찬사를 늘어놓을 필요는 없다. 담백하게 객관적 정보를 넣어 설명하면 된다. 모양과 색깔, 보석 종류, 펜던트 톱 등이 필요하고, 가느다란 실 목걸이보다는 눈에 띄는 모양새를 권한다. 값비싼 목걸이로 설정한다면 보석류를 분명하게 언급해야 효과가 있다.

고가의 목걸이가 아니어도 된다. 낡고 녹이 슨 목걸이로 정해도 무방하다. 보석이 아니라 특정적인 펜던트 장식이 달린 것으로 그려도 재미있겠다. 독특한 모양이거나 안에 작은 사진이 담겨 있다면 더욱 큰 의미를 부여하게 된다.

여주인공은 처음에 여인이 누구인지 모르지만 목걸이를 보고 여인의 정체를 알게 된다. 그렇다면 여주인공이 목걸이에 관해 알고 있다는 뜻이다. 여주인공이 이 목걸이에 관한 정보를 어디서, 어떻게 얻었는지 떠올려 보자. 이걸 정하면 여인의 정체와 관계, 두 사람의 신분 등이 전부 정해지게 된다. 이것이 이 장면의 핵심이다.

오늘의 장면에서 여인의 외모가 어느 정도 기술되어야 한다. 반면, 여주인공의 외모는 나오지 않아도 된다. 여인의 이름을 정해도 되지만 정체가 밝혀지기 전까지 이름으로 지칭해서는 안 된다. 3인칭 시점이라면 여주인공의 이름이 필요하다.

이 장면은 어디에서 진행되는 걸까? 광장이나 시장통 등 불특정 다수가 다니는 곳으로 정한다면 그곳에서 왜 두 사람이 마주치게 되었는지 개연성이 구축되어야 한다. 특징적인 건물의 복도 등 출입이 제한되는 장소로 정하면 아무나 쉽게 들어가거나 마주치지 못하게 되니 개연성 확보가 훨씬 쉬워진다. 우연한 만남도 전후 맥락의 서사를 짜야 한다는 원칙을 잊지 말자.

092

축제 한복판

장면 실습 예제

:: 오늘의 장면 ::

오늘은 축제의 마지막 밤이다. 반짝이는 거리에서 술에 취한 사람들이 흥
청망청 돌아다닌다. 취하지 않은 사람들도 취한 것처럼 소리를 높이니 사
방이 시끄럽다. 축제가 벌어지고 있는 거리의 모든 사람이 거리낌 없이 표
정을 드러내며 신분 고하를 막론하고 즐겁게 노닌다. 대목을 잡아 이때다
싶어 열심히 판을 깔고 손님을 부르는 온갖 장사치들. 볼거리도 넘쳐흐른
다. 한쪽에서는 만취한 사내들 때문에 해괴한 진풍경이 벌어지기도 한다.

:: 반드시 필요한 설정 ::

• 시대적 배경

 북마녀의 조언

오늘의 장면은 축제가 열리는 거리 풍경이다. 소설 속에서 꼭 축제가 아니
어도 밤에 열리는 야시장이나 낮의 장터 등 시끌벅적한 거리에 주인공들

이 진입하는 장면이 한 번쯤은 등장하게 된다.

어떤 소설에서든 이 장면이 메인 스토리에서 특징적인 역할을 하는 일은 별로 없다. 하지만 주인공의 기분과 인물들의 관계를 나타내거나 사건의 자연스러운 시작을 위해 필수로 배치하게 되는 광경이다. 이때 카메라 앵글이 거리의 풍경을 쫙 훑고 지나가듯이 적어야 독자들이 거리의 난장과 들뜬 사람들을 마치 영상을 보는 것처럼 머릿속으로 그릴 수 있다.

시대적 배경을 동양풍 혹은 서양풍으로 정하자. 현대 이후 생긴 단어나 외래어(보통 영어 단어) 중에서 시대극에 어울리지 않는 단어들이 있다. 장면을 쓸 때 이 점을 주의해야 한다. 서양풍이라고 해도 현대 뉴욕이 아니라 과거 시대처럼 보이는 가상 시대가 배경이기 때문에 우리가 통상적으로 쓰는 현대 외래어가 등장하면 어색해진다.

오늘의 장면에서 적어둔 장사치, 볼거리, 해괴한 진풍경을 아주 명확하게 딱 짚어서 그리자. 축제를 즐기는 사람들을 '사람들'이라고만 쓰면 디테일이 살아나지 않는다. '어린아이', '곱게 차려입은 귀족 아가씨' 등 실체가 보이는 주어를 적어야 눈에 보이는 듯 장면이 펼쳐진다. 하나하나 만드는 것이 귀찮게 느껴지겠지만 그것이 작가가 할 일이다.

093

 # 장면 실습 예제

자비를 베푸소서

:오늘의 장면:

여자에게 큰 잘못을 저질렀던 기사가 그녀의 발 앞에 무릎을 꿇는다. 여자의 남편은 즉결 처분할 생각이었으나, 당사자인 아내에게 선택권을 주자는 생각으로 여자를 부른 것이다. 비굴하게 납작 엎드린 기사는 제발 자비를 베풀어달라고, 자신을 죽여 달라고 빈다. 얼굴이 창백해진 여자가 주변에 도움을 청하지만, 모두 여자의 결정만을 바라고 있다. 여자는 생각 끝에 결정을 내린다.

:반드시 필요한 설정:

- 이 사건이 일어나는 공간
- 이 공간에 있는 인물의 수와 신분
- 기사가 여자에게 저지른 잘못과 그로 인해 여자가 받은 고통
- 자비를 베풀지 않을 시 기사가 받게 될 처벌
- 남편의 신분 및 계급

- 여자의 성격

 북마녀의 조언

맥락을 따져보면 여자의 남편은 명백히 기사를 처벌할 수 있는 권력을 지녔다. 그런 사람의 아내에게 기사가 무슨 잘못을 저질렀기에 이토록 냉혹한 처벌을 받게 된 것일까? 죽음을 자초할 짓이라는 건 확실하다. 이 부분은 정확하고도 잔인하게 설정하되 이 장면에선 간소하게 적어도 된다.

그냥 죽는 게 '자비'일 정도라면 원래 받게 될 처벌은 훨씬 더 끔찍하고 고통스러운 수준일 것이다. 서양풍 배경과 신분제 사회, 그리고 벌을 받는 사람이 '기사'인 정보를 반영하여 어떤 벌일지 생각해보자. 과거의 여러 문화권에서 연좌제를 시행했다는 사실도 염두에 두어야 한다.

마지막으로 여자가 어느 쪽을 선택했는지에 따라 이 장면의 결이 달라진다. 여자의 성격과 평소 신념이 그 선택에 영향을 주는 변수다. 평소였다면 B를 선택했겠지만, 기사의 잘못이 너무 큰 탓에 도저히 용서할 수 없어서 A를 선택할지도. 독자에게 여자의 성격과 더불어 남편과의 관계성까지 전달할 수 있는 장면이다.

잠들지 못하는 밤

:오늘의 장면:

주인공은 좀처럼 잠들지 못하고 이리저리 몸을 뒤척이며 잠자기 좋은 자세를 찾아본다. 침대가 좁을 뿐만 아니라, 여러 가지로 잠들기 좋은 조건은 아니다. 너무 피곤하고 졸린데 확실하게 잠들기 힘들다. 그때 커다랗고 따뜻한 손이 다가와 주인공을 가만가만 쓰다듬어준다. 주인공은 그 손길에 마음이 점점 편안해지고, 그제야 잠에 빠진다.

:반드시 필요한 설정:

- 시대적 배경
- 이 장면이 일어나는 공간
- 주인공의 성별과 나이
- 주인공의 불면증(수면 장애) 여부
- 누구의 손인가?

이 장면이 일어나는 공간은 응당 침실이겠지만, 거실의 소파로 설정할 수도 있다. 누구의 공간인지 명확하게 정해두어야 주인공이 잠들지 못하는 까닭이 자연스럽게 나오게 된다. 낯선 곳이라면 누구든 잠이 잘 오지 않을 수 있다. 주인공이 잠 못 드는 이유를 정하기 위해 평소 수면 장애가 있는지 없는지도 정해둘 필요가 있다.

장면을 진행하면서 주인공이 뒤척이는 행동이 여러 번 나와야 한다. 또한, 주인공을 쓰다듬는 손길에 관하여 조금 더 길게 서술해야 한다. 신체 어디어디를 만지는가? 어떻게 만지는가? 이 장면은 에로틱하거나 위험한 분위기가 아니며 손의 주인은 주인공을 숙면에 들도록 하기 위해 노력하고 있으므로 손이 애먼 데에 닿으면 곤란하다.

주인공이 아직 확실히 잠들지 않았기 때문에 잠꼬대처럼 대사가 들어가는 것도 무난한 흐름이다. 반대로, 손의 주인 입장에서 이 장면을 그린다면 손 주인이 대사를 할 수도 있겠다.

이 행동을 '커다랗고 따뜻한 손이 다가와 ○○의 ○○를 가만가만 쓰다듬어주었다'(예제에 적어 놓은 문장 그 자체)로 끝낼 수도 있다. 이렇게 쓴다면 이 장면은 한 여섯 줄이면 끝나버린다. 매번 이런 식으로 모든 장면을 끝낸다면 어떻게 될까? 말도 안 되게 짧은 분량을 목도하게 된다. 스토리 라인을 빽빽하게 만들어두었는데도 왜 시장에서 원하는 분량이 채워지지 않을까? 왜 매번 모자랄까? 이 문제를 꼭 인지하고 글을 적정 분량으로 부풀릴 수 있도록 서술해보자.

095

환전 요구

:오늘의 장면:

대한민국 21세기 현재. 남자는 준비해 온 보석 중 한 움큼을 집어 테이블에 올려놓는다. 이 세계에서도 보석이 큰 가치를 지닌다고 들었다. 상대는 남자가 이 세계에 와서 처음 만난 사람이다. 상대는 깜짝 놀란다. 남자가 가져온 보석은 결코 싸구려 가품이 아니다. 보석을 어디서 이렇게 많이 구했는지 궁금해 은근슬쩍 물어보지만 남자는 알 것 없다며 말해주지 않는다. 남자가 이 세계에서 통용되는 화폐로 환전해달라고 요구하지만, 상대에게 그 정도로 많은 현금은 없다.

상대는 머리를 굴린다. 도저히 정상적인 현대 한국인이라고 볼 수 없는 차림에 다른 세상에서 왔다고 하질 않나. 정신이 좀 이상한 건 확실한데 이런 진귀한 보석을 그냥 주머니에 넣고 다니다니. 태도 역시 거만하기 짝이 없어서 무슨 상전이나 되는 듯 자신을 하대한다. 보아하니 보석이 더 있는 것 같은데?

- 남자는 어느 세상에서 왔는가?
- 그 세상 속 남자의 신분
- 남자와 상대는 이 세계에서 어떻게 만났는가?
- 상대의 성별과 직업
- 상대는 악역인가? 선역인가?

 북마녀의 조언

'다른 세상에서 온 인물의 현대 문화 적응기'에서 쉽게 볼 수 있는 장면이다. 현대인이 보기에 이상한 행동이 무엇이 있을지 생각해보자. 다수의 장르 소설과 만화, 드라마에서 비슷한 흐름의 장면이 등장한 바 있다.

이 장면은 상대를 악역으로 설정하느냐, 선역으로 설정하느냐에 따라 분위기가 완전히 바뀐다. 남자의 입장은 똑같지만 상대는 머릿속으로 여러 가지 생각을 할 수 있기 때문이다. 만약 상대가 악역이라면 어떻게 이 남자한테 보석을 가로챌 수 있을지부터 시작하여 남자를 꼬드겨 어떻게든 이득을 취할 생각을 할 것이다. 선역이라면 남자의 이상한 행동에 뒷목을 잡으면서도 도와주려고 애쓰게 되겠다. 상대 입장에서 바라본 남자를 보여주면서, 상대의 속내를 독자에게 최대한 전달해야 한다.

보석 종류는 분명하게 언급하자. 하지만 상대가 보석에 대해 잘 알지 못한다면 명백하게 적지 않아도 된다. 형용사를 활용하여 값비싸고 진귀한 보석임을 보여주자.

딸바보

:오늘의 장면:

수년을 앓아누워 정신을 차리지 못했던 딸이 마침내 눈을 떠 일어난 지 몇 달이 지났다. 남자가 일을 마치고 집에 돌아오자 아비의 안색을 걱정하는 딸의 표정에 눈물이 나고, 또 새삼 감격스럽다. 남자는 찬찬히 딸의 얼굴을 살피며 종일 무엇을 했는지, 식사는 제대로 했는지, 약은 잘 챙겨 먹었는지 등 온갖 질문을 쏟아낸다. 이에 딸이 살갑게 대답해준다. 딸의 얼굴은 예전과 달리 건강한 빛이 난다. 남자는 예쁘고 건강한 딸을 보며 이제 좋은 짝만 찾아주면 되겠다 싶다. 그러면서도 한편으로 그렇게 홀쩍 가버리면 너무 섭섭하니 시집보내는 건 아주 나중에 생각하려 한다.

:반드시 필요한 설정:

• 시대적 배경
• 남자와 딸의 신분(시대극인 경우)
• 딸의 나이

- 딸이 앓아누웠던 기간

 북마녀의 조언

동양풍, 서양풍, 현대 배경 중 고르되, 그 배경에 맞는 단어들을 적어야 한다. 예를 들어 아픈 딸이 먹는 '약'이 동양풍에서는 쓰디쓴 보약이나 환으로 특정되겠다. 이런 시대적 배경 특유의 맛을 살리는 것이 중요하다.

동양풍이라면 '시집가다', '시집보내다'라는 표현을 사용해도 된다. 사용 빈도가 줄어들고 있기는 하지만 소설에서 무조건 배제해야 할 단어는 아니다. 이는 작품 분위기와 해당 인물의 특성에 따라 조절하면 되는 문제다. '장가가다' 역시 마찬가지다. 동양풍이라고 이 표현들만 써야 한다는 제약은 없다. '혼인', '성혼' 같은 단어를 활용해도 의미 전달은 거뜬하다.

현대 배경일 땐 발화자의 나이가 지긋하거나 가부장제에 젖어 있을 때만 쓸 것. 이런 설정이라 해도 근래 '시집가다'란 표현은 자주 보이지 않는 추세다. 결혼이란 단어를 활용하는 편이 덜 고루해 보인다.

서양풍에서는 '시집'이라는 단어를 쓰면 아주 어색하다. 특이점이 있는 배경(한국인의 빙의, 시부모 얘기가 많이 나오는 소재를 대놓고 미는 내용)에만 허용된다. '시집가다', '장가가다'는 더욱더 금물이다.

오늘의 장면은 자리를 털고 일어난 딸의 모습에 감격스러워하는 아비의 마음을 진하게 드러내는 내용이다. 기쁘고 애틋한 마음에 이랬다가 저랬다가 하는 생각을 지문으로만 적어도 되지만, 딸에게 직접 하는 대사를 통해 겉으로 티를 내도 다른 재미가 있다. 대사로 넣는다면 딸의 반응도 꼭 추가하자.

장면 실습 예제

게임 속에서
탈출

:오늘의 장면:

눈을 떠보니 게임 속이다. 눈앞에 상태창이 깜빡이며 현재 위기에 처했음을 알려준다. 정신을 차리고 주변을 둘러보니 이미 빌런에게 잡혀 있고, 빌런이 지금 나를 빤히 쳐다보고 있다. 여기서 탈출해야 이 게임이 진행될 수 있다고 시스템 창이 알려준다. 하지만 어떻게 탈출할지 답이 없어 보인다.

:반드시 필요한 설정:

- 게임의 종류와 제목
- 잡혀 있는 공간
- 탈출하기 힘든 까닭
- 나의 실제 성별
- 게임 캐릭터의 성별과 외형
- 빌런의 성별과 외형

 **북마녀의 조언**

스토리의 시작점으로 자주 활용되는 장면이다. 반드시 작품의 도입부가 되는 프롤로그나 1화 느낌으로 쓰지 않아도 OK! 로그인과 로그아웃이 가능한 설정이라면 접속할 때마다 상황이 달라질 테니 시작점이 아닐 수도 있겠다.

빌런한테 잡혀 있다고 해도 '감옥' 같은 공간에 갇혀 있다면 빌런이 눈앞에 보이지 않는다. 이럴 때 주인공은 홀로 공간을 관찰하고 탈출하려는 시도를 하게 되므로 대사가 많이 나오기 힘들다. 생각 중 일부를 지문이 아닌 대사로 빼거나, '끄으', '흠', '어이쿠' 등 특정 동작을 할 때 자연스럽게 내게 되는 신음이나 감탄사를 넣는 것도 좋은 방법이다.

그러나 오늘의 장면에선 빌런이 눈앞에 있으니 빌런의 캐릭터 설정(성별, 외모, 능력치 등)이 같이 나와야 장면을 보다 풍성하게 연출할 수 있다. 특히 빌런의 외모가 무조건 서술되어야 한다. 주인공의 관점에서 빌런의 능력치는 상당히 높을 것이다. 힘은 강하지만 머리는 나쁜 빌런으로 만든다면 이 캐릭터는 최종 보스가 될 수 없다. 말이 빌런일 뿐, 그냥 몬스터 중 하나여도 큰 문제는 없다.

이에 관하여 상태창을 참고하는 식으로 설명할 수 있고, 빌런의 행동이나 대화로 은연중에 독자에게 정보를 주는 방식도 추천한다. 빌런이 어떤 존재인지 주인공이 이미 알고 있다면 주인공의 머릿속 생각을 지문에 그대로 적어도 괜찮다.

잡혀 있는 공간이 어디인지 머릿속 카메라를 돌려보고 주변 배경을 면밀히 적어보자. 물리적으로 탈출하기 힘든 조건을 만드는 게 중요하다. 갇힌 공간이 완벽하게 밀폐되었을 수도 있겠지만, 현재 캐릭터의 HP[*]가 몹시 떨어져 있다면 제힘으로 탈출하기 힘들 수 있다. 어느 쪽이든 빌런을 요령껏 구슬리거나 맞부딪치는 수밖에 없다. 어느 공간에서든 상대가 있을 땐 대화를 나누며 서로를 향해 동작을 해야 한다.

오늘의 장면은 웹소설 중에서도 판타지나 로맨스 판타지에 유용하다. 탈출 게임, 19금 게임 등 다양한 소재에 어울리니 잘 활용하여 이번 장면을 만들어보자. 만약 여성향 웹소설 장르로 쓴다면 빌런을 '남주인공'화할 수 있다.

---

[*] Hit Point, Health Point의 줄임말. 게임 속 플레이어의 체력이자, 공격에 버틸 수 있는 힘(방어력)을 말한다. 실상 '생명력'과 동일한 의미이기 때문에 HP가 크게 깎여 0까지 떨어지면 캐릭터가 죽게 되고, 페널티를 받는다.

복수 계획

:오늘의 장면:

나는 남자의 손에 가족이 죽었다는 사실을 알게 되었다. 나의 유일한 가족을 죽였으니 놈도 대가를 치러야 한다. 그러나 늘 경호원과 함께 외출하는 놈에게 접근해 죽일 방법은 없다. 고민하던 중, 놈의 자택에서 가사도우미를 충원한다는 정보를 듣고 재빨리 면접을 보았다.

나는 자잘한 청소 도구를 들고 놈이 머무는 방으로 들어간다. 수개월 동안 놈의 스케줄을 꿰었다. 놈은 꽤 규칙적인 삶을 살고 있으므로 이 시간에 놈은 자기 방에서 ○○을 하고 있을 것이다. 원래 청소는 놈이 없을 때 해야 하지만 오늘은 놈을 죽이는 날이니까. 무방비한 상태의 놈을 죽이면 이 복수가 끝난다. 나의 계획은 이러하다. 우선 놈의 방에 들어가서….

:반드시 필요한 설정:

- 죽은 가족(부모, 형제, 남매, 자매 등)
- 주인공의 성별과 나이

- 주인공이 가진 무기(살해 도구)

- 주인공의 살해 계획

- 이 장면이 진행되는 시간대

- 해당 시간대에 남자가 규칙적으로 하는 활동

 북마녀의 조언

상대가 주인공의 가족을 왜 죽였을까? 실제 소설에서는 그 까닭이 어김없이 등장해야 한다. 장면 실습에서는 반드시 정하지 않아도 된다. 정해두었다면 주인공의 머릿속 생각 흐름에 포함하여 노출한다.

주인공의 복수 계획을 정교하게 정해보자. 수개월 동안 이 집에서 일하며 복수할 대상에 관해 알아낸 정보를 토대로 주인공은 행동 순서를 하나하나 계획한다. 무기를 무엇으로 고르느냐에 따라 살해 계획이 크게 달라진다. 무기를 어디에 숨겼으며, 어떻게 죽일지 고민해보자. 또 하나, 죽인 다음에 어떻게 빠져나갈지, 아니면 그냥 잡혀갈 생각인지도 계획에 포함되어야 한다.

'가사도우미'라는 직업에서 주인공의 성별을 여성으로 유추하게 되지만, 이는 편견일 뿐 꼭 여성이라는 법은 없다. 다른 관점으로도 생각해보자.

접대의 신

:오늘의 장면:

본부장은 접대의 신이다. 본부장이 술자리를 잡으면 그날 그 계약 건은 무조건 성사된다. 그러나 나는 그의 방식을 싫어하고 그를 믿지 않는다. 왜냐하면 본부장은 상대가 원한다면 무엇이든 대주니까. 돈이든, 인간이든 상관없이.

나는 회원제로 운영되는 고급 술집의 VIP 룸 앞에서 숨을 고른다. VIP 룸 앞을 지키고 선 기도들을 떨쳐내며 문을 열자 본부장과 술잔을 짠 하며 부딪치는 중년 남자가 보인다. 중년 남자는 우리 회사 소속 연예인을 둘이나 양옆에 끼고 있다. 화가 난 내가 들이받지만 본부장은 뻔뻔하게 대응한다.

:반드시 필요한 설정:

- 본부장의 연령대와 성별
- 나의 연령대와 성별, 직위

- 연예인들의 연령대와 성별, 활동 분야
- 영업 상대의 성별 및 커리어(어느 회사의 무슨 직위)
- 기획사의 이름

 북마녀의 조언

소설에 회사가 나온다면 사명이 정해져야 한다. 회사 이름은 너무 특이하거나 유치하면 안 된다. 그 업계에 있을 법하게, 그리고 이름을 읽는 순간 단박에 어떤 업종인지 알 수 있게 정해야 한다. 실존 회사가 연상되지 않도록 완전히 새롭게 만들 것을 추천한다. 연상되는 것이 기획 의도라고 해도 현실에 존재하는 이름을 그대로 써서는 안 된다. 최소한 글자 하나는 바꿔야 한다. 지금까지 웹소설 속 사명이나 브랜드 문제로 실존 기업이 소송을 건 적은 없으나, 법적인 문제가 생기지 않는다고 장담하기는 어렵다.

등장인물의 성별은 어느 쪽이든 상관없다. 본부장과 나의 성별은 마음대로 정해도 된다. 단, 연예인들의 성별은 본부장이 영업하려는 상대의 성별에 따라 정해야 한다. 상대가 남자라면 연예인은 여자, 상대가 여자라면 연예인은 남자로 정하는 것이 일반적이다. 상대가 남자여도 동성애자로 설정한다면 연예인을 남자로 정할 수 있다. 상대가 여자인데 연예인도 여자인 경우는 GL이 아닌 이상 일반적으로는 납득되지 않는다.

오늘의 장면에서 주요 인물의 이름은 그다지 필요하지 않다. 어차피 직급이 정해져 있으므로 성씨만 정해도 된다. 반면, 연예인은 좀 다르다. 소설 전체를 생각했을 때 이들은 주요 조연이 아니라 지나가는 엑스트라의 역할이다. 그래도 이름을 정하고 언급하는 편이 현 상황의 피해자라는 이미지를 더 살릴 수 있다. 이 자리에 끌려온 연예인이 둘이나 되므로, 태도의 차이를 만들면 아기자기한 재미가 생긴다. 한 명은 괴로워하는 분위기로, 한 명은 '다시 없을 기회였는데 걸려버렸다'는 표정으로 서술하면 어떨까?

주인은
왜 저럴까?

:오늘의 장면:

나를 부르는 소리에 슬슬 방으로 들어간다. 주인은 내게 저 여자를 잘 지키라 명령한다. 나는 짐승에서 인간의 몸으로 변하여 침대에 앉는다. 깊이 잠들어 있는 여자를 바라보며 고개를 끄덕인다. 잠에 빠진 여자는 무방비한 얼굴이고 매우 연약해 보인다. 주인은 나에게 여자를 지키라 해놓고 내가 그녀 가까이 있는 게 마음에 안 드는 듯 행동한다. 나는 주인이 이해되지 않는다. 왜 이 여자를 이렇게 가만히 두는 걸까? 왜 소중히 여기는 것처럼 저러지? 그냥 가지고 노는 것도 아니고. 어차피 '먹이'잖아?

:반드시 필요한 설정:

- 시대적 배경
- 주인과 나의 관계
- 나는 어떤 존재인가?(종족 등)
- 나는 짐승일 때 어떤 종류이고, 인간일 땐 어떤 모습인가?

- 나는 인간의 말을 할 수 있는가?
- 주인의 외형적 나이

🧙 북마녀의 조언

맥락상 주인과 나는 주종 관계로 묶여 있다. 나는 왜 주인에게 복종하는 걸까? 오늘의 장면에서 주종 관계가 그렇게 구체적으로 나올 필요는 없으나 정해두면 스토리텔링에 도움이 된다. 인간과 짐승을 오갈 수 있는 나를 다스리는 주인도 평범한 인간은 결코 아닐 터.

나의 시선으로 잠든 여자의 모습을 그려보자. 정황상 주인의 성별과 나의 성별 모두 남성이 어울린다. 나는 자기도 모르게 어떤 행동을 하고, 그 행동은 주인공의 심기를 거스르고 만다. 이러한 전개를 통해 주인의 집착과 소유욕이 제대로 드러난다. (물론 나는 억울하겠지만!)

나를 인간의 말을 할 수 있는 존재로 설정한다면 주인과 대화를 할 수 있다. 그러나 인간으로 변하더라도 인간의 말을 하지 못한다면 주인만 대사를 치게 되고 나의 언어는 다른 방식으로 표현할 수밖에 없다. 몸짓 언어를 활용하되, 나의 속마음을 꼭 적어야 한다. 짐승의 형태일 때 입으로 소리를 낼지, 소리 없이 움직일지도 선택하여 적용하자.

호텔에서
두들겨 패기

:오늘의 장면:

남자는 호텔 꼭대기 층까지 승강기를 타고 올라간다. 옆에는 어깨가 떡 벌
어진 부하들이 있다. VIP용 객실 문을 부수듯이 열고 들어서니 헐벗다시
피 속옷만 겨우 걸친 여자들이 비명을 지르며 숨는다. 완전히 벌거벗은 사
내가 놀란 얼굴로 서 있다가 도주를 시도한다. 그러나 부하 한 명에게 붙
잡혀 남자 앞에 떠밀려 쓰려진다.

사내는 직급만 거창한 이사. 남자에겐 별 볼 일 없는 놈이라 그동안 내
버려뒀지만 이번에 생각을 바꿨다. 이사는 고래고래 소리를 지르다가 남
자의 발길질에 조용해진다. 두들겨 맞으면서도 어떻게든 버티며 남자를
설득하려던 이사는 결국 남자가 원하는 대답을 한 다음 정신을 잃는다. 남
자는 만족한 얼굴로 가죽 장갑을 피투성이가 된 이사의 얼굴에 던지고 부
하들과 함께 사라진다.

∴반드시 필요한 설정∴

- 남자의 정체
- 이사와 남자의 소속(단체나 회사명)
- 이사와 남자의 이름
- 두 사람의 관계
- 남자가 생각을 바꾸고 이사를 족친 이유
- 남자가 원하는 대답은 무엇인가?

 북마녀의 조언

특정한 남성이 호텔이나 자기 집에 성매매 여성들을 불러서 방탕하게 즐기는 광경은 수많은 장르 소설과 영상(영화, 드라마)에서 쉽게 볼 수 있다. 이 남성은 대개 중노년, 일정 수준 이상의 부유층, 윤리적 관념 부족 등의 프로필을 갖게 되고 대체로 부정부패와 비리를 저지르는 설정이 덧붙여진다. 만약 남성이 젊다면 철없는 재벌 2, 3세 정도의 포지션이다.

오늘의 장면에서 이 정도로 맞는 장면이 나오려면 전자의 설정이 훨씬 더 어울린다. 설정은 짜기 나름이니 클리셰를 벗어나 새로운 도전을 해보면 어떨까.

남자가 소설 속 주인공일 수도 있겠지만, 아닐 수도 있다. 이사는 그저 '한심한 놈'일 뿐 악역이 아닐 수도 있으니까. 남자를 '한심한 놈을 조져서 원하는 바를 얻어내는 악역'으로 정하고 이 장면을 풀어나가도 괜찮다.

이사와 남자의 소속은 같은 곳으로 정해도 되고, 각각 다른 곳으로 정해도 된다. 일반적으로는 같은 업계로 정하면 무난하게 이야기를 풀어나갈 수 있다. 두 사람이 같은 곳에 소속되어 있다면 서열과 입지가 달라야 한다. 남자에게도 직위를 붙여주면 정리가 더 쉬워진다.

이사가 두들겨 맞는 시퀀스의 폭력은 과감하게! 절대로 뭉뚱그리지 말고 디테일을 살리자. 일방적인 폭행을 당하는 장면 집필은 합을 겨루는 액션 장면보다 비교적 수월하다. 어차피 이 장면에서 남자는 사람을 족칠 수 있는 성격으로 잡혀 있으니 잔인성을 제대로 살릴 필요가 있다.

때리면서 계속 대화가 진행되어야 한다. 이사의 이름을 정해두면 대화를 만들 때 편리하다. 이름까진 아니어도 성은 정해놓고 'ㅇ 이사'라고 호칭을 쓸 수 있도록 하자. 폭행이 진행됨에 따라 이사의 대사가 반말에서 존댓말, 존댓말에서 반말, 혹은 반말에서 격한 반말로 바뀌면 이사의 심리 상태가 더욱 격렬하게 느껴진다.

황실 도서관

:오늘의 장면:

황실 도서관에 방문한 여주인공. 도서관이지만, 황궁 안에 위치한 만큼 호위 무사도 대동할 수 없고 무기도 소지할 수 없는 곳이다. 사서가 여주를 맞이하며 어떤 책을 찾는지 묻는다. 여주는 조심스럽게 ○○ 쪽 책을 찾고 있다고 대답한다. 사서를 따라 도서관 내부로 들어가자, 사서는 어느 책장 쪽으로 여주를 안내하고 사라진다.

여주는 아래쪽부터 위쪽으로 샅샅이 책들을 살피기 시작한다. 마침내 원하던 책이 시야에 들어온다. 자기 키보다 훨씬 높은 곳에 위치한 그 책을 향해 까치발을 들며 팔을 뻗었을 때, 뒤에서 누군가의 손이 다가와 여주가 꺼내려던 책을 빼낸다. 놀란 그녀가 고개를 돌려 상대가 누구인지 확인한다.

:반드시 필요한 설정:

• 여주인공의 신분과 나이
• 여주인공이 찾고 있는 책의 분야

- 그 책을 찾는 까닭
- 꺼내려는 책의 제목과 생김새(색깔 등)
- 책을 대신 꺼낸 사람의 정체

 북마녀의 조언

높은 곳에 위치한 물건을 꺼내려는 상황, 특히 책장에서 책을 꺼내려는데 너무 높아 손이 닿지 않는 광경은 웹소설 중 러브 스토리를 다루는 장르 인 로맨스, 로판, BL에서 자주 보인다. 이는 웹소설뿐만 아니라 일반 장르 소설, 드라마, 영화에서도 흔히 등장한다.

오늘의 장면에서 도서관에 들어가고, 사서와 이야기를 나누고, 사서를 따라 책장까지 가는 흐름은 스토리에서 그다지 시급하거나 절실한 내용 은 아니다. 그러나 '황실 도서관 책장 위쪽에서 책을 꺼내려다가 다른 사 람이 꺼내준다!'가 성립하기 위해 꼭 존재해야 하는 연결 장면이다. 이 부 분이 나오지 않고 덜렁 책장부터 시작한다면 독자는 뚝 잘린 느낌, 갑자기 끊겼다가 시작하는 느낌을 받게 된다.

책을 대신 꺼낸 사람은 필시 여주인공보다 키가 훨씬 큰 사람일 터. 남 자일 가능성이 크지만 여자일 수도 있다. 여주인공의 나이가 아주 어리거 나 성인이어도 키가 작다면 누구든 그녀보다 큰 사람이 책을 꺼내줄 수 있을 테니까. 어쨌든 그 인물은 작품 전체에서 중요한 역할을 한다. 남녀 관계로 만들고 싶다면 책을 꺼내는 과정에 슬로 모션을 걸듯이 분위기를 조성하자. 그러나 책을 꺼내는 인물이 선역이라고 단정하진 말자. 그 사람 이 책을 여주에게 건넸는지는 아무도 모를 일이다.

빚쟁이

:오늘의 장면:

빚만 남기고 자살한 아버지. 썰렁한 빈소에 앉아 있는 아들은 눈물 한 방울 흘리지 않는다. 조문객은 거의 없다. 간간이 오는 사람은 빚쟁이들뿐이고, 갚아야 할 돈의 액수가 꽤 크다. 아들은 그 빚을 어떻게 해야 할지 고민하지만 딱히 해결책이 없다.

늦은 시각, 정장을 입은 남자 둘이 찾아온다. 생김새는 멀쩡해도 험악해 보인다. 한 사람은 재킷 소매 아래 손등 위로 문신이 삐져나와 있다. 한 사람은 팔을 움직일 때마다 허연 셔츠 옷감 아래로 거대한 문신이 설핏 보인다. 남자 둘은 예의 바르게 향을 피우고 빈소에 절을 한다. 그리고 아들에게도 허리를 굽혀 인사를 건넨다. 빚쟁이가 아닌가? 그러나 아들의 기대와는 달리, 그들은 본론을 말하기 시작한다. 아버지는 그들에게 가장 큰 빚을 졌다.

:반드시 필요한 설정:

- 아버지 이름
- 아버지와 아들의 연령대
- 아버지와 아들의 관계성
- 아버지가 먼저 온 빚쟁이들에게 진 빚(대략적인 액수)
- 아버지가 늦게 온 두 사람에게 진 빚(정확한 액수)
- 정장 입은 남자들의 문신 모양

 북마녀의 조언

빈소에 멍한 얼굴로 앉아 있는 아들의 머릿속을 디테일하게 풀어내야 하는 장면이다. 내일 날이 밝는 대로 상속 포기 신청을 하겠다고 이성적으로 머리를 굴릴 수도 있고, 아무 생각 없이 멍할 수도 있겠다. 아들이 머릿속으로 현황을 곱씹는 모습을 펼침으로써 독자에게 해당 인물의 배경 설정 정보를 요약하여 전달하자. 즉, 이 장례식 장면이 있다면 아버지와 아들의 과거는 실제 소설에서 긴 분량으로 풀지 않아도 된다.

눈물이 나지 않는 건 아버지와의 관계가 그간 소원했기 때문일 수도 있고, 아버지를 증오하거나 원망해서일 수도 있고, 아버지의 죽음이 믿어지지 않아서일 수도 있겠다.

조문 온 남자들의 험악한 외형은 아주 디테일하게 기재할 필요가 있다. 정황상 이들은 사채업자를 겸한 조직폭력배다. 옷에 가려진 부위에서 손등 위까지 이어지는 문신이 어떤 모양인지 정해야 한다. 그래야 그 문신의 끝부분을 뚜렷하게 설명할 수 있을 테니. 아들이 문신 전체를 두 눈으로 확실히 본 것은 아니므로 '용의 꼬리로 보였다', '용의 꼬리가 확실했다'는 식으로 추측성 문장이 나오는 게 무난한 흐름이다.

남자들의 조문 과정, 즉 행위의 순서를 조목조목 적어보자. 그 모습을 아들의 관점으로 구현하면 오르락내리락하는 기대와 실망의 감정을 함께 짚어줄 수 있다.

아이들을 구하자

:오늘의 장면:

주인공은 어두운 골목에 몸을 숨긴 채 한 주택의 대문을 지켜본다. 아이들
이 낡은 주택의 지하실에서 한 명씩 밖으로 나온다. 아이들 중 하나가 얼
굴에 긴 흉터가 있는 남자의 발길질에 넘어졌다가 겨우 일어선다. 험악한
외모의 남자들이 욕설을 내뱉으며 아이들을 승합차에 집어넣는다. 놈들은
아이들을 범죄에 이용하고 있다. 주인공은 오늘 밤 저 차를 탈취해 아이들
을 구출할 계획이다.

:반드시 필요한 설정:

- 남자들이 아이들을 범죄에 이용하는 방법
- 주인공이 아이들의 존재를 알게 된 경위
- 아이들의 수
- 넘어지는 아이의 성별
- 남자들의 수

• 주인공의 성별

 북마녀의 조언

남자들이 저지르는 범죄 및 아이들을 그 범죄에 이용하는 방법을 상세하게 정해야 하지만 엄청난 디테일이 필요하진 않다. 아이들이 어떤 역할을 하는지 간결하게 정하면 된다. 이것은 그 범죄가 아니라 '구출'에 초점을 맞춘 장면이기 때문이다. 주인공이 아이들이 처한 현실을 알게 된 계기 역시 간단히 정하자. 이 장면에서는 짧게 언급하고 넘어가도 충분하다.

남자들의 행동을 한 명 한 명 언급하되, 각각 다른 모습이어야 한다. 모두가 팔에 문신을 하고 있다거나 빡빡이로 표현되어서는 안 된다. 반대로 겁에 질린 아이들도 꼭 언급되어야 한다. 아이들은 하나하나 전부 서술하지 않아도 된다.

범죄자는 다수, 주인공은 혼자다. 주인공의 성별이 무엇이든 머릿수가 부족하니 불리한 입장이다. 성별에 따라 어느 정도 다른 행동을 취할 수 있다. 가능하다면 차를 어떻게 탈취할지 계획을 세워보고 쉽게 상상이 된다면 그 내용까지 적어보자.

오늘의 장면에서 주인공이 승합차를 탈취하는 과정까지 나오지 않아도 괜찮지만, 실제 소설에서는 안 적을 수 없겠다. 중요한 장면은 상황이 변하는 과정과 인물의 행동 순서를 시놉시스 단계에서 대략이나마 짜두는 것이 미래의 고통을 줄이는 유일한 길이다.

105
장면 실습 예제

새 캐릭터가
최악이다

:오늘의 장면:

하던 게임이 지겨워서 새로운 게임을 시작했다. 접속하자마자 무작위로 캐릭터가 선택된다. 플레이어가 정할 수 있어야 하는 것 아닌가? 그런데 ○○이라니! 나한테 전혀 어울리지 않는 ○○! 운 나쁘게도 수많은 종족 중 내가 극도로 혐오하는 동물이 걸렸다. 황급히 바꾸려 하지만 변환되지 않는다. 갑작스러운 오류에 발을 동동 구르는 사이, 이미 화면 속 내 캐릭터는 내가 그토록 싫어하는 ○○의 형상을 '모에화'(귀여운 이미지로 의인화)한 모습으로 바뀌었다. 상태창에 뜨는 일련의 정보에 나는 기함한다.

:반드시 필요한 설정:

- 나의 성별
- 나의 게임 속 닉네임
- 게임 제목과 방식
- 내가 싫어하는 동물

- 내가 그 동물을 싫어하는 까닭
- 상태창에 나오는 정보

 북마녀의 조언

동물의 종류에 어울리는 특징적인 정보를 정하여 상태창을 구현해보자. 장르 소설에서 자주 선택되는 동물을 골라도 되고, 잘 쓰이지 않는 동물로 정해도 된다. 뻔한 동물이라도 상관없다. 왜 주인공이 그 동물을 싫어하는 지, 그럼에도 그 캐릭터일 때 장점이 무엇인지가 중요하다.

나의 본명은 옵션이다. 1인칭 주인공 시점이라면 이 장면뿐만 아니라 실제 소설이 진행되는 내내 현실 세계의 본명을 쓸 일이 아예 없을지도 모른다. 단, 상태창에 게임 내 별명이 떠야 하기 때문에 게임 속에서 쓰는 닉네임이 필수로 정해져야 한다.

참, 장면 실습에서는 실존 게임의 이름을 차용해도 상관없지만 정말 자기 소설을 쓸 땐 그대로 쓰면 설정과 부딪히거나 저작권 이슈가 생길 수 있다. 2차 창작이 아닌 이상 게임명을 다르게 정해야 안전하다.

얼떨결에
생명의 은인

:오늘의 장면:

잡담을 나누는 사이, 저 멀리서 반짝이는 무언가가 주인공의 눈에 들어온
다. 주인공은 본능적으로 몸을 날려 옆에 서 있던 사람을 껴안고 나뒹군
다. 총알은 타깃을 놓치고 대신 주변에 있던 물건에 맞아 주위가 난장판이
되고 만다. 주변을 지키던 이들이 놀라 경계 태세를 갖추고, 주인공은 총
알이 날아온 방향을 가리키며 고함을 지른다.

:반드시 필요한 설정:

- 이 장면이 진행되는 공간
- 총알이 어디서 날아왔는가?
- 주인공의 신상 정보
- 주인공의 옆 사람은 누구인가?
- 주인공과 옆 사람의 관계

북마녀의 조언

오늘의 장면에서는 총을 쏜 사람이 누구인지, 그 사람을 사주한 인물은 누구인지 전혀 나오지 않고 배경으로도 필요 없기 때문에 이 설정은 생략해도 된다.

대신 잡담을 나눈 직후 총격이 발생하므로, 극적인 변화를 집중하여 드러내야 한다. 잡담 내용은 그다지 중요하지 않고 그야말로 쓸데없는 대화로도 족하다. 주인공과 옆 사람의 관계 설정 후 이들 사이에서 나올 만하되 성격이 나타나는 스몰 토크를 만들면 되겠다.

총격과 주인공의 신속한 대응은 꽤 긴박한 액션이므로 꼼꼼하게 풀어야 한다. 총알이 어느 물건에 맞을까? 어떻게 주변을 망가뜨릴까? 액션 장면에서는 행동과 동시에 생각이 일어난다. 액션 사이에 생각을 끼워 넣는 게 나쁜 선택은 아니다. 그러나 생각 구간이 너무 길면 긴장감이 대폭 줄어들고 속도감이 사라져 장면이 늘어지는 느낌이 든다는 점을 유념하자.

아픈 사람을
그렇게 대하면

: 오늘의 장면 :

일 처리를 하고 있는 A의 앞에 선 B가 머뭇거리더니 병원에 다녀오겠다
고 한다. A는 솔직히 꾀병인 것 같아 짜증이 나기 시작한다. 병원 간다고
뻥치고 다른 곳에 가려는 게 아닌가 하는 의심도 솔솔 피어오른다. A가 의
심의 눈초리로 의사를 불러주겠다고 하지만, B는 괜찮다고 사양한다. 병
원에 간다면서 의사는 싫다니. B는 왜 이러는 걸까? 의심이 더욱 커진 A
는 B에게 상처 주는 말들을 싸늘하게 쏟아내면서도 집착을 보인다.

: 반드시 필요한 설정 :

• 이 장면이 일어나는 장소

• A와 B의 성별

• A와 B의 사회적 관계

• A가 B를 의심하는 까닭 및 계기

• B의 진짜 몸 상태와 통증 위치

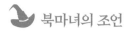 북마녀의 조언

오늘의 장면에선 인물의 동작이 많이 나오지 않고 두 사람의 대화 및 생각이 주를 이룬다. B의 아픔은 겉으로 드러나지 않는다. 복통, 두통 등 속으로 아픈 증상은 피 말리는 통증이면서도 피가 나는 상처에 비해 티가 덜 나기 때문에 타인이 고통을 알아보기 쉽지 않다. B가 여성이라면 임신 가능성도 배제할 수 없다. 이는 여성향 러브 스토리에서 활용할 수 있는 클리셰다.

A는 시종일관 B에게 짜증 섞인 언행을 한다. 신경 써주는 듯하면서도 냉랭한 말투를 살리는 것이 중요하다. 두 사람의 생각을 통해 속사정이 많이 나와야 하기 때문에 대화는 뭉치로 나올 필요 없고 '대사-생각-대사-생각' 식으로 나와도 된다.

성별이 무엇이든 두 사람의 감정은 사랑으로 진전된다. 러브 스토리에서 달달한 장면도 중요하지만, 갈등이 유발되는 장면이 훨씬 더 중요하다. 로맨스에서는 집착남, BL에서는 집착 광공 같은 유형을 그릴 때 이런 분위기의 장면이 다반사로 들어가야 독자를 좋은 의미로 미치게 할 수 있다.

오늘 실습하는 장면은 이른바 독자에게 '찌통'(가슴 아픔)을 선사하는 역할을 한다. A가 짜증을 내면 영문을 모르는 B는 억울해하고, 독자 역시 B의 감정에 공감하게 된다. 하지만 독자는 A의 속마음도 알기 때문에 A를 미워할 수 없다.

궁에 비밀의 존재가 있다

:오늘의 장면:

황궁에서 가장 깊고 그늘진 그곳에 갇혀 있는 존재, 다들 알지만 쉬쉬하며 함부로 언급하지 않는 존재. 주인공은 황궁에 들어올 날만을 손꼽아 기다렸다. 그 존재에게 주려고 음식을 바리바리 싸 들고 왔다. 주인공은 그곳을 찾아간다. 공간은 햇볕이 들지 않도록 모든 창을 가려놓아 몹시 어둡다. 방안은 바닥에 술병과 잡동사니가 굴러다니고 정리가 전혀 되어 있지 않다. 주인공은 얼른 가림막을 올려 햇볕이 방안으로 들어오게 만든다. 기척이 느껴져 황급히 뒤로 도는 순간 그 존재가 눈앞에 서 있다.

:반드시 필요한 설정:

- 시대적 배경
- 주인공이 이전에 그 존재를 만나게 된 경위
- 그 존재의 신상 정보(사람인지, 괴물인지 등)
- 주인공의 신분과 연령대

• 주인공이 준비한 음식 메뉴

 북마녀의 조언

이 장면의 배경은 동양풍이나 서양풍으로 정리할 수 있고, 배경을 어느 쪽으로 선택하느냐에 따라 공간 묘사를 달리하게 된다. 이 존재가 궁에 갇혀 있는 까닭은 소설에서 응당 나와야 하겠지만, 지금은 굳이 설정하지 않아도 오늘의 장면을 진행할 수 있다.

주인공의 신분은 자유로이 정해도 되지만 어쨌든 궁을 드나들 수 있는 인물이어야 한다. 시골에 사는 평민이 뜬금없이 수도의 궁에 들어갈 순 없다. 귀족이어도 마음대로 방문하진 못하겠지만 출입 허가는 받을 수 있는 위치여야 한다. 높은 직책을 가진 인물의 자식으로 설정하는 것이 가장 손쉬우며, 다른 선택도 가능하다.

주인공 눈에 들어온 이 존재의 외모가 디테일하게 나타나야 한다. 그러려면 먼저 신상 정보가 정리되어야겠다. 비교적 과감한 상상에 자신의 취향을 담아내보자. 이 장면에서 이 존재가 '미남 인간'인 설정은 클리셰이지만 미남이 아닌 괴물이라는 설정 역시 클리셰가 된다.

또한 미남인데 얼굴을 가리고 눈만 내놓고 있을 수도 있다. 〈아이언 마스크〉라는 영화를 떠올려보면 이해될 것이다. 비록 혹평을 받았지만 미모 전성기 시절의 레오나르도 디카프리오가 마스크를 벗는 장면이 나온다. 미남의 얼굴을 가려두는 건 유죄! 그러나 가려졌던 얼굴이 달빛 아래 드러나는 장면을 연출한다면 흡입력 있는 전개가 이루어진다.

원래 미남인데 현재는 그 미모가 보이지 않는 상태라는 설정은 동화 및 디즈니 영화에서도 흔히 볼 수 있다. 그러나 오늘의 장면에서 이 존재가 '남자'라는 법은 없다. 성별 설정에 따라 BL과 GL 모두 가능하다. 주인공이 남자이고 숨은 존재가 여자라면 HL*의 시작이 될 수도 있다. 숨은 존재의 성격 설정에 따라 여공 남수 계열의 전개도 가능하다.

---

* 헤테로 로맨스의 약자로서 남녀 간의 러브 스토리 장르를 통칭한다. 현대 로맨스, 동양풍 로맨스, 서양풍 로판이 이에 해당한다. 동성애 스토리인 BL과 상반된 개념으로 간단히 이야기할 때 쓴다.

마왕의 실종

:오늘의 장면:

마왕이 갑자기 사라진 지 수년이 지났다. 소멸한 것도 아닌데 자취를 감춘 채 편지 한 장 없고 연락도 없다. 마왕을 모시는 존재들은 답답하기 짝이 없다. 마왕의 반대파들이 슬슬 흉계를 꾸미려는 낌새가 보인다. 마왕의 보좌관은 불안한 마음으로 집무실 안을 돌아다니다가 허공을 향해 마왕을 부르며 울부짖는다.

보좌관은 옆에 있던 시종과 대화를 나눠보지만 딱히 답이 나오지 않는다. 이들이 마왕이 죽었을까 봐 걱정하는 것은 아니다. 마왕은 그렇게 쉽게 소멸할 존재가 아니다. 머리를 맞대고 고민하던 보좌관과 시종은 아무래도 마왕이 인간계에 가서 노닥거리고 있을 거라는 결론에 도달한다. 보좌관은 최근 인간계에 일어난 사건과 사고를 체크하며 마왕의 흔적을 찾아본다.

- 보좌관과 시종의 이름
- 마왕의 이름
- 마왕의 반대파 대장
- 인간계에 발생한 사건·사고

 북마녀의 조언

장르 소설에서 '악마'는 언제나 흥미로운 소재다. 악마 중에서도 마왕은 마계와 악마 전체를 지배하며 악마 중 가장 큰 힘을 가진 존재고, 그런 마왕의 인간계 방문은 다양한 스토리텔링을 뽑아낼 수 있는 설정이다.

오늘의 장면에서는 보좌관과 시종의 대화가 주를 이룬다. 마왕이 주인공일 테니 이 하급 악마들은 주인공의 조력자 역할을 하는 캐릭터다. 주인공이 나오지 않으면서 조력자들의 대화를 통해 주인공이 처한 상황을 독자에게 알리는 장면이다. 특히 마왕의 반대파에 대한 정보를 독자에게 슬슬 흘리는 역할을 한다.

마왕이 인간계에 머물며 발생하는 사건이 계속 전개되다가 중간에 '한편, 마계에서는 무슨 일이 일어나고 있는가?'를 알리는 용도로 활용하면 훨씬 효과적이다. 이후 이 하급 악마들은 인간계로 마왕을 찾아 나서게 될 것이다. 도입부로 활용하는 것도 가능하지만 텍스트 매체에서는 임팩트가 약하다. 다만 웹툰에서는 도입부로 사용해도 무방하고, 흔한 연출이다.

인간계에 발생한 사건·사고는 간단히, 그러나 정확하게 정해야 한다. 이를테면 '○○○ 제국의 황제가 어느 날 급사했다', '하루아침에 마을 하나가 사라졌다'처럼 인간의 힘으로 저지르기 힘들고 이해할 수 없는 사건·사고를 리스트 업 하자. 이러한 사건·사고가 실제 소설에서 전부 요긴하게 쓰이는 건 아니니 너무 고민하지는 말되, 중요한 사건 하나는 넣길 권한다.

참고로, 같은 마계 소재라고 해도 쓰는 사람에 따라 다른 세계관을 만들 수 있다. 마계와 인간계가 구별된다는 건 두말할 필요 없는 원리다. '마왕이 마계를 지배한다' 정도로 원고를 쓰기 시작한다면 나중에 큰코다치게 된다. 마계의 제도와 지배 시스템, 악마의 생존과 소멸 원리 등에 관해 정리해둘 필요가 있다. 오늘의 장면에서는 이렇게까지 전부 필요하진 않지만 실제로 소설을 쓴다면 불가피한 사전 작업이다.

다시 만난
어머니

:오늘의 장면:

병마를 이기지 못하고 내내 누워 지내던 황태자가 거짓말처럼 자리를 털고 일어나 건강을 되찾았다. 이제 황태자는 자신의 미래를 알고, 부모의 미래를 안다. 비극으로 끝난 어머니의 생. 다시 만난 어머니를 보니 콧등이 시큰하다. 어머니는 겨우 일어난 아들이 또 앓아누울까 봐 안절부절못한다. 다정하게 다독이는 어머니의 무릎을 베개 삼아 누우니 어머니가 어린아이처럼 어리광을 부리는 거냐며 웃는다. 아들이 오랫동안 아파서 어리광을 부릴 틈도 없었기에 어머니는 말로만 그러는 것이다. 주인공은 자신과 어머니의 미래를 바꾸겠다고 굳게 다짐한다.

:반드시 필요한 설정:

- 회귀/빙의 둘 중 하나로 선택
- 시대적 배경
- 어머니의 신분과 궁 안에서의 지위

• 어머니의 비극

 북마녀의 조언

회귀와 빙의, 어느 쪽이든 주인공은 자신의 운명과 미래를 이미 알고 있다. 만약 빙의라면 자신이 누구에게 빙의했는지 명확하게 인지하고 있고, 회귀라면 인생 1회차가 어떻게 전개됐는지, 사태가 어떻게 돌아가는지에 대한 정보를 갖고 있는 것이다.

시대적 배경은 동양풍 혹은 서양풍으로 정하되, 동양풍으로 정할 경우 배경에 어울리는 호칭이 들어가야 한다. 특히 가상 시대 배경이 아닌 대체 역사물(대역물)이라면 더욱더 실존 시대에서 쓰던 용어를 활용해야 한다. 예를 들어 조선 시대를 배경으로 하는 대역물에서 '황태자'는 '왕세자'로 바뀔 수 있다. 주인공은 어머니를 '어마마마'라고 부르며 대화를 이어나가게 된다.

주인공의 어머니는 '왕비'일 수도 있겠지만 처첩제 시스템에선 후궁일 가능성도 있다. 후궁의 소생이어도 적통 아들이 없다면 후계자가 될 수 있다. 어머니가 후궁이라면 그 사회적 지위를 장면에 살포시 넣어주는 센스가 필요하다.

장면 실습 예제

고기는 익어가고

:오늘의 장면:

대낮부터 고깃집에 앉아 있게 된 주인공. 빨간 생고기가 눈앞에서 지글지글 소리를 내며 익어간다. 평소 음식을 가리지 않고 고기를 좋아하는 편이지만 오늘은 딱히 먹고 싶지 않다. 그 이유는 눈앞의 상대 때문이다. 상대는 주인공을 억지로 끌다시피 하여 제 앞에 앉혀놓은 다음 수저를 챙기고 물을 따라준다. 그리고 아직 덜 익은 고기를 우걱우걱 먹으며 한 손으로는 고기를 열심히 굽는다. 주인공이 입맛이 없어 안 먹겠다는데 쌈까지 싸서 입에 들이밀며 자꾸만 먹이려고 든다.

:반드시 필요한 설정:

• 주인공과 상대의 관계
• 두 사람의 연령대
• 주인공이 상대를 껄끄럽게 여기는 까닭

 북마녀의 조언

오늘의 장면에서 확실한 사전 정보는 주인공이 상대를 결코 긍정적으로 보지 않는다는 사실이다. 맥락상 주인공은 불편한 사람과 겸상하는 것을 힘들어하는 성격으로 보인다. 하지만 주인공이 깨닫지 못한 다른 이유일 수도 있다. 만약 임신했기 때문이라면? 자유롭게 상상해보되, 그 까닭이 이 장면에서 정확하게 나오지 않아도 상관없다.

이 장면은 다양한 소재의 작품에서 아주 다채롭게 활용할 수 있다. 두 사람은 부모와 자식 사이일 수도 있고, 친구일 수도 있고, 과거에 사귀다가 헤어진 구 애인일 수도 있고, 현재 한쪽이 짝사랑하는 관계일 수도 있다. 별것 아닌 일상적인 광경처럼 보여도 이를 통해 두 사람의 관계성을 뚜렷하게 전달할 수 있다.

상대방은 부지런히 고기를 굽고 먹는다. 주인공은 정적인 자세로 멈춰 있으나 눈으로는 상대방의 과식 현장을 관찰하고 있다. 이 시선으로 관찰한 결과를 세밀히 펼쳐내는 것이 바로 작가의 몫이다.

테이블 위에서 고기를 굽고 먹는 다양한 동작과 함께 두 사람의 대화를 계속 넣어보자. 성격에 따라 주인공의 대사 분량은 증감될 수 있다. 일반적으로 무언가를 같이 먹고 싶지 않은 사람이라면 말도 섞고 싶지 않은 존재일 테니 대사가 많지는 않겠다. 하지만 괄괄한 캐릭터라면 결코 침묵으로 일관하진 않는다.

황태자의 배신

:오늘의 장면:

고귀한 자만이 머물 수 있는 침실. 이곳에서 한때 잔혹하기로 이름난 황제가 죽어가고 있다. 지금 황제를 살리기 위해 용기를 낼 자는 없다. 황제는 아주 사치스러운 차림이지만 죽음 앞에 보석이 무슨 소용인가. 황제를 죽음에 이르게 한 사람은 바로 그의 아들, 즉 황태자다. 대를 잇지 못하는 바람에 몰래 다른 씨를 거두어 후계자로 삼았던 것인데 이렇게 뒤통수를 칠 줄은 몰랐다. 황제가 꺼져가는 숨을 몰아쉬며 피가 섞이지 않은 눈앞의 남자를 저주한다. 남자는 비웃으며 양부의 목숨을 끝내고 돌아선다.

:반드시 필요한 설정:

- 죽어가는 황제의 외모
- 황태자의 외모
- 살해 방법
- 황제가 남자를 데려온 방법

- 두 사람 외에 이 공간에 있는 사람
- 황태자가 황제를 죽인 까닭

 북마녀의 조언

황제와 황태자의 외모는 두 가지 형태로 생각해볼 수 있다. 완전히 다른 외모로 적는 것도 가능하고, 일부러 자신의 외형과 비슷한 아이를 데려왔을 가능성도 배제할 수 없다. 머리카락의 색깔이나 이목구비 등 뚜렷한 특징을 기재하자.

성정은 실상 두 사람이 동일해도 괜찮다. 잔혹한 황제를 직접 제거하려면 성정이 유순할 수는 없을 테니까. 피가 섞이지 않았으니 콩 심은 데 콩 난 건 아니겠지만 자기도 모르게 자신과 비슷한 아이를 구했을지 모를 일이다.

후계자가 제 손으로 아비를 죽이는 장면이니 살해 방법과 무기가 구체적이어야 한다. 살해 도구에 얽힌 사연을 넣는다면 이 죽음에 더욱 의미를 부여할 수 있다. 그러나 단순한 역모라면 별다른 서사가 없어도 된다.

장면의 시작점과 마지막으로 목숨이 확실히 끊길 때, 황제의 자세가 어떻게 달라질까? 이미 손을 쓸 수 없을 만큼 상태가 좋지 않아 장면이 전개되는 내내 몸을 가누지 못하고 있을까? 이를 확정하여 묘사에 적용해야 한다.

저주 내용이 두루뭉술하더라도 대사는 명료해야 한다. 상대가 정확하게 인지하도록 말이다. 계속 주절주절 살려달라고 애원하다가 막판에 저주를 할 수 있고, 반대로 내내 분노를 터뜨려도 된다. 후계자는 왕의 대사에 대답을 꼭 할 필요가 없다. 동작과 표정으로 충분하다.

황제가 찾아왔다

:오늘의 장면:

지난밤 황제를 만났을 때, 여자는 맨얼굴이 보이지 않도록 짙은 화장을 하고 있었고 머리도 치렁치렁 아름답게 꾸몄다. 결정적으로 그곳은 아주 어두웠고, 여자는 이름조차 말하지 않았다. 그러므로 황제가 여자의 정체를 알고 이 자리에 오진 않았을 것이다. 이 자리에 있는 모든 사람이 바닥에 납작 엎드린다. 여자는 멍하니 황제를 쳐다보다가 뒤늦게 몸을 낮춘다. 황제가 날카로운 눈으로 좌중을 훑는다. 여자는 엎드린 채 자신을 알아보지 못하길 기도한다. 발소리가 들리더니 고급스러운 신발이 그녀의 눈앞에 멈춘다. 머리 위로 싸늘한 웃음소리가 들린다.

:반드시 필요한 설정:

- 지난밤 두 사람이 만난 장소
- 지난밤 일어난 일
- 지금 이 장면이 진행되는 장소

• 여자의 신분과 성격

 북마녀의 조언

정황상 지난밤에 무슨 일이 있어도 단단히 있었겠다. 지난밤 두 사람 사이에서 무슨 일이 벌어졌는지 단출히 정하되, 최소한 육하원칙 요소는 모두 나오도록 하자. 실제 소설에서는 지난밤 일이 이 장면의 앞이나 뒤쪽에 배치되어 깊이 드러날 테니, 이 장면에서 그 내용이 반복될 필요가 없다.

여자의 꾸밈새는 지난밤과 극명하게 달라야 한다. 여자의 신분을 어떻게 정하느냐에 따라 이 장면의 많은 요소가 달라진다. 성격 역시 영향을 준다. 정체를 들키고 싶지 않은 마음은 동일하겠지만 성격에 따라 행동거지도 크게 달라진다. 똑같이 엎드리더라도 우왕좌왕 엎드리는 사람이 있는가 하면, 다리가 덜덜 떨려 쓰러지듯 엎드리는 사람도 있다. 황제의 성격은 오늘의 장면에 이미 어느 정도 드러나 있으므로, 장면에서 풍기는 이미지에 적합하도록 충실히 기술하면 된다.

들통이 날까 봐 불안한 마음을 그대로 설명하는 문장과 함께, 몸짓언어, 특히 신체의 자동적인 반응을 곳곳에 넣어야 더욱 맛깔나게 긴장감 어린 심리 묘사를 연출할 수 있다.

죽임을 당하는 꿈

:오늘의 장면:

끔찍한 살해 현장, 죽임을 당하는 사람은 나. 나는 살고 싶어서 발버둥을 치다가 꿈에서 깨어난다. 정신이 들자 눈알을 굴리며 여기가 어딘지 떠올린다. 꿈의 내용은 제대로 기억나지 않지만 자면서 울음을 터뜨리고 소리를 질렀던 것만은 확실하다. 옆에서 낮은 목소리가 들려온다. 나는 흠칫 놀라 쳐다본다. 몸을 일으키고 싶지만 몸이 말을 듣지 않는다.

:반드시 필요한 설정:

- 시대적 배경
- 꿈속에서 살해되는 방법
- 내가 깨어난 장소
- 내가 못 일어나는 이유
- 나의 성별
- 옆에 있는 사람의 정체

 **북마녀의 조언**

오늘의 장면은 꿈을 꾸고 깨어난 직후를 그려내는 내용이다. 주인공은 기억하지 못하더라도 독자에겐 알리는 것이 좋으니 되도록 꿈도 어떤 내용인지 기술하자. 꿈속 장면은 길지 않아도 괜찮지만 어떤 식으로 살해되는지 디테일하게 나와야 한다. 살인의 주체는 뚜렷하지 않아도 된다. 그러나 살해 도구 및 죽이는 손이나 성별 등이 언급되어야 한다. 그래야 주인공의 공포가 어디서 기인하는지 알 수 있다.

잠에서 깨어난 주인공이 몸을 일으키고 싶은데 일어날 수 없는 이유는 무궁무진하다. 전날 크나큰 사건이 일어났고 거기에 주인공이 휘말려 크게 다쳤을 수도 있겠다. 반대로 지금 주인공이 묶여 있어서 못 일어나는 것일지도 모른다. 이 설정에 따라 옆에 있는 사람이 누구인지도 연결하여 유추해볼 수 있다.

이 장면에서는 주인공의 성별이 그렇게 중요하진 않고, 특별히 성별을 추측할 만한 언급이 나오지 않아도 된다. 그러나 기본적으로는 정하고 쓰는 편이 전체적인 장면 연출에 도움이 된다. 깨어난 직후 주인공의 눈으로 바라본 공간에 관해 조금이라도 언급하자. 공간 묘사에서는 시대적 배경의 요소를 충실히 배치해야 한다.

안내 데스크

:오늘의 장면:

주인공은 빌딩 입구로 들어간다. 관계자만 통과할 수 있는 출입 게이트 앞에서 두리번거리자, 안내 데스크 직원이 힐끔거린다. 게이트를 지키던 보안 요원이 다가와 무슨 일로 왔는지 묻는다. 주인공이 만나고 싶은 사람은 이 빌딩에 있는 사람 중 최고위 인사다. 보안 요원은 어이없음 반 경계심 반의 시선으로 주인공의 차림새를 위아래로 훑는다. 미리 약속을 잡은 것도 아니니 들어가게 해줄 리 만무하다. 혹여 게이트를 뛰어넘기라도 할까 봐 잔뜩 경계 태세를 갖춘 보안 요원의 시선을 받으며 주인공은 안내 데스크 직원에게 자신의 이름을 밝힌다. 직원이 어디론가 전화를 거는 동안 주인공은 초조하게 기다린다.

:반드시 필요한 설정:

- 주인공의 이름
- 주인공의 성별과 연령대

- 주인공의 옷차림
- 주인공이 만나려는 사람의 신상 정보(직급 포함)
- 그 사람과 주인공의 관계

 북마녀의 조언

오늘의 장면에서 주인공은 상당한 압박감을 느끼고 있다. 거대하고 위용 어린 빌딩의 모습을 맨 앞에 간단하게라도 보여주면 주인공의 심정을 넌지시 밝힐 수 있다. 보안 요원의 태도는 정하기 나름이다. 친절하지만 날카롭게 대응할 수도 있고, 처음부터 경멸 어린 태도로 일관할 수도 있겠다.

주인공과 주인공이 만나려는 사람의 신분 격차가 크다는 것을 어필하기 위해 주인공의 옷차림을 활용한다. 이때는 꼼꼼한 묘사가 필요하다. 주인공 스스로 옷차림을 탓하며 자격지심을 느끼는 것과 보안 요원의 관점으로 주인공의 행색을 평가하는 것, 이렇게 두 가지로 구현할 수 있고 두 방식을 연달아 써도 된다.

각각의 행동으로 주인공의 심리 상태를 알 수 있도록 표현하는 것이 중요하다. '초조하다' 같은 형용사만으로 요약하지 말길. 독자에게 더 세심하게 알려주자.

오늘의 장면에선 내용상 주인공과 주인공이 만나려는 사람 모두 이름이 필요하며 만나려는 사람의 직급도 명확해야 한다.

나도 생일인데

:오늘의 장면:

오늘은 주인공의 생일이다. 기억 속에서 생일을 생일답게 지낸 날은 거의 없었다. 전화기 너머로 요즘 정신이 없어서 어쩔 수 없이 잊었다는 변명이 버벅거리며 들려온다. 그러나 부모님이 동생의 생일을 잊은 적은 지금까지 한 번도 없었다. 동생의 생일이면 언제나 아침엔 미역국이, 저녁에는 케이크가 식탁 위에 놓여 있었다. 주인공은 여전히 서운하지만 이제는 감정을 잘 감추게 되었다.

:반드시 필요한 설정:

- 주인공과 동생의 성별
- 주인공과 동생의 연령대와 나이 차
- 부모님이 동생을 더 신경 쓰는 까닭
- 주인공과 동생의 관계

북마녀의 조언

두 명 이상의 자식 중 한 명을 편애하거나 차별하는 부모님은 장르 소설에서 흔한 캐릭터 설정이다. 주인공이 부모보다는 자식 입장일 때가 많으므로, 차별을 당하는 입장으로 만드는 것이 아무래도 적당하다. 편애를 받는 입장으로 설정한다면 독자가 주인공에게 감정이입 하기 힘들고, 스토리 전개에도 무리가 있다.

셋 이상보다는 자식이 둘밖에 없는데 주인공이 차별당한다는 설정은 아주 흔하고도 활용도 높은 클리셰다. '동생'이라고 지칭하였지만 쌍둥이, 이복, 입양 관계 전부 클리셰에 해당하며, 언제든 모든 독자에게 통한다. 설정을 꼬지 않고 친동생으로 단순하게 정해도 현실에 이런 가족이 분명히 존재하기 때문에 문제없다. 대신 동생과 성별이 동일할 경우에는 동생에게 부모의 애정이 몰리게 된 까닭이 반드시 있어야 한다.

오늘의 장면에서는 전화 통화로 이루어지는 대화 사이사이에 주인공의 입장과 심리를 적당히 서술해야 한다. 이 장면을 통해 독자의 감정이입을 이끌어내면서도, 한편으로 주인공의 심성을 은연중에 드러낼 수 있다. 또한 주인공과 동생의 관계가 명확하게 서술되지 않더라도 독자에게 은근히 전달된다. 주인공이 아무리 선한 캐릭터여도 차별을 받는 입장은 속이 쓰린 법이다. 이런 복잡한 마음을 밝히는 것이 이 장면의 목표다.

사랑의 큐피드

:오늘의 장면:

남자아이들은 쉽사리 잠들지 못하고 도란도란 이야기를 나눈다. 시답잖은 이야기를 나누던 끝에 아이들은 저마다 고민을 털어놓는다. A는 여자애와 대화하는 게 아주 힘들고 여자애를 어떻게 대해야 할지 모르겠다고 한다. 이런 성격 때문에 얼마 전 A는 다른 여자애의 오해를 사고 말았다. 나는 속으로 나도 여자인데 왜 나와는 말을 잘하는 건지 의아하면서도, 한편으로 걱정스럽다. 왜냐하면 A는 주인공이고 그 여자애와 잘되어야 할 운명이기 때문이다. 나는 두 사람의 큐피드가 되겠다고 다짐한다. 그것이 바로 이 소설 속에서 내가 해야 할 일이다.

:반드시 필요한 설정:

- 시대적 배경
- 이 장면에 등장하는 아이들의 수
- 남자아이들의 이름 및 나의 이름

- 나와 A의 관계
- 소설 속 나의 캐릭터 및 역할

 북마녀의 조언

웹소설에서 흔히 활용되는 '책빙의' 소재의 장면이다. 그 소설의 주인공이 내가 아니라는 설정까지도 근래 웹소설 시장에서 쉽게 볼 수 있는 클리셰다.

장면은 남자아이들이 서로 대화하고 고민을 털어놓는 내용으로 시작한다. 얼마 전 A와 여자애 사이에 있었던 일은 아이의 고민 상담, 즉 대사로 설명해도 된다. 다른 남자애들이 놀리는 식으로 연출하는 것도 가능하다. 미성년자라 해도 연령대에 따라 다른 분위기가 만들어진다. 10대 초반에 비해 10대 후반은 완연한 사춘기이니 이성에 더욱 관심이 많을 터.

여자애를 어떻게 대할지 모르는 A가 나오는 괜찮다는 설정은 당연히 떡밥이다. 단, 여자인 내가 어떻게 이들과 늦은 밤 함께 있는지에 대해서는 마땅한 이유가 있어야 한다. 이를 위해 남장 여자 설정을 활용해보면 어떨까? 아니면 어릴 적 친구라 몰래 만날 수도 있고, '기숙사'라 해도 아주 어린 아이들이라면 굳이 남녀 방을 나누지 않고 혼성으로 재우는 고아원일 수도 있다. 마음껏 취향을 버무려보자.

A의 고민을 들으며 머리를 굴리는 나는 이 장면의 진짜 주인공이다. 나의 속내를 고스란히 독자에게 알려야 한다. 이 장면을 통해 앞으로 어떤 식으로 이 소설이 흘러갈지 알려줌과 동시에 그 '책' 속에서 나의 역할을 명확히 할 수 있다.

약혼녀의 등장

:오늘의 장면:

문을 열어주자마자 다짜고짜 현관 안으로 밀고 들어온 여자가 냅다 자기 소개를 한다. 곧 남주와 결혼할 사이라고 한다. 한눈에 집안을 쓱 훑고 여주의 행색을 살펴보는 약혼녀는 경멸에 찬 눈빛이다. 그 약혼 소식은 뉴스에도 나왔기 때문에 여주가 이미 알고 있던 정보다. 여주는 그 결혼을 방해할 생각이 없음을 밝히지만, 약혼녀는 그 말을 믿지 않는다. 건방 떠는 약혼녀의 애기를 계속 들어주는 건 시간 낭비일 뿐. 짜증과 함께 마음이 급해진 여주가 한마디 하자, 눈이 돌아간 약혼녀는 별안간 여주에게 달려들어 머리채를 붙든다.

:반드시 필요한 설정:

- 이 집은 누구의 집인가?
- 여주와 남주의 관계 및 감정
- 약혼녀의 신상 정보(이름, 집안)

• 약혼녀가 여주의 존재를 알게 된 경위

 북마녀의 조언

시대적 배경은 현대로 맞추자. 장면 자체는 시대극에 쓸 수도 있으나, 디테일이 현대에 더 적합하다.

현대 로맨스에 등장하는 악녀의 대표적인 유형 중 하나가 바로 남주인공의 약혼녀다. 하도 빈번하게 나와서 틀에 박힌 느낌이 드는 것은 사실이다. 그래서 근래에는 다른 유형의 악녀들도 다방면으로 개발되는 추세다. 어쨌든 약혼녀가 따로 있는 설정이라면 여주와 약혼녀가 남주 없이 만나는 장면이 스토리에서 한 번쯤 나와야 재미있다. 머리채를 잡지 않더라도 말이다.

약혼녀의 성정은 취향에 따라 다양하게 구성할 수 있다. 처음에는 도도하면서도 우아한 태도를 유지하다가 대화 중 갑자기 돌변하여 본색을 드러낸다는 식으로 그려낼 수도 있고, 처음부터 그야말로 '싼티' 나게 행동하는 흐름으로 만들 수도 있다.

물론 약혼녀는 집안에서 정한 정략결혼의 상대일 뿐, 남주는 약혼녀에게 전혀 관심이 없어야 한다. 남주가 여주를 만나기 전 약혼녀를 진심으로 사랑했다는 식의 과거는 독자의 반발을 사는 설정이라 권장하지 않는다.

너는 살아남아야 해

:오늘의 장면:

제국은 적국의 손에 들어갔다. 그날 밤, 죽은 사람 중엔 어린 주인공의 아버지도 포함되어 있었다. 황족의 혈통은 모조리 죽었고, 황실에서 살아남은 사람은 주인공뿐. 아버지는 혼자선 죽어도 가지 않겠다며 몸부림치는 주인공에게 네가 살아야 제국을 재건하고 수복할 수 있다며 주인공을 떼어 보낸다. 궁에는 황제와 황제의 가족만이 아는 비밀 통로가 있다. 주인공은 울음을 참으며 어릴 적 아버지가 알려줬던 통로를 찾아 빠르게 걷는다. 그 뒤를 황실 기사단이 따른다. 기사단도 거의 다 죽어 몇 명뿐이다. 한참을 걸어 통로 끝으로 나와 보니 황궁 뒤에 있는 숲이다. 돌아보니 궁은 불에 타고 있다. 주인공의 눈에서 눈물이 흘러내린다.

:반드시 필요한 설정:

- 제국의 이름
- 적국의 이름

- 주인공의 성별과 나이, 이름
- 주인공을 따르는 기사들의 이름

 북마녀의 조언

쇠락한 제국의 마지막 황녀! 실존 역사에서도 볼 수 있는 내용이기에 더욱 흥미를 일으키는 설정이며, 장르 소설이나 시대극 드라마에서 빈번하게 볼 수 있는 장면이다. 미묘하게 황자보다 황녀일 때 조금 더 측은해 보이는 면이 없지 않으나, 흐름상 남주와 여주 모두 가능한 내용이므로 황태자와 황태녀 둘 중 하나로 성별을 골라 진행한다. 이 장면은 주인공의 과거일 것이고, 도입부로도 활용할 수 있다.

주인공의 연령대는 아무래도 어릴수록 드라마틱하다. 아장아장 걷는 아기 수준이라면 사리 분별이 힘들기 때문에 통로로 가는 길을 외우는 등의 내용 진행이 쉽지 않다. 8~13세(한국 초등학생 나이) 정도로 잡는다면 어느 정도 황족으로서 후계자 교육을 받았겠지만 아직까지는 천진난만한 아이 같은 느낌이 묻어난다. 14~18세(한국 중고생 나이) 무렵이라면 사리 분별이 완전히 가능하며 시대극에서는 사실상 성인 대우를 받는 연령이다. 이 정도 연령대라면 복수심과 책임감까지도 느낄 수 있다.

'어린 나이'라고 해도 폭이 넓고 그에 따라 행동 묘사가 달라지기 때문에 연령대의 특성에 맞춰 디테일을 살려야 한다. 다시 말해 언행이 그 연령대와 너무 어울리지 않으면 이상해 보일 수 있다. 어른스러운 척을 하더라도 그 나이가 어느 정도 묻어나게 하자.

황제인 아버지가 자식의 이름을 부르게 될 테니 주인공의 이름은 필수다. 그러나 황제의 이름은 정하지 않아도 큰 문제가 없다. 1인칭 시점이든 3인칭 시점이든 주인공의 입장이 훨씬 중요한 장면이기 때문에 황제는 황제의 이름이 아니라 아버지로서 기술되어야 한다. 1인칭 시점이 아니라면 황제가 주체가 되는 문장에서 주어를 '황제'라고 기재해도 문제없다.

주인공을 호위하는 기사들의 이름을 전부 정할 필요는 없지만, 주인공과 대화를 나누는 기사의 이름은 정해두자. 궁에서 탈출한 주인공이 바깥 세상에서 목숨을 부지하고 왕권을 되찾는 동안 도와줄 조력자 캐릭터이기 때문이다.

말이
말을 안 듣는다

:오늘의 장면:

방을 나선 주인공이 발소리를 죽여 1층으로 내려온다. 건물 뒤쪽에 있는
마구간에는 말이 한 마리뿐이다. 이걸 타고 가면 따라잡힐 일은 없을 것
이다. 잠들어 있던 말이 깨어나 주인공을 쳐다본다. 어떻게든 안장을 말의
등 위에 올려서 타야 한다. 그러나 주인공이 든 마구를 말이 자꾸 피한다.
주인공은 말을 살살 달래지만 말은 코로 숨소리를 낸다. 애원하듯이 말해
보아도 말은 불편한 기색으로 발을 구른다. 말이 내는 소리가 점점 커지자
주인공은 더 불안하고 초조해진다.

:반드시 필요한 설정:

- 시대적 배경
- 건물의 소유주와 용도
- 주인공이 도망치는 까닭
- 주인공의 성별과 나이

 북마녀의 조언

이 장면에서 주인공은 말을 그다지 능숙하게 다루진 못하는 인물이다. 그럼에도 말이 유일한 도주 수단일 수밖에 없는 이유를 알려주어야 한다. 이는 시대적 배경과 관련되므로 장면이 흐르는 동안 저절로 드러나게 된다.

말 다루는 기술이 없다는 점에는 성별과 나이가 영향을 준다. 나이가 어리거나 여성이라면 무거운 마구를 드는 것이 힘들고, 귀족이라면 귀찮은 일을 아랫사람이 다 해주었을 테니 더욱더 이런 단계를 잘 알지 못한다. 말을 달래는 대사에 주인공의 마음을 담뿍 실어보자.

이 장면에서 주인공은 결박되거나 감금되지 않았다. 그럼에도 도망치는 이유는 무엇일까? 실제 소설에서 단 한 명의 인물로부터 도망치는 것과 어느 집단으로부터 도망치는 것은 완전히 다른 이야기로 흘러가기 마련이다. 오늘의 장면에서는 주인공이 왜 도망치는지에 대하여 무조건 서술할 필요가 없지만, 서술한다면 중간중간 주인공의 불안한 마음을 더 뚜렷하게 표출할 수 있다. 분량이 조금 더 길어지는 효과도 있다.

이 장면이 시작되는 공간적 배경인 건물은 어느 가족의 집일 수도 있고, 혹은 대저택일 수도 있다. 지나가는 나그네들이 잠시 머무는 여인숙으로 설정하는 것도 가능하다. 어떤 건물이든 주인공이 이곳에서 도망치는 이유와 연결되어야 한다. 이에 해당하는 설정도 짧게나마 해주면 장면 묘사가 수월해진다.

:오늘의 장면:

테이블 위에 음식이 차려져 있다. 음식 냄새가 밀려오자 위장이 요동치며 소리를 낸다. 주인공은 테이블로 다가가 음식 하나를 일단 집어 들고 먹어도 되느냐고 물어본다. 주인공을 응시하던 사람이 허락한다. 주인공은 그 사람에게서 가장 멀리 떨어진 자리에 앉아서 빠른 속도로 음식을 먹기 시작한다. 상대는 배가 터지도록 먹는 주인공을 지켜보다가 헛웃음을 지으며 차를 더 따라주더니 제 몫까지 먹으라고 한다. 주인공은 사양하지 않고 포만감이 들 때까지 먹는다.

:반드시 필요한 설정:

• 시대적 배경
• 테이블 위에 어떤 음식이 차려져 있는가?
• 처음에 집어 든 음식 메뉴
• 이 집은 누구의 집인가?

356

- 주인공의 신상 정보
- 두 사람의 관계
- 주인공이 이렇게 잘 먹는 이유

 북마녀의 조언

주인공을 정말 위장이 커서 툭하면 '먹방' 찍는 대식가로 설정해도 상관없지만, 그냥 잘 먹는 캐릭터는 무의미하고 딱히 재미도 없다. 사연을 짜놓고 어쩔 수 없이 굶주린 캐릭터로 만드는 게 재미를 더하는 요령이다.

그런데 굶주림이라고 다 같은 굶주림이 아니다. 쫄쫄 굶는 게 일상다반사인 캐릭터라 먹을 기회가 생기면 무조건 최대한 먹어두는 타입일 수도 있고, 원래는 안 이러는 사람인데 요 며칠 굶어서 허기가 진 상태일 수도 있다. 자유자재로 굶주림의 맥락을 설정해보자.

오늘의 장면에서는 음식에 관해 설명할 기회가 두 번 있다. 우선 도입부에서 음식이 차려진 테이블을 세밀히 기술할 수 있고, 그다음에는 주인공이 먹는 모습을 통해 음식 메뉴를 하나하나 짚어줄 수 있다. 구체성 띠는 묘사는 그중 한 번만 해도 된다. 후자를 활용한다면 초반에는 눈에 띄는 음식 정도만 적거나 푸짐하다는 느낌으로만 뭉뚱그리고, 먹기 시작하면서 디테일을 하나하나 살리면 어떨까. 군이 메뉴 묘사를 반복하지는 말자. 대신 주인공이 먹는 모습을 관찰하듯이 그려보자.

시대적 배경이 동양풍이라면 음식의 종류와 식기, 가구 이름에 외래어가 나오지 않도록 해야 한다. 서양풍이어도 '샐러드'처럼 현대식 단어가 나오면 곤란하다.

122

장면 실습 예제

한마디만
하면 돼

:오늘의 장면:

남자는 눈앞의 여자가 한마디만 하면 여자가 원하는 것을 해줄 요량이다. 남자는 그동안 여자에게 몇 번의 기회를 줬다. 제안을 받을 때마다 여자의 얼굴은 붉게 달아올랐다. 첫 번째는 여자의 부모를 모신 빈소에서, 두 번째는 여자의 남은 유일한 가족이 갇혀 있던 구치소 앞에서였다. 여자는 계속 그의 제안을 거절했고 그 말을 해주지 않았다. 마침내 오늘 여자가 벌벌 떨며 남자를 찾아왔다. 이번이 세 번째 기회다. 아무래도 이번에는 그 말을 들을 수 있을 것 같다.

:반드시 필요한 설정:

- 두 사람의 나이
- 두 사람의 관계
- 남자가 여자에게 원하는 것
- 여자의 부모가 죽은 까닭

- 여자의 가족이 구치소에 갇힌 까닭
- 지금 남자와 여자가 있는 공간

🧙 북마녀의 조언

여성향 웹소설에서 자주 활용되는 '집착남+계략남' 키워드에 적합한 장면
이다. 캐릭터 설정이 매우 중요한 역할을 하는 장면이 되겠다. 남자는 여
자를 휘두르기 위해 계속 노력해왔다. 그러면서도 여자 쪽이 선택한 것처
럼 만들려는 술수를 부리는 것이다.

남자가 오늘 그 말을 들을 수 있을 거라고 확신하는 이유는 여자의 현
상황이 매우 심각하기 때문이다. 이 부분의 구상이 쉬이 떠오르지 않더라
도 오늘의 장면을 적는 데 문제는 없다. 우선 첫 번째 장소와 두 번째 장소
에 관한 회상을 구체적으로 쓸 수 있다. 아니면 남자의 머릿속 기억으로
요약하여 설명하고 지나가는 기법도 괜찮다. 전지적 작가 시점으로 쓰더
라도 남자의 입장에서 쓰라는 뜻이다.

'한마디'는 정말 단어 한 개나 짧은 문장 모두 허용된다. 대신 똑 떨어
지게 정해야 한다. 그래야 이 장면이 눈에 띌 수 있다. 하지만 이는 남자가
원하는 말일 뿐, 실제로 여자가 그 대사를 하지 않아도 된다.

여자의 가족 관계는 정하기 나름이다. 부모가 모두 죽었다면 남은 가족
은 자매나 남매, 조부모 등이 될 수 있다. 부모 중 한 명만 죽었다면 남은
한 명이 구치소에 갔을 것이다. 여주의 가족이 만들어내는 불행 서사는 언
제 봐도 재미있으니 상상력을 발휘하라.

천덕꾸러기

:오늘의 장면:

늦은 시간에 잠깐 밖에 나갔다 오려다가 딱 걸리고 말았다. 숙모는 남자가 생긴 거냐며 나를 천박한 여자 취급하지만, 지금까지 하도 많이 당한 터라 나는 무감하게 대응한다. 어차피 숙모는 내가 남자를 만날 수 있을 거라고 생각하지도 않는다. 그래도 숙모는 너도 이제 혼기가 찼고 어쩌고저쩌고 혼인 적령기에 들어선 나를 챙기는 척하며 잔소리를 늘어놓는다. 그러나 나는 숙모의 속내를 안다. 아까 낮에 숙모의 전화 통화를 엿들었다. 삼촌과 숙모는 삼촌의 회사를 위해 나를 애 딸린 늙은이에게 시집보낼 작정이다. 나라고 이들이 원하는 대로 당해줄 생각은 없다. 그 전에 이 집에서 탈출할 것이다. 그때까지는 고분고분한 척을 해주기로 한다.

:반드시 필요한 설정:

- 주인공이 밤에 나가려고 한 까닭
- 주인공의 연령대

- 주인공이 삼촌의 집에서 사는 까닭
- 애 딸린 늙은이의 신상 정보
- 삼촌 회사와 애 딸린 늙은이의 상관관계

 북마녀의 조언

오늘의 장면은 밖으로 나가려다가 걸리는 광경, 숙모와 주인공의 대화, 주인공의 속내로 이루어져 있다. 주인공의 속내에는 주인공이 엿들은 숙모의 통화 내용을 재구성한 것까지 포함되어야 한다. 애 딸린 늙은이가 분명하게 누구인지 밝혀야 하고, 삼촌의 회사와 그 인간이 무슨 연관이 있기에 조카를 이용하려는지도 나와야 한다.

이 장면은 삼촌 부부가 명확하게 악역으로 세팅되었다는 것을 알려주는 기능을 톡톡히 한다. 숙모를 우아하고 차분한 말투로 주인공을 버러지 취급하며 경멸하는 모습으로 만들 수도 있고, 반대로 아주 상스러운 졸부 느낌으로 구현할 수도 있다. 속을 긁어대는 숙모의 대사에 이런 인성을 담뿍 넣어보자.

겉으로 얌전해 보이는 행동과 대사와는 달리 주인공은 내심 전혀 다른 생각을 하고 있으므로 겉과 속 모두를 보여주는 것이 핵심이다. 속이 긁힐 땐 화딱지가 나더라도 '인내'하고 있다는 걸 지문으로 어필할 것. 고구마 장면이 진행되더라도 사이다의 희망이 보여야 독자가 답답함을 견디고 다음 장면으로 넘어간다.

옷장에 숨었다가

:오늘의 장면:

주인공은 어느 방의 옷장에 숨어들었다. 그런데 방음이 잘되지 않는 건물이라 어디선가 누군가의 대화 소리가 웅웅거리며 들린다. 벽에 귀를 대고 잘 들어보니 이 집의 주인 부부가 옆방에서 크게 다투고 있다. 남자는 바람을 피우다가 그 사실을 여자에게 들킨 모양이고, 심지어 아들까지 알아버렸다. 남자는 여자에게 매달리다가 적반하장이었다가 태도를 달리하며 설득하지만, 여자는 용서해줄 생각이 없고, 최후통첩을 해버린다. 주인공은 부부의 아들이 상처받았을까 봐 걱정된다.

:반드시 필요한 설정:

- 시대적 배경
- 주인공의 연령대
- 주인공이 옷장에 숨은 까닭
- 주인공과 부부의 관계

• 부부의 아들과 주인공의 관계

 북마녀의 조언

다른 사람의 대화를 우연히 엿듣는 장면은 웹소설을 비롯한 모든 장르 소설뿐만 아니라 웹툰, 드라마, 영화 등 모든 서사물에서 자주 활용된다. 이 장면은 등장인물에게 정보를 전달함으로써 정보력을 키우는 기능을 한다. 매번 얼굴을 보면서 정보를 전하는 건 불가능하고, 서로의 관계나 신분에 따라 그 정보를 해당 인물에게 알리고 싶어 하지 않는 경우도 부지기수다. 그럼에도 불구하고 그 정보를 알게 되었을 때 해당 인물은 조금 더 자신에게 유리한 방향으로 상황을 이끌어갈 힘을 얻게 된다.

엿듣는 주체는 다양하게 설정할 수 있다. 주인공이 엿들을 수도 있고, 주인공의 조력자가 엿들은 정보를 주인공에게 물어다 줄 수도 있고, 악역이 엿들어서 정보를 빼 갈 수도 있다. 여러 드라마에서 악역 캐릭터가 엿듣기 방식으로 계략을 꾸미고 선역을 괴롭히는 광경을 쉽게 볼 수 있다. 이는 너무 손쉽고 평면적인 스토리 전개 패턴이므로 웹소설에서는 엿듣는 장면이 반복적으로 등장하지 않도록 해야 한다.

오늘의 장면에서는 주인공이 엿듣는 주체이므로 부부의 대화를 길게 풀어가면서 그 사이사이에 주인공의 생각을 덧붙이자. 주인공 입장에서 부부, 그리고 그들의 아들에 대한 내용을 기술하면 된다. 같은 방에서 듣는 건 아니기 때문에 주인공의 생각은 추측이다. 그 추측이 사실인지 아닌지는 오늘의 장면에서 밝힐 부분이 아니다. 실제 소설에서는 전후 상황을 통해 그 추측이 맞아떨어지도록 진행한다.

유혹 5분 전

:오늘의 장면:

칵테일 바에 들어서니 한 남자가 앉아 있다. 술잔을 들고는 있지만 몹시 권태로워 보이는 얼굴이다. 그리고 매우 잘생기고 훤칠한 외모의 소유자다. 사실 나는 이 남자가 누구인지 안다. 그가 바로 오늘 밤 나의 목표이기 때문이다. 남자의 자태에 나는 자신감이 뚝뚝 떨어져버린다. 바 안에 있는 모두가 그를 힐끔거리지만 정작 접근할 용기가 있는 사람은 없는 듯하다. 오늘밤 반드시 그를 유혹해야 하는데 맨정신으로는 도저히 힘들 것 같다. 나는 술을 시켜서 원샷을 해버린다.

:반드시 필요한 설정:

- 술의 종류(남자가 들고 있는 술, 내가 시킨 술)
- 나의 성별과 직업
- 나의 옷차림
- 남자의 신상 정보(연령대, 이름, 직업 및 직급 등)

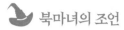 **북마녀의 조언**

근사한 남자의 얼굴과 표정, 그리고 바에 앉아 있는 자세를 그림 그리듯 구현하는 것이 중요하다. 카리스마 넘치는 남자의 자태가 풍부하게 서술될수록 주인공의 쪼그라든 심장이 더 강조될 수 있다. 주인공의 외모 역시 매력적이더라도 남자가 압도적으로 멋지다면 상대적으로 열등감이 생길 수밖에 없다.

주인공은 왜 이 남자를 유혹하려는 것일까? 이것은 반드시 요구되는 설정이 아니다. 설정만 해두고 오늘의 장면에 적용하지 않아도 괜찮다. 설정 자체가 나오지 않아도 거뜬히 정리할 수 있는 장면이므로 아예 설정하지 않아도 관계없다. 그러나 어느 정도 이 까닭에 관해 녹여낸다면 더 풍성하고 분량이 긴 내용을 작성할 수 있다.

일반적으로 여자가 남자를 유혹하는 흐름이 전개되곤 하지만, 남자가 남자를 유혹하는 것도 가능하다. 이 흐름은 유혹해야 할 상대가 동성애자라는 정보를 사전에 입수했다고 봐야겠다. 게이는 아니지만 섹스 상대로는 가리지 않는다는 설정도 가능하다. 웹소설이라면 BL의 한 장면으로도 수월하게 써먹을 수 있다.

천대받는 주인공

:오늘의 장면:

공작가 저택의 가장 구석지고 허름한 방. 주인공은 이불까지 뒤집어쓰고 앉아 있지만 방안은 너무 추워 입에서 나오는 김이 눈에 보인다. 문이 열리더니 하녀가 음식을 담은 쟁반을 들고 들어온다. 하녀는 이 일이 몹시도 귀찮은 듯한 얼굴로 조금 무례하게 군다. 그러거나 말거나 주인공은 하녀가 덜커덕 내려놓는 쟁반 위를 살핀다. 쟁반 위에 있는 음식은 사람이 먹을 만한 수준이 아니다. 예전이었다면 눈살을 찌푸렸을 만한 것들이다. 그러나 지금은 이마저 감지덕지다. 주인공은 급히 그것을 입에 털어 넣기 시작한다. 뭐든 먹어야 버텨낼 수 있고, 그날까지 무슨 일이 있어도 살아야 한다. 주인공은 그날이 되면 이곳을 탈출할 수 있을 거라 기대한다.

:반드시 필요한 설정:

- 주인공의 신상 정보(성별, 신분, 나이, 이름 등)
- 주인공이 핍박을 받는 까닭

- 하녀가 들고 온 음식의 메뉴와 상태
- '그날'은 무슨 날인가?

북마녀의 조언

주인공의 신상 정보를 먼저 정하면 이 장면의 여러 요소가 빠르게 정리된다. 주인공이 권력을 갖고 있지 않다는 건 분명하다. 원래 평온했던 인생이 나락으로 떨어진 상황으로 짜면 더욱 좋겠다. 일반적으로 아이, 여성, 노인일 때 불행 서사의 대비 효과가 강력해진다. 이 장면에서 주인공이 성인 남자일 수는 없다. 하녀와 부딪히거나 대항할 수 있을 테니까.

고용인에 불과한 하녀가 자신보다 높은 사람을 막 대하는 모습을 추가하고 싶다면 하녀의 이름을 짓고 정교하게 행동과 대사를 덧붙이자. 노크도 하지 않고, 주인공에게 인사도 하는 둥 마는 둥 하는 정도는 무례한 행동의 기본이며 조금 더 강한 행동을 넣어도 괜찮다. 그렇게 까불어도 괜찮을 거라 생각할 만큼 이 저택에서 주인공의 입지가 약하다는 뜻이다. 하녀의 하극상을 넣으면 주인공의 현황이 훨씬 극적으로 연출되고, 독자들이 주인공을 더욱 안쓰럽게 여기며 분노한다. 여기에 초라한 음식 묘사도 한몫을 단단히 하게 된다.

오늘의 장면에서 '그날'에 관해 명료하게 나올 필요는 없다. 그래도 간략하게나마 정해두면 장면을 더 풍성하게 만들 수 있다. 주인공이 버티고 버티는 속내에 덧붙이자.

회귀 후 목표

:오늘의 장면:

정말 과거로 돌아왔다는 걸 깨달은 다음, 나는 첫 번째 목표를 세웠다. 바로 이 가문을 내 수중에 넣는 것이다. 내가 속한 가문은 제일가는 명문가이며 이 제국에서 아주 중대한 역할을 하고 있다. 그러나 회귀했어도 장애물은 여전히 존재한다. 일단 나는 집안에서 후계 서열 1순위가 아니다. 바로 눈앞에서 낄낄대고 있는 후계 서열 1위인 놈을 없애야 한다. 놈은 나를 볼 때마다 경멸을 섞어 이죽거린다. 그러나 나는 놈이 나를 향한 열등감을 숨기고 있다는 사실을 안다. 그 옆에 있는 아버지는 나를 쳐다보지도 않는다. 아무래도 아버지까지 죽이는 게 나으려나?

:반드시 필요한 설정:

- 시대적 배경
- 주인공이 이 생각을 하고 있는 장소
- 후계 서열 1위가 지금 낄낄대는 이유

- 가문의 이름

- 주인공이 후계자가 되지 못하는 까닭

- 현재 후계 서열 1위인 사람의 이름

- 후계 서열 1위가 열등감을 느끼는 까닭

 북마녀의 조언

독자에게 초반 설정을 알기 쉽게 정리해주고 정보를 제공하는 기능을 하는 장면이다. 이 장면을 쉽게 쓰기 위해 가장 먼저 필요한 작업은 주인공이 이 집안에서 어떤 존재이며 어떤 취급을 받고 있는지를 정리하는 것이다. 이는 소설에서 매우 중요한 앞부분 설정이다.

후계 서열 1위가 열등감을 느끼는 이유를 정확하게 설명해야 한다. 주인공에게 우월한 요소가 명백히 존재했음에도 불구하고 1회차 삶이 불행했다면 무언가 심각한 문제가 있었을 것이다. 1회차 삶에서 아무 회한 없이 행복하게 잘 살다가 죽은 사람에게 회귀 현상이 발생할 까닭은 없다. 회귀물은 과거의 잘못이나 실수 혹은 타인에 의한 불행을 전복시키는 스토리이며, 이를 통해 독자들이 카타르시스를 느끼게 된다.

오늘의 장면에서는 가문과 사람이 귀중한 역할을 하므로 전부 이름을 정해주고, 그 이름이 노출되도록 작성해보자. 대화가 길 필요는 없으며, 주인공이 현재 힘이 없으니 아무런 대꾸를 하지 않는 연출도 무난하다. 주인공의 머릿속 생각은 지문으로만 정리해도 충분하다.

참, 낄낄대는 놈이 선역은 아닐 테니 수준이 확 떨어지는 외모로 묘사하자. 못생긴 놈이 웃으면 더 미운 법이다.

아들의 결혼은
내가!

:오늘의 장면:

곧 공작의 딸을 위한 연회가 열린다. 자작 부인은 그 딸이 그 집안에서 얼마나 소중한 존재인지 알고 있다. 공작의 딸은 오래전 실종 전적이 있고, 그 전말은 세간에 알려지지 않았다. 자작 부인은 이번 연회에서 무슨 일이 있어도 눈도장을 찍을 생각이다. 아들을 그녀에게 소개해 둘을 결혼시키는 게 자작 부인의 꿈이다. 그렇게 되면 며느리가 이 가문에 날개를 달아줄 것이다. 자작 부인은 하녀에게 아들을 데려오라고 명령을 내린다. 그러나 어딜 다녀왔는지 느지막이 찾아온 아들. 자작 부인이 공작가의 영애 얘기를 꺼내며 자기 계획을 설명한다. 그러나 철없는 아들은 아무 생각이 없고, 답답해진 자작 부인은 등짝 스매싱을 날린다.

:반드시 필요한 설정:

• 공작 딸의 신상 정보
• 자작 부인 아들의 신상 정보

- 공작의 딸이 실종된 사연
- 공작 가문의 권세에 관한 정보
- 자작 부인의 계획
- 공작과 자작의 가문 이름

 북마녀의 조언

공작의 딸이 실종되었다가 가족 품으로 돌아온 사연은 디테일한 설정을 해두면 이 장면에 넣을 수 있지만 필수 정보는 아니다. 왜냐하면 자작 부인은 공작가 입장에서 외부인이고, 다시 말해 그 사연에 관하여 명확하게 아는 사람이 아니기 때문이다.

집으로 돌아온 공작가 영애에 대한 소문이 날개를 달고 사교계에 퍼졌겠지만 어떤 내용은 헛소문일 수 있다. 오늘의 장면은 자작 부인 입장에서 흘러가기 때문에 자작 부인은 잘못된 소문을 진실로 알 수도 있고, 팩트를 수박 겉 핥기 정도로만 알 가능성이 크다.

그러므로 이번 장면 실습에서는 자작 부인 입장에서 그녀가 아는 정보에 관하여 운을 떼는 정도로만 살짝 설명하자. 길어야 세 줄 정도면 족하다. 실제 스토리에서는 앞뒤 맥락이 적당히 나올 것이기에 이 장면에서 굳이 다시 짚어주면 설명이 반복되어버린다.

자작 부인이 공작의 딸과 자기 아들을 엮어주려고 애쓰는 까닭은 공작 가문과 사돈 관계가 되었을 때 얻을 수 있는 이득 때문이다. 단순히 작위의 고하 문제뿐만 아니라 특징적인 권력이나 세력에 관한 정보를 자작 부인의 생각으로 넣으면 더욱 쉽게 납득된다. 자작 부인 외 많은 귀족이 공작가의 영애를 호시탐탐 노릴 거라는 정황도 이 장면을 통해 독자에게 자연스레 노출할 수 있다.

그러나 자작 부인이 아무리 열심히 계획을 세운들 아들놈이 장단을 맞춰줘야 조금이라도 진행될 수 있지 않겠는가? 아들을 어떤 캐릭터로 설정하느냐에 따라 이 장면의 묘미가 여러 방향으로 살아난다.

오늘의 장면에서 공작 영애에 관한 상세한 서술은 딱히 필요하지 않지만 자작 부인의 아들이 어떤 외모인지는 명확하게 나타나야 읽는 재미가 추가된다. 웹소설에서 멍청하고 게으른 남자가 주인공이 되는 일은 절대로 없으며, 이런 캐릭터는 주인공의 조력자도 될 수 없다. 대신 최종 빌런한테 이용당하는 작은 악역으로 써먹을 만하다. 결론적으로 이런 캐릭터를 근사하게 묘사할 필요는 없다.

비를 맞은
다음 날

:오늘의 장면:

비를 쫄딱 맞고 숲속을 빠져나온 다음 날. 아침에 일어나면서부터 몸이 좋지 않다. 코가 간질거리고 재채기가 계속 나온다. 거기에 오한과 고열 등 몸살감기의 모든 증상이 다 나타난다. 누가 뭘 물어봐도 대답하기 힘들 정도로 상태가 심각하다. 주인공은 며칠 동안 골골거린다. 주인공이 비를 맞고 돌아다닌 걸 알게 된 동료가 음식을 가져다주며 걱정한다. 궁금증 반핀잔 반으로 왜 그러고 돌아다녔는지 물어보는 동료. 주인공은 숟가락질하며 대충 둘러댄다. 동료에게 솔직히 말할 순 없다.

:반드시 필요한 설정:

- 주인공의 직업과 성별
- 동료가 가져다준 음식
- 주인공이 비를 맞으며 숲을 돌아다닌 까닭
- 주인공이 솔직하게 털어놓을 수 없는 까닭

 북마녀의 조언

몸살감기는 캐릭터가 걸릴 수 있는 사소한 질병 중 하나로서, 이를 활용한 에피소드는 무궁무진하다. 비를 맞거나 추위에 떨어서가 일반적인 원인이 지만 과로, 밤샘 등에 따른 과도한 피로감에 의해 면역력이 떨어지기도 하기 때문에 직전에 그런 일이 있었을 때 한 번쯤 끊어주는 에피소드로 활용하기 좋다. 또한 긴장이 확 풀리거나 무리했다는 증거를 보여주면서 등장인물의 약한 모습을 드러내는 기능으로도 활용된다.

시각적으로 음식을 먹는 광경이지만 음식이 그렇게 중대한 문제는 아니므로 먹는 동작은 세밀하지 않아도 된다. 음식의 종류 역시 마찬가지다. 몸살감기에 걸린 사람에게 가져다주는 음식은 미음, 죽, 수프 정도로 한정되어 있다. 시대적 배경에 맞게 적으면 되겠다.

오늘의 장면에 음식이 들어감으로써 동료와 주인공의 관계가 나타나게 된다. 아픈 사람에게 궁금한 걸 냅다 물어보는 건 무례해 보이고, 무엇보다 아픈 이에게 음식을 가져다주는 주변 인물은 한정적이다. 두 사람이 비즈니스로 묶여 있다 하더라도 비교적 친밀한 관계라는 증거다.

몸살감기의 증상을 그냥 줄줄 나열하는 경우도 있지만, 되도록 이 증상을 행동으로 보여주는 연습을 해보자. 누군가와 말하는 도중 연달아 재채기를 한다거나, 어떤 훈련을 하다가 열이 올라 휘청 넘어가는 식으로 다채로운 상황이 나온다.

주인공이 비를 맞고 숲을 돌아다닌 까닭은 이 장면에서 꼭 설명할 필요가 없다. 그러나 대충이라도 설정해두면 대답을 회피하는 주인공의 마음속을 나타낼 수 있다.

원수를 만났다

:오늘의 장면:

생각지도 못한 자리에서 원수를 만났다. 어린 시절 아버지를 배반하고, 그것도 모자라 어머니를 겁간했으며, 자신을 죽일 듯이 괴롭혔던 놈이 눈앞에 서 있다. 수년이 흘러 얼굴도 몸도 많이 변했지만 그놈이 분명하다. 예전과는 달리 지금 놈은 절망에 빠져 있고 힘을 잃었다. 나는 악수를 청하며 인사한다. 놈은 내 얼굴을 빤히 보더니 우리가 혹시 언제 만난 적이 있느냐고 묻는다. 나는 표정 관리를 하며 만난 적 없다고 대답한다.

:반드시 필요한 설정:
- 이 사건이 일어나는 장소와 상황
- 나의 신상 정보
- 나의 과거와 현재의 차이
- 나와 남자가 오늘 만나게 된 까닭

북마녀의 조언

끔찍한 무력을 일삼던 놈의 인생도, 주인공의 인생도 심히 변했을 터. 오늘의 장면에서 그 과거를 조목조목 밝힐 필요는 없으나 그 변화에 따라 태도와 마음가짐이 달라진다. 이 점을 염두에 두고 비교하듯이 그리면 과거와 현재의 모습이 겹쳐지면서 이 재회 장면이 극적으로 연출된다.

어린 시절 주인공이 봤던 놈의 외모에 대해서는 어느 정도 적당한 정보 전달이 필요하다. 놈이 과거에 지었던 표정이나 특정한 행동을 주인공이 기억해내는 것이므로, 명확한 외모 묘사보다 '음흉하다, 야비하다, 역겹다' 등 부정적인 의미를 지닌 형용사를 적극적으로 활용하면 악역의 이미지 세팅에 도움이 된다. 외형을 특이점이 있게 설정한다면 이 역시 과거와 현재를 연결시켜 활용할 수 있다. 예를 들어, 오른쪽 뺨에 칼로 그은 듯한 흉터가 예전부터 있었다면? 혹은 예전에는 없던 자국인데 주인공이 죽기 살기로 공격한 결과라면? 젊은 시절 새긴 문신은 늙을수록 희미해질 수도 있고 쭈그러들 수도 있다.

과거에 놈이 주인공과 가족에게 저지른 짓이 몽땅 나올 필요는 없다. 그러나 오늘 이 자리에서 주인공이 그때의 기억을 떠올리게 되므로 어느 정도 지문에서 구현해야 한다. 즉 현재의 재회 장면에 주인공의 기억이 켜켜이 스며들도록 하자. 재회의 전개 속도가 늦춰지면서 주인공 입장에서 본 과거가 요약 버전으로 독자에게 전달된다. 과거에 놈이 주인공을 어떻게 했는지, 아버지에게 무슨 짓을 했는지는 예제에서 일부러 뭉뚱그려놨으니 취향껏 만들어보자. 악역의 행각은 조금 잔인해도 무방하다.

이 구역의 호구를 소개합니다

：오늘의 장면：

연예인 ○○○은 좋은 인성의 소유자로 유명하다. 이미지 메이킹이 아니
라 실제로 그런 인물이다. 누가 무엇을 해달라고 부탁하든 다 해주며, 언
제나 미소를 잃지 않는다. 오늘만 해도 ○○○이 분노할 만한 일이 두 번
이나 있었다. 한 번은 광고 촬영장에서 관계자 모두 화가 단단히 나는 상
황이었는데 정작 ○○○은 혼자 얼굴을 붉히지 않고 좋게 좋게 지나갔다.
또 한 번은 방송국 대기실에서 생겼다. 이쯤 되면 ○○○이 만만해 보여서
함부로 대하는 것 같기도 하다. 그 모습을 바라보는 나는 답답해 미칠 지
경이다.

：반드시 필요한 설정：

- '나'와 연예인 ○○○의 신상 정보
- 연예인 ○○○이 속한 직업(배우/가수/개그맨 등)

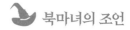

북마녀의 조언

나는 이 세계에 속한 사람으로서 ㅇㅇㅇ이 처한 상황을 관찰할 수 있는 ㅇㅇㅇ의 주변 인물이다. 예를 들어 로드 매니저나 스타일리스트 등 나의 직업에 따라 상황이 달라질 수 있으니 확실하게 설정해보자. 같은 에피소드라도 직업적으로 다른 요소를 심을 수 있다. 관찰자의 정보이므로 직업 및 ㅇㅇㅇ과의 나이 차 정도만 설정해도 충분하다.

오늘의 장면에서 나올 에피소드는 두 개다. 우선 ㅇㅇㅇ의 인성에 관해 소개하듯이 풀어주면서 그것을 증명할 수 있는 상황 두 가지를 정하여 기술하자.

해당 사건에 나 자신이 개입하지 않는 한, 전지적 작가 시점과 비슷하게 내용이 흘러간다. 대신 화자이면서 관찰자가 나이기 때문에 나의 입장에서 본 ㅇㅇㅇ에 대한 평가가 섞인 내용이 나와야 한다. 고구마 장면에서 등장인물보다 독자가 더 고통받는 것처럼, ㅇㅇㅇ보다 ㅇㅇㅇ 옆에서 상황을 지켜보는 나의 심정이 훨씬 더 고구마 백 개 먹은 듯한 느낌일 것이다.

화가 날 만한 사건들에는 주체가 있다. 즉 그 상황을 만드는 존재가 별도로 나와야 한다. 작은 악역을 등장시켜도 되고, 사람은 착한데 주변 사람 힘들게 하는 단점을 지닌 조연이 있어도 된다. 참, 연예계에서 일어나는 일인 만큼 연예인에 해당하는 인물들은 전부 이름을 지어주어야 한다.

위태로운 인터뷰

:오늘의 장면:

'여자들이 고백받고 싶은 배우 1위'이자 출중한 연기력으로 좋은 평가를 받는 나. 이번에 새로 찍은 영화가 개봉 직전이라 겸사겸사 인터뷰를 돌고 있다. 인터뷰는 매체가 달라도 어딜 가나 비슷비슷해서 재미가 없지만 필사적으로 표정 관리 중이다. 그런데 마지막 인터뷰 자리가 무슨 유튜브 채널이고 라이브 스트리밍으로 진행된다고 한다. 뭐 이런 인터뷰를 잡았나 싶지만 시대가 변화하고 있으니 적응해야겠지 하고 받아들인다. 그런데 진행자가 사전 질문지에 나와 있지 않은 질문을 기습적으로 한다. 불편한 얘기라 슬쩍 넘어가려는데, 진행자가 집요하게 답을 요구한다. 돌려서 얘기하려니 진행자가 비웃는다. 화가 나기 시작한다. 나도 그리 호락호락한 사람은 아니라 그냥 웃어넘기지는 않는다. 어쨌든 나는 이 위기를 빠져나갈 것이다.

:반드시 필요한 설정:

- 진행자가 사전 협의 없이 한 질문
- 유튜브 채널명과 진행자의 이름
- 나의 신상 정보

 북마녀의 조언

주인공의 신상 정보는 간략하더라도 디테일이 살아 있어야 한다. 데뷔한 지 얼마나 되었으며 어느 작품에 출연했다는 필모그래피 관련 내용이 정해져 있어야 장면 서술이 더욱 쉬워진다.

사전 협의를 거치지 않은 질문은 주인공 및 관계자들이 피하고 싶은 이야기일 터. 스캔들일 수도 있고 주인공이 숨기고 싶은 과거의 비밀일 수도 있겠다. 즉흥적으로 물어본 것일 수도 있겠지만, 예민한 질문에 관해 미리 논의하면 무조건 차단될 것이기에 일부러 협의하지 않았을 가능성도 배제할 수 없다. 라이브 방송이므로 끊을 수도 없고 기분 나쁜 티를 낼 수도 없을 테니까. 이를 어떻게 빠져나갈지는 전적으로 주인공의 성격에 달렸다.

'인터뷰'라는 행위 특성상 진행자와의 대화가 주를 이루기 때문에 진행자도 이 장면에서만큼은 주요 인물에 해당한다. 진행자의 얄궂은 태도는 대사와 행동을 통해 강조해야 주인공의 괴로움과 대조될 수 있다. 말투 및 표정에서 이것이 구현되어야 한다. 어디까지나 인터뷰인 만큼 진짜 인터뷰 같은 느낌을 살리자. 유튜브 채널명을 정말 있을 법한 이름으로 정한다면 더욱 현실적인 느낌을 살릴 수 있다.

133

장면 실습 예제

무기가 없다

:오늘의 장면:

눈을 뜨니 나이 지긋해 보이는 남자가 나를 들여다보고 있다. 누워 있는 침대 위를 더듬거리며 무기를 찾았지만 잡히지 않는다. 남자는 이걸 찾느냐며 내 손 근처에 내가 찾던 무기를 놓아준다. 목욕할 때도 잠을 잘 때도 곁에 두는 것이다. 남자를 경계하면서 몸을 일으키려는데 온몸이 심하게 두들겨 맞은 듯 아파서 도저히 일어날 수가 없다. 나를 잠시 관찰하던 남자가 방을 나간 후, 나는 눈알을 굴려 내가 있는 공간을 탐색한다. 좀 누추하지만 약초 냄새가 나는 것으로 보아 의원의 집인 듯하다. 내가 언제부터 왜 여기 누워 있지? 언제부터 정신을 잃었지? 나는 기억을 더듬어본다.

:반드시 필요한 설정:

- 주인공의 성별과 연령대
- 주인공의 직업
- 주인공은 왜 다쳤는가? 이전에 무슨 일이 있었는가?

• 주인공이 찾던 무기의 종류

 북마녀의 조언

주인공의 무기는 크기를 한정할 필요가 없으므로 마음대로 정해보자. 그 무기가 특이한 외형이라면 그에 관한 설정도 해두어야 표현하기 편하다. 주인공의 시선으로 보는 방안의 풍경도 살짝 언급하길 권한다. 그러나 방 묘사는 너무 길지 않아도 된다.

맥락상 이곳에 들어오기 전 주인공은 정신을 잃고 무기를 놓칠 만큼 위태로운 상태였을 것이다. 이와 관련한 내용을 아예 긴 장면으로 오늘의 장면 뒤쪽에 덧붙여도 되지만, 누워 있는 주인공이 머릿속으로 정리하는 연출 방식도 적당하다. 다시 말해 주인공이 정신을 잃기 전 상황에 대한 기억은 요약 버전의 지문 형식으로 기술하면 된다. 이를 통해 독자에게 정보를 쉽게 전달할 수 있다. 소설에서 모든 에피소드를 전부 풀어서 작성할 필요는 없다.

드라마에서는 이를 전부 풀어서 보여주는 게 좋지만, 활자 매체인 소설에서는 장면의 진행 속도가 느려졌다 빨라졌다 하는 식으로 조절이 가능하다. 그리하여 과거를 압축하여 요약 버전으로 전달하고, 더 중요한 '현재'의 장면에 집중해야 한다. 단, 요약 버전에 시놉시스의 줄거리 부분을 그대로 베껴놓진 말자.

통증의 원인

:오늘의 장면:

진료실에 들어가자 의사가 인사를 건넨다. 꾸준히 진료를 받아왔던 의사다. 내가 병원에 주기적으로 오는 이유는 통증 때문이다. 수년 전 나의 약혼 상대가 죽었다. 그 사건을 겪은 직후 나는 시도 때도 없이 통증을 겪었지만 시간이 지난 지금은 그 통증의 횟수가 많이 줄어들었다. 의사는 나의 상태를 체크하고 질문도 한다. 몇 가지를 물어본 후 약을 처방해준다.

:반드시 필요한 설정:

- 통증의 정확한 부위와 상태
- 약혼 상대의 사망 원인(사고, 질병)
- 나와 약혼 상대의 관계(성별 포함)
- 의사의 성별 및 연령대

🎩 북마녀의 조언

주인공이 병원에서 의사를 만나는 장면이다. 급박한 분위기는 아니므로 평온하게 대화가 흘러가도록 진행하면 된다. 처음 보는 사이가 아니기 때문에 이미 의사는 주인공의 상태를 알고 있다는 전제로 질문하고 증상 변화(악화 또는 완화)를 살펴야 한다. 꾸준히 이 의사에게 진료를 받고 있다면 그렇게까지 불친절하거나 무미건조한 타입은 아닐 테니 의사의 성격을 '적당히 친절함' 정도로 생각하고 작업해도 되겠다.

전지적 작가 시점에서는 의사의 입장에서 주인공의 통증이 시작된 시기부터 지금까지의 상태를 독자에게 알려줄 수 있다. 의사의 머릿속 역시 지문으로 정리하면 된다. 대사에 그 정보가 포함되도록 하는 방법이 가장 좋다.

하지만 1인칭 주인공 시점이라면 의사의 입장이 명확하게 나올 수 없다. 이럴 땐 의사와 대화를 나누면서 중간중간 나의 생각 흐름을 통해 독자에게 정보를 전달한다.

약혼 상대의 성별 및 나와의 관계에 따라 설정과 내용이 다각도로 달라질 수 있다. 그 사람의 죽음이 나에게 어떤 영향을 미쳤는지, 혹 그 사건이 나에게 신체적인 위해를 가했는지 다방면으로 상상해보자.

약혼 상대가 정말 죽었다면 그 사람은 웹소설에서 주인공이 될 수 없다. 그러나 사고 후 실종된 것이고 나중에 살아 돌아온다면 주인공으로 승격 가능하다.

과외 선생님

⋮오늘의 장면⋮

나는 어느 부잣집 거실에 앉아 있다. 위압감에 두리번거리지도 못하고 눈을 내리깔고 있다. 눈앞에는 날카로운 눈빛의 비서가 있다. 이 집의 대소사를 챙기는 사람인 것 같다. 비서는 미리 제출했던 서류와 내 실제 얼굴을 대조한 다음 신상, 학교, 경력을 다시금 체크한다. 나는 고분고분 대답한다. 무시하는 느낌이 들어서 떨어지나 싶었지만, 다행히 비서가 사모님의 우려를 전하며 내게 조심하라 경고한다. 그리고 이어지는 합격 통보. 내일부터 이 집의 망나니 아들에게 공부를 가르치러 와야 한다.

⋮반드시 필요한 설정⋮

- 비서의 성별과 연령대
- 나의 성별 및 신상 정보, 학벌, 경력
- 망나니 아들의 신상 정보
- 과외 과목

 **북마녀의 조언**

집에 대한 묘사는 스토리 흐름에 큰 변수가 되진 않는다. 그러나 소설에서 장면의 배경 정보를 독자에게 알리는 것은 작가의 의무다. 그저 '집이 크다' 정도가 아니라 거실까지 들어오는 데 한참 걸렸다는 등 구체성을 부여하여 서술한다면 현장에 독자도 함께 있는 듯 감각적 이입을 할 수 있다.

이 장면을 통해 독자는 주인공의 신상 정보를 대충 훑을 수 있다. 비서와 많은 대화를 나누는 장면이지만 비서라는 캐릭터 특성상 주요 인물은 아니기 때문에 빈틈없는 설정은 필요하지 않다. 비서의 이름 역시 중대한 요소는 아니다.

주인공은 비서의 질문에 대답하면서 눈으로 비서의 표정 변화를 계속 확인할 것이다. 모든 면접 인터뷰에서 우리가 예사롭게 하는 행동이다. 그리고 저 표정이 합격의 시그널인지 불합격의 시그널인지 분석하게 된다. 이 자리가 주인공에게 얼마나 중요한 자리이며 갈급하게 원하고 있는지 낱낱이 표현되어야 한다.

사모님이 어떤 걱정을 하고 있는지 비서의 입을 통해 알려주자. 망나니 아들의 '망나니력'이 어느 수준인지 알려주는 것도 나쁘지는 않지만, 비서 입장에서 이를 대놓고 표현하기란 불가능하다. 비서가 돌려 말하면 주인공이 그 말을 바로 알아들어 머릿속으로 비서의 속뜻을 재현하는 방식으로 구현하면 캐릭터들이 제자리에서 제 역할을 하게 된다. 덧붙여, 주인공의 성별은 사모님의 걱정에 영향을 준다. 주인공이 여자라면 비서가 반드시 행동을 조심하라는 경고를 남길 것이다.

팔려 온 아이들

:오늘의 장면:

아이들의 부모는 몇 푼의 돈과 음식을 받고 아이들을 팔아넘겼다. 도망가려 한 아이, 울음을 터뜨린 아이, 반항한 아이 전부 두들겨 맞았다. 아이들을 두들겨 팬 자들의 대장은 서로 부둥켜안고 훌쩍이는 아이들을 내려다보며 부모의 행태를 그대로 전해준다. 이들은 아이들을 노예로 부리다가 성장하면 병사로 쓸 생각이며, 그 계획 역시 이야기한다. 아이들이 벌벌 떨며 대답을 하지 않자 대장은 아이 한 명을 본보기로 죽인다.

:반드시 필요한 설정:

- 이 집단은 무슨 일을 하는 사람들인가?
- 대장이 아이를 죽이는 방법과 무기
- 대장이 그 아이를 선택한 까닭

 북마녀의 조언

1인칭 주인공 시점이든 전지적 작가 시점이든 아이들의 충격을 대변해주어야 하며, 아이들의 외관에 대한 묘사도 필요하다. 가난한 집에서 팔려와 흠씬 맞기까지 했으니 아이들의 상태는 그리 멀쩡하진 않다. 두들겨 맞은 사건은 오늘의 장면 이전에 일어난 일이므로 기술할 필요 없다.

주인공이 아이 중 한 명이라면, 대장은 주인공이 성장하는 동안 여러 가지로 교육하는 역할을 할 수도 있겠다. 스승이나 조력자가 될 수도 있다. 하지만 이 장면에서는 명백하게 아이들에게 공포감을 심어주는 악역에 해당하기 때문에 철저히 잔인한 모습을 나타내는 편이 낫다.

이후의 역할 변화에 관한 떡밥을 이 장면에서 반드시 제공하지 않아도 된다. 반대로 떡밥을 확실하게 보여줘도 좋다. 떡밥을 넣고 싶다면 대장이 주의 깊게 주인공을 살펴볼 만한 계기를 만들어야 한다. 전혀 특별하지 않은 아이를 대장이 남달리 지켜보지는 않을 테니까.

이 장면에서 주인공이 등장하지 않는다면 3인칭 시점으로 장면을 진행해야 한다. 주인공이 이들을 구출하는 역할일 수도 있지만, 아이들을 구출하지 못하고 끝날 수도 있다.

아이들이 겪는 일을 주인공이 아예 모르는 상태로 설정하여 악독한 이들의 만행(과거 혹은 현재)을 미리 깔아줌으로써 독자에게 악역을 인지시키는 장면으로 활용하는 것도 가능하다. 어쩌면 살아남은 아이 중 한 명이 나중에 최종 보스가 될지도 모를 일이다.

참, 대장이 아이를 죽일 땐 되도록 즉사시킬 것을 권장한다. 폭행 장면을 길게 끌면 그게 더 잔인해 보이고 아동 학대 이슈로 넘어갈 위험이 있다.

장면 실습 예제

오늘 전역을
명 받기 전에!

:오늘의 장면:

주인공은 군 복무를 끝내고 오늘부로 만기 제대를 하는 몸이다. 특별히 사고를 치거나 잘못을 저지르진 않았지만 한번 꼬인 군 생활은 계속 꼬였다. 그래도 버티고 버티니 국방부 시계도 돌아가긴 돌아가서 지긋지긋한 군대도 오늘이 마지막이다. 주인공의 군 생활을 꼬이게 만든 장본인은 주인공에게 마지막까지 계속 이죽거린다. 주인공은 마지막 사회생활이라는 마음으로 버텨내며 이를 갈지만 도저히 참을 수 없어서 (말로) 들이받는다.

:반드시 필요한 설정:

- 주인공이 전역한 부대의 이름과 특징
- 주인공의 군 생활을 꼬이게 만든 사람의 계급
- 어떻게 꼬이게 했는가?

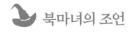 **북마녀의 조언**

오늘의 장면이 전개되는 배경은 현대 한국 사회의 군대 내부다. 평범하게는 내무반일 가능성이 높겠지만 상대를 어떤 인물로 설정하느냐에 따라 다른 장소에서 장면 연출을 할 수 있다. 실제로 군대물을 쓸 땐 부대명까지 정하는 것이 디테일을 살리는 길이다. 다만, 현존 부대명을 그대로 쓸 경우 문제가 생길 여지가 있으므로 새로 만드는 게 낫다. 혹시 정하기 힘들다면 육·해·공군 중 무엇인지만이라도 정하자.

상대가 꾸준히 전반적으로 잔잔하게 괴롭혔을 수도 있겠지만, 놈이 주인공을 괴롭히게 된 결정적인 계기가 하나라도 있어야 이야기를 풀어나가기 편리하다. 이 계기는 놈이 주인공을 괴롭히는 이유일 뿐, 주인공이 괴롭힘을 당할 당위성이 확보되진 않는다. 작가가 이를 구별하고 헷갈리지 않아야 따돌림과 괴롭힘의 감정선을 부드럽게 이어갈 수 있고 자칫 '당할 만하다'는 분위기로 여론이 넘어갈 위험을 피할 수 있다.

군대에 관해서는 일반적으로 육군 관련 정보가 가장 자세히 알려져 있다. 괴롭힘이 주목적인 장면이므로 단출한 정보만 있어도 너끈히 만들 수 있다. 대사는 당연히 '다나까체'여야 한다.

군필자 남성이라면 자신의 경험을 녹여 만드는 것이 가장 쉬운 길이다. 자신이 공군이었는데 애써 육군 부대로 선정할 필요가 없다는 뜻이다.

군대는 남성향 현대 판타지 독자들이 한마음으로 감정이입을 하는 소재다. 군대물끼리 내용이 좀 겹치더라도 문제없이 통한다. 자신의 군복무 시절에 맡은 역할이나 부대 등 특이점이 있었다면 그걸 살려서 소재로 삼고 스토리를 짜보자.

반대로, 군대물을 여자가 쓴다면 자료 조사를 군필 남성보다 훨씬 깊게 해야 한다. 쓴다 해도 여성향 장르 안에서 진행하는 것이 실무적으로 유리하다.

138

남편을
처음 만난 날

:오늘의 장면:

여자는 눈을 감고 남편을 처음 만났던 날을 떠올린다. 그날은 두 사람이
부부의 연을 맺는 날이었다. 혼례복을 차려입고 난생처음 남의 손으로 꾸
밈을 받았다. 거울에 비친 자신은 제 눈에도 예뻤다. 준비가 끝나자 여자
는 방을 나와 안마당으로 들어선다. 사람들이 많이 모여 있어서 놀란다.
여자는 사람들이 이렇게 많이 모일 거라고 생각하지 못했다. 앞으로 여자
의 남편이 되어 한 이불을 덮을 남자의 첫인상은 아주 잘생겼지만 사나운
눈빛이라 무서울 정도였다. 여자는 겁에 질려 고개를 숙인다. 얼굴을 보자
심장이 더 뛴다. 곧 혼인식의 절차가 진행된다.

:반드시 필요한 설정:

- 현재 여자의 신상 정보(신분과 나이 포함)
- 결혼식 때 여자의 나이
- 결혼식이 거행되는 계절과 날씨

• 회상의 시점과 장소

 북마녀의 조언

과거를 회상하는 여자가 지금 몇 살인지 정해야 한다. 노인이 남편의 장례식에서 오래전 과거를 떠올리는 것과 젊은 새댁이 지난해를 떠올리는 것은 같은 회상이어도 큰 차이가 있다.

이 장면에서는 남편으로 맞이하게 될 남자에 관하여 꼼꼼히 설정하지 않아도 된다. 대신 남자의 외형이 선명하게 그려져야 한다. 첫인상이 사납고 무섭다고 느낄 만한 외모로 정하자. 눈빛이 매서운 까닭으로 원래 눈매가 그런지, 아니면 어떤 특별한 이유가 있는지 기술한다면 묘사가 훨씬 더 풍성해진다. 다만 이는 당시 신부의 시선으로 보는 것이므로 신랑의 속내가 완전히 드러나서는 안 되고, '추측'성 분석이어야 합당하다.

장면 앞부분은 신부의 꾸밈새, 뒷부분은 혼인식 절차로 구성되어야 한다. 정황상 동양풍이 가장 잘 어울린다. 단어를 바꾼다면 서양풍으로 구현하는 일도 가능하다. 시대적 배경에 따라 신부의 옷차림과 예식 절차도 조금씩 달라진다.

결혼식이 야외에서 진행되는 설정이다. 계절성을 강조한다면 장면이 더욱 아름다워진다. 단순히 '눈이 내린다, 꽃이 폈다' 정도에 그치지 말자. 어떤 옷을 입게 될지, 식이 이루어지는 공간은 어떻게 펼쳐질지 등 부각되는 각종 요소가 계절에 따라 달라진다.

양녀의 외박

:오늘의 장면:

국회의원 ○○○에게는 고아원에서 데려온 수양딸이 있다. 딸아이는 어릴 적부터 고분고분 말을 잘 들었다. 물론, 입양 초반 고아원으로 다시 돌아가겠다고 대들다가 ○○○에게 두들겨 맞은 이후부터 얌전해졌다. ○○○에게 그녀는 매우 귀중한 물건이다. 자신과 집안에 가장 큰 이득을 줄 수 있는 집에 첩이든 뭐로든 팔아버릴 요량이다. 그런데 지난밤에 양딸이 집에 들어오지 않았다. 외박이라니, 설마 어느 놈과 자버린 것일까? 감히 내 계획을 망가뜨리다니! ○○○은 현관으로 들어서는 그녀에게 씩씩거리며 다가간다.

:반드시 필요한 설정:

- 국회의원의 이름과 연령대
- 입양 당시 양녀의 연령대와 현재 나이
- 국회의원의 가족 관계

- 국회의원이 그녀를 입양한 까닭

 북마녀의 조언

오늘의 장면은 웹소설 로맨스에서 자주 활용되는 불행 서사의 클리셰 중 하나다. 고아였던 과거, 입양되었으나 입양 가정이 매우 나쁜 환경이라 불행한 삶을 살고 있는 현재, 여기에 정략결혼의 희생양이 될 가능성이 있는 미래까지 불행 서사 3종 세트다. 겉으로는 부잣집에 입양되어 공주님처럼 잘 사는 것처럼 보이겠지만 속은 곪아 터져 있겠다. 남자주인공보다는 여자주인공이 이와 같은 일을 겪을 때 그 불행은 더욱 극대화된다.

이 장면에서는 폭력 요소를 집어넣거나, 폭력 없이 '상품' 취급을 하며 고함을 지르고 협박하는 것만으로도 악역의 악랄함을 드러내고 독자의 분노를 일으킬 수 있다.

폭력 요소를 활용할 시, 각양각색의 버전이 가능하다. 폭력을 행하는 이가 가족 구성원 모두에게 폭력을 행사하는 경우와 주인공에게만 폭력적인 경우로 나뉜다. 전자는 다른 식구들도 두려워하는 모습이 등장하게 되고, 후자는 다른 식구들이 폭력을 묵인 및 방조하는 환경이 된다. 물론 자기들도 맞았든 안 맞았든 이 식구들은 전부 방관자이자 악역의 조력자가 된다. 가족 중 누군가 양녀를 감싸는 캐릭터가 있지 않은 한 말이다. 전자로 설정하더라도 마치 작가가 폭력자의 가족을 안타깝게 여기는 것처럼 스토리를 끌고 가서는 안 된다.

양딸이 지난밤 들어오지 않은 까닭은 이 장면에서 나올 필요가 없다. 어차피 국회의원의 입장에서 양딸을 기다리는 장면이기 때문이다. 하지만 실제 소설에서는 이 장면 직전에 꼭 나와야 한다.

집에 들어오자마자 폭력을 당하는 양녀의 반응과 상태, 양부의 폭력성을 생생하게 기술하되 대사에 고함을 집어넣길 권한다. 양녀가 비명을 지르는 것보다는 비명을 삼키거나 고통에 숨을 들이켜는 모습이 독자의 괴로움을 증폭시킨다.

140
 # 장면 실습 예제

첫날밤인데
너무하다

:오늘의 장면:

결혼 후 첫날밤. 남자는 오늘 자신의 아내가 된 여자에게 선언한다. 앞으로 같은 침대를 쓸 일은 없을 것이며 딱히 아내로 여기지도 않겠다고. 아내에게는 평범한 결혼을 어렵게 하는 단점이 있다. 그리고 남자는 목적을 위해 이 결혼을 했다. 이 결혼은 남자에게 큰 도움이 되겠지만, 언젠가 부부의 연을 끝낼 때가 올 것이다. 남자는 모질게 말해놓으니 속은 시원하지만, 살짝 죄책감이 들어 여자의 반응을 살핀다. 여자의 얼굴은….

:반드시 필요한 설정:

- 대화가 이루어지는 장소
- 여자의 단점
- 남자의 목적과 결혼했을 때 얻게 되는 것

🧙‍♀️ 북마녀의 조언

웹소설에서 일반적인 계약 결혼은 신랑이 될 사람과 신부가 될 사람이 서로 합의를 하지만, 오늘의 장면에서 풀어낼 결혼은 좀 다른 개념이다. 여자가 결혼하기 힘든 케이스이니 남자는 사실상 아내의 집안 쪽 어른과 합의했을 확률이 높다.

이는 매우 흔하진 않지만 그래도 은근히 자주 나오는 설정이다. 시작은 삐거덕거렸어도 시간이 흐르면서 진정한 사랑에 빠지게 되는 스토리의 시작이 될 수 있는 장면이며, '선결혼 후연애' 키워드로 활용할 수 있는 소재다. 이건 어디까지나 이 남자가 남주인공일 때의 얘기다. 남주인공이 따로 있다면 이 남자는 구제할 수 없는 전남편의 역할이고 스토리상 결국 치워지는 놈이다.

남자가 남주이거나 조연일 때 어떤 차이가 생길까? 어느 쪽이든 이 장면에서는 아주 냉정하게 행동할 것이고 여자는 상처를 받는다. 남편이 악역일 땐 형용사를 조금 더 강한 단어로 골라보자. 대사도 저질스럽고 천박한 느낌을 살리자. 요놈이 악역이라는 게 보이도록 말이다. 같은 내용이어도 어떤 단어를 고르느냐가 관건이다. 반대로 남주라면, 아무리 여자에게 상처를 줄 요량으로 말을 하더라도 나중에 봉합할 수 있는 수준이어야 한다.

여자의 반응도 이 장면을 달리 보이게 하는 변수다. 저런 소리를 들었을 때 여자가 어떤 반응을 할까? 눈물을 흘리거나 참을 수도 있고, 아니면 덤덤하게 반응할 가능성도 있다. 여자의 성격에 따라 대응하는 방식에도 차이가 생긴다. 여자가 그동안 어떤 삶을 살아왔는지 상상하고 취향껏 적용해보자. 여자가 가진 단점이 그 삶과 성격에 영향을 미칠 것이다.

2. 불행한 아이

오늘의 캐릭터

행복했던 아이에게 곧 불행이 닥친다. 해당 사건 탓에 아이는 신체에 큰 문제가 생겨 한참 입원하고, 사랑하는 사람도 잃고 만다. 이는 아이가 성장한 후에도 트라우마로 새겨진다.

반드시 필요한 설정

- 이 스토리의 장르
- 캐릭터의 이름
- 가족 관계
- 성격
- 버릇
- 잘하는 것(특기)과 못하는 것
- 좋아하는 것과 싫어하는 것
- 불행한 사건(육하원칙에 따라 간단히 정리)

북마녀의 조언

등장인물의 어린 시절과 성인 시절이 모두 작품에 등장한다면 외모 설정을 양쪽 다 해두어야 한다. 특히 성장기를 거치면서 외모가 크게 달라지거나 문제의 사건 이후 큰 변화가 있다면 꼭 적어둔다(애꾸눈, 흉터 등).

캐릭터의 이름은 일반적으로 하나만 정해도 되지만, 상황에 따라 이름을 바꾸거나 숨길 수도 있겠다. 이럴 땐 과거와 현재의 이름을 모두 지어야 한다. 되도록 '성'도 정한다. 이름과 성이 서로 어울리게 조합하는 네이밍 작업은 연습할수록 작가 생활에 도움이 된다.

해당 사건의 결과는 물리적 여파와 심리적인 영향으로 나타나게 된다. 실제로 어떤 외부 자극으로 정신적 충격을 받았을 때 성격과 생각 패턴이 달라지는 일도 다반사다. 강박적인 증상이 나타날 수도 있다. 트라우마에 의해 성격 변화가 생긴다면 전과 후를 모두 설정해야 한다.

트라우마는 매력적인 캐릭터 설정에서 아주 요긴하게 쓰이는 소재다. 그러나 웹소설의 주인공을 심각한 사회 부적응자나 정신장애자로 정하면 서사 진행이 좀 힘들어진다. 트라우마가 있어도 매력적인 구석을 더 깊이 있게 만들어야 독자의 감정 이입이 가능해진다.

사람이라면 누구나 자기만의 트라우마를 안고 살아간다. 소설 캐릭터 중 특히 주인공, 그중에서도 웹소설 주인공은 이를 극복해나가야 한다. 반대로 트라우마 때문에 악의를 갖고 심각한 범죄를 저지른다면 그 캐릭터는 악역이 되겠다. 일련의 과정을 격정적으로 재미있게 쓰는 것이 웹소설 작가의 몫이다.

참고로, 근래 웹소설 시장에서 아동 학대에 대한 논란이 주기적으로 일고 있다. 주인공의 불행 서사가 아동 학대(직접적인 폭력이나 고문)여야 한다는 법은 없다. 반대로 무조건 이를 피하지도 말자. 그 불행한 사건이 아동 학대라고 해도 원고에서 너무 잔인하게 묘사하지 않는다면 플랫폼의 검수를 무난하게 통과할 수 있다.

신녀의 등장

:오늘의 장면:

여자는 깊은 숲에 들어갔다가 어떤 문을 열고 들어간다. 평범한 집은 아닌 것 같고, 묘하게 싸늘한 기운이 느껴진다. 아무래도 절 같아 보여 두리번 거리는데 안에서 한 남자가 나와 여자를 보고 크게 놀란다. 남자는 신당을 지키는 사람이다. 그리고 이곳 신당의 문을 열 수 있는 사람은 선택받은 신녀 외에는 자신뿐이다. 오래도록 기다렸던 신녀가 드디어 나타났다. 남자는 자초지종을 설명하지만 여자는 자신이 결코 신녀일 리 없다고 생각한다. 여자가 돌아가려 하자 남자는 결사적으로 매달린다.

:반드시 필요한 설정:

- 여자는 왜 숲에 들어갔는가?
- 여자의 연령대와 외형, 신분
- 남자의 연령대와 외형

 **북마녀의 조언**

여자가 신당에 들어갔을 때 그 안이 어떤 모습인지 어느 정도 묘사가 필요하다. 특히 '문'에 대한 서술이 중요하다. 이 장면에서 문을 여는 행위 자체가 아주 큰 시험이기 때문이다. 여자 앞에 나타난 문의 크기와 겉모습, 이미지뿐만 아니라 여자가 문을 열고 닫을 때의 느낌과 기분, 그리고 동작까지 조목조목 나열하자.

신녀라는 게 밝혀지거나 정해지는 타이밍은 일반적으로 나이가 좀 어릴 때이기 때문에 연령대를 높게 잡더라도 30대로 넘어가는 건 어울리지 않는다. 여자가 자신이 신녀일 리 없다고 믿는 건 스스로 평범한 사람이라고 생각하기 때문이다. 자신이 얼마나 평범한 사람인지 여자가 스스로 평가하는 내용이 필요하다. 반면, 신당을 지키는 남자는 나이가 많든 적든 딱히 상관없으므로 외형을 자유롭게 설정해도 된다. 어쩌면 남자는 겉모습만 인간일 뿐, 사람이 아닌 존재일 수도 있다.

한 명만 돌아왔다

:오늘의 장면:

B는 남자가 매일 밤 A를 떠올린다는 것을 알고 있다. 남자가 A를 짝사랑했다는 건 온 동네가 아는 사실이다.

얼마 전 A와 B가 함께 외출했다가 B만 살아 돌아왔다. A의 행방은 알 수 없지만 죽었을 확률이 높다. B는 돌아오지 않을 사람을 기다리지 말라고 남자를 달래본다. 남자를 짝사랑해온 B는 이번이 기회라고, 어떻게든 그 빈자리를 자신이 메울 수 있으리라고 생각한다. 그러나 남자의 얼굴이 도리어 험악해진다. 남자는 매달리는 B를 차갑게 잘라낸다.

:반드시 필요한 설정:

- 시대적 배경
- 여자들과 남자의 공식적인 관계
- A에게 일어난 사건과 사건 발생 장소

 북마녀의 조언

무슨 일이 있었기에 한 명만 돌아오게 되었을까? 이것은 오늘의 장면에서 크게 중요한 요소는 아니기에 그 사건의 전말이 빈틈없이 설정되지 않아도 이 장면을 구성할 수 있다. 그래도 육하원칙에 따라 간략히 정하고 B의 입장이 한두 문장 포함되도록 서술하자.

명백한 사실은 사라진 A가 죽었을 거라고 가정할 만큼 크나큰 사건이었다는 점이다. 만약 해당 사건에서 B가 관여한 지점이 있다면 B의 속내에 그게 나와야 어색하지 않다. B의 감정은 죄책감일 수도 있지만, 어쩌면 이렇게 된 걸 다행이라 여기고 남자를 가질 절호의 기회라며 기뻐하는 감정이 더 클지도 모른다.

남자와 B의 대화가 넉넉한 분량으로 나와야 한다. 남자는 그저 비통할 뿐이고, B는 불안하면서도 안달이 나 있는 상황이다. 그 감정이 대사 및 표정, 동작에서 보여야 한다. 또한 밤하늘과 날씨 역시 인물의 감정에 걸맞은 분위기로 구현한다면 그 감정이 고조되겠다. 선을 긋는 남자의 행동에 B가 펑펑 울며 자리를 뜰지, 눈을 치뜨고 악역으로 변신할지는 작가의 생각에 달려 있다.

참, 남자와 여자들의 나이 차가 너무 과도하게 나면 어색해진다. A와 B 역시 비슷한 연령대로 만드는 게 좋겠다. 특히 여성향 장르에서 여성들의 경쟁 구도가 나올 시, 나이가 많은 것이 단점이 되는 설정은 피해야 한다.

고아의 생일

:오늘의 장면:

보육원에 사는 아이들의 생일은 일반적으로 태어난 날이 아니다. 자기 생일을 기억하는 아이도 모르는 아이도 전부 합동 생일 파티를 한다. 여자가 기억하는 날짜는 보육원에 버려진 날짜이고 그게 생일이 되었다. 그런 구질구질한 이야기까지 눈앞의 남자한테 하고 싶지는 않다. 그녀는 생일을 묻는 남자에게 생일은 중요하지 않다며 답을 피한다. 그러자 정황을 눈치 챈 남자가 그럼 생일을 다시 정하자고 한다. 말 안 해주면 자기 맘대로 정하겠다며. 남자가 제시한 날짜는 ○월 ○일.

:반드시 필요한 설정:

- 남자가 정해준 생일 날짜
- 그 날짜를 생각한 까닭
- 남자와 여자의 관계
- 대화가 진행되는 장소

🎩 북마녀의 조언

오늘의 장면은 주요 캐릭터를 고아로 설정한 스토리에서 쓰기 좋은 에피소드다. 꼭 생일이 아니어도 보육원에서 겪게 되는 경험이나 트라우마를 누그러뜨리는 장치를 통해 주인공의 사무친 외로움과 슬픔을 해소할 수 있다.

이 장면은 현대 배경으로 전개해보자. 장소가 그렇게 중요한 요소는 아니지만 설정상 의미 있는 공간으로 선택해도 좋겠다.

남자가 제안하는 생일 날짜는 남자와 여자 모두에게 의미가 있는 날짜, 아니면 남자 혹은 여자가 좋아하는 무언가와 연관된 날짜를 추천한다. 계절 등 자연에 관계된 날짜로 정해도 괜찮다.

예제 속에서 여자는 고아가 분명한데, 남자의 서사는 확실치 않다. 두 사람 다 고아여도 이 에피소드는 전개 가능하다. 대화 속에서 그 설정이 드러날 수 있도록 해보자. 하나 남자가 고아가 아니라는 설정이라면 남자가 여자를 동정하는 느낌이 들지 않도록 하는 편이 낫다. 속으로는 매우 안쓰럽게 여기더라도 겉으로는 세심하게 말을 골라서 해야 한다. 눈빛에 측은지심 같은 감정이 깃드는 묘사를 넣어버리면 오히려 역효과가 난다.

그때 그 소녀가 이 여자다

∶오늘의 장면∶

남자의 기억 속에는 한 소녀가 있다. 어린 시절 만난 그 소녀는 가시를 잔뜩 세웠던 자신을 따뜻하게 대해주었다. 시간이 지난 후 백방으로 찾았지만 찾지 못해서 영영 못 볼 줄 알았다. 그런데 그 여자애가 바로 그 여자라니. 남자는 허겁지겁 그곳으로 뛰어간다.

오래전 그 여자애와 같이 숨어 있었던 그곳에 그녀가 앉아 있다. 정신 나간 사람처럼 급히 달려오는 남자의 모습에 그녀가 놀라 일어선다. 숨을 고른 다음 남자가 여자에게 묻는다.

∶반드시 필요한 설정∶

- 어린 시절 두 사람이 숨었던 공간(현재 그녀가 앉아 있는 곳)
- 어린 시절 두 사람이 이곳에 숨었던 까닭
- 현재 남자와 여자의 관계
- 남자와 여자의 과거 나이와 현재 나이

 **북마녀의 조언**

오늘의 장면에서 두 사람의 신상 정보가 조목조목 필요하진 않다. 두 사람의 관계가 명확하다면 이름 정도만 나와도 충분하다. 하지만 어린 시절에 남자가 왜 가시를 세웠는지에 관해서는 잘 설명되어야 한다. 여자애를 만나니 수줍은 나머지 괜히 뻗댔을 수도 있고, 원래 성격이 까칠했을 수도 있고, 어린 시절의 환경 때문에 경계심이 컸을 수도 있고, 훨씬 전에 무슨 일을 당해 소녀를 만난 당시엔 이미 트라우마가 형성되었기 때문일 수도 있다. 혹은 두 아이가 위급한 상황에 처해 있었을지도 모른다.

이 장면이 진행되는 공간을 정하고 원고에서도 세세하게 기술하도록 하자. 과거에서 현재에 이르기까지 두 장면이 모두 이곳에서 나왔으니 그 공간도 시간이 흐르면서 낡고 해지는 등 여러 가지 달라진 점이 생긴다.

실제 소설이라면 백방으로 찾았는데 왜 찾을 수 없었는지 그 이유가 자세하게 나와야 하지만, 이 장면에서는 굳이 나올 필요 없다. 뭉뚱그려서 넘어가도 된다.

남자가 여자한테 무엇을 물을까? 뭐라고 물어볼까? 중요한 대사이니 심사숙고하여 적어보자.

제물

:오늘의 장면:

비가 내려 흙바닥이 질어진 산길. 사람들은 미끄러운 길에 짜증을 내며, 또 이따 내려갈 길을 걱정하며 깊은 산속으로 향한다. 제물이 되러 자기 발로 올라가고 있는 주인공은 아무 감정을 드러내지 않는다. 주인공을 데려가는 사람들은 혹시라도 주인공이 마음을 달리 먹고 도망치지 않을까 연신 힐끔거린다. 하지만 길이 너무 미끄럽고 주인공이 딱히 반항하지 않아서 결박했던 끈을 풀어주고 올라가기로 한다. 제물이 되는 사람은 보통 가난한 집의 자식이다. 주인공의 가족도 주인공을 바친 대가로 많은 것을 받게 되었다. 끌려오기 전부터 주인공은 자신의 운명을 이미 알고 있었다. 어젯밤 부모님이 하는 얘기를 몰래 엿들었다.

:반드시 필요한 설정:

- 시대적 배경
- 누구에게 바쳐지는가?

- 주인공을 데려가는 사람들의 정체와 인원수
- 가족이 받게 된 것
- 주인공과 가족의 관계
- 주인공의 성별과 연령대

 북마녀의 조언

오늘의 장면은 인외 존재가 등장하는 스토리에서 흔히 쓰이는 도입부다. 어떤 존재에게 제물로 바쳐진다는 설정은 도입부부터 주인공의 불행 서사를 깔고 시작하는 효과를 줄 수 있다.

인외 존재란, 인간이 아닌 존재를 말한다. 괴물, 요괴, 요정, 악마 등과 함께 신적인 존재도 포함하는 개념이다. 하지만 지금은 인외 존재 자체가 아직 등장하기 전이므로 명확한 정보가 나오지 않아도 무방하다.

오늘의 장면은 두 가지로 나눌 수 있다. 산길을 올라가는 장면에 이어 주인공이 어젯밤 부모님의 애기를 엿듣는 장면이 나오게 된다. 주인공이 그 기억을 머릿속으로 곱씹는 방식으로 나타낼 수도 있고, 아예 별도의 장면으로 그릴 수도 있다. 어느 쪽이든 부모님의 대화가 명확하게 나오면 좋겠다.

이 상황에서 주인공은 특별히 말을 할 기분이 아니다. 산길에서도 마찬가지다. 주인공이 입을 꼭 다물고 있는 대신, 주변 사람들이 저들끼리 한마디씩 하는 말들이 나와야 한다. 궂은 날씨와 험한 산길을 적절히 언급하자.

헤어진 애인의
결혼

:오늘의 장면:

수년을 만나온 관계. 상대는 사내 연애라 직장에서 괜히 어색해질 수 있다
며 비밀로 하자고 했고, 나도 동의하여 비밀 연애를 해왔다. 그런데 상대
가 나에게 이별을 고한 지 한 달도 지나지 않았는데, 경조사 게시판에 결
혼을 한다고 떡하니 이름이 올라왔다. 한 달 뒤에 결혼한다고 한다. 커플
웨딩 촬영은 언제 했으며 식당은 언제 예약했단 말인가…? 이게 어떻게
가능한 일인지 어림짐작도 되지 않고 더 생각해봐야 눈물만 날 뿐. 우리
관계를 이전부터 알았지만 입을 다물어주었던 동료 직원 하나만 나를 측
은하게 바라본다.

:반드시 필요한 설정:

- 나의 성별
- 회사 관련 정보
- 나와 전 애인의 회사 내 소속 부서 및 직급

- 동료 직원의 이름과 직급

 북마녀의 조언

스토리의 앞부분에서 이런 과거사를 너무 길게 장면, 장면, 장면으로 만들어 펼치면 진짜 중요한 인물이 등장하는 타이밍이 늦어질 수 있고, 어차피 처분될 똥차의 비중이 괜히 커지기만 한다. 그러니 너무 길게 늘이진 말길.

딱 문단 하나로 도입부를 해결해버리는 것도 가능하다. 전 애인과의 구구절절하고도 구질구질한 과거를 한 번에 해치워버리는 것이다. 그 인간이 주요 캐릭터일 가능성은 없을 테니까. 예를 들어 경조사 게시판을 바라보고 있는데 이 정보가 쫙 흘러나오는 식으로 전개한다면 이 구간을 짧게 간추리되 설정 소개처럼 보이지 않고 '장면'으로 만들 수 있다. 동기와 메신저로 대화하는 장면으로 대신해도 괜찮다.

전 애인의 너저분한 대사나 행동을 하나쯤 눈에 띄게 강조할 것을 권장한다. 이를 통해 그 인간이 절대로 주요 캐릭터가 아니라는 사실을 명시하는 것이다. 단순히 냉정한 언행 정도로는 부족하다. 자칫 무심하고 냉정한 타입의 남주와 겹쳐 보일 수 있으니 주의하자. 전 애인의 추잡스러움을 선명하게 드러내야 독자의 분노가 치솟는다.

기본적으로 오늘의 장면은 여성향 쪽에서 으레 자주 보이는 패턴이다. 하지만 나의 성별이 반드시 여성일 필요는 없다. 만약 남자라면 BL로 만들어볼 수 있다. BL이어도 구 남친이 여성과 결혼하면서 나의 뒤통수를 치는 방향이 더 나아 보인다. 그래야 주인공이 입는 상처가 훨씬 더 크기 때문이다.

그렇다면 나는 남자이고 뒤통수를 친 상대가 여자인 설정은 안 될까? 충분히 가능하다. 웹소설 장르에서 이 설정은 남자가 주인공인 현판에서 전개할 수 있다. 하지만 남자가 이런 반응을 보인다면 살짝 지질해 보이는 느낌이 난다고나 할까? 남성향 판타지의 남주가 이런 일을 당하는 광경은 쓰더라도 매우 조심해야 한다. 전 여친이 악녀라는 설정은 괜찮지만 주인공이 너무 눈물 콧물 짜며 주인공으로서의 매력이 떨어지는 짓까지 하지는 않도록 해야 한다.

147

장면 실습 예제

개가 아니라

:오늘의 장면:

따뜻한 체온, 그러나 묵직한 무게감. 주인공은 어떤 존재 때문에 어렴풋이 깨어난다. 주인공은 아침마다 자신을 깨웠던 반려견을 떠올린다. 그 개는 아침마다 주인공을 덮쳤고, 품으로 파고들었고, 얼굴, 귀, 목 등을 핥아서 침 범벅을 만들곤 했다.

주인공은 더 자고 싶다고 중얼거리며 귀찮은 손길로 개를 밀어낸다. 한데, 지금 주인공에게 들러붙어 있는 존재는 개가 아니라 사람이다. 이를 인지하자마자 주인공은 소리를 지르며 뒤로 물러나다가 침대 아래로 떨어진다.

:반드시 필요한 설정:

- 시대적 배경
- 주인공의 성별
- 주인공 옆에 있는 존재의 정체

- 그 존재의 신상 정보

- 두 사람이 한 침대에 있는 까닭

- 주인공이 키웠던 개의 이름과 견종

북마녀의 조언

반려견의 견종은 정확하게 나올 필요는 없지만 설정해두길 권한다. 그래야 추억에 관해 적을 때 그 견종의 특성을 반영한 이야기를 할 수 있기 때문이다. 그런데 너무 작은 덩치의 소형견을 키웠다면 사람을 개로 착각하긴 쉽지 않겠다. 어느 정도 덩치가 있는 견종으로 정해야 적절하다.

오늘의 장면은 하룻밤을 보내고 난 다음 날 아침 에피소드로 등장하기 좋고, 매우 자주 쓰이는 클리셰다. 현재 개를 키우고 있다거나 혹은 꿈에서 어린 시절 키웠던 개와 재회하다가 현실로 이어지는 흐름도 상당히 부드럽다. 개가 현재 살아 있는지 죽었는지는 정하기 나름이다.

침대에 있는 그 사람이 누구인지 정한다면 이 스토리의 앞부분은 다 짠 것이나 마찬가지다. 참고로, 수인물이라면 '그 개가 실은 그 사람이야!'라는 설정도 가능하다.

시대적 배경에 따라 잠들었던 공간의 분위기, 침구의 소재, 잠잘 때 입은 옷, 옆에 있는 사람의 옷까지 묘사가 달라진다. 혹시 옷을 벗고 있다면 침구의 질감과 사람의 몸이 더 자세히 표현되어야 한다.

청춘물은 역시
농구지!

：오늘의 장면：

교실에 앉아 책을 읽고 있는데, 창밖에서 큰 소리가 들린다. 운동장에서 남학생들이 농구 하는 소리다. 그중 주인공의 눈에 띄는 남자애가 있다. 농구를 하면서 부대끼느라 옷이 잔뜩 흐트러져 있다. 방금 득점을 했는지 아주 신나서 환하게 웃고 있다. 다른 학생들과 하이파이브를 하고 어깨동무를 한다. 문득 남자애가 이쪽을 바라본다. 눈이 마주친 기분이 들자마자 얼른 창가에서 떨어져 나온 주인공. 자신이 너무 오래 대놓고 관찰했다는 사실을 뒤늦게 깨닫는다.

：반드시 필요한 설정：

• 이 일이 일어나는 계절과 시간대

• 주인공이 있는 교실은 몇 층인가?

• 주인공의 성별과 직업

 북마녀의 조언

오늘의 장면은 그야말로 청춘의 한 자락 같은 광경이다. 아직 관계가 진전되지 않은, 시작도 되지 않은 상황에서 일어나는 에피소드다. 보통 이 장면을 스토리의 앞쪽에 넣지만, 이건 고정관념이다. 뒤에 넣는 것도 가능하다. 중후반부에 회상 장면으로 쓰거나 에필로그 쪽에 '사실은 옛날에 둘이 이랬지!' 하는 에피소드로 넣을 수 있다. 이 장면이 에피소드의 전체일 수는 없고 오늘의 장면 직후 무슨 일이 더 있어야 한다.

주인공이 농구 하는 남학생 무리를 관찰하는 장면이므로 학생들, 특히 특정 남학생에 대한 묘사가 집요하게 나와야 한다. 외모뿐만 아니라 움직임도 나와야 한다. 이걸 영상으로 만든다면 BGM과 함께 약간 슬로비디오처럼 연출된다고 생각하고 세밀하게 관찰해보길 바란다.

관찰 내용으로 남학생들의 대사를 넣을 수도 있다. 반대로 주인공이 관찰하는 동안에는 주인공의 대사가 필요 없다. 장면의 끝부분에 누군가 주인공에게 말을 거는 식으로 연출한다면 퍼뜩 놀란 주인공에게 맞는 대사를 넣어주면 된다.

설정 항목에 주인공의 직업까지 넣어둔 까닭은 주인공이 학생이라는 전제가 깔려 있지 않기 때문이다. 주인공이 교사일 수도 있다. 어느 쪽이든 클리셰다.

※북마녀는 애석하게도 인간계 시절 여학교를 다녀서 이런 추억이 전혀 없다. 학창 시절 비슷한 추억이 있다면 기억을 더듬어 살려보고, 없어도 상상하면 된다. 사람 죽여본 사람만 스릴러 쓸 수 있는 건 아니니까. 망상은 작가의 습관이자 특기여야 한다.

149

149
회장이
돈줄이다

\# 장면 실습 예제

:오늘의 장면:

관리인이 다가와 김 의원이 도착했다는 소식을 회장에게 알린다. 김 의원
은 지금 마음이 굉장히 급하고 떨리지만 최대한 안 급하고 안 떨리는 척
회장과 대화를 나눈다. 코앞으로 다가온 선거를 치르려면 막대한 자금이
필요하다. 뚫어놓았던 돈줄이 모두 끊겼기 때문에 회장의 도움이 절실하
다. 문제는 그 상황을 회장이 이미 아는 눈치라는 점이다. 지금까지 자금
을 꼬박꼬박 대주었던 회장이 무엇 때문인지 심사가 뒤틀린 모양이지만,
김 의원은 오늘 회장을 살살 달래 꽤 큰돈을 빼낼 작정이다.

:반드시 필요한 설정:

- 장면이 진행되는 공간
- 회장이 운영하는 기업 정보
- 회장의 연령대
- 국회의원의 연령대

• 국회의원은 선거에서 몇 번 당선된 인물인가?(초선인지, N선인지)

🎩 북마녀의 조언

급하지만 안 급한 척하는 김 의원의 심정을 대화와 지문으로 드러내는 것이 이 장면의 목적이다. 김 의원 입장에서는 회장의 의뭉스러운 태도 때문에 별생각이 다 들 텐데, 이는 지문으로 해결하자.

오늘의 장면에서 회장의 심사가 뒤틀린 이유는 확실치 않다. 회장의 숨겨진 속내 혹은 비밀을 김 의원이 현시점에서 알지 못할 수도 있다. 실제 소설에서는 장면의 전후에 그 까닭이 설명될 것이다.

국회의원의 연령대는 선택지가 다양하다. 젊은 초선 의원일 수도 있고, 나이가 지긋한 사람일 수도 있겠다. 연령대와 경력에 따라 태도 및 대사가 확연히 달라진다. 회장은 너무 젊기보다는 어느 정도는 나이가 지긋해야 현실적으로 보인다. 그러니 중장년 이상으로 잡으면 되고, 살짝 노년층으로 잡아도 무방하다. 외모 설명을 적당히 넣자.

일반적으로 기업의 회장, 국회의원은 남자로 등장하는 직업군이지만, 둘 중 한쪽을 여성으로 잡는 것도 클리셰를 피해 갈 방법이다. 요즘 웹소설 시장에서는 회장을 주인공의 할머니로 설정하는 작품도 심심찮게 보인다.

이 공간은 어디일까? 회장실은 무난하지만 뻔하다. 회장의 자택 응접실에서 은밀한 대화가 이루어지는 것도 가능하다. 김 의원이 고급 식당의 내밀한 룸을 잡아놓고 본인이 늦었을 수도 있겠다. 조금 더 상상력을 발휘해보자.

신탁이 그녀를 지목했다

:오늘의 장면:

전국 각지에서 온갖 재해가 계속되던 어느 날 신탁이 내려온다. 내용인즉
슨, 한 여자를 찾아내 성녀로 추대하고 종국에는 신에게 제물로 바치라는
것이다. 그 여자는 이러저러한 용모의 소유자이고 이러저러한 죄를 지은
여인이라 한다. 신탁의 내용은 전국 방방곡곡에 퍼지고, 그 조건에 딱 들
어맞는 여인 하나가 체포된다. 영문도 모르고 장터에서 잡혀 온 여인은 자
신의 죄를 부인하고 울며불며 살려달라 애원한다. 사실 대신관은 그녀가
그런 인물이 아니라는 걸 안다. 그러나 성난 민심을 잠재우려면 희생양이
필요하다. 대신관은 나중에 이름도 바꿔주고 아무도 모르는 곳에서 평화
롭게 살게 해주겠다고 그녀를 다독인다. 물론, 그건 거짓말이지만.

:반드시 필요한 설정:

- 신탁의 내용(여인의 용모 및 죄목)
- 잡혀 온 여자의 신상 정보

- 대신관의 연령대와 외모, 성격

 북마녀의 조언

오늘의 장면은 작업하기 조금 힘들 수 있는 내용이라 앞부분에 설정을 미리 적어두었다. 그러므로 신탁 내용까지는 짧게 요약해도 되고, 여인이 잡혀 오면서부터 장면이 시작되는 것도 무난한 흐름이다. 단, 소설 속 묘사답게 재해를 구체적으로 명시하는 편이 좋다.

잡혀 온 여자의 입장에서 대신관은 두려운 존재이자 자신을 살려줄 유일한 사람이다. 실제로는 결코 여자의 편이 아니지만 말이다. 이러한 대신관의 이중성을 표출하는 것이 이 장면의 결정적인 포인트가 되겠다.

대신관에게는 종교에 귀의한 자 특유의 이미지를 부여하자. 차갑고 선이 가는 외모인데 다정하게 말을 하는 곱상한 남자 신관 이미지를 여성향 장르에서 주로 활용한다. 오늘의 장면 속 대신관은 맥락상 악역이다. 잘생긴 악역의 악랄함으로 독자를 소름 돋게 해도 좋겠다. '대'신관이니 나이가 지긋하다는 설정도 가능하지만 능력에 따라 지위가 정해지는 세계관이라면 연령대는 정하기 나름이다.

그런데 이 여자가 정말 이러저러한 죄를 안 지었을까? 외모만 신탁 내용에 부합할 뿐 그런 죄는 지은 적이 없는 정말 억울한 케이스일 수도 있고, 사실은 죄를 지었지만 죽음을 목전에 두니 무조건 잡아떼는 것일지도 모른다. 이 여인의 진실이 지문에 담겨 있어야 한다. 신탁이 짚은 용모는 그 세계에서 흔하지 않고 특이점이 있는 설정을 권장한다.

아무렇지 않은 척

:오늘의 장면:

그는 며칠 뒤 수도를 떠나 국경으로 향할 예정이다. 황제의 명이기 때문에

거역할 수 없고, 예정된 미래다. 나를 데려갈 수는 없다고 한다. 내 힘으로

는 그것을 막을 수 없지만 너무 서운하다. 그래도 서운하지 않은 척하기로

마음먹었다. 안 서운한 척을 했더니 그가 삐친 것 같다. 그러나 내가 울며

매달리면 그가 힘들 게 빤하므로 모든 감정을 삼킨다. 전혀 아무렇지 않은

듯이 굴며 정원에 피어난 꽃 얘기 등을 늘어놓는다. 오늘 장에 가서 그의

짐에 챙겨줄 물건들을 살 생각이다. 다음 꽃이 필 때면 그가 돌아올 것이다.

:반드시 필요한 설정:

• 시대적 배경

• 나와 그의 신분

• 황제의 명령이 무엇인가?

• 두 사람의 관계

- 꽃의 종류 혹은 외양
- 무슨 물건을 살 계획인가?

🪶 북마녀의 조언

황제가 나오므로 동양풍 혹은 서양풍으로 정하고 장면을 풀어나가면 된다. 그가 왜 나를 데려갈 수 없는지도 정해두어야 편하다. 이는 황제의 명령 때문일 수도 있고, 너무 위험한 곳이기 때문에 나와 동행하지 않으려는 것일 수도 있겠다. 이 장면에서 황제의 명이 장황하게 나올 필요는 없지만 정해놓긴 해야 세부 요소를 쓸 때 힘들지 않다.

나의 입장이 주를 이루기 때문에 1인칭 주인공 시점으로 쓰는 것이 가장 강력한 효과를 발휘하지만, 3인칭으로 써도 문제없다. 1인칭으로 쓸 땐 내 입장을 최대로 밝힐 수 있고, 3인칭으로 쓴다면 '안 서운한 척'을 하는 나를 바라보는 그의 속마음까지도 적을 수 있다.

웹소설 묘사에서 꽃은 그냥 정원에 핀 '예쁜' 꽃이 아니다. 꽃의 종류가 나와도 되지만 서양풍에서는 꽃 이름을 적기가 힘들다. 너무 낯선 꽃은 독자들한테 인지되지 않고, 애매하게 익숙하면 꽃 이름 때문에 현대적인 느낌이 들어 분위기를 망친다. 그럴 바엔 차라리 장미가 낫다.

반대로 동양풍은 비교적 수월하다. 동양 쪽 꽃들은 대중에게 익숙한 이름이어도 특유의 분위기가 있어서 현대적인 느낌이 안 들기 때문이다. 단, 동양풍 작품에 외국어로 된 꽃 이름이 들어가면 절대로 안 된다.

배경에 휘둘리고 싶지 않다면 꽃의 종류를 직접적으로 언급하기보다는 꽃 자체의 컬러나 꽃잎 등 특색 있는 외양을 정하여 그리는 게 낫다. 마음에 드는 꽃 사진 하나를 구하여 그 외관을 묘사에 곁들여도 된다.

그에게 줄 물건은 묘사까진 불필요하고 명칭을 한두 가지 적어줘도 된다. 자질구레하지만, 없거나 너무 낡았을 때 일상이 불편해지고 좀 측은해 보이는 아이템을 생각해보자. 내가 평소 그를 세심하게 살폈다는 사실을 알 수 있는 대목이 되겠다.

가면무도회

:오늘의 장면:

지루한 무도회. 구석에 숨어 가면을 벗고 쉬고 있는 여자에게 누가 말을 건다. 익숙한 목소리다. 고개를 들어보니 이 자리에 있으면 안 되는 남자가 서 있다. 근육질의 몸매가 옷맵시를 근사하게 받쳐준다. 가면을 썼지만 눈동자 색과 눈매, 입술만 보고도 여자는 대번에 누군지 알아채고 만다. 일주일 전 여자는 공작의 약혼녀가 되었다. 남자는 약혼 얘기를 꺼내며 그녀를 괴롭게 한다. 딱히 원해서 한 약혼도 아니며, 집안에서 밀어붙여서 그렇게 되었다. 게다가 약혼 상대인 공작은 애까지 딸린 늙은이다.

:반드시 필요한 설정:

- 남자의 눈동자 색
- 남자의 신상 정보
- 남자와 여자의 관계
- 약혼 상대인 공작의 가문(공작의 성)

• 남자가 여자의 약혼을 알게 된 경위

 북마녀의 조언

남자의 신상 정보는 간략하더라도 명확하게 정하자. 특히 평민인지 귀족인지 신분이 분명해야 한다. 신상 정보를 통해 남자가 이 자리에 있으면 안 되는 이유도 함께 정해진다. 여자의 시선을 통해 남자의 외모를 그리자. 카메라 앵글이 아래에서 위로 올라가며 남자의 몸과 옷, 얼굴을 비춘다고 생각하면 묘사가 수월해진다. 가면을 쓰고 만나는 장면이기 때문에 검은 눈동자라면 알아보기가 쉽지 않겠다. 눈동자는 검은색 말고 다른 색으로 정하는 게 낫다. 눈 주변만 가리는 가면일 경우 입술 및 입꼬리를 언급해주는 게 좋다.

가장 길게 나와야 할 내용은 두 사람의 대화다. 이 대화 사이에 지문을 넣어 여자의 약혼에 관한 정보를 독자에게 전달한다. 남자의 성격에 따라 대사의 뉘앙스도 달라진다. 능글맞게 놀릴 수도 있고, 비참한 마음이 들도록 조롱할 수도 있고, 거칠게 따지는 행동도 가능하다.

남자가 약혼 정보를 어디까지 알고 있을까? 여자가 대사로 그 정보를 남자에게 알려줄 수도 있지만, 알려주지 않고 속으로만 곱씹는 흐름이라면 지문(여자의 생각)으로만 그 정보를 적어야 한다. 즉, 여자와 독자는 다 알고 있는데 남자만 그 정보를 모르게 하는 것이다.

153

 # 장면 실습 예제

가짜 남편의
머릿속

: 오늘의 장면 :

남자는 창밖 정원을 바라보며 생각에 잠겨 있다. 경치는 매우 아름답지만 남자는 정원이 어떤지 별생각이 없다. 정원에 있는 꽃과 나무 관리에 아내가 신경을 쓰기 때문에 관심이 조금 생긴 것뿐이다. 남자는 아내의 얼굴을 떠올려본다. 저를 바라보는 눈동자, 머뭇거리는 입술. 남자가 아내를 괴롭힐 때마다 아내는 매번 같은 행동을 한다. 가까이 다가가 몸이 닿을 때면 아내는 당황하는 티가 역력하다. 실은 아내가 그럴 만도 하다. 그녀는 남자의 진짜 아내가 아니고, 남자는 가짜 남편이니까. 이 우스꽝스러운 연기를 언제까지 해야 할지 모르겠지만 하다 보니 재미있다.

: 반드시 필요한 설정 :

- 시대적 배경
- 아내의 행동 패턴

 북마녀의 조언

이번 주제는 '계약 결혼'이 아니라 부부인 '척'을 하는 내용이니 이를 헷갈리지 않도록 하고, 구별해서 적자. 어쩌다 두 사람이 부부 행세를 하고 있는지 그 내막이 빈틈없이 요구되는 건 아니다. 필수 내용은 아니라 장면에 아예 나오지 않아도 된다. 이 장면이 들어가는 스토리를 쓰게 된다면 그땐 설정해야 한다.

장면을 시작할 때 창밖 정원에 관한 언급이 짧게 들어가면 어떨까. 나무나 꽃의 명칭이 정확할 필요는 없으며 적당히 뭉뚱그려도 된다. 이후 남자의 시선으로 본 아내의 얼굴에 관한 묘사가 들어가면 좋겠다. 매력적이면서도 조금은 수줍어하는 이미지의 외모 기술이 필요하다.

또한, 남자가 어떤 행동을 할 때 아내가 어떤 반응을 보이는지 정하고, 그 반응을 남자의 시선으로 적어야 한다. 그야말로 남자가 의식의 흐름대로 생각하는 내용을 담으면 된다. 대사가 나올 타이밍이 없기 때문에 지문으로 쭉 진행해도 상관없다. 가독성을 높이기 위해 독백처럼 혼잣말이 살짝 들어가도 괜찮다.

짝사랑의 끝

:오늘의 장면:

친구들과의 술자리. 회사가 끝나자마자 부랴부랴 술집을 찾아 들어간다. 때아닌 비가 오는 바람에 머리도 옷도 축축하다. 오랜 시간 짝사랑했던 상대는 젖어서 어쩌느냐며 걱정한다. 술잔이 채 비기도 전에 상대의 입에서 결혼 얘기가 나온다. 날을 잡았다며, 축하해달라며, 제일 먼저 얘기하는 것이란다. 학창 시절부터 순간순간 두 사람은 함께한 추억이 많았다. 마음을 숨기고 친구로 지내왔기 때문에 상대에게는 그 순간이 그저 친구와의 즐거운 추억일 것이다. 친구였는데도 연인의 존재를 몰랐고, 결혼까지 생각하는지도 몰랐다. 주인공은 그 순간들을 하나하나 떠올려본다. 그 순간엔 상대에게 연인은 없었건만.

:반드시 필요한 설정:

- 주인공과 상대의 성별
- 계절

• 술집에서 시킨 술의 종류, 안주

 북마녀의 조언

오늘의 장면은 술집에서 결혼 소식을 듣는 광경과 주인공의 머릿속 상념이 교차하는 흐름으로 가야 한다. 어느 정도는 시끌벅적한 분위기와 테이블 위의 차림을 언급하길 권한다.

술집 묘사가 너무 과해도 삼천포로 빠질 수 있다. 간결하게 인물의 동작에 녹여내자. 누가 누구에게 어떤 술을 따라주고, 술잔을 비우고, 미리 시켜놓은 안주 무엇무엇이 나와서 맛보는 식으로 말이다.

똑같은 비 오는 날이어도 계절에 따라 다른 느낌이 들고, 비의 종류도 다양해진다. 그리고 이는 술이나 안주에 영향을 준다. 비 온다고 당연히 막걸리와 파전 먹는 그림을 연출하라는 말이 아니다. 주인공의 속 타는 심정과 어떤 주종이 어울릴지, 비 맞은 몸에 어떤 안주가 들어가야 속이 뜨끈할지 등 내용이 자연스레 이어지기만 하면 된다.

주인공의 심정을 누구도 모른다. 그러니 주인공만 칙칙한 상황을 그려라. 남사친과 여사친이 모여 편하게 마시는 술자리 특유의 분위기를 연출하되, 다들 축하한다며 시끌벅적한 가운데 주인공의 속만 썩어 문드러져야 한다.

주인공이 떠올리는 기억들은 하나하나 장면으로 연출할 필요는 없고, 요약 버전으로 충분하다. 생일, 졸업식 등 특별한 날 중심으로 생각하면 보다 수월하게 정리할 수 있다. 상대가 뭘 해줬고 주인공은 뭘 해줬으며 함께 어떤 추억을 쌓았을지 상상해보자.

난 선생이고
넌 학생이야

:오늘의 장면:

고등학교 교무실. 점심시간에 교무실로 찾아온 남학생은 여자 교생에게 연고를 내민다. 그 연고는 교생이 어제 남학생에게 준 물건이다. 남학생은 그걸 돌려주러 굳이 교무실까지 찾아왔다. 다른 정교사들과 동료 교생들, 그리고 교무실에 볼일 보러 온 학생들이 힐끔거리며 엿듣는 눈치다. 교생은 주위의 시선이 부담되어 그냥 가라 하고 남학생은 무슨 말을 하려다가 결국 입을 다물고 연고를 그대로 가져간다.

:반드시 필요한 설정:

- 여자 교생이 남학생에게 연고를 준 까닭
- 남학생의 학년과 나이
- 학교 내 남학생의 위치 및 성적 수준

북마녀의 조언

오늘의 장면은 '클리셰 오브 클리셰'로서, 알다시피 교사와 학생의 러브 스토리에서 자주 접할 수 있는 내용이다. 연고는 작품에 따라 다른 물건으로 대체될 수 있다.

그러나 현 웹소설 시장에서는 미성년자와 성인의 확실한 연애 및 스킨십이 플랫폼 검수 통과에 걸림돌이 된다. 따라서 이 내용만으로 이루어지는 스토리 라인은 그다지 권장하지 않는다. 대신 두 사람의 '과거사'로 이 서사를 풀어나간다면 문제가 없다. 두 사람 모두 성인이 되어 다시 만나는 재회물로 진행하는 것이 더할 나위 없이 좋은 선택이다.

미성년자 학생은 교사보다 무조건 어리지만, 갓 학교를 졸업한 신입 교사이거나 졸업 직전인 교생이라면 학생과의 나이 차가 많이 나지 않는다. 이 관계에서는 연애 감정의 교류가 소설 내에서 전개되어도 크게 문제가 되어 보이지 않는다. 한쪽이 정교사라면 나이 차가 더 벌어질 수 있으나, 최근에는 연하남 소재가 유행하면서 나이 차가 크게 나는 설정도 허용되는 추세다.

그렇다면 성별을 바꾸어 남자 교사와 여학생으로 설정하는 건 어떨까? 오래전에는 이런 스토리 라인이 로맨스 시장에서 팔리기도 했다. 하지만 지금은 '남주가 교사로 시작해서 교사인 채 결말이 나는 로맨스'를 독자들이 굳이 보고 싶어 하지 않는다. 남교사와 여학생의 러브 스토리를 껄끄럽게 여기는 여성 독자가 훨씬 많아졌다.

또한 교사는 로맨스 남주로서 그다지 매력 있는 직업이 아니다. 마찬가지로 남주가 9급 공무원인 로맨스를 보고 싶어 하는 독자도 없다. 모름지기 소설 속 남주라면 훨씬 더 매력적이고 흥미로운 직업을 가져야 한다.

어제 교생이 왜 남학생에게 연고를 줬을까? 그 까닭은 남학생의 캐릭터 설정과 연결된다. 무려 '연고'이니 패싸움을 하고 다니는 일진이 바로 떠오르겠지만 일진만 폭력 사건에 연루되는 것은 아니다. 어쩌면 남학생이 가정 폭력의 피해자일지도 모른다. 한때 유행했던 인소(인터넷 소설) 시절의 일진 스토리를 쓰는 것이 아니기 때문에 남주에게 어울리는 합당한 이유가 있어야 한다. 불행 서사가 반드시 여주에게만 있으리라는 법은 없다.

경매장

：오늘의 장면：

아주 낡아빠진 그림이 경매장에 등장한다. 그 순간 경매장 안의 사람들이
술렁인다. 왜냐하면 모두가 그 그림을 기다렸으니까. 경매사가 경매의 시
작을 알린다. 경매가는 2천만 달러부터 시작한다. 한 명씩 손을 들어 금액
을 외친다. 그 자리에 있는 모두가 그 그림이 최소 5천만 달러는 넘을 것
이고 1억 달러에 육박할 거라는 사실을 안다. 호가는 계속 높아지고 눈치
작전이 펼쳐지던 중, 구석에서 한 번도 번호판을 들지 않고 관망만 하던
사람이 작지만 단호한 목소리로 1억을 외친다. 정말 1억 달러가 나올 줄
이야! 모두가 소리 난 쪽을 돌아보고 침묵한다. 경매사가 낙찰봉을 두드
리며 낙찰을 선언한다.

：반드시 필요한 설정：

- 그림 제목과 화가 이름
- 화가의 커리어

- 이 그림이 유명한 까닭
- 1억을 외친 사람의 신상 정보(성별 포함)
- 이 사람이 이 그림을 산 이유

 북마녀의 조언

오늘의 장면은 작품 전체에서 매우 특별한 장면은 아니다. 일반적으로 경매장에서 일어나는 흐름을 보여주며, 스토리 내에서 주요 등장인물의 성격을 밝히기 위한 용도로 쓰인다.

경매 물품으로 올라온 그림에 관한 독특한 설정이 있다면 독자의 관심을 끌어낼 수 있다. 화가의 커리어나 이 그림이 유명한 까닭에 사연을 집어넣고 이를 낙찰자와 연결시켜봐도 좋겠다.

경매가 시작되고 중반 즈음까지 그림 관련 정보를 간소하게 짚어주자. 지문으로 정리하거나, 엑스트라들의 대사를 활용한다면 효율이 높아진다. 너무 자세할 필요는 없다. 화가가 주인공이 아닌 이상 말이다.

낙찰을 받은 사람은 재력이 어마어마한 사람일 터. 이 사람이 주인공이라면 주인공의 성격과 함께 재력까지 드러내는 기능을 하게 된다. 1억을 외친 사람이 딱히 부자가 아니고 윗사람을 대신하여 이 자리에 나왔을 뿐일지도.

호가가 계속 올라가는 과정을 대사로 계속 짧게 풀어나가되, 경매사가 이를 부추기는 행동이 필수로 들어가야 한다. 경매 과정의 긴장감과 긴박한 분위기가 이 장면의 재미 포인트다.

장면 실습 예제

되는 일이
하나도 없는 날

:오늘의 장면:

여자는 화장실 변기에 앉아 한숨을 쉰다. 오늘은 출근할 때부터 이상하게 되는 일이 하나도 없었다. 늦게 일어났고 지하철에서도 황당한 일을 겪었다. 출근한 후에는 클라이언트가 어이없는 트집을 잡았다. 접대하던 날 추근거리기에 선을 그었더니 그 후로 계속 이런다. 옷에 문제가 생겼다는 사실은 회사에 도착해서, 그것도 상사의 언급으로 알게 되었다. 그걸 얘기해주는 상사의 표정은 그다지 좋지 않았고, 옷매무새가 깔끔하지 않은 여자를 보는 눈빛이었다. 이제 보니 스타킹 올도 나갔다. 여자는 올이 나간 스타킹을 벗어버린다. 오후 미팅 전 옷을 어떻게 해결해야 할지 고민하는 와중에 핸드폰에는 뒷목을 잡게 하는 가족의 문자메시지가 와 있다. 마구 고함을 치고 싶지만 회사 화장실에서 그럴 순 없지. 여자는 찰싹 얼굴을 때리면서 힘을 내보려 노력한다.

:반드시 필요한 설정:

- 지하철에서 생긴 일
- 직장 내 여자가 소속된 부서와 역할
- 클라이언트의 트집
- 클라이언트가 추근거린 방식
- 옷의 종류와 옷에 생긴 문제
- 가족의 문자메시지 내용

 북마녀의 조언

일상을 살아가다 보면 안 좋은 일들이 하루에 연달아 일어날 때가 있다. 이런 재수 옴 붙은 날의 장면은 스토리 후반부보다는 앞쪽에 넣어 여주인공의 피로한 상태와 이를 극복해가는 성격을 알릴 수 있다.

안 좋은 일은 사소한 일과 큰일을 섞는 것이 낫다. 직장 배경일 땐 출근길과 사회생활에서 벌어지는 일을 버무리자. 아무리 힘들고 지치더라도 포기하지 않는 주인공의 성격이 나타나야 한다. 여기서 그냥 땡땡이를 치거나 과격한 행동을 하고 사라진다면 주인공답지 않다.

주인공의 불행 서사를 강력하게 짜고 싶다면 큼지막한 사건이 연달아 일어나게 하면 된다. 최악의 상황에서는 주인공이 울어도 된다. 그러나 그 울음은 가급적 짧아야 하고 그 공간 안에서 그쳐야 한다. 주인공을 자주 질질 짜게 해선 안 된다. 독자는 현실의 자기 자신이 그렇다 하더라도 지질한 주인공을 싫어한다. 그러므로 오늘의 장면에서 여주는 울지 않는다. 뚝심 있게 이런 날을 버텨낼 것이다.

각 사건의 전말은 전부 서술되어야 한다. 대신 각 사건의 규모에 따라 분량을 조절하자. 어떤 사건은 자세히 적고, 어떤 사건은 한두 줄로 끝내도 된다. 셀프 응원 독백과 한숨 외에는 클라이언트의 트집만이 큰따옴표로 묶일 만한 대사다. 나머지는 지문으로 상황을 요약해보자.

참, 가족의 문자메시지가 구체적인 내용으로 나와야 여주의 고통이 커진다.

금슬 좋은 부부

:오늘의 장면:

주인공의 아버지와 어머니는 서로 아끼고 사랑했다. 주인공이 성장하는 내내 금슬 좋은 부부이자 좋은 부모였다. 병약한 어머니를 아버지가 어떻게 간호했는지 아직도 눈에 선하다. 아버지가 어머니에게 준 선물은 결국 유품이 되었고, 현재 주인공이 갖고 있다. 어머니가 세상을 떠나자, 아버지도 슬픔을 이기지 못하고 몸져누웠다가 어머니를 뒤따라갔다. 그래도 주인공은 슬퍼하지 않고 마당에서 함께 웃던 부모님을 떠올린다. 그 장면을 떠올리면 콧등이 시큰하면서도 웃음이 난다.

:반드시 필요한 설정:

- 시대적 배경
- 주인공의 성별
- 아버지가 어머니에게 준 선물(유품)

🎩 북마녀의 조언

주인공이 생전에 금슬 좋은 부부였던 부모님을 추억하는 장면이다. 현재 시점에서 회상하는 것이기 때문에 주인공이 어떤 행동을 해가면서 진행되어야 한다. 회상은 장작을 패거나 고양이에게 밥을 주면서도 할 수 있다. 회상 장면을 따로 분리해 장면 전환을 할 수도 있겠지만, 오늘의 장면은 크게 중요한 과거가 아니기 때문에 현재에 섞는 연출을 추천한다.

그러나 실제 소설에서 과거 회상 중 현재와 미래에 큰 영향을 미치는 대사가 많다면 별개의 장면으로 연출하는 편이 낫다. 현재에 섞더라도 그 대사가 현재가 아닌 과거 회상에 속하는 대사라는 점을 명료하게 노출해야 한다.

부모님의 유품은 되도록 몸에 지닐 수 있는 소품으로 설정하자. 이것은 시대적 배경에 따라 달라질 수 있다. 예를 들어 비녀는 서양풍이나 현대물에서 나올 수 없을 테니까. 또한 차후 이 소품이 다른 장면에서 어떤 특별한 역할을 할 수 있도록 스토리 라인을 구성해보는 것도 좋은 떡밥을 만드는 방법이다.

동양인을
처음 본 아이

:오늘의 장면:

처음 보는 어린아이가 여자의 옷자락을 잡는다. 여자는 미소를 지으며 아
이를 내려다본다. 아이는 여자를 매우 흥미롭게 쳐다본다. 그도 그럴 것이,
여자는 동양인이다. 여자 같은 외모의 사람은 이 지역에 흔하지 않다. 여
자는 아이에게 천연덕스럽게 말을 걸며 인사한다. 아이는 여자가 자기 나
라 말을 하는 게 신기한지 철없는 질문을 한다. 가까이 있던 아이의 엄마
가 다가와 아이를 안아 올린다. 아이는 여자를 손가락으로 가리키며 엄마
에게 여자에 관해 이야기한다. 아이의 엄마는 당황하지만 바로 표정 관리
를 한다.

:반드시 필요한 설정:

- 어린아이의 성별과 연령대
- 지역의 이름 및 위치
- 이곳에 여자가 있는 까닭

441

 북마녀의 조언

오늘의 장면은 서양인이 대다수인 지역에서 동양인이 자주 겪는 인종차별의 흐름이 나타날 수 있는 장면이다. 이 지역에 여자가 있는 까닭에 따라 이 장면의 뒷부분이 설정된다. 낯선 지역에 여자가 방문한 것일 수도 있겠지만 이곳이 여자가 나고 자란 지역일 수도 있다. 이 경험치가 여자의 행동과 반응 패턴에 영향을 미친다.

주요 등장인물이 아이라는 점은 장면 연출을 조심스럽게 만드는 특징적인 요소다. 소설 속에서 아이vs아이, 즉 또래 집단이나 나이 차가 조금 나는 아이들끼리의 일이라면 아이가 적의를 띠거나 인종차별 관념을 탑재했다는 식으로 진행이 가능하다. 이를 통해 아이들 사이의 폭력성을 보여줄 수도 있다.

그러나 이것은 성인과 아이의 소통 장면이기 때문에 이런 격렬한 상황보다는 낯선 존재를 향한 순수한 흥미에 집중하는 편이 낫다. 이후 아이의 부모가 어떻게 행동하느냐에 따라 사뭇 다른 양상을 띨 수 있다. 순수한 아이에게 친절하게 대했던 여자가 부모의 행동으로 또다시 상처를 받을지, 아니면 기분이 좋아질지 선택하여 장면의 후반부를 진행해보자.

무례한 직장 상사

:오늘의 장면:

이곳은 사무실. 주인공의 등 뒤에서 '야!' 소리가 들린다. ○ 과장은 직급을 부르지 않고 '야, 야' 하며 반말을 찍찍 해대는 인간이다. 심지어 게으르고 자기 업무를 남에게 떠맡기기까지 한다. 자신이 작성해야 할 기획안인데 A4 용지 한 장에 몇 줄 끼적인 걸 던지듯이 넘기며 주인공에게 발전시켜보라고 지시한다. 주인공은 시키는 일을 할 수밖에 없다는 걸 안다. 다만, 직급과 이름을 제대로 불러달라고 요구한다. ○ 과장은 주인공의 태도와 말투를 꼬투리 잡아 계속 뭐라고 한다. 오늘 주인공은 그 꼴을 받아주고 싶지 않아 계속 대립한다. 주인공은 이미 ○ 과장이 어제 저지른 짓 때문에 화가 단단히 나 있다.

:반드시 필요한 설정:

- 어떤 업무에 관한 기획안인가?
- ○ 과장이 어제 한 짓

- 주인공과 ○ 과장의 성별
- 주인공의 직급

 북마녀의 조언

오늘의 장면에는 사회생활을 해본 사람이라면 직장에서 한 번쯤 경험했을 법한 인간이 나온다. 실제로 경험했다면 그것을 살려보자. 현실에서 그 인간을 한 방 먹이는 건 쉽지 않지만 소설에서는 가능하다. 그 인간이 주인공을 괴롭히고 주인공이 한 방 먹이는 모습을 철저히 그린다면 독자에게 고구마와 사이다를 연달아 대접하게 되는 것이다. 그러니 차분하게 엿을 먹여보자!

○ 과장의 성은 딱 정해야 한다. 선역이 아니고 크게 중요한 인물도 아닐 것이기에 뚜렷하게 기억날 정도의 독특한 성으로 정할 필요는 없고 평범한 성을 추천한다. 이런 악역 조연의 이름은 절대로 멋있어서는 안 된다. 특히 남자라면 이름은 투박하게 짓는 편이 낫다. 주인공들의 성과 헷갈리지 않도록 확실하게 다른 성과 이름이어야 한다.

○ 과장이 어제 한 일은 구체적으로 짜놔야 한다. 한 문장으로 요약되더라도 육하원칙에 입각한 내용이어야 이 장면에 녹일 수 있다는 뜻이다.

잠수 탔던 친구

:오늘의 장면:

나는 친구에게 오랜만에 전화를 건다. 친구는 전화를 받자마자 미친 듯이 화를 버럭버럭 낸다. 왜냐하면 내가 오랜 기간 잠수를 탔고 이제야 연락이 닿았기 때문이다. 친구가 나를 계속 몰아붙여도 나는 고마울 뿐이다. 가족들과도 연락을 끊었지만 그들은 내가 어디 있는지도 모르는 데다 연락을 하더라도 이렇게 난리를 치진 않을 텐데. 울다 화내다 하던 친구는 정신을 차리고 나에게 지금 어디냐고 묻는다.

:반드시 필요한 설정:

- 친구의 이름
- 두 사람의 성별
- 내가 잠수를 탄 까닭
- 연락을 끊었다가 오늘 전화한 까닭
- 나와 친구의 관계

 북마녀의 조언

전화 통화 장면이라고 해서 통화 내용만 나오면 재미가 없다. 짬짬이 나의 상황, 과거 등의 정보를 지문으로 알려줄 필요가 있다. 특히 통화하는 상대가 어떤 인물인지 정하고 이를 나의 생각으로 풀어주면 정보 전달이 더욱 자연스러워진다. 친구는 어릴 적부터 한 동네에서 오래 알고 지냈던 친구일 수도 있고, 동창이자 절친일 수도 있고, 룸메이트였는데 홀연히 내가 사라진 것일 수도 있다. 어떤 설정이든 나를 소중하게 여기는 인물이라는 사실은 변함없다.

내가 잠수를 탄 까닭은 내가 가족을 포함한 모든 지인을 두고 사라져야 할 만큼 큰 문제일 수밖에 없다. 가족이 나의 근황을 몰라도 상관없을 만큼, 즉 척을 질 정도로 심각한 일이어야 한다. 이 문제가 오늘의 장면에서 길게 나올 필요는 없으나, 조목조목 짚어야 한다. 그 문제는 나의 잘못일 수도 있고 혹은 억울하게 당한 일일 수도 있다. 친구가 그 문제의 진실을 아느냐, 모르냐에 따라 친구의 태도가 천지 차이만큼 달라진다.

어쨌거나 친구는 나의 가족보다도 훨씬 더 많이 나를 생각하고 걱정하는 사람이다. 이 캐릭터가 울고 몰아붙이고 화내는 모습에 그 마음이 묻어나야 한다. 아무래도 상대가 울고불고하는 상황이기 때문에 나의 대사는 그렇게 많지 않아도 문제없다.

나 때문에
일어난 사고

:오늘의 장면:

잘 놀다 오시라고 통화를 하고 얼마 안 있다가 부모님이 탄 차가 전복되었다. 아버지는 즉사, 남은 어머니마저 중태에 빠졌고 지금 수술실에 들어가 있다. 아르바이트를 해 모은 돈으로 두 분이 모처럼 오붓한 시간 보내시라고 여행을 보내드린 것이었다. 효도랍시고 한 행동이었으나 결과는 처참했다. 소식을 듣고 뒤늦게 병원에 온 '형제/자매/남매'인 이는 눈에 불을 켜고 욕을 한다. 잠시 혼자가 되어 눈이 통통 붓도록 울고 있는데 누군가 손수건을 내민다. 처음 보는 사람이다. 다가온 사람은 주인공을 위로하려 하지만 주인공은 계속 자책 중이다. 그때 의사가 수술실에서 나와 주인공에게 수술 결과를 이야기한다.

:반드시 필요한 설정:

- 주인공의 성별
- 형제/자매/남매 중 하나로 선택

- 손수건을 내민 사람의 성별과 연령대
- 중태에 빠진 어머니의 생사 여부(수술 성공 여부)

🧙 북마녀의 조언

중태에 빠진 어머니가 결국 죽는다면 죄책감이 더욱 심해지겠다. 죽지 않더라도 반신불수나 식물인간 판정을 받는다면 그로 인해 주인공의 생활 환경과 조건은 이전보다 훨씬 나빠질 것이다. 덧붙여 죽다 살아난 부모의 성격 변화 여부 역시 주인공의 성격과 배경에 영향을 줄 수 있다. 크나큰 사고로 인해 멀쩡했던 사람이 신경질적으로 변하는 일은 부지기수니까.

다가와서 손수건을 내밀며 위로해준 사람과는 앞으로 재회할 가능성이 크다. 두 사람이 서로 아는 관계가 아니지만, 이 과거 서사를 통해 접점이 생긴다. 불행 서사를 쌓으면서 동시에 주요 캐릭터를 모두 등장시켜 재회의 밑밥을 깔아주는 것이다.

그러나 이 장면에서는 모든 정보를 노출하지 않고 어느 정도 베일에 가려져 있는 느낌도 괜찮다. 만약 두 사람이 이 장면 직후에도 계속 함께 뭔가를 하는 흐름이라면 오히려 '자기소개'를 하는 방향으로 가야겠지만, 한참 후에 만나는 거라면 지금은 성별과 연령대 정도만 나와도 충분하다. 독자들도 나중에 정보가 나오겠거니 하며 그리 답답해하지 않는다. 단, 아무리 슬퍼도 얼굴 묘사는 하는 게 좋다. 주인공은 그 얼굴을 기억하지 못하더라도 독자는 기억한다.

몰래
불을 질렀다

:오늘의 장면:

오늘은 나라 전체에 큰 축제가 열리는 특별한 날. 여자는 살금살금 기어가 목적지에 도착한다. 아무도 그녀에게 관심이 없다. 나라에 기쁜 일이 생겼으니 사람들에게 그녀의 존재는 중요치 않다. 심지어 가족들도 안중에 없다. 여자는 불을 지를 준비를 하고 이곳에 왔다. 불씨를 만드는 일이 쉽진 않았지만 어찌어찌 불을 내는 데 성공한다. 하늘 위로 불길이 치솟는다. 다행이다. 여자는 치솟는 불길을 멍하니 바라보다 정신을 차리고 재빨리 도망친다.

:반드시 필요한 설정:

- 시대적 배경
- 여자의 신분 및 연령대
- 여자가 불을 내는 방법 및 도구
- 여자가 불을 지른 장소

• 여자가 불을 지른 까닭

 북마녀의 조언

불을 지르는 행위는 사람의 생명과 재산, 특히 멀쩡히 서 있던 튼튼한 건물까지도 앗아 갈 수 있는 매우 심각한 범죄다. 이 인물이 주인공이라면 불을 질러야 할 이유가 명확해야 하고, 독자가 납득하고 감정이입을 할 만해야 한다. 그야말로 '불을 지를 수밖에 없다', '불을 지르지 않으면 엄청난 문제가 생긴다'까지 가야 한다. 명백한 '의도'를 가지고 방화를 하는 장면이기 때문에 독자가 주인공 편에 설 수 있도록 해야 한다. 그러나 이 인물이 조연이라면 독자가 이 사람의 편에 서야 할 이유가 없다.

장르 소설에서는 '모든 것이 어찌해볼 수 없는 수준으로 끝나버려서 너 죽고 나 죽자는 마음에 억울한 주인공이 불을 지른다'는 스토리텔링이 절대로 통하지 않는다는 진리를 기억하자. 특히 결말에서 주인공이 이런 식으로 행동하는 건 비극을 부를 뿐이다. 새드 엔딩 역시 큰 문제려니와 장르 소설이 추구하는 가치관에 심히 어긋나는 흐름이다.

여자가 불을 내는 방법 및 도구는 시대적 배경과도 연결되어 있다. 단순한 예로 라이터나 석유는 동양풍이나 서양풍 배경 시대물에서 나올 수 없는 수단이다. 그 배경에 어울리는 도구를 고르고 불씨를 어떻게 만드는지 적어보자. 불씨 제작 과정이 힘들었다는 설정이므로 힘든 이유에 관해 생각하고 묘사에 적용한다. 이 부분은 여자의 신분이나 연령대의 영향을 받을 수 있다. 어린 여자가 다루기엔 힘든 도구이거나, 불씨 만드는 작업을 처음 해보는 귀족 아가씨라면 쉽지 않겠다.

게임 속 학교

:오늘의 장면:

분명 조금 전까지 불타는 고시원의 제일 구석지고 좁은 방에 갇혀 죽어가고 있었는데 눈을 떠보니 내가 열심히 했던 게임 속 고등학교 교복을 입고 있다. 설마 내가 게임 속에 들어왔단 말인가. 그럼 나는 누구란 말인가? 내가 어느 캐릭터인지도 알 수 없어서 허겁지겁 시스템 안내 창을 열어 인물 정보를 확인한다. 헛소리하는 내가 친구들 눈에는 이상해 보이나 보다. 친구들이 나를 구박하며 어디론가 끌고 간다.

:반드시 필요한 설정:

- 게임의 종류와 방식
- 게임 속 내 캐릭터의 신상 정보
- 친구들의 신상 정보
- 친구들과의 관계

북마녀의 조언

오늘의 장면을 쓰기 위하여 우선 필요한 설정은 바로 게임에 관한 정보다. 고등학교를 주요 배경으로 하면서 플레이어가 무엇을 목표로 삼아야 하는지 아주 간단하게 정해보자. 게임에 관한 소개 문장이 한두 줄은 나와야 독자들이 주인공과 함께 상황 파악을 할 수 있다. 레벨을 올리거나 아이템을 얻는 방도 등은 이 장면에서는 굳이 나오지 않아도 되는데, 실제로 스토리를 만들 땐 모두 미리 설정해야 한다.

게임에 등장하는 친구들 캐릭터는 NPC일 수도 있고, 실존하는 인간, 즉 게임을 하는 다른 유저일 수도 있다. 혹은 게임 자체가 일종의 세계가 되어 게임이 아닌 것처럼 캐릭터들이 살아 움직일 수도 있다. 이 부분은 정하기 나름이다.

나는 게임을 플레이하던 사람이기 때문에 이 친구들이 어떤 캐릭터인지 잘 알고 있을 것이다. 나의 입장에서 친구들에 관한 정보가 나와야 한다. 예제에서는 의도적으로 나와 친구들의 관계를 명확하지 않게 적어두었으니, 이 부분은 상상력을 발휘하여 설정해보자.

나의 영혼이 들어간 캐릭터의 신상 정보는 상태창을 통한 요약이 필요하다. 외모나 신체 상태는 자세히 풀어 쓰는 것이 낫다. 체력이나 능력치는 상태창에도 관련 항목이 있어야 하겠지만, 지문을 통한 구현도 필수다. 상태창과 지문의 내용이 조금 반복되어도 괜찮다. 내가 빙의한 캐릭터에 관한 나의 호불호도 적어주면 더 흥미로워진다.

게임물에 도전하면서 상태창 항목을 고민하는 지망생이 많지만, 이 부분은 너무 크게 고민하지 않아도 된다. 시중에 나와 있는 게임들의 상태창을 적절히 섞거나 항목을 적당히 수정하여 활용해도 딱히 문제가 없다. 비슷한 계열의 게임이라면 대부분 상태창이 흡사하기 때문에 상태창 항목만으로 '어느 게임을 베꼈다'와 같은 반응이 나오진 않는다. 게임의 설정 및 세계관이 매우 특징적일 땐 상태창에도 특징적인 항목이 등장해야 한다.

헌터들의 제안

:오늘의 장면:

헌터 몇몇이 나에게 와서 제안을 한다. 던전에 같이 들어가서 보스 몬스터 하나를 함께 처치한 후 아이템을 나눠 먹자는 것이다. 상당히 크고 위험한 놈이라 혼자서 처치하는 건 불가능하기에 힘을 모으는 건 좋은 생각이다. 아는 헌터들은 아니지만 꽤 괜찮은 기회인 것 같아서 합류하기로 했다. 그런데 이놈들이 던전에 들어가서는 나를 돕지도, 구하지도 않는다. 이러다 내가 보스 몹에게 당할 판이다. 아니, 이 XX를 XXX할 XX들이!

:반드시 필요한 설정:

- 헌터들의 레벨과 나의 레벨
- 보스 몹에 관한 정보
- 나의 성별
- 제안이 진행되는 장소

북마녀의 조언

나의 신상 정보가 조목조목 나오지 않아도 되는 장면이다. 성별과 레벨 정도만 설정해도 오늘의 장면을 작성할 수 있다.

세계관 중 레벨 설정은 확실히 정리되어야 한다. 이 세계에서 레벨이 어떻게 나뉘며 레벨에 따라 헌터들이 어떤 대우를 받는지 명료하게 정해보자. 확실한 건 저 헌터들도 딱히 SSS급은 아니라는 사실이다. 엄청난 능력으로 혼자서도 성과를 올리는 헌터가 아니니 무리를 지어 몰려다니는 것 아니겠는가.

보스 몬스터를 만나는 과정의 다급한 느낌을 최대한 살려야 한다. 처음부터 알고 있었던 것도 아니고 저도 모르게 미끼가 되어버렸다면 크게 당황했을 것이고 당장 목숨이 위협받게 될 테니까. 다른 헌터들의 숨겨진 의도였다는 설정과 의도치 않게 희생양이 되었다는 설정은 각각 다른 흐름으로 진행될 것이다.

보스 몬스터에 관한 정보가 이 장면 초반에 자세하게 나올 필요는 없고 그야말로 '크고 위험하다' 정도로 쓱 지나가도 된다. 대신 주인공이 보스 몹과 대면하는 지점에서 정교하게 기술되어야 한다. 게임 세계관이라면 상태창 항목을 상세히 설정하여 독자에게 노출하길 권한다.

참고로, 요즘에는 여성향 웹소설에서도 게임 세계관을 활용한 작품이 빈번하게 보이고 인기도 높다. 또한 몬스터의 등장은 게임 속이 아닌 현실 배경의 판타지 소재로도 쓸 수 있다. 그러니 자신의 스토리를 짤 때 조금 더 자유롭게 정해도 무방하다.

몬스터를 죽인 대가

:오늘의 장면:

몬스터를 죽이는 데 가까스로 성공했다. 솔직히 내 레벨로는 결코 무찌를 수 없을 거라 포기했는데 우연의 우연의 우연으로 몬스터가 쓰러졌다. 겨우 던전을 빠져나와 숙소로 돌아온 나는 인벤토리를 열어 이번 몬스터를 죽인 대가, 즉 보상을 확인해본다. 그런데 엄청난 희귀템이 들어왔다! 나는 부상을 치료할 생각도 없이 신이 나 팔짝팔짝 뛴다. 이제 고생 끝 행복 시작이다!

:반드시 필요한 설정:

- 몬스터의 외양 및 크기
- 부상의 정도와 위치
- 보상 아이템

북마녀의 조언

오늘의 장면은 주인공이 몬스터를 죽인 대가로 희귀한 아이템을 받게 되는 장면이다. 이 공략 보상은 아주 구체적으로 정해야 한다. 주인공의 행복한 기분에 독자가 감정이입을 하려면, 실제로 게임을 하는 독자들도 '오 좋은 아이템인데?'라고 평가할 만큼 구미가 당기는 아이템이 등장해야 한다.

희귀 아이템이 잘 생각나지 않을 땐 인터넷 검색이나 주변 도움을 받아서 써먹어도 된다. 자신이 하던 게임에 나오는 아이템을 활용해도 좋다. 이건 '연습'으로 활용하는 것이기 때문에 가능하다. 실제 작품에서 실존하는 게임을 복사하여 붙여 넣은 수준으로 베끼는 것은 상도에도 어긋날뿐더러 작가의 자존심을 스스로 깎는 행동이다.

몬스터와의 전투로 어느 부위에 부상을 당했는지도 짧게 언급하는 게 좋겠다. 보상 아이템을 받아 기뻐하는 동작 사이에 부상에 대한 고통이 추가되면 그 기쁨의 감정이 독자에게 더 직관적으로 전달된다.

몬스터를 무찌르는 과정에서 벌어진 우연의 우연의 우연 역시 구성해야 한다. 이 설정은 작품 전체에서 엄청나게 중요한 요소는 아니지만, 이런 것들이 모여 소설을 읽는 재미를 이루고 독자를 다음 장면으로 이끈다. 이런 소소한 묘사를 아예 건너뛰면 소설이 원고가 아닌 시놉시스 속 줄거리처럼 보이게 되니 꼭 넣어주자.

침대는 하나뿐

:오늘의 장면:

나는 씻고 잠옷을 챙겨 입었다. 조금 전까지 방에 있었던 상대는 어딜 갔는지 보이지 않는다. 돌아올 때까지 자지 않고 버틸 생각이었지만 시간이 지나도 상대가 돌아오지 않는다. 침대에 누워 있으려니 별의별 생각이 다 들지만 눈꺼풀이 너무 무겁다. 잠시 후, 잠들었던 나는 몸을 뒤척이다가 뭔가에 부딪혀 눈을 뜬다. 돌아보니 옆자리에 상대가 잠들어 있다. 나는 상대가 깰까 봐 조심조심 움직여 침대 가장자리에 붙는다. 몸이 닿는다면 결코 잠들 수 없을 터.

:반드시 필요한 설정:

- 시대적 배경
- 공간적 배경
- 상대와 나의 성별

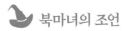 북마녀의 조언

시대와 공간을 정하는 것이 우선이다. 누구의 집이며 어떤 공간인지 등을 설정하는 것만으로 장면의 전반부를 쉽게 정리할 수 있다. 나의 눈으로 본 공간 배경이 꼭 들어가야 한다.

오늘의 장면이 스킨십 장면으로 이어질 수도 있겠지만, 스킨십이 전혀 나오지 않는 내용으로 흐르는 경우가 훨씬 많다. 닿지 않으려는 마음, 즉 스킨십을 생각할 수 없는 분위기가 더 강하기 때문이다. 물론 상대는 속으로 어떻게 생각할지 이 장면에서는 아직 알 수 없다.

나의 '닿지 않고자 하는 마음'이 어떤 감정에서 비롯된 것인지가 나와야 한다. 이는 내가 여자이냐 남자이냐에 따라 달라질 수 있고, 둘 다 남자라면 그 설정에 맞게 달라진다. 그뿐만 아니라, 두 사람의 신분 격차 등도 변수로 작용한다.

두 사람이 한 침대를 쓰게 된 이유에 관하여 자세하게 설정하지 않아도 장면 묘사를 풀어나갈 수 있다. 그래도 까닭이 어렴풋하게라도 나오면 앞뒤를 이어가기 편해진다. 실제 소설에서는 당연히 나와야 한다.

나의 속마음 및 행동을 세밀하게 풀어보자. 특히 동작 하나하나와 그에 따른 침대 위의 상황을 기술하면 디테일이 살아난다. 새우처럼 몸을 구부렸든 벌러덩 대자로 누워버렸든 행동에 성격이 담기기 마련이다. 혼자 있을 때와 상대가 있을 때 달라진 태도로 성격을 표출하는 방식도 괜찮다.

역겨운 냄새가
나는 이유

:오늘의 장면:

일당이 돌아왔는지 바깥이 시끌벅적하다. 그중 한 명이 소리를 빽 질러 여자를 부른다. 여자는 얼굴에 뭔가를 바르던 것을 멈추고 급히 나간다. 나가는 동안 손바닥에 남은 것을 손등에 문지른다. 여자의 몰골은 시커멓다. 피부색이 정말로 까만 것이 아니라 얼굴을 포함하여 드러나 있는 피부 전체에 꺼먼 것이 덕지덕지 발라져 있으며, 옷은 언제 빨았는지 때가 잔뜩 끼어 있다. 여자가 남자들에게 가까워질수록 코를 찌르는 악취 역시 강해진다. 여자가 다가서자 옆의 남자가 도저히 참지 못하고 구토를 한다. 여자를 불러낸 놈 역시 코를 막으며 뒤로 물러선다.

:반드시 필요한 설정:

- 여자의 이름
- 여자의 피부에 발려 있는 소재
- 남자들의 정체

• 이곳에서 여자의 역할

 북마녀의 조언

웹소설 및 장르 소설에서 여성 캐릭터 몸에서 악취가 나는 설정을 종종 볼 수 있다. 간혹 무인도라든가 정말 심각한 환경이라서 씻지 못해서일 때도 있지만, 그보다는 '의도적으로 악취가 나도록 만든' 경우가 조금 더 일반적인 설정이다. 매우 자주 나오는 건 아니지만 꽤 오래된 클리셰인 것만은 분명하다.

여성 캐릭터가 왜 스스로 악취를 유지할까? 그 까닭은 자신의 몸을 보호하기 위해서이며, 특히 '터치'를 피하기 위해서다. 남자들, 특히 나쁜 남자들이 많은 환경에서 여성 캐릭터가 머물러야 한다면 성범죄에 노출될 위험이 크다. 힘으로 대항하기가 솔직히 쉽지는 않고, 무기를 갖고 있어도 한계가 있다. 그러니 어쩔 수 없이 이 방법을 택한 것이다. 아랫도리에만 발라 성병 환자로 추측하게 만들어 팔려 가는 상황을 피하는 흐름으로 전개되기도 한다.

무엇을 발라서 악취가 나는 것인지는 정하기 나름이다. 분변 같은 오물로 정해도 되지만, 시공간 배경 설정에 따라 판타지적인 특이한 소재나 아이템, 독초 등으로 설정해도 상관없다.

대사는 적게 넣고, 동작에 집중하자. 악취 나는 여자는 딱히 할 말이 없을 테고 되도록 몸을 사려야 하기에, 남자들의 시시껄렁한 대사만 몇 줄 넣어도 충분하다. 또한, 남자들이 어떤 놈들인지에 대한 설정은 필요하지만 오늘의 장면에선 길게 풀어내지 않아도 된다.

남조는
자신만만하다

:오늘의 장면:

남자는 거울 속 자신의 얼굴을 바라보며 턱을 쓱 쓰다듬어본다. 나 정도면 못난 얼굴은 결코 아니지. 들리는 소문으로는 ○○○(여성)이 아주 잘생긴 남자를 데려왔다고 하는데 둘이 어떤 관계인지는 아직 알려지지 않았다. 놈이 얼마나 잘생겼길래 여기까지 소문이 났는지는 몰라도 자신 역시 어디 가서 꿀려본 적 없는 외모다. 남자답게 잘생기지 않았는가?! 남자는 시종이 챙겨주는 옷을 갖춰 입고 시종에게 어떠냐고 묻는다. 어차피 답은 정해져 있기 때문에 시종이 할 대답은 하나뿐. 시종은 속으로 어이가 없지만, 억지로 웃으며 입에 발린 칭찬을 한다. 남자는 오늘 ○○○에게 찾아가 교제를 신청할 생각이다.

:반드시 필요한 설정:

- 남자가 고백하려는 상대(여성)의 이름
- 남자의 이름과 신상 정보(신분 및 작위)

북마녀의 조언

극 중에서 남자 조연, 즉 남조의 역할은 한정적이며 남주를 돋보이게 한다. 웹소설 여주인공의 러브 라인에서 중요한 조연 캐릭터는 '서브남', '서브 남주'로 지칭하곤 한다. 남조 중에서도 '서브남' 수준인 캐릭터와 '서브남'으로 정의하기 힘든 캐릭터를 명확하게 분리해야 한다.

오늘의 장면에 등장하는 이 남자는 서브남이 될 수 없으며 이 장면이 그것을 증명한다. 스스로 잘생겼다고 계속 생각하지만 제삼자의 시선에서는 결코 그렇지 않다. 이 남자가 준수한 외모라면 감정선이 이런 식으로 흘러가지 않는다. 그렇기 때문에 이 남자의 얼굴과 몸, 행동거지를 기술할 때 단어를 신중히 골라야 한다.

'못생겼다'처럼 평범한 단어를 적는 것은 소설답지 않고, 고급스러운 표현도 아니다. 의미가 함축된 형용사 대신 섬세한 동작 및 표현으로 그 형용사를 대변하자. 예를 들어 주먹만 한 콧구멍을 벌름거리거나, 여드름이 잔뜩 나고 뒤룩뒤룩 살이 찐 볼을 스스로 쓰다듬는다면 이 남자는 결코 객관적으로 멋진 남성이 될 수 없다. 시종이 옷을 입혀준 다음 시종의 관점에서 꽉 끼어 터지기 직전인 엉덩이를 보여주는 문장을 적는다면 이 남자의 외형적 단점을 눈에 띄게 부각할 수 있다.

평소에는 자주 하지 않던 목욕을 오늘 그 여성을 만나기 위해 오랜만에 했다는 식으로 지저분하고도 혐오스러운 요소를 넣는 것도 아주 좋은 스킬이다.

죽어가는 황제와
젊은 황후

:오늘의 장면:

황제의 침실은 아주 화려하게 장식되어 있다. 그러나 형용할 수 없는 악취가 그곳을 가득 메우고 있다. 악취의 주범은 침상 위에 누워 있는 황제다. 기이한 숨소리를 계속 내던 황제의 입에서 갑자기 기침이 터져 나오고 핏덩이와 가래가 튀어나온다. 그러자 악취가 더욱 심해진다.

황제의 앞에는 젊고 아리따운 황후가 앉아 있고, 표정 하나 변하지 않은 채 수건을 받아 황제의 입을 닦아주는 등 손수 간호한다. 그곳을 드나드는 사람들은 역겨움을 얼굴에 드러내지 않으려 노력한다. 그러면서 비위 좋은 황후를 보며 속으로 혀를 내두른다.

:반드시 필요한 설정:

- 시대적 배경(동양풍, 서양풍)
- 황제의 연령대
- 황제가 죽어가는 이유

 **북마녀의 조언**

앞쪽에서 황제의 침실이 얼마나 화려한지 한 줄 이상 공간 묘사가 나와야 한다. 장면 자체가 황제의 상태에 집중되어 있다고 해도, 이런 배경 서술이 조금씩 들어가야 시대적인 분위기가 물씬 풍긴다. 게다가 분량도 채워지니 일석이조다.

이 장면은 이미 황후의 연령대를 어느 정도 잡아놓았으므로, 황제의 연령대를 어떻게 설정하느냐에 따라 두 인물 관계의 느낌이 달라진다. 여기서 장르의 캐릭터 특징을 생각해볼 필요가 있다.

후계자 없이 황제가 너무 일찍 죽으면 황후의 입지가 곤란해진다. 오늘의 장면에서 이 문제가 지문으로 언급되는 게 좋다.

그러나 황후가 여주일 경우 황제가 젊든 늙었든 빨리 죽어야 여주가 도덕적으로 문제없이 새 삶을 찾을 수 있다. 병들어 죽는 황제가 남주는 아닐테니 실제 소설에선 남주가 따로 등장할 것이다.

만약 남성향이라면? 주인공인 황제가 결국 죽어 환생을 하고, 황후가 황제의 죽음에 관여했다는 추가 설정을 통해 나중에 밝혀질 비밀을 숨겨놓아도 재미있겠다. 이 경우 황후는 숨겨진 악녀일 테니 이 장면에서 아주 조그마한 떡밥을 얹어놓을 것을 권한다. 작은 미소, 입술이나 얼굴 근육의 움직임, 눈빛 등이면 적당한 떡밥이 된다.

죽어가는 황제의 외관을 생생하게 서술하자. 피를 토하고 가래를 뱉고 기침을 하는 증상을 단순히 설명만으로 끝내면 그건 소설 속 묘사가 아니다.

황후가 간호할 때 하는 행동은 예제에 하나만 적어두었으니 더 상상하여 보충해야 한다. 황후가 선역이라면, 조금 더 살뜰하게 챙기는 느낌으로 풍부하게 적자.

참, 황제가 상당히 위독한 장면이기 때문에 황제와 황후 사이의 대화는 없어도 무방하다. 황후와 의관(의사)의 대화를 넣어야 두 사람의 걱정과 성격을 좀 더 깊이 있게 보여줄 수 있다.

아기를 안고
도망치는 자

:오늘의 장면:

한겨울, 한밤중에 높은 성벽 뒤편의 작은 문이 열린다. 그곳에서 강보를
품에 안은 A가 빠져나온다. 성안에서 어수선하게 사람들이 돌아다니는
소리가 점점 커지기 시작하더니 A와 아기를 찾는 외침이 크게 들린다. A
를 내보내준 사람이 서둘러 문을 닫는다. 하얗게 펼쳐진 설원을 A는 죽을
힘을 다해 달린다.

A는 아이를 구해줄 인물이 머무는 곳까지 어떻게든 살아서 도착하고
싶다. 그러나 눈이 전혀 녹지 않아 A의 걸음을 따라 발자국이 그대로 이
어진다. 머지않아 A를 쫓아오는 소리가 들리기 시작한다. 추격자들의 거
센 고함이 가까워지고, 곧이어 공기를 가르며 화살이 날아온다. 목적지를
코앞에 두고, A는 따라잡힌다.

:반드시 필요한 설정:

• 시대적 배경

- A의 성별과 연령대
- A를 내보내준 사람은 누구인가?
- A와 아기의 관계
- A와 A가 찾아가는 인물의 관계

 북마녀의 조언

이번 장면에서는 주요 인물의 캐릭터 설정을 자유롭게 할 수 있도록 A라고 적어두었다. A가 남성일 때, 여성일 때, 노인일 때, 10대~20대 초반과 같이 어린 축일 때 등 설정에 따라 A라는 인물의 이미지는 무궁무진하게 달라진다. 이에 따라 자기 취향에 맞게 A와 아기의 관계를 설정하고 장면을 풀어나가면 된다. 여기서 분명한 사실은 A가 자신을 희생해서라도 아기를 살리겠다는 각오를 다지고 있다는 점이다.

A가 찾아가는 인물은 작품 전체에서는 주요 캐릭터이겠지만 이 장면에서는 직접 등장하지 않는다. 하지만 A의 머릿속에서 그 인물에 관한 정보가 나와야 한다.

그 인물이 과거에 A와 어떤 일이 있었는지에 관해서 지금 당장 풀어내진 않아도 된다. 이걸 너무 일찍 언급하면 원고의 분량이 치명적으로 짧아지게 된다. 분량을 위하여 그 인물을 만난 후 진행되는 두 사람의 대화에서 풀어야 한다. 즉, 이 장면에선 적지 않는다.

누군가를 찾아간다는 건 나와야 하고, 과거에 두 사람 사이에 뭔 일이 있었다 정도로 언급하면 된다. 이 정보는 반드시 A의 '생각'으로 표현할 필요는 없고, 지문에 쓱 넣어줘도 좋다. 즉 독자에게 일차적인 정보를 가

녑게 주는 타이밍이라 할 수 있다.

따라잡힌 A가 어떤 행동을 할지 상상해보자. 걸음을 멈추고 공격을 위해 돌아설까? 아니면 아기를 제 몸으로 감싸고 쓰러지게 될까? 그 행동까지 적고 이 장면을 마무리하자.

A가 찾아가던 인물이 상황을 파악하고 A를 구출한다면 A도 아기와 함께 살아남을 수 있을 것이다. 그러나 A가 결국 죽는 흐름으로 이 장면이 마무리될 수도 있다. 전자라면 A도 주인공이 될 만하고, 후자라면 아기가 소설의 주인공이다.

이 장면의 시대적 배경은 크게 중요하진 않지만 동양풍 혹은 서양풍 어느 쪽으로 정하느냐에 따라 인물의 이름이 달라진다. 시기적으로는 겨울이므로 차가운 공기, 발걸음을 따라 푹푹 파이는 눈, 더운 숨 등을 도주 상황에 넣어주자. 눈은 도망자에게 여러모로 불리한 자연 현상이며, 독자들에게 해당 장면의 이미지를 각인시키는 설정이다. 아기가 추워하지는 않는지, 잠들어 있는지, 깨어나 우는지 등 아기의 반응도 가볍게 그려보면 어떨까.

필드 위의
그 남자

:오늘의 장면:

정장 차림의 여자가 헐레벌떡 집안으로 들어온다. TV를 틀자 곧장 스포츠 경기가 시작되고 선수들이 입장한다. 여자는 이 시간만을 기다려왔다. 화면 속에는 막 등장한 선수가 클로즈업된다. 언제나 그렇듯 남자는 아주 근사하다. 여자는 남자의 컨디션을 살핀다. 여자가 그를 안 순간부터 그는 언제나 그렇게 멋졌다. 화면을 보고 있으려니 어릴 때 그를 처음 봤던 기억이 떠오른다. 여자는 남자의 오랜 친구다. 그리고 남자는 여자의 마음을 모른다.

:반드시 필요한 설정:

- 스포츠 종목
- 현재 경기가 진행되는 지역(국가)
- 선수의 이름
- 두 사람은 얼마나 오래된 사이인가?

 **북마녀의 조언**

TV 화면 속 카메라 앵글은 클로즈업으로 멈춰 있지 않고 선수의 모습을 다양하게 비춘다. 이때 얼굴, 체격 등 남자의 신체 조건 및 이미지에 관한 정보를 독자에게 전달할 수 있다. 또한 경기장에 입장한 뒤의 동작과 표정, 얼굴 등을 짚어주면서 남자의 현재 컨디션에 관해서도 알릴 수 있다. 여자가 TV를 보고 있는 장면이므로 이 구간은 여자가 관찰하는 느낌으로 전개하면 더욱 좋다.

TV 속 스포츠 경기 중계에는 아나운서와 캐스터의 해설이 빠지지 않는다. 아주 짧은 대사를 넣어 오늘 경기가 이 선수에게 매우 중요하다거나, 슬럼프를 깨야 한다거나, 연승을 기록하고 있다는 등 선수의 커리어에 관해 언급하자. 이는 앞에서 말한 표정 등 컨디션과 연계하여 언급할 수 있다. 예를 들어 슬럼프에 빠져 기록이 엉망인데 표정이 해맑다는 건 앞뒤가 안 맞는다.

여자가 이렇게 TV 속 선수를 면밀히 뜯어보는 것은 '팬심' 때문만은 아니다. 오래 알고 지낸 관계라면 남자의 버릇, 습관, 특징(취약점 등)을 일반 팬들보다 더 잘 안다. 여자는 남자의 얼굴이나 동작을 보고 남자의 컨디션을 바로 알아챌 수 있다. 게다가 이성으로 좋아하기까지 하니 세심한 관찰은 당연한 습관이 된다.

이 장면은 등장인물 중 한쪽이 스포츠 선수이고 한쪽은 선수가 아닌 설정일 때 쉽게 써먹을 수 있는 클리셰다. 단순히 선수가 잘생겼다며 남자의 얼굴을 찬양하는 장면은 아니다. 여자의 마음과 함께 두 사람의 관계를 은근히 암시할 수 있는 장면이니 제대로 활용해보길. 여성을 남성으로 바꾼다면 BL, 감정 설정을 뺀다면 남성향 스포츠물도 가능하다.

선수의 이름이 필수로 나와야 하기 때문에 이름을 꼭 지어주자. 또한 단체 구기 종목이라면 남자의 포지션까지 반드시 설정해야 한다. 경기 역시 프로 리그인지 올림픽인지 분명하게 언급해야 사실감이 뚜렷해진다.

게임에
버그가 생겼다

:오늘의 장면:

한때 '갓겜'이라 불릴 만큼 초인기 게임이었던 〈○○○〉은 크나큰 버그가 여러 개 등장하면서 엄청난 욕을 먹게 된다. 그래도 주인공은 가끔 셧다운 되는 것 외에는 크게 손해 본 일이 없었기에 열심히 하고 있다. 그런데 어느 날 던전에서 로봇과 같은 NPC에 불과했던 캐릭터가 갑자기 주인공에게 평소와는 다른 행동을 하기 시작한다. 이것이 바로 그 버그인가?!

:반드시 필요한 설정:

- 게임의 종류와 진행 방식
- 게임명
- 버그의 형태
- 버그가 생긴 캐릭터의 이름

 **북마녀의 조언**

이번 장면은 실질적인 '장면'이라기보다는 게임물을 쓰기 위한 초기 설정을 잡는다고 생각하고 구성해보자. 특정 게임을 기반으로 이야기를 풀어 나가려면 도입부에서 해당 게임에 관한 설명을 해주어야 한다. 이 설명은 조금 딱딱하게 써도 크게 문제가 없다.

　실제로 존재하는 기성 게임을 기반으로 하는 것이 아니기 때문에 독자에겐 게임 정보가 필요하다. 이 정보를 대사로 알려주는 데는 한계가 있고, 도입부에서의 게임 설명이 독자에게 정보를 전달하는 유일한 길이다. 어느 시점이든 게임 설명에 주인공의 경험과 감상이 녹아들도록 기술하면 조금 더 쉽게 읽힌다.

　이때 필요한 게임 정보는 이름, 종류, 진행 방식이다. 게임의 종류가 정해지면 전개 방식은 얼추 비슷하므로 실존 게임과 유사한 설정이어도 무방하다. 하지만 게임 이름 자체는 달라야 한다(기성 게임의 이름을 그대로 쓰면 2차 창작으로 오해받거나 저작권 위반 문제가 생길 수 있다).

　오늘의 장면에서는 제작사 이름을 명확하게 정하지 않고 '제작사가…', '제작사 측에서…'와 같이 기재해도 큰 문제가 없다. 하지만 제작사 측 인물이 등장하는 등 제작사가 어느 정도 작품 전반에 영향을 미치는 게임물에선 업체명 역시 정해야 한다.

　게임을 소재로 하는 작품에서 '버그'●는 사소한 에피소드부터 스토리의 굵은 줄기를 뒤흔드는 설정까지 만들 수 있는 주요 요소다. 이 장면에서는 NPC가 평소와는 다른 행동을 하는 것이 버그라는 설정이므로, 이 NPC가 스토리의 주요 등장인물이겠다. 그러므로 NPC의 이름과 외양 등 정보를 간단하게라도 서술하자. 평소에는 A행동을 해왔는데 버그가 생겨서 B행동을 한다는 차이점을 밝혀야 한다. NPC의 행동을 구체적으로 기재하는 것까지 완성한다면 오늘의 장면이 마무리되겠다.

　게임물이라고 모든 장면에 상태창이 나오라는 법은 없다. 상태창 범벅으로 쓰는 건 편견에서 비롯된 착오다. 특히 이번 장면은 게임 정보 설명과 NPC를 만나는 광경으로 구성되므로 상태창이 없어도 된다.

●　컴퓨터 프로그램의 결함으로 발생하는 시스템 오동작 및 오류 증상. 게임에서는 플레이 도중 게임이 멈추거나 튕기거나 스토리 진행이 되지 않거나 손해를 보는 등 심각한 이상 현상을 의미한다.

여자라고 얕보다가
X 되는 거야

:오늘의 장면:

여자 형사는 오늘 휴일(오프)이라 느긋하게 식당에서 밥을 먹는 중이다. 그러나 눈앞에서 사건이 벌어지고, 형사는 직업 정신 때문에 그냥 지나치지 못한다. 형사는 여자라고 얕보며 을러대는 남자를 제압한다. 남자는 절절매면서도 고래고래 소리를 지르고 협박성 발언을 해댄다. 남자의 욕설은 계속되지만 형사는 아랑곳하지 않고 구급차를 부른 다음 본부에 연락한다.

:반드시 필요한 설정:

- 여자 형사의 외모
- 남자의 연령대와 외모
- 형사 앞에서 벌어진 사건

북마녀의 조언

사복형사의 성별이 남성이어도 같은 장면을 연출하는 것이 가능하다. 하지만 현실에서도 형사가 남성일 때보다 여성일 때 형사를 상대로 대들거나 희롱하거나 겁박하는 일이 자주 일어난다. 또한 이런 일은 제복을 입은 일반 경찰에게도 비일비재하게 일어난다. '여자는 약하다'는 편견을 여형사가 부수는 것만으로 아주 효과적인 장면이며 사이다 공급에 성공하게 된다.

오늘의 장면은 범죄물 스릴러, 여주 현판, 또 여형사를 주인공으로 하는 로맨스에서 써먹기 좋은 클리셰다. 빤한 장면이기는 하지만, 빼면 아쉬울 만큼 중요하다. 여자주인공의 실력과 이미지를 선명하게 보여주는 에피소드이기 때문이다. 도입부로 활용하기도 좋고, 로맨스에선 이 장면에 이어 남주인공이 등장하면서 두 사람의 자연스러운 만남을 유도할 수 있다.

여형사의 외모는 두 가지로 진행 가능한데, 이는 쓰는 사람의 생각에 따라 달라진다. 우선 톰보이, 즉 선머슴 느낌으로 설정할 수 있다. 반대로 롱 헤어, 메이크업, 스커트 등 페미닌한 느낌을 살려 반전 매력을 보여줄 수도 있겠다. 여기에 섹시한 이미지를 덧붙이는 것도 가능하다. 단, 너무 섹시하고 과감한 의상은 웹소설 로맨스의 여주한테 그다지 어울리지 않으니 이 점은 염두에 두길.

여형사의 외모(옷차림 포함) 묘사는 문제의 남성이 형사를 대하는 태도, 그리고 형사가 남성을 제압하는 과정 곳곳에 넣으면 더욱 효과적이다. 남자와 주먹다짐을 하는 식으로 격투 장면을 길게 풀어내기보다는 단숨에, 한방에, 순식간에 제압해야 임팩트가 커진다. 그러니 남자가 주먹을 휘두를 수는 있어도 전체적으로 주고받는 액션이 길지는 않게 연출해보자.

마님이 돌쇠한테만
쌀밥을 주는 까닭

:오늘의 장면:

여자는 열심히 작업 중인 남자를 훔쳐본다. 남자는 소매를 훌훌 걷고 작업
에 몰두해 있다. 햇볕이 뜨거워서 셔츠가 땀에 젖어 있다. 비록 셔츠에 숨
겨져 있지만 남자의 몸매는 무척 아름답고도 강인하다.

사실 여자는 남자의 벗은 몸이 어떻게 생겼는지 잘 알고 있다. 어젯밤,
여자는 남자와 약속한 곳에서 만났고 살을 맞댔다. 비록 사랑하고 사랑받
는 사이는 아니지만 지난밤은 아주 강렬했고 잊지 못할 것이다.

결국 남자가 여자의 시선을 느끼고 인사하며 다가온다. 여자는 표정을
갈무리하고 조신하면서도 우아한 고용주의 태도로 남자에게 식사를 잘했
는지 묻는다. 그렇게 밤에 격렬한 활동을 했으니 삼시 세끼 고기만 먹어도
모자랄 것 같다. 그래서 몰래 음식을 더 챙겨주었다. 남자가 자신만 특별
대우를 받는 건지 되물으며 웃는다. 여자는 둘의 대화를 다른 사람이 듣기
라도 할까 봐 불안하다.

:반드시 필요한 설정:

- 시대적 배경
- 이 장면이 진행되는 공간
- 지금 남자가 하고 있는 작업
- 어젯밤 두 사람의 밀회가 이루어진 장소

 북마녀의 조언

오늘은 그 유명한 '마님은 왜 돌쇠에게만 쌀밥을 주었는가?' 설정을 활용하여 써보는 시간이다. 이는 단순히 인터넷에서 웃고 마는 '밈'이 아니다. 오래전 유통되던 '성인 영화' 중 이런 제목의 작품이 실제로 존재했다고 한다. 비디오 세대가 아닌 분들을 위해 덧붙이자면 성인 영화는 상업적으로 찍은 19금 영화를 의미하며, 일반적인 극장에서는 개봉하지 못하고 변두리 삼류 극장에서 단관 개봉하거나 극장 개봉 없이 바로 비디오 대여점으로 유통되곤 했다. 이를 단순히 포르노와 같은 개념으로 보긴 어렵다. 어쨌거나 스토리 라인과 설정이 있었으니까. '마님은 왜 돌쇠에게만 쌀밥을 주었는가?'도 어쨌거나 동양풍 배경으로 마님(양반)과 돌쇠(하인) 캐릭터가 등장하는 스토리다.

이 소재가 어떻게 웹소설이 될 수 있을까? 여성향 로맨스 계열에서 의외로 이 설정을 활용할 여지가 있다. 독자들이 재미를 느끼기 때문이다. 단, 이 설정을 활용한 다수의 작품이 현재 돌쇠의 신분이 낮은 상황에 대한 숨겨진 이유를 만들고, 차후 돌쇠의 신분을 복구시키는 방식으로 흘러가곤 한다.

'마님'과 '돌쇠'에서 묻어나는 동양풍 분위기를 유지하지 않아도 된다. 이름만 배경에 맞게 바꿔준다면 이 설정은 서양풍에서도 활용할 수 있다. 현대 배경에서도 어떤 식으로든 신분의 고하가 있기 마련이니 가능하다. 어쨌거나 여성 쪽이 남성보다 사회적 신분이 높고 돈이든 뭐든 권력을 가진 설정으로 진행되면 OK!

이 장면에서 남자는 여자의 배우자도 연인도 아닐 것이다. 이 부분을 장면에서 언급하자. 여기서 조심해야 할 점이 있다. 여성향 웹소설의 여주인공이 기혼이라면 그 배우자는 이미 죽음에 이르렀거나, 살아 있어도 엄청난 도덕적·인격적 문제가 있어야 한다. 단순히 잘생기고 몸 좋은 남자한테 홀딱 반해 멀쩡한 남편 몰래 바람을 피운다? 여성향 웹소설에서는 용납되지 않는 캐릭터다.

지난밤에는 완연한 열락의 밤을 보냈지만 낮에는 아주 조신한 몸가짐을 보이는 여인, 그리고 그 차이와 함께 자신을 향한 미묘한 행동을 재미있어하는 남자를 그려보자. 특히 남자의 대사는 여자에게 예의를 갖추면서도 묘하게 반항적으로 만들 것을 추천한다. 반대로 여자는 전전긍긍하면서도 애써 아닌 척하는 모습으로! 이렇게 티키타카를 만들면 독자의 구미가 더욱 당기게 된다.

참, 남자의 몸에 관한 묘사가 필수로 들어가야 한다. 여자의 눈으로 관찰하듯, 그리고 지난밤을 회상하듯 적어 내려가자. 옷을 입은 현재와 옷을 벗은 지난밤을 교차하여 기술하면 더욱 극적인 효과가 나타난다.

아이돌 데뷔 서바이벌

:오늘의 장면:

나는 데뷔를 간절히 원하는 중소 기획사의 연습생이다. 지금 데뷔조 서바이벌 프로그램의 촬영 현장 한가운데 서 있다. 오늘은 2라운드 최종 평가 날이자, 탈락자가 여러 명 결정되는 날이다. 연습생들 모두 이미 1라운드 때 절반이 탈락했고, 나는 겨우 살아남았지만 고작 중간 순위였으니 이번에도 살아남을지는 확신이 서지 않는다.

진행자가 연습생 A에게 농담을 던지며 멘트를 한다. 그러자 카메라가 연습생 A를 클로즈업한다. 연습생 A를 이렇게 오래 비춰줄 이유는 딱히 없다. 별다른 이유가 있다면 A의 인맥이 대단하다는 것뿐. 고만고만한 얼굴들 사이에서 이렇게 눈도장을 찍어주면 상위권에 들지 못하더라도 인지도는 높아질 것이다.

공식적으로 촬영하는 동안에도 A의 지인이 스튜디오에 들러서 아는 척을 하고 가는 광경을 나와 몇몇이 보았다. 나는 화가 나지만 언제 카메라가 나를 비출지 모르므로 표정 관리를 하려고 노력한다.

- 프로그램명
- 주인공이 소속된 기획사의 회사명
- A가 소속된 기획사의 규모와 회사명
- A의 인맥은 누구인가?

 북마녀의 조언

현실에서도 다양한 오디션 프로그램이 방송된다. 아이돌 데뷔조를 뽑는 서바이벌 프로그램이 모두 성공한 것은 아니지만 대체로 성공적인 결과를 얻었고, 적어도 초반에는 큰 관심을 받는다.

웹소설을 쓴다면 이 아이돌 연습생들의 데뷔 서바이벌 프로그램에 관심을 기울여야 한다. 웹소설 시장에서도 연예계물이, 그중에서도 아이돌물이 상당히 인기 있는 키워드다. 남성향에서도 아이돌물이 적극적으로 제작되고, 여성향에서는 BL을 중심으로 아이돌물이 다량 생산된다. 반면, 현대 로맨스에서 남주를 아이돌로 정하는 건 별로 권하지 않는다. 남자 아이돌은 너무 어려 보이는 이미지가 있기 때문에 현시점 기준 현로의 이상적인 남주 이미지와는 조금 거리가 있다.

아이돌은 실존 인물을 향한 '덕질'과 동일한 형태로 캐릭터 '덕질'이 진행되기에 가장 용이한 소재다. 이 말인즉슨, 작품이 성공한다면 다른 소재보다 훨씬 더 다양한 수익 모델을 구축할 수 있다는 뜻이다.

현실 세계의 아이돌 오디션 프로그램은 방송 후 비리 폭로가 터져 큰 문제가 되기도 했다. 이처럼 실제로 존재했던 프로그램의 시스템, 실제로 일어난 사건도 작품 속에서 활용할 수 있다. 언제나 현실은 소설보다도 드라마틱하니까. 그렇다고 제목과 사건을 똑같이 써먹어서는 안 된다. 어디까지나 자료와 소재로 활용하고 세부 사항은 바꾸는 게 원칙이다.

이런 방송 프로그램을 작품의 주 무대로 삼는다면 비중이 크지 않은 캐릭터여도 이름을 하나하나 다 지어야 하는 문제가 있다. 예를 들어 진행자가 딱히 주요 인물은 아니어도 각종 정보를 전부 세팅해야 한다. 연습생 A도 마찬가지다.

오늘의 장면에서 가장 중요한 요소는 연습생 A의 인맥이 누구인가다. 방송국 사람(국장 이상)일 수도 있고, 대기업 광고주일 수도 있고, 정치인일 수도 있다. 어쨌거나 여타의 연습생들이 속으로 불공평하다 느끼더라도 바로 항의하기 힘든 위압감이 있어야 한다. 오늘 작성해야 할 장면은 작은 에피소드에 불과하지만 그 인맥을 누구로 정하느냐에 따라 큰 사건의 시작점이 될 수도 있다.

주인공 자신의 정보보다 주인공이 관찰하여 알아낸 주변 정보들이 훨씬 더 많이 나와야 한다. 주인공의 입장에서 분석하듯이, 속으로 뇌까리는 느낌으로 그 정보를 꺼내 보이자.

177

악마의 편집

:오늘의 장면:

이곳은 서바이벌 프로그램 미션을 준비하는 연습실. 이번에는 팀 단위 프로젝트로, 만약 패배한다면 한꺼번에 떨어지고 만다. 다들 책임을 면하고 싶었던 건지 결국 내가 조장을 맡게 된다. 그런데 내가 의견을 내는 족족 반대하고 불만투성이인 조원이 한 명 있다. 서로 목소리가 점점 높아져가고 다른 조원들은 둘의 눈치를 슬슬 살피며 물러나 있다. 이 모든 상황을 카메라가 밀착 촬영하고 있다. 그 사실을 깜빡 잊은 내가 화를 내버렸고, 그 조원은 눈물을 훔치며 연습실을 나가버린다. 이후 개별 인터뷰에서 나는 억울한 심정을 토로한다. 그런데 방송에서 다툼의 계기는 나오지 않고 내가 몰아붙이는 모습만 잔뜩 나온다. 내 인터뷰는 편집되었다. 그 조원이 뒤에서 우는 장면에 슬픈 음악이 깔린다.

:반드시 필요한 설정:

• 어떤 분야의 서바이벌 프로그램인가?

- 팀 단위 프로젝트의 구체적인 내용
- 팀의 인원수
- 나의 성별, 이름
- 나와 다투는 조원의 성별, 이름

 북마녀의 조언

필수 설정을 구성한 다음에는 주인공과 대치하는 조원이 왜 사사건건 트집을 잡는지 생각해야 한다. 이것이 정해져야 이후 두 사람의 대치가 구체적으로 풀려나가게 된다.

주인공의 의견을 따르면 자신이 팀 내에서 눈에 띄지 못할 것 같아서일 수도 있다. 아니면 정말 주인공이 인간적으로 싫어서일 수도 있겠다. 주인공을 싫어하는 설정이라면 여러 갈래로 나누어볼 수 있다. 주인공의 무언가가 더 출중하기 때문에 질투가 나거나, 반대로 주인공의 뭔가가 자기보다 떨어져서 얕보는 마음일 수도 있다.

조건 설정에 따라서는 이 두 가지 감정이 동시에 들어가는 것도 가능하다. 예를 들어 주인공이 외모가 월등히 뛰어나거나 능력이 탁월하지만 소속사에 들어가지 못한 개인 연습생이라면 상대에겐 더욱 이중적인 감정이 생길 수밖에 없다.

또한 어떤 분야의 프로그램인지 정해져야 팀 단위 프로젝트 내용도 정할 수 있다. 그에 따라 주인공의 의견도 정확하게 나온다. 생각보다 짜야할 요소가 많은 장면이다. 방송물은 많이들 시도하지만 간편하진 않은 소재다. 하나하나 전부 정해야 하기 때문이다.

오늘의 장면은 '장면 실습 예제 176'에서 소개한 아이돌 서바이벌 프로그램 장면과 연결하는 것도 가능하다. 하지만 꼭 아이돌 내용에 국한되리라는 법은 없다. '악편'이라는 줄임말로도 불리는 '악마의 편집'은 언제, 어디서, 누구에게든 일어날 수 있는 일이다.

현실에서도 다양한 서바이벌 프로그램이 방영되고 있다. 현실을 그대로 반영한 느낌도 나쁘지 않지만, 소설을 위해 자신만의 프로그램을 기획해보면 어떨까.

후궁들의 뒷담화

:오늘의 장면:

○비, ○비, ○비. 세 사람은 서로 친한 척하며 자주 화합하는 관계다. 후궁들이 모여 차를 마시는 자리에 자신이 빠지면 혹시라도 미래에 손해가 될까 싶어서 무슨 일이 있어도 참석하려고 한다.

세 사람은 황제의 애정을 갈구하지만 황제는 첫 합방 이후 이들에게 관심을 주지 않았다. 사실 합방도 궁의 법도 때문에 억지로 진행되었다는 걸 서로 알면서도 겉으로는 아닌 척을 한다. 문제는 황제의 근황이다. 여인에게 관심이 없고 정무에만 온 힘을 쏟던 황제가 달라진 것 같다. 은밀히 알아보니 요즘 황제가 자주 드나드는 곳은 ○○의 처소다. 세 사람은 머리를 모으고 그녀를 어떻게 해치울지 의논한다.

:반드시 필요한 설정:

• 등장하는 여인들의 이름
• 세 사람이 모인 장소

- 누가 모이자고 했는가?
- 황제가 지금 꽂힌 상대

🧙 북마녀의 조언

본디 비빈妃嬪은 왕비(정실 부인)와 후궁(첩)을 아울러 이르는 말이다. 왕정에서는 '비→빈' 순이고 황제국 배경에서는 '황후→비→빈' 혹은 '(황)후→비' 순서로 왕의 여인들 서열을 정리하는 것이 일반적이다. 이 품계의 명칭은 작품 내에서 일관되게 정리하기만 하면 아주 조금씩 달라져도 상관없다. 하지만 비와 빈의 지위 고하가 뒤바뀌는 설정은 절대 불가다.

웹소설에서는 황제가 존재한다는 설정이 부지기수로 쓰이며 황제의 본처를 '황후' 혹은 '황비'로 정의한다. 참고로, 본처를 '황후'라고 적는다면 '황비'라는 명칭은 나올 수 없다.

동양풍 작품에서 궁궐 내 여인들 간의 암투는 자주 등장하는 클리셰다. 특히 남주인공이 황제 혹은 황제에 준하는 존재라면 필연적으로 악녀들이 여주인공을 어떻게든 끌어내리려고 갖은 애를 쓰는 흐름이 나올 수밖에 없다. 그러나 언제 나와도 재미있고 독자들이 지겹다고 생각하지 않으니 이 설정을 피하려고 애쓰지 말자.

오늘의 장면에 등장하는 인물은 꼭 이름을 정해주자. 세 사람의 성격은 조금씩 달라도 되고, 비슷해도 상관없다. 세 명이 똑같은 계급인 설정보다는 신분적 위치 및 권력에 차등을 두는 것이 재미를 더하는 길이다. 말하자면 A급 악녀와 B급 악녀(이면서 조력자들)로 구성하는 것이다. 반드시 이 중에 최고 빌런이 있으리라는 법은 없으니 자유롭게 설정해보자.

공주님 안기

:오늘의 장면:

침대에서 자고 있던 나를 하녀들이 급히 깨운다. 하녀들이 세수를 시키고, 입안까지 헹궈주는 동안 나는 눈을 채 뜨지도 못했다. 겨우 빵 한 조각을 입에 넣었는데, 남주가 방에 들이닥친다. 하녀들이 아직 잠옷 차림이라며 옷을 갈아입히겠다는데 남주는 들은 척도 안 하고 나를 냅다 '공주님 안기'로 들어서 어딘가로 향한다. 자느라 속옷도 제대로 갖춰 입지 않아서 얇은 옷감 사이로 남주의 손이 느껴지니 민망하기 짝이 없다. 나는 민망함을 감추려고 버둥거리지만 남주에겐 타격이 전혀 없다.

:반드시 필요한 설정:

- 나와 남주인공의 사회적 신분
- 두 사람의 관계
- 남주는 지금 나를 데리고 어디로 가는가?

 **북마녀의 조언**

오늘의 장면은 글자 그대로 '공주님 안기' 장면이다. '공주님 안기'란 남성이 여성의 몸을 가로 형태로 안아 드는 동작을 말한다. 장르 소설을 보거나 영상 매체를 시청하는 사람이라면 모를 리 없는 동작이며, 별달리 정해진 명칭 없이 이 표현으로 굳어졌다. 이 행동이 '공주님 안기'로 불리게 된 까닭은 드는 사람이 들리는 사람을 아주 소중히 여기며 배려하는 마음이 깃들어서가 아닐까? 그렇기 때문에 이 동작은 여성향 로맨스, 서양 로판, 동양 로판 그리고 남성향 현판, 판타지, 무협에 이르기까지 어느 장르에서든 쓸 수 있다.

우리는 스토리텔러로서 이 행위를 바라봐야 한다. 이 동작은 드는 사람, 즉 남자의 신체적인 능력을 강조하는 수단이다. 그렇기 때문에 스토리에서 남조가 이 동작을 하게 해서는 안 된다. 여주가 기절했고 옆에 호위 기사가 있다면 당연히 곱게 안아 들었을 것이다. 그러나 그가 주인공이 아니라면 여주를 안아 옮기는 장면을 생략해야 한다. 한마디로 '공주님 안기'는 남주만 할 수 있는 동작이다.

실제로 축 처진 사람의 몸을 등에 업거나, 어깨에 메는 것은 '공주님 안기'에 비해 훨씬 수월하다. 하지만 보기 좋고 아름다운 연출이 전혀 아니다. 등에 업는 동작은 술 취한 여성이나 어린아이를 업거나 할 때 나오고, 이후 연결되는 장면(업은 채로 대화하기, 토하기 등)이 필요하다.

어깨에 둘러메는 동작은 어떤 의미에서는 최악이다. 드는 사람이 들리는 사람을 인격적으로 배려하지 않는 태도를 취한 것이기 때문이다. 한마디로 짐짝처럼 든 것이나 다름없다. 이 동작을 자신의 스토리에서 무조건 배제할 필요는 없지만, 필요한 장면에서만 써라.

그에 비하면 '공주님 안기'는 가장 낭만적인 연출을 할 수 있는 동작이다. 들리는 사람이 정신을 잃어 축 처졌든, 정신이 멀쩡히 깨어 있든 상관없이 활용 가능하다. 한데, 그 사람이 깨어 있다면 '공주님 안기'에 대응하는 반응이 나와야 한다. 놀라 몸을 움직일 수도 있고, 당연하다는 듯이 목에 팔을 둘러 무게 중심을 잡는 캐릭터도 있겠다.

이 동작을 1~2초 정도로 지나가듯이 표현할 수도 있겠지만, 아예 하나의 장면으로 만들어 두 사람 사이에 오가는 감정, 관계의 변화, 마음속 생각을 풀어나가는 것도 가능하다. 오늘의 장면에서 잠옷에 관한 설명이 더 나온다면 여주의 부끄러운 마음이 순조롭게 표현된다.

알바 대타

:오늘의 장면:

학교 친구의 사고 소식을 듣고 나는 서둘러 병문안을 간다. 친구는 크게 다쳤지만 다행히 생명에는 지장이 없고, 머리도 전혀 다치지 않은 것 같다. 언제나처럼 말이 많고, 사 오라는 간식이 이렇게 많고, 사 온 간식을 허겁지겁 다 먹고 있다. 문제는 다친 부위 때문에 당분간 몸을 움직이기 힘들다는 점. 친구는 당장 알바 대타를 해줄 사람이 필요하다고 한숨을 푹 푹 쉬더니 갑자기 나를 붙잡고 애원하기 시작한다. 딱 한 달만 대타를 뛰어달라고. 친구가 하고 있는 알바가 상당히 힘들다고 투덜대는 걸 몇 번 들었기에 해주기 싫지만, 거절할 명분이 없어서 고민이다.

:반드시 필요한 설정:

- 병문안 장소
- 친구가 사고로 다친 신체 부위와 현재 상태
- 친구가 하고 있던 알바의 종류

북마녀의 조언

병문안을 병원으로 갈지, 집으로 갈지 정하는 것부터 이 장면의 설정이 시작된다. 주요 내용은 알바 대타를 결정하는 것이지만, 자잘한 행동이나 대화를 추가하여 장면을 풍성하게 만들 수 있다. 병원은 병원대로, 집은 집대로 공간 설정이 달라지는 만큼 다른 내용이 나온다.

오늘의 장면은 주인공에게 새로운 경험을 할 수 있도록 새로운 일정을 부여하는 기능을 한다. 예를 들어 주인공이 카페 알바를 하면서 어떤 주요 인물을 만나게 되는 설정이라 가정해보자. 평소처럼 알바를 하다가 그 사람을 만나는 것보다 친구 때문에 알바를 하게 된다는 설정으로 비틀어버리면 개연성이 훨씬 더 탄탄해진다. 또한 극적인 연출 및 분량 추가도 가능해진다. 안 하던 알바를 하게 되면 사장이나 새로운 동료와의 교류 등 다양한 에피소드를 덧붙일 수 있다.

친구가 다친 부위는 머리 외의 부위로 정해야 하며 다리로 제약을 두진 말자. 목이나 갈비뼈, 팔 등의 부위도 다치게 되면 대부분의 알바생이 하는 업무를 수행할 수 없게 되므로 설정 가능하다.

병문안 때 사 가는 간식이나 친구의 수다스러운 성격은 크게 중요한 내용은 아니지만 장면에 현실성을 부여하는 요소이니 꼼꼼하게 정하자. 대화도 진짜 친구끼리의 그것처럼 작성한다. 고민하는 와중에도 친구가 계속 애걸복걸하는 모습을 보여줘야 주인공의 마음이 흔들리는 것을 독자도 납득하지 않겠는가.

이 장면은 현대 배경의 어느 웹소설 장르에서든 활용도가 높다. 친구와 나의 성별은 쓰고 싶은 장르에 어울리도록 자유롭게 정해보자.

폭풍 성장

:오늘의 장면:

평소처럼 소년의 어깨에 묻은 먼지를 털어주던 나는 문득 소년의 눈높이
가 나보다 높아져 있음을 깨닫는다. 소년은 어느새 나를 내려다보고 있다.
그 눈빛을 받으려니 기분이 오묘해진다. 소년이 자기 훈련을 보러 오라고
속삭인다. 나는 이미 소년의 훈련을 창 너머로 본 적이 있다. 소년은 또래
들 사이에서 훈련할 때도 눈에 딱 띌 정도로 몸집이 커다랗다. 내가 처음
에 소년을 실제 나이보다 더 어리게 봤던 것은 또래에 비해 체구가 훨씬
작았기 때문이다. 그렇게 작고 말랐던 아이가 이렇게 컸다니, 그동안 내가
한 노력이 머릿속을 스쳐 지나간다.

:반드시 필요한 설정:

- 시대적 배경
- 이 장면이 진행되는 공간
- 나의 성별

- 처음 만났을 때 소년이 또래보다 더 작고 말랐던 까닭
- 소년이 하는 훈련의 종류

북마녀의 조언

이 장면은 '키잡', '역키잡' 소재에서 흔히 활용되는 클리셰로서 언제 써먹어도 설레는 장면이 아닐 수 없다. 키잡이란 소위 '키워서 잡아먹는다'의 줄임말이며, 한쪽이 다른 쪽을 성인이 될 때까지 키우다시피 한 관계에서 연애의 감정선이 생겨나는 흐름을 이른다. '잡아먹는다'는 표현에서 느낄 수 있듯이 육체적인 관계가 확실하게 전개될 때 더욱 적합한 소재가 되겠다. 플라토닉 러브는 이 키워드에 포함되지 않는다.

역키잡은 키잡의 반대 설정으로서, 키워진 쪽이 키운 사람을 잡아먹는다는 의미다. 로맨스에선 여주가 남주를 키우다시피 했는데 남주가 죽자 살자 구애하고 집착하는 상황, BL에선 키운 쪽이 수(바텀)인 상황, 즉 '잡아먹히는' 상황을 역키잡으로 정의한다.

키잡, 역키잡 모두 설정 특성상 두 인물의 나이 차가 어느 정도 나는 경우가 빈번하다. 겉으로 두 사람의 나이 차가 나지 않아도 이 장면의 활용이 가능하다. 예를 들어 키운 쪽과 키워진 쪽의 연령대가 비슷하더라도 빙의물이라 키운 쪽 영혼이 어른이라면 이 장면의 분위기와 키워드가 성립할 수 있다.

다만 이 미묘한 소재에도 선이라는 것이 존재한다. 키잡물과 역키잡물은 로리콤, 쇼타콤(각각 어린 소년 소녀에 대한 집착적 애정과 성적 욕구) 소재가 결코 아니며 애초에 관계가 없다. 그러므로 자칫 소아성애로 보일 위

험은 무조건 차단해야 안전하다. 이미 다 큰 '후'에 잡아먹든 잡아먹히든 하는 것이지 아직 상대가 다 크지 않았는데 무슨 일이 벌어져서는 절대로 안 된다는 뜻이다. 성관계에 해당하는 스킨십은 상대가 성장한 후에!

다만, 몸은 성인과 흡사하게 다 컸는데 어쨌거나 연령대가 애매한 미성년일 때 그 인물이 구애의 제스처(키스 시도 등 과감한 행동 포함)를 취하는 것은 무방하다. 상대가 그러든 말든 성인인 쪽이 애써 열심히 거절하면 도덕적으로 문제없는 내용이 된다(15금은 위험!).

심리 묘사 없이 동작만 적어도 그 자체로 간지럽고 설레는 느낌을 줄 수 있는 효과적인 에피소드다. 이 장면을 기점으로 훌쩍 커버린 소년은 더 이상 '키워지는 소년'이 아닌 것처럼 슬슬 행동하기 시작한다. 또한 나의 마음 역시 점점 복잡해지겠다. 아마 소년은 이전부터 다른 눈으로 주인공을 바라봤겠지만 그것을 확실하게 인지하게 되는 시점이 바로 이 장면이다.

참, '훈련'이라는 소재가 들어가기 때문에 아무래도 동서양 배경의 가상 시대가 더 어울린다. 하지만 현대풍이라고 못 쓰리라는 법은 없으니 특수한 조건을 설정해보자.

돈으로 살게

:오늘의 장면:

잡혀 온 A가 어두운 공간으로 끌려 들어간다. 그곳에서 A는 살벌한 표정
의 B와 마주한다. B는 A가 돈 때문에 다른 놈한테 휘둘린 일련의 상황에
크게 화가 나 있다. A는 B가 자신을 두들겨 패거나 죽일 수도 있겠다는
생각에 몹시 두렵다. B는 A에게 상처가 될 말을 마구 퍼부은 다음, 지갑
에서 돈을 꺼내 A를 향해 던지듯이 뿌린다. A는 자기 얼굴에 맞고 바닥으
로 떨어지는 돈이 얼마인지 계산해본다. 그러다가 본능적으로 그러고 있
는 자신을 깨닫고 수치스러워한다.

:반드시 필요한 설정:

- 시점(A쪽인지, B쪽인지, 전지적인지 정할 것)
- A와 B의 성별
- A와 B의 관계
- 이 장면이 진행되는 장소

• 돈의 종류(지폐, 수표, 화폐 단위 등)

 북마녀의 조언

클리셰가 담뿍 담긴 피폐물(여성향)에서 나올 수 있는 장면이다. 한쪽은 돈이 많고 다른 한쪽은 한도 끝도 없는 가난으로 점철된 조건일 때 쓸 수 있다. 행동, 대사 등 이 장면을 구성하는 요소는 굉장히 일관된 패턴을 보이고, 쓰는 작가가 다르더라도 꽤 유사한 방식으로 흘러간다. 늘 강조했듯이 자주 먹는 김치찌개가 매번 맛있다는 점을 잊지 말자.

A의 시점일 땐 상대의 분노가 어디서 기인하는지 모를 테고, 대신 A의 머릿속을 세밀하게 펼쳐낼 수 있다. 반대로 B의 시점으로 쓴다면 B가 아직 자신의 감정을 모르더라도 독자는 조금쯤 예상할 수 있도록 냄새를 풍겨놓자.

두 사람은 현재 다정한 연인이 아니며, 어느 정도 강압적인 상하 관계로 보인다. 그 관계가 정해져야 공간도 쉽게 나온다. 또한 예제를 연습할 땐 다른 놈한테 휘둘린 일에 관해 뭉뚱그려 지나가도 되겠지만, 진짜 원고에서는 하나의 에피소드가 되기 때문에 잘 정해두어야 한다.

B의 대사에는 비하적 발언을 꼭 넣어주자. 단순히 욕설을 붙인다고 대사가 강해지진 않는다. 이 장면 이후 어떤 내용이 펼쳐지느냐는 작품의 등급에 따라 달라질 테니 자유롭게 상상해보길. 19금이라면 이 장면 후 씬이 들어가야 독자의 기대치를 충족할 수 있다.

낯간지러운
메시지

:오늘의 장면:

남자는 책상 앞에서 이런저런 자료를 한참 보다가 여자의 얼굴이 어른거려 결국 서류를 덮는다. 그리고 핸드폰을 꺼낸다. 아까 마지막으로 핸드폰을 덮기 전 써놓고 보내지 않았던 메시지. 역시 이런 소리를 보내는 건 무리다. 남자는 헛웃음을 흘리며 적었던 문장을 지우고 간단명료하게 적어 메시지를 보낸다. 그런데 몇 분이 지났는데도 핸드폰은 진동 한 번 없이 조용하다. 메시지가 별로였나. 설마 씹힌 건가. 갑자기 조급한 마음이 든다. 남자는 책상 위에 두었던 핸드폰을 덜컥 쥔다.

:반드시 필요한 설정:

- 이 장면이 진행되는 공간
- 써놓고 보내지 않은 메시지(조금 길게)
- 다시 적어 보낸 메시지(매우 짧게)

북마녀의 조언

이번 예제는 현대 배경의 로맨스에서 나오기 좋은 장면이다. 이대로 진행하지 않더라도 메시지를 썼다가 지우고 다른 메시지를 보내거나, 아니면 아예 보내지 않는 장면은 한 번쯤 써먹을 만하다. 현실에서 썸이나 썸에 준하는 관계, 또 연애를 갓 시작한 시점에 우리 모두 경험하는 것이므로 그때의 기분을 생각해본다면 집필이 훨씬 수월해진다.

한데, 휴대전화라는 신문물이 자연스레 등장해야 하므로 다른 배경에서는 아무래도 활용이 힘들다. 1인 1폰 시대를 살아가고 있기에 현대풍 웹소설에서는 이 핸드폰 관련 문화가 쉬이 반영된다. 핸드폰 관련 문화는 근 20년 사이에 어마어마한 발전과 변화를 겪어왔다. 그래서 당대의 현황을 반영한 작품이 시간이 지난 후 굉장히 올드해 보이는, 즉 해당 원고가 언제 쓰였는지 알게 되는 상황도 발생한다. 예를 들어 핸드폰으로 전화와 문자만 주로 쓰고 인터넷에 접속하려면 사용료 폭탄을 맞아야 했던 시절에 쓰인 작품과 누구나 스마트폰을 쓰는 현시점에 쓰인 작품은 뚜렷한 차이를 보인다.

그나마 스마트폰으로 전환된 이후로는 활용도가 크게 바뀌지 않아 다행이다. 그래도 앞으로 일어날 획기적인 발전상에 관해 누구도 예측할 수 없기에 원고에서 핸드폰이 나오는 장면을 너무 자주 쓰지 않는 편이 낫다.

오늘의 장면에서는 간과했던 문제가 하나 나온다. 바로 주인공이 핸드폰으로 메시지를 보낸다는 점이다. 현실에서 우리는 국민 메신저로 불리는 '카카오톡'을 주로 사용한다. 아마 주인공도 '카톡'을 쓸 것이다. 그런데 소설에서 '카톡'이라고 써도 되는 걸까? 특정 업체를 명기해도 괜찮은 걸까?

남성향 장르에서는 '깨톡', '까톡' 등으로 우회하여 적기도 한다. 하지만 여성향 장르에서 이런 변형은 분위기와 흐름을 깨뜨리는 주범이 된다. 특히 시리어스물이나 피폐물처럼 진지한 내용이 전개되는 와중에 주인공이 갑자기 '깨톡'을 보내면 얼마나 이상할까.

　그렇다면 소설 주인공은 '문자'나 '문자 메시지'를 보내야 하는 걸까? 이건 이상하다기보다는 좀 올드해 보일 수 있다. 어쨌거나 현실에서 '문자 메시지'는 그야말로 안전 문자나 카드 사용처 확인 문자 등만 오는 개념이 되었으니까.

　이건 깨고 저건 촌스럽다니, 그럼 핸드폰 메시지 보내는 장면을 어떻게 쓰란 말인가? 방금 나온 의문문에도 답이 있고, 오늘의 장면에도 힌트가 나와 있다. 주인공은 '메시지'를 보내면 된다. 이렇게 쓰면 독자들도 다 알아듣는다.

　이번 예제에서 '써놓고 안 보낸 메시지'는 실제로 엄청나게 낯간지럽고 느끼한 말로 구성하면 안 된다. 그저 남자 입장에서 '아 이건 너무 과했나?' 싶어서 지우는 것뿐이다. 하지만 여자에게 더욱 가까워지려는 심리가 느껴지는 내용이어야 한다. 결국 지웠으니 여주는 그 메시지를 못 보지만, 독자는 본다는 사실을 잊지 말자.

나를 버려요

:오늘의 장면:

나는 겨우 정신을 차린다. 제대로 떠지지 않는 눈을 떠서 주변을 살피니 우리가 은닉해 있는 곳은 바위 뒤. 멀리서 우리를 찾는 놈들의 소리가 들린다. 머지않아 그들이 우리를 찾아낼 것이다. 이대로라면 둘 다 죽음을 맞이하거나 살더라도 죽는 게 낫다 싶을 고초를 겪게 될 것이 분명하다. 내 옆에 있는 사람도 모를 리 없다. 현재 내 상태는 최악으로, 그 사람에게 방해가 될 뿐이다. 그 사람도 이미 부상을 입었기 때문에 나를 데리고 함께 탈출하는 건 무리다. 나는 그 사람에게 나를 버리고 가라고 말한다.

:반드시 필요한 설정:

- 이 장면이 진행되는 공간(자연 지형)
- 두 사람의 성별
- 두 사람이 도망치는 까닭
- 두 사람의 사회적&심리적 관계

🎩 북마녀의 조언

두 사람의 성별은 장르에 따라 달라진다. 남남이라면 판타지 혹은 BL로 이야기를 풀어나갈 수 있을 테고, 여남이라면 남녀 간의 러브 스토리인 로맨스나 로판이 될 수 있겠다.

시대적 배경은 현대풍, 동양풍, 서양풍 어느 것이든 가능하다. 두 사람이 어쩌다가 바위 뒤에 숨게 되었는지 시대적 배경에 어울리도록 간략하게나마 설정해놓는다면 장면을 상상해내기가 훨씬 수월해진다. 바위가 뜬금없이 건물 옆에 있진 않을 테니 공간은 무조건 숲, 산, 벌판 등 자연 지형으로 설정하자.

두 사람은 각각 최악의 컨디션으로 나타나야 하며 질병, 부상 등 다양한 방식으로 풀어내자. 여기에 주인공이 상대라도 살리기 위해 삶을 포기하는 결정을 하면서도 현재의 두려운 마음이 같이 나온다면 금상첨화다.

버리고 가란다고 상대가 주인공을 정말 버리고 간다면 그럴 만한 사유가 있어야 한다. 진짜 버리고 가면 주인공은 죽을 가능성이 높지만 소설에서 주인공이 죽지는 않으니까. 상대가 주요 캐릭터가 아니라면 버리는 흐름으로 진행하여 상대의 극중 비중을 줄여도 좋다. 상대가 주요 캐릭터라면 죽어도 주인공을 버리지 않으려고 들 게 분명하다. 이런 내용들이 두 사람의 대화에 나와야 한다. 상황이 심각한 만큼 버리고 가라는 말 자체가 대화 뭉치 안에서 두어 번 반복되듯이 나오는 것도 무난한 연출이다.

이 장면의 묘미는 대화에 있다. 두 사람의 사회적인 관계가 어떻게 되느냐에 따라 대사 말투에 그 신분을 적용해야 한다.

이렇게 죽음을 앞둔 장면에서는 (작품 전체에서는 진짜 죽는 게 아니더라도) 대사에 과한 개그를 넣지 않는 편이 낫다. 영상이라면 죽어가는 배우가 눈물방울을 달고 우스갯소리를 하는 장면이 크게 문제가 되지 않지만, 활자 매체에서는 이를 읽었을 때 생각보다 우스울 수 있다. 정말 재미있다는 말이 아니라 분위기만 깨고 오글거린다는 뜻이다. 이런 진지한 장면에서는 작가의 개그가 통하지 않을 때가 많다.

전쟁에서 승리하고 돌아오는 길에서

∷오늘의 장면∷

남자가 이끄는 군대는 승전보를 보내왔고, 오늘은 그들이 수도로 돌아오는 날이다. 마지막 전투에서 남자가 어떻게 이겼는지는 소문이 파다하다. 남자는 이 전쟁을 통해 무시무시한 별명을 얻었다. 광장에 사람들이 빼곡하게 모여 있다. 사람들이 환호하고, 함성이 커진다. 마침내 말을 타고 오는 남자와 그를 따르는 기사들, 병사들이 그녀의 눈에도 보인다.

그의 외모는 수년 전과는 많이 달라진 것 같다. 그녀는 행렬을 지켜보며 이렇게 많은 인파 속에서 그의 눈에 자신이 보일 리가 없다고 생각한다. 하지만 언뜻 눈이 마주친 것 같기도 하다. 저녁에 그를 만날 것을 생각하니 설레면서도 가슴이 갑갑해진다. 두 사람 사이에는 해결해야 할 문제가 있고, 그 문제는 전쟁 때문에 미뤄졌다. 이제 전쟁이 끝났으니 결론을 내야 한다.

- 남자의 신분 및 사회적 위치, 직업
- 남자의 별명
- 여자의 신분
- 두 사람의 관계
- 두 사람 사이에 해결해야 할 문제

 북마녀의 조언

전쟁에서 승리한 이들이 돌아오고 군중들이 환호하는 광경은 시대극에서 자주 나오며, 빤하지만 필요한 장면이다. 대사로 환호 몇 마디가 나오면 좋고 그 대사를 하는 사람이 누구인지는 굳이 정할 필요가 없다.

대신 오늘의 장면에서는 전투에서 남자의 활약에 관한 소문을 이야기하는 사람이 있어야겠다. 여자 캐릭터 옆에 있는 인물이 말함으로써 여자 캐릭터의 귀에 들리도록, 사실상 독자에게 정보를 전달하는 역할을 한다.

또한 시대극의 전투 능력자 남주에게 별명은 거의 필수적인 요소다. 스토리에서 그렇게 중요한 것은 아니라 없어도 그만이지만, 캐릭터 설정에 편리할 뿐만 아니라 소개글에서도 유용하게 써먹을 수 있으니 참고하자.

두 사람의 신분 및 관계를 어떻게 짜느냐에 따라 저녁의 만남이 달리 구성된다. 예를 들어 황태자와 볼모로 잡혀 있는 옆 나라 황녀, 장군과 정혼녀라면 저녁에 만나게 되는 건 확실할 터. 전쟁에서 승리했으니 저녁에는 연회 같은 자리가 열릴 테고, 물리적으로나 관계적으로 엮여 있다면 두 사람 다 그 자리에 참석할 수밖에 없겠다. 하지만 양쪽 설정이 결코 동일하게 흘러가지는 않는다. 이번 실습에서는 당장 저녁에 두 사람이 만날 수 있도록 설정을 짜되, 실제 스토리에서는 공식적인 자리가 열리기 전, 즉 이 장면의 몇 시간 후 당장 만나는 수순으로 장면이 전환되어도 괜찮다.

두 사람은 전쟁 때문에 오랫동안 서로 보지 못했다. 남자가 어떻게 변했는지 그 외모에 관해 여자의 시선으로 그리되, 묘사에는 남자의 눈빛이 꼭 들어가야 한다. 과거에는 어땠다는 것까지 간결하게나마 정보를 준다면 독자가 남자 캐릭터의 히스토리를 인지할 수 있다. 그리고 두 사람의 관계가 앞으로 어떻게 변하게 될지 짐작하며 점차 스토리에 이입하게 된다. 여기서 가볍게 운을 띄운 정보는 이후 다른 장면을 통해 구체적으로 풀어줄 수 있다.

알바 첫날의
어색한 풍경

:오늘의 장면:

오늘은 알바 첫날이다. 사장은 착하고 호의적이며, 특히 주인공의 외모를 마음에 들어 한다. 즉, 영업에 도움이 되리라고 생각한다. 그는 소심해 보이는 주인공의 태도에 걱정 섞인 격려의 말을 해준다. 사장은 업장을 같이 둘러보며 업무를 알려주고 앞으로 같이 일할 직원들도 소개한다. 그런데 그중 한 남자가 주인공을 너무 부담스럽게 쳐다본다. 인사하면서 잡은 손도 안 놔줘서 겨우 떼어낸다. 과연 남자와 평온하게 잘 지낼 수 있을까? 사장이 사라지고 직원들만 남는다. 주인공은 어색해서 미칠 것만 같다. 다행히 장사가 잘되는 곳이라 주인공은 일거리를 찾아 열심히 한다.

:반드시 필요한 설정:

- 주인공이 알바를 하는 공간
- 주인공의 성별
- 사장의 성별

• 남자 직원이 주인공을 주시하는 이유

 북마녀의 조언

오늘의 장면을 구성하기 위해서는 장소부터 확정해야 한다. 이 업장이 어느 분야인지 정해져야 장면의 요소를 구석구석 정할 수 있다. 일반적으로는 카페나 술집일 수 있다. 카페와 술집은 같은 요식업이어도 공간적 배경이 판이하다. 상상의 나래를 조금 더 펴자면 호스트바의 주방이 될 수도 있겠다.

주인공이 일하는 모습까지 나와야 하므로 해당 공간의 일거리 역시 구체적으로 설명되어야 한다. 그렇다고 인수인계서를 쓰듯 업무 설명 구간이 늘어져서는 안 된다.

사장이 주인공의 외모를 평가하는 것은 어쩔 수 없는 현실 반영이다. 그래도 긍정적인 분위기로 진행되는 내용이므로 그에 합당한 흐름을 짜야 한다. 해당 공간이 외모에 좌지우지되는 어떤 특징적인 장소라면 주인공이 처음엔 주방일을 맡았더라도 이후 다른 역할을 제안받게 될 가능성이 크다. 이 장면에서 군이 길게 풀어낼 필요는 없지만 사장이 넌지시 냄새를 풍겨준다면 적절한 떡밥이 된다.

문제의 직원은 남자로 정해져 있으므로, 주인공의 성별이 어느 쪽이냐에 따라 장르가 정해진다. 주인공이 남자라고 해서 반드시 BL이 되는 것은 아니다. 문제의 직원과 주인공이 성적 관계로 이어지리라는 보장은 없다. 현대 판타지의 한 장면으로 연출하는 것도 가능하다.

문제의 남자 직원이 선역인지 악역인지 정하라. 남자 직원이 주인공을 주시하는 이유가 과거에 엮였던 일 때문일 수도 있겠지만, 단순히 성적으로 관심이 생겨서일 수도 있겠다. 어떤 이유든 선역이라면 좋은 방향으로 흘러가야 하고, 악역이라면 남자 직원의 행동이 아주 불편해야 한다. 특히 악역의 성적인 관심은 로맨스든 BL이든 매우 찝찝하고 질척이는 느낌으로 표출하자.

독자가 짜증 나는 만큼 더 재미있다는 진리를 잊지 말길. 악역에 관한 악성 댓글은 악플이 아니라 칭찬이다.

임신입니다

:오늘의 장면:

이곳은 산부인과 병원. 여주인공은 초음파 검사를 받고 있고, 그 자리에서 의사가 여주인공에게 임신 N개월이라고 진단을 내린다. 의사는 화면을 보여주며 자궁 속 태아의 위치를 알려준다. 화면 쪽을 내내 지켜보다가 곧 이어 심장 소리도 들어보겠냐며 심장 소리를 들려주던 의사는 그제야 여주의 어두운 표정을 확인하고는 말을 고른다. 혹시나 하는 마음에 여주의 정보가 적힌 문진표 내용을 눈으로 확인한다. 기혼. 최근 성 경험 유. 그런데 표정이 왜 이럴까. 요즘 임신이 안 되어서 난임센터 다니는 부부도 많은데. 그러나 의사는 궁금증을 숨긴 채, 아이 아버지와 여주 모두 주의해야 할 점을 줄줄이 읊는다. 여주는 그 얘기를 귓등으로 흘려들으면서 언제 임신이 되었는지 가늠해본다.

:반드시 필요한 설정:

• 여주의 현 상황

- 임신 몇 개월인가?
- 어떤 일이 있었던 날 임신이 되었는가?

 북마녀의 조언

임신 주수를 정할 땐 1~2개월 무렵이 가장 무난하며, 1개월이 채 되지 않는 N주 설정도 가능하다. 3~4개월은 이미 임신 초기에 겪을 각종 증상이 다 나타난 시기이고 이 시점부터는 배가 조금씩 나오기 시작한다. 결정적으로 월경을 서너 번이나 건너뛰었는데 그걸 이상하게 생각하지 않았다는 설정은 여주인공의 지능을 의심케 한다. 아무리 생리 불순이 있다 하더라도 3~4개월은 너무 길다. 무슨 큰일이 있었더라도 이걸 생각지 못한 인물로 설정하진 말자. 상식이 없어 보이는 여주는 여성 독자의 공감을 사지 못한다.

오늘의 장면에서 여주는 임신을 기뻐하지 않는다. 그렇다면 그럴 만한 이유가 있어야 하고, 그 이유는 여주의 현 상황(상대 남자와의 관계, 커리어 등)을 설정하면 모두 나오게 된다. 이 장면에서 그 정보가 전부 등장하지 않아도 되지만 간단하게라도 설정해야 편안하게 집필을 할 수 있다. 실제 스토리에 적용할 땐 그 정보가 병원 장면 이후 혹은 이전에 등장할 수밖에 없으므로 이 장면에서 애써 적지 않아도 된다.

의사가 이야기해주는 주의 사항은 엄청난 의료 지식이 요구되진 않는다. 임신했다는 전개를 위해 나오는 장면일 뿐, 길게 나올 내용은 아니다. '임신 초기에는 당분간 관계를 피해야 한다' 등 몇 가지만 나와도 되는데, 어쨌든 실질적인 정보에 기반을 둬야 한다. 이건 인터넷 검색 결과로도 거뜬히 쓸 수 있다. 이때, 잘못된 정보가 나올 수 있는 블로그나 포스트보다는 지식백과 등 공신력 있는 의학 칼럼 정보를 확인하는 게 좋다.

참고로, 환자 쪽에서 먼저 말하지 않는 이상 의사가 섣불리 임신 중단을 언급해서는 안 된다.

비석 앞에서

:오늘의 장면:

한때 위풍당당했던 이곳은 폐허가 된 지 오래다. 초라한 비석에는 이름도 새겨져 있지 않다. 주인공은 큰 충격으로 무릎을 꿇고, 곧이어 엎드려 오열한다. 마지막으로 보았던 가족의 얼굴이 차례차례 떠오른다. 한참을 울던 주인공은 불현듯 울음을 그치고 고개를 든다. 자기까지 죽는다면 가문의 명예는 누가 되찾을 것인가. 가문을 따르다가 죽임을 당한 가신들은? 주인공은 뒷마당에 가서 꽃을 꺾어 비석 앞에 내려두고 다짐의 시간을 보낸 후 걸음을 옮긴다. 이제는 복수의 칼을 뽑을 시간이다.

:반드시 필요한 설정:

- 비석이 있는 장소
- 주인공의 성별
- 주인공의 가문 이름과 사회적 위치
- 주인공이 가족과 떨어져 있었던 까닭

• 주인공의 가족 구성원

 북마녀의 조언

일종의 '멸문지화'를 당한 가문에서 유일하게 살아남은 주인공이 복수를 다짐하는 장면이다. 가문이 화를 당할 때 주인공은 함께 있지 않았기 때문에 죽음을 피할 수 있었다. 이에 대한 설정이 이 장면에서 중요한 것은 아니지만 명확하게 정해두어야 이롭다. 그래야 마지막에 가족을 보았던 타이밍을 설명할 수 있기 때문이다.

가족이 모두 죽었다는 전제이므로 가족 구성원을 명확하게 정해보도록 하자. 가족 구성원에 동생 등 어린아이나 여성이 포함될 때, 실제로 죽임을 당하는 장면이 나오지 않더라도 독자들의 분노가 더 커지고, 주인공의 복수심도 더 커진다. 더욱 깊은 감정이입을 일으킬 수 있는 방법이다.

주인공이 비석 앞에서 우는 광경은 실감 나게 보여주어야 임팩트가 커진다. 성별이 어느 쪽이든 상관없이 과격한 전개도 괜찮다. 창자가 끊어지는 듯한 고통과 슬픔을 표현하자. 속마음이 아니라 자학적인 행동과 울부짖는 대사로 나타나야 독자들이 주인공의 감정을 느낄 수 있다. 그러나 우는 동작 설명의 비중이 너무 크지는 않도록 조절하라. 우는 동작과 소리의 분량이 길면 늘어진다는 반응이 나온다.

참, 많이들 오해하는데 웹소설에서 회귀, 빙의, 환생 코드는 무조건 넣어야 하는 소재가 아니다. 특히 '복수'를 하기 위해서라면 말이다. 판타지적 변형을 하지 않고도 복수는 가능하다. 웹소설 시장에서 회빙환만 잘되는 건 아니므로, 소재를 제한하지 말자.

자객과 대치 중

:오늘의 장면:

한밤중에 나는 저택 안에서 검을 들고 자객과 대치 중이다. 자객은 복면을
써 눈만 보이지만, 그럼에도 나를 비웃는 기색이 역력하다. 그도 그럴 것
이 나는 검만 들고 있을 뿐, 잠옷 차림의 귀족 영애이니까. 하지만 이래 봬
도 검술 훈련을 받은 몸이다. 이런 날이 오리라는 걸 이미 아셨던 걸까. 부
모(중 한 명)는 최악의 상황에서 자기 몸은 자기가 지켜야 한다고 내게 강
조한 바 있다. 나는 자객에게 달려든다. 날 얕보던 자객은 순간적으로 당
황하지만 간발의 차이로 내 공격을 피한다. 자객은 나보다 훨씬 훈련된 인
물이고 내게 상처를 입힌다. 감히 내 몸에 피를 내다니, 이 와중에 자존심
이 상한다. 나는 죽기 살기로 놈에게 다시 덤벼든다.

:반드시 필요한 설정:

- 장면이 진행되는 장소
- 나의 연령대

- 나의 신분 및 가문 이름
- 어머니와 아버지 중 어느 쪽이 주인공에게 검술 훈련을 시켰는가?
- 검술 훈련을 시킨 부모는 현재 살아 있는가?
- 나와 자객이 갖고 있는 검의 종류

🧙 북마녀의 조언

오늘의 장면은 서양풍 배경으로 연출하자. 장면이 진행되는 곳이 저택 내로 전제되어 있으니 더 구체적인 장소를 정하는 것은 쓰는 사람의 몫이다. 주인공의 개인 공간인 방일 수도 있고, 복도일 수도 있고, 혹은 서재일 수도 있다. 실제 원고에서는 자객과 마주치는 전후 상황이 나와야 한다. 하지만 실습할 땐 꼭 쓰지 않아도 된다.

이 장면에서 의외로 중요한 묘사 포인트는 바로 잠옷과 헤어스타일에 관한 정보다. 귀족 영애가 어떤 잠옷을 입고 있을까? 아마도 여리여리하고 치렁치렁한 차림새일 터. 잠옷 차림이니 머리 역시 꾸밈 없이 침대에 눕기 직전 혹은 잠들었다 깨어난 모양새일 것이다. 이와 같은 외모 묘사는 여주인공을 보다 연약하면서도 공격성 없는 이미지로 만든다. 이러한 이미지의 캐릭터가 검을 제대로 휘두르는 순간 반전 매력이 뿜어져 나온다. 살아남기 위한 악착스러움과 함께 훈련받은 귀족으로서의 도도함이 드러나도록 속마음을 중간중간 넣어주면 좋겠다.

귀족 여성을 주인공으로 내세운 서양풍 로판이라고 티타임이며 데뷔탕트며 무도회며 우아한 귀족 사회의 이벤트만으로 점철되는 것은 결코 아니다. 특히 여성의 싸움이 따귀 때리고 찻물 뿌리는 것으로만 표현된다면 너무 뻔하다. 스토리 흐름에 따라 필요한 장면을 넣되, 그 안에서도 여러 버전의 치열한 장면이 연출되어야 글맛이 살아난다. 여성향 웹소설이라도, 특히 캐릭터 설정 자체가 연약한 여성이라 하더라도 때로는 과격하고 거칠어야 한다.

오늘의 장면에서 주인공은 어디서 검을 꺼냈을까? 침실이라면 베개 아래에서 단검을 꺼냈을까? 아버지가 서재에 세워두었던 녹슨 검을 어쩔 수 없이 잡았을지도 모르겠다. 뻔하지 않은 상상으로 검을 들게 된 주인공을 그려보길. 자상을 입고, 공격하는 동작을 기술할 땐 공간과 소품도 적절히 활용하자.

집사의 등장

:오늘의 장면:

얼어붙은 몸을 따뜻한 물로 녹이고 나왔더니 침대 위에 잠옷이 개켜져 있다. 여주가 서둘러 잠옷을 입고 나자 노크 소리가 들린다. 문을 열어보니 한 남자가 서 있다. 깔끔한 옷차림에 정돈된 외모의 남자다. 그는 이 가문의 집사라고 자신을 소개한다. 집사는 아주 우아한 자세와 정중한 말투로 이야기한다. 다만 무례하지 않을 뿐 눈빛만은 여주를 꼼꼼히 관찰하고 있다는 것이 느껴진다. 집사는 아직 여주를 신뢰하지 않는 것 같다.

곧이어 복도 끝에서부터 한 여성이 빠른 걸음으로 다가온다. 헐레벌떡 온 것인지 숨소리가 조금 거칠다. 집사는 늦게 온 그녀를 타박하지만, 그녀는 타격을 받지 않는다. 그녀는 이 저택의 하녀장이며, 당분간 여주를 챙겨줄 예정이다. 하녀장은 여주를 보자마자 몸과 얼굴 상태를 걱정하며 뭘 먹일지 고민한다. 집사와 하녀장은 서로 티격태격하지만 여주의 눈에는 사이가 나빠 보이지 않는다.

- 이 저택의 소유주
- 여주의 사회적 신분과 연령대
- 집사의 이름과 연령대
- 하녀장의 이름과 연령대

 북마녀의 조언

어쩌다 몸이 얼어붙었는지 직전의 광경을 가볍게 설정해둔다면 장면을 수월하게 시작할 수 있다. 또한 이 저택에 오게 된 이유도 옵션으로 생각해두자.

장면 속에서 여주는 이 저택에 처음 온 '손님'이다. 그러니 집사도 하녀장도 자신을 소개하는 것이겠다. 집사와 하녀장의 외모를 어느 정도 언급할 필요도 있다. 둥글둥글한 몸일지, 샤프한 몸매일지, 선한 인상일지, 날카로운 인상일지를 정하되 어느 정도는 해당 직업의 클리셰적인 이미지를 구현하길 권한다.

이렇게 두 인물을 등장시키고 자기 소개를 하는 장면을 넣은 것은 두 사람이 스토리에서 일정 이상의 역할을 하는 인물이라는 뜻이다. 그다지 중요하지 않은 캐릭터라고 해도 독자에게 알려야 할 특징적인 정보를 간단히 제시하는 역할이라면 좋은 장면이 될 수 있다.

반대로, 그저 엑스트라에 불과한 인물을 하나하나 굳이 분량을 들여 소개한다면 진도가 느려진다. 이를 분량을 늘릴 방책으로 여기거나 스토리의 전반부에 배치하는 것은 잘못된 판단이다. 앞쪽 흐름의 긴장감과 속도

감이 떨어지기 때문이다. 예를 들어 모든 시녀를 소개하거나 모든 기사의 정보를 전부 지문으로 넣는 건 분량 낭비다.

시대물의 집사나 시종, 하녀, 현대물의 비서나 친구 등 주인공의 주변 인이면서 주인공을 물리적으로 챙기는 인물은 활용도가 무척 높은 캐릭터다. 주인공은 신이 아니고, 비상한 초능력을 갖고 있다 하더라도 모든 곳을 동시다발적으로 돌아다닐 수 없다. 또한 모든 정보를 다 얻어낼 수도 없다. 이들은 주인공 대신 돌아다니며 정보를 물어 오고, 때로는 주인공이 없는 자리에서 적절하게 대처하면서 주인공의 물리적인 한계를 메워준다. 혹은 이들이 반전에 가까운 비밀을 갖고 있거나, 반대로 악역이나 악역의 조력자 역할을 할 수도 있겠다.

이 장면에서 집사와 하녀장이 여주를 관찰하는 것처럼 여주 역시 그들을 관찰한다. 여주의 눈으로 비서와 하녀장의 모습을 보고 두 사람의 관계성을 추리하는 것이다. 같은 것을 봐도 시점에 따라 표현이 조금씩 달라지므로 일단 시점부터 정하자.

참, 이 장면은 대사가 적정 분량 나와야 한다. 각 인물에게 어울리는 대사 및 대화를 만들되, 정황상 여주가 말이 많지 않아도 된다. 여주의 이름은 없어도 장면 진행이 가능하지만 집사와 하녀장의 이름은 반드시 필요하니 이름 짓기에도 신경 쓰자.

191

이상한 길드원이 나에게 집착한다

: 오늘의 장면 :

주인공은 게임 사이트 내 익명 게시판에 고민을 올린다. 주인공에게는 요즘 큰 고민이 있다. 새로 시작한 게임에서 고렙(고레벨)으로 올라가기 위해 길드에 들어갔는데 그 길드 안에서 사사건건 주인공을 방해하는 유저가 있다. 상대는 지속적으로 주인공을 죽음에 이르게 하거나 직접 죽이지만, 그래놓고 죽일 의도는 아니었다는 듯이 사과는 꼬박꼬박 한다. 사과하는 사람한테 뭐라 할 수도 없고 주인공의 속만 터질 뿐! 글을 올리자마자 실시간으로 댓글이 달리기 시작한다.

: 반드시 필요한 설정 :

- 두 사람의 닉네임
- 새로 시작한 게임의 이름
- 길드의 이름
- 상대의 레벨

북마녀의 조언

게임물은 의외로 클리셰적인 흐름이 많지 않다. 웹소설 중 여성향 장르에서는 게임물이 많지 않으니 그에 따라 클리셰가 생길 기회가 적었겠지만, 남성향 장르에는 게임물이 셀 수 없이 많은데 어째서 그럴까? 그 이유는 PC 게임 특유의 시스템, 즉 기본 틀을 제외한다면 게임 자체의 세계관을 작가가 모두 지어내기 때문이다. 그에 따라 스토리가 흘러가다 보면 클리셰가 나오긴 쉽지 않다. 또한 여성 작가의 BL인데도 남성 작가가 썼나 의심될 정도로 남성향 겜판에 가까운 흐름이 나오는 등 작가가 가진 감성에 따라 각양각색의 흐름으로 뻗어나간다.

게임물에서는 다른 소재의 소설과는 달리 인터넷 은어나 밈, 그리고 구어체에서 쓰는 거친 표현을 사용할 수 있다. 욕설이나 'ㅋㅋㅋ', 'ㅎㅎㅎ' 등을 마구 써도 허용된다. 그렇게 써야 더 자연스러운 느낌이 드는 것도 사실이다. 이는 실제 게이머들의 거친 채팅을 반영한 하이퍼리얼리즘의 일부다.

게임 속 채팅 대화는 현실의 대화가 아니므로 큰따옴표로 묶어서는 안 된다. 채팅 대화나 게시판 댓글 내용을 쓸 땐 되도록 홑화살괄호(〈 〉)나 대괄호([ ]) 같은 기호를 활용하여 누가 하는 말인지 독자가 직관적으로 인식할 수 있도록 명기한다. 기호로 닉네임(대화명)을 묶어주지 않으면 혼동이 올 수 있다. 또한, 줄표(-)를 앞에 붙이는 것은 게임 밖 현실의 문자 대화나 전화 통화 등에 쓰므로 이와 구별되도록 해야 한다.

(계약작이라면, 출판사 담당 PD와 의논하여 채팅 내용이나 게시판 내용을 사각형 프레임 안에 넣는 구조로 제작하는 것도 가능하다. 실제 채팅이나 게시판

모양 구현이 그렇게 어렵진 않다. 그러나 이 프레임이 등장하는 빈도가 너무 잦으면 전자책 파일에서 오류가 날 우려가 있으니 제작 시 특별히 유의해야 한다.)

언어유희 개그에 능하다면 닉네임으로 개그 코드를 부여하는 방법도 좋다. 작은 엑스트라에서 조연급까지 주인공은 아니어도 채팅이나 댓글로 등장하는 경우, 닉네임이 재미있으면 스토리 전체의 개그 분위기가 올라간다. 이것이 게임물에서 필수적인 재미 요소는 아니다. 그래도 작품 전체의 분위기가 코믹 개그물이라면 도입해봐도 좋겠다.

주인공이 사이트에 접속하여 글을 쓰는 모습, 올린 글의 전문, 그리고 그 글에 달린 댓글 현황을 풀어주자. 댓글에는 주인공을 모르는 사람들만 있을 수도 있고, 길드원들이 끼어 있는 상황으로 설정할 수도 있다. 혹은 문제의 상대가 그 글을 보고 반응할 수도 있겠다.

오늘의 장면에서는 두 사람의 성별이나 상대가 왜 주인공을 죽이는지는 나올 필요가 없다. 주인공 입장에서 쓰는 장면이기 때문에 주인공이 아는 정보가 한정적이다. 하지만 실제 원고에서는 이런 기본 설정들이 장르에 어울리게끔 짜여 있어야 한다.

고액 알바의 덫

:오늘의 장면:

잘 다니던 식당에서 잘린 나. 잘 다녔다는 건 거짓말이고, 꾸역꾸역 참고 다녔다. 내 이름으로 쌓여 있는 대출금을 생각하면 열심히 벌어야 하니 그 동안 꾹 참았건만, 딱 한 번을 참지 못하고 발끈했다가 잘렸다.

대출 이자 납부 지연 문자부터 가족이 보낸 문자까지 핸드폰엔 돈 달 라는 메시지만 쌓여 있다. 나는 한숨을 쉬며 다른 알바를 찾기로 한다. 시 급이나 일당이 높으면 좋겠지만 요즘 세상에 그런 '꿀알바'가 있을 리가. 어디든 최저 시급에 맞춰져 있다. 일당 크게 벌어보겠다고 큰 기업의 물류 센터에서 배송 상품 분류하는 일을 하러 갔다가 몸살이 나는 바람에 며칠 을 까먹고 말았다. 나는 다른 일을 찾아보기로 결심하고 알바 사이트를 뒤 지던 끝에 월등히 높은 일당을 준다는 구인 공고를 발견한다. 솔깃해진 나 는 그 공고를 클릭해 내용을 확인한다.

∷반드시 필요한 설정∷

- 주인공의 성별
- 식당에서 잘린 까닭
- 가족 구성원
- 주인공의 이름으로 대출이 생긴 까닭
- 일당 높은 구인 공고의 상세 내용(모집 조건, 근무 조건 등)

 북마녀의 조언

작품의 시작점에서 주인공의 불행 서사를 탄탄히 쌓을 수 있는 장면이다. 이 장면이 중간에 나오면 이상하니 스토리 초반부에 배치하길 권한다.

원래 다니던 식당에서 잘린 까닭은 이 장면에서 그다지 중대한 문제는 아니니 간결하게 짜도 된다. 하지만 한 문장으로 압축하더라도 확실한 설정이 필요하다. 아예 식당에서 잘리는 순간으로 장면을 시작하여 회상 내용을 붙여도 효율적이다.

빚이 얼마나 있는지 액수를 명기해도 나쁘지 않지만, 아예 뭉뚱그려 표현하는 것이 훨씬 더 숨 막히는 환경을 조성하는 방법이다. 가족 중 누구의 메시지가 왔는지, 어떤 내용으로 돈 달라는 소리를 했는지 보여준다면 독자에게 주인공의 힘든 현재 사정을 보다 분명하게 알릴 수 있겠다. 메시지 자체를 그대로 내보이는 방식을 추천한다.

실제로 전문적인 업무 수행 능력이 필요하지 않으면서 일당이 비정상적으로 높은 일에는 다 이유가 있는 법이고, 그 이유는 대체로 석연치 않다. 범죄에 연루될 가능성도 있고, 성을 사고파는 업계와 연결될 위험도 크다. 오늘의 장면에서는 그 구인 공고가 어느 분야인지 면밀히 알릴 필요는 없다. 그래도 이후 내용이 펼쳐질 것이므로 간략한 설정이 필요하다. 공고의 상세 페이지에 아주 작은 떡밥을 노출하자.

　모집 공고 내용은 누가 봐도 솔깃하고 돈이 급하다면 연락하고 싶게끔 적어야 한다. 모집 공고를 어떻게 쓰는지 감이 안 잡힌다면, 실존하는 구인 구직 사이트에 들어가 정말 혹할 만한 알바 공고를 찾아보길. 그 내용을 참고하여 상세 페이지를 비슷하게 우려먹어도 된다.

술기운에
고백하기

：오늘의 장면：

주인공은 지금 술에 얼큰히 취했다. 취기를 빌려 고백을 하고 싶을 만큼. 주인공의 눈앞에 있는 상대는 학교 동창이자 지금까지도 친구다. 주인공은 상대에게 말하지 않은 것이 있다. 고백할 것이 있다고 말을 일단 꺼냈지만, 어떻게 말해야 할지 고민이 된다. 말할 내용을 생각하자 숨이 막히고 취기가 심해지는 느낌이다. 말이 꼬이고 느려진다.

그러자 상대가 주인공을 부축한다. 상대는 비교적 취하지 않았으며 주인공의 머뭇거림을 일종의 술주정으로 생각하는 듯하다. '고백'이란 단어에 꽂혀서 자길 좋아하기라도 하느냐는 등 우스갯소리를 섞어 응수한다. 다정한 상대의 행동에 주인공은 고백을 포기하고 부축을 받아 집으로 향한다.

：반드시 필요한 설정：

- 두 사람의 성별
- 두 사람의 모교(초등학교, 중학교, 고등학교 중 선택)

• 주인공이 상대에게 말하지 않은 내용

🧙 북마녀의 조언

주인공의 취기가 점점 심해지는 과정을 살리자. 취기가 심해지면서 행동이 어떻게 변하고, 어떤 신체적 증상이 나타나는지를 연출한다. 또한 취한 사람 눈에 거리가 어떤 모습으로 보이며, 상대가 어떻게 보이는지 곳곳에 섞어준다면 얼큰하게 취한 분위기가 더욱 살아난다.

취해서 헛소리하는 사람한테 비교적 덜 취한 사람이 할 만한 행동은 무엇일까? 주인공은 '헛소리'를 하는 게 아니지만 상대는 그렇게 생각하고 있을 테니 상대의 행동이 그러한 패턴으로 나와야 한다.

주인공이 하려던 고백은 대사로 나오지 않아야 한다. 주인공은 결국 고백하지 못했으니까. 다만 주인공의 마음속이 어느 정도는 드러나야 하기 때문에 간단명료하게 설정하자. 그 내용은 자신이 저지른 일일 수도 있고 아니면 정말 짝사랑 고백일 수도 있겠다. 두 사람의 성별을 각각 어느 쪽으로 정하느냐에 따라 내용이 다양한 각도로 전개된다.

주인공은 어째서 결국 고백하지 못했을까? 정말 취기가 심해져서일 수도 있고, 어떻게 말해야 할지 감이 안 잡혀서일 수도 있고, 소심해서 막상 말하려니 순간의 용기가 사라져서일 수도 있다. 자유롭게 연출해보자.

참, 두 사람이 어디서 술을 마셨는지도 가볍게 넣어주면 장면의 디테일이 촘촘하고 풍성해진다. 집 근처 편의점 테이블이라면 걸어서 집에 도착할 수 있을 테고, 도심 한가운데 먹자골목이라면 집에 돌아가는 교통수단을 언급해야 자연스럽다.

수녀원에서
살게 해주자

★ 주의: 특정 종교 관련 민감한 정보가 있어 불편할 수 있다.

: 오늘의 장면 :

나는 어릴 적부터 오랫동안 수녀원에 몸담고 있었지만 결코 '수녀'에 어울리는 체질이 아니다. 그래서 지금도 원장 수녀의 방으로 끌려와 있다. 지난주에도 잔소리를 실컷 들은 후 하루 종일 돌바닥에 무릎을 꿇고 신과의 대화를 했는데 이번 주에 그 짓을 또 할 수는 없다. 나는 아까 내가 했지만 조용히 숨겼던 잘못을 되짚어보며, 말없이 창밖만 바라보는 원장 수녀의 표정을 살핀다. 이윽고 그녀가 내가 더 이상 이곳에 있을 수 없다고 선언한다. 창밖으로 여러 마리의 말이 달려오는 소리가 들린다. 나는 그제야 그녀의 말이 무슨 뜻인지 이해하고 살려달라고 매달린다.

: 반드시 필요한 설정 :

• 주인공의 사회적 신분

- 주인공은 언제부터 어떤 계기로 수녀원에 살게 되었는가?
- 주인공이 숨긴 잘못
- 말을 타고 오는 사람들의 신분
- 말을 탄 사람들이 이곳에 오는 까닭

🧙 북마녀의 조언

수녀원은 특정 수녀회에서 운영하는 공간이자, 숙소다. 수녀원 소속 수녀들은 기도만 하는 것이 아니라 생활에 필요한 가사 및 농사 등 역할 분담을 하여 노동을 한다.

수녀원의 보스는 원장 수녀이며, 그녀가 이 조직 및 공간에서 가장 큰 힘을 쥐고 있다. 일반 수녀들은 원장 수녀를 향해 '원장 수녀님'이라고 부르며, 원장 수녀는 나이 어린 일반 수녀들에게 '수녀'라는 명칭을 생략하고 바로 '안젤라!'라고 부르되 전체적인 말투는 존대를 유지하는 식으로 대사를 쓰자. 실제 수녀들의 대화가 그렇다는 뜻이 아니라 일반 독자들이 무난하다고 느끼는 방식이다.

예로부터 수녀원은 귀족이나 왕족 여성의 은신처 혹은 감금(귀양과 흡사)되는 공간으로 활용되기도 했다. 원장 수녀가 선과 악 중 어느 편에 서는지에 따라 스토리 전개가 극과 극으로 달라지겠다. 원장 수녀는 엄격하지만 사실은 다정한 사람일 수 있고, 측은지심이 있지만 모두를 구하기 위해 주인공을 내보내는 것일지도 모른다. 반대로 악랄한 학대의 주체로 만드는 것도 가능하다. 주인공이 원장 수녀로부터 학대를 받았다면 오늘의 장면에 학대 증거가 슬쩍 나와야 한다.

일반적으로 여성향 장르의 여주는 종신 서원을 한 수녀, 종신 서원을 하지 않은 수련 수녀, 수녀는 아니지만 수녀원에 머무는 일반인 중 하나로 설정한다. 러브 스토리를 쓴다면 수련 수녀로 설정해도 충분히 배덕감을 자아낼 수 있다.

：무교나 타 종교인을 위한 추가 정보 및 소재 관련 이슈：

수녀원 근처나 옆에는 자그마한 성당이 딸려 있는 경우가 많고, 어떤 성당이든 사제가 최소 한 명은 존재한다. 현대의 한국 천주교에서는 성당마다 주임신부와 보좌신부를 배치하고 있으나 현대 배경이라도 소설에서 이를 반드시 적용할 필요는 없다.

'사제'는 천주교에서 주교 아래의 성직자를 의미하며, '신부'와 같은 뜻이다. 그런데 '신부神父'를 지문에 쓰면 '신부新婦'와 헷갈리니 주의해야 한다.

한편, 호칭으로는 '사제'를 쓰지 않는다. 아랫사람이나 일반인이 사제를 부를 땐 '(세례명) 신부님'이라고 쓸 수 있다. 사제끼리는 친한 동기나 아랫사람 한정으로 세례명만 부르기도 한다.

개신교와는 달리 천주교에는 여성 사제가 없다. 미사 및 고해 성사, 혼인 성사 등 특별한 의식은 무조건 사제가 진행하고 수녀는 보조 역할을 수행할 뿐이다. 천주교의 체계는 현재까지도 매우 보수적이다. 남성 사제 역시 수녀와 마찬가지로 평생 비혼, 비연애 원칙을 지켜야 한다.

결혼식장에
신랑이 없다

: 오늘의 장면 :

나는 부케를 쥐고 신부 대기실에 앉아 있다. 화려한 식장만큼이나 아주 아름답고 값비싼 웨딩드레스를 입었으며, 얼굴에는 장시간 억지 미소를 띠고 있어 뺨이 저릴 지경이다. 강제로 이 자리에 앉아 있지만 내 의무는 다할 생각이다. 내가 의무를 다한다면 내 가족은 원하는 것을 얻을 수 있다. 신부 대기실에 들어와서 내게 친한 척하는 인간들 모두 실제로는 나와 친한 사람이 아니다. 하객 중 한 명이 신랑이 어디 있냐고 묻지만 나는 그가 어디 있는지 알 수 없어서 대답하지 못한다. 갑자기 신부 대기실 입구 밖이 어수선해진다. 결혼식 시작까지 앞으로 15분. 신랑이 아직 오지 않았다는 말이 들린다.

: 반드시 필요한 설정 :

- 주인공의 가족 관계
- 양가 집안의 사회적 위치 및 경제적 상황

- 이 결혼을 통해 주인공의 가족이 얻게 되는 것

- 이 결혼을 통해 예비 시가가 얻게 되는 것

- 물어보는 하객은 누구인가?

- 예비 신랑이 남주인공인가, 아닌가

 북마녀의 조언

가장 행복해야 하는 날에 전혀 행복하지 않는 주인공과 화려하면서도 작위적인 주변 환경이 대비되도록 연출하는 것이 가장 큰 목표다. 주인공은 꽃단장을 하고 있다. 잘 꾸며진 외모를 세밀히 드러내되, 그것이 주인공에게 부질없다는 점을 은연중에 언급해야 한다.

신부는 대기실에 앉아서 하객들의 인사를 받으면서도 머릿속으로는 계속 다른 생각을 하고 있다. 자꾸만 상념에 빠진 주인공을 현실로 돌아오게 만드는 대화도 필요하다. 친하지 않은데 친한 척하는 하객은 주인공 입장에선 얄미운 캐릭터다. 뭉뚱그리지 말고 지인 한 명을 명확하게 정하는 편이 낫다.

정략결혼은 양가 어른들이 합의점에 이른 결과물이자 일종의 수단이다. 그렇기 때문에 정략결혼을 소재로 한다면 양측의 계산에 따라 각자에게 이득이 있어야 한다. 그것을 정해놓되, 주인공이 도저히 가족을 버리거나 가족에게서 벗어날 수 없다는 전제를 깔아야 한다. 그런 내용이 이 장면의 곳곳에 나와주면 왜 주인공이 도망가지 못하고 이 자리에 앉게 되었는지가 설명된다. 이미 주인공은 자포자기했으니 그 심리도 꼭 적어주자.

예비 신랑이 오지 않은 까닭이 이 장면에서 나올 필요는 없으나, 실제 스토리를 쓸 땐 설정되어 있어야 한다. 오늘의 장면에서 신부인 여주인공 입장에서는 예비 신랑이 꼭 악역일 것만 같다. 그러나 이는 정하기 나름이다. 오지 않은 신랑은 지나가는 엑스트라일 수도 있고, 반대로 남주인공으로 설정하여 혐관*으로 시작하는 것도 가능하다. 어쩌면 오지 않은 게 아니라 어떤 사고로 인해 '못' 왔을지도 모르니까.

* 서로 혐오하며 다투는 관계 설정. 두 사람이 혐관이더라도 러브 스토리라면 연애 감정으로 발전하는 방향으로 진행된다.

퇴마가
쉽지 않다

:오늘의 장면:

주인공은 퇴마술을 행할 수 있는 말단 종교인이다. 어느 날 갑자기 차출되
는 바람에 강제로 배우게 되었다. 그런데 주인공 앞에 기척도 없이 나타난
악마는 지금까지 만나왔던 놈들과는 너무나 다르다. 심지어 책에서 삽화
로 봤던 고위 악마들과도 다르게 생겼다. 악마라면 징그럽고 끔찍하고 흉
측하고 무섭게 생긴 괴물이어야 정상 아닌가? 눈앞의 악마는 놀랍게도 인
간형의 외모이며 그것도 아주 매력적인, 한마디로 '악마답지 않은' 얼굴의
소유자다.

　주인공은 품 안의 성서와 성물을 꼭 쥔 채 퇴마술을 시도하지만 어째
서인지 이 악마에겐 그 퇴마술이 통하지 않는다. 주인공은 혼비백산하고,
악마는 능글능글 주인공의 성물로 장난까지 쳐가며 주인공을 농락한다.

:반드시 필요한 설정:

• 주인공의 성별(여자라면 수녀, 남자라면 사제)

- 주인공이 퇴마사로 차출된 까닭

- 악마의 성별

- 주인공이 갖고 있는 성물은 무엇인가?

 북마녀의 조언

천주교계의 문화인 수녀나 사제 제도 등을 활용하거나 가상의 종교를 창시하여 새로운 세계관으로 전개하는 것도 괜찮다. 주인공의 성별에 따라 수녀복 혹은 사제복 등 정갈한 외양에 관한 언급이 들어가면 내용이 풍성해진다. 가상의 종교에선 신관, 대신관이란 명칭이 자연스럽다.

'성물'은 가톨릭계 명칭이며, 미사나 기도에 사용하는 모든 물품을 의미한다. 일반적으로 묵주(알알이 구슬을 엮어 만든 십자가 목걸이나 팔찌 형태), 십자가 반지(묵주 반지), 십자고상, 성모상, 종, 성합(뚜껑이 있는 그릇) 등을 모두 '성물'로 칭한다. 이 중 장르 소설 등 허구 스토리에서 쉽게 활용할 수 있는 것은 묵주, 반지, 종이다.

가톨릭에는 '성유물'이라는 명칭도 있다. 이는 성인의 유해, 성인의 유품, 성인의 시신에 닿은 물건만을 뜻하고 중세 유럽의 종교계와 대중이 열광했던 물건들이다. 성유물의 정석적인 의미를 따르되 상상력을 발휘하는 것도 소설적 허용이며 재미를 증폭시킬 수 있는 방법이다. 예를 들어 '성자 미카엘이 키우던 비둘기의 깃털'이라는 성물을 창조해보는 것이다. 성인의 이름은 그럴듯하게 정하면 된다.

특히 오늘의 장면에서 나오는 퇴마 의식의 실체와 정보가 완벽하게 알려져 있지 않기 때문에 보다 자유로운 상상이 필요하다. 하나, 주의해야 할

점이 있다. 해당 인물이 퇴마 의식을 거행할 때 행위나 대사가 유치하지 않도록 설계해야 한다. 『해리 포터』처럼 주문을 외우는 방식은 유치함의 최고치를 찍게 할 수 있으니 주의할 것. 종교계의 퇴마는 악마를 향한 명령형 어투를 직접적으로 활용하는 것이 오히려 독자의 이입을 일으킨다.

기도문의 말투를 이용하는 방법도 권한다. 참고로, 기도문은 개신교보다는 천주교 계열을 더 추천한다. 양쪽이 미묘하게 다르고, 천주교에 규격화된 기도문이 많고 종류도 다양하다.

오늘의 장면 내용은 한마디로 '퇴마 의식이 안 먹히는 악마의 출현'이다. 악마가 어떤 식으로 장난을 치고 주인공을 농락할까? 그 방식에 따라 로맨틱 코미디 혹은 시리어스물이 되기도 하고, 때로는 19금 스토리텔링도 가능하다. 악마라면 자고로 요염해야 하지 않겠는가.

주인공이 퇴마사로 차출된 까닭은 오늘의 장면에선 크게 중요하지 않으니 단출하게 정하자. 하지만 이 소재로 이야기를 만든다면 그 까닭이 캐릭터의 핵심 설정이자 주요 서사가 될 수도 있다.

탈출했는데
배신당하다니

:오늘의 장면:

마침내 탈출에 성공해 날 도와줄 동료를 찾아간 나. 문을 열어준 동료는 내 얼굴을 보고 크게 놀란다. 솔직히 죽은 줄 알았던 것인지, 이내 동료는 내가 살아 돌아온 것을 기뻐한다. 동료가 본부에 연락하여 지원을 요청하면 우리를 지켜줄 아군이 올 것이다. 동료는 내게 잠시 쉴 자리와 마실 것을 마련해주고 방에서 나지막이 통화를 한다.

잠깐 쉰 후 출발하기 위해 동료의 차 뒷좌석에 앉은 나. 잠깐 잠들었다가 깨어보니 눈앞에 지금 이 순간 절대로 만나고 싶지 않은 사람이 서 있다.

:반드시 필요한 설정:

• 나의 성별

• 나는 어디서 탈출했는가?

• 나와 동료는 어느 집단의 소속인가?

• 동료의 이름과 성별

- 동료가 머무는 공간
- 눈앞에 서 있는 사람의 외모

 ## 북마녀의 조언

오늘의 장면은 '탈출'이라는 긴박한 사건 직후 끼워 넣을 수 있는 에피소드다. '탈출 후 동료에게 도움 요청→믿었던 동료의 배신→도로 붙잡힘'의 패턴은 첩보물(스파이물)과 전쟁물에서 매우 흔히 보이는 클리셰다. 또 스릴러물에서도 활용하는 반전 기법이다. 보통 탈출한 공간으로 도로 데려가거나, 잡으려는 인물이 연락을 받고 찾아오는 흐름으로 진행된다.

암호를 대는 등 아주 간소한 디테일만으로도 비밀 단체의 분위기가 물씬 풍기게 된다. 이 방식은 정부 기관 소속 요원이든, 민간 용병 기업이든, 반정부군(게릴라)이든 모두 활용할 수 있다. 주인공이 문제의 그곳에서 탈출하게 된 경위는 오늘의 장면에서는 깊숙이 설명되지 않아도 된다.

주인공은 탈출에 성공했고, 동료를 전적으로 신뢰하고 있으니 몸과 마음의 긴장이 풀어진다. 동료가 음료수에 약을 탔다거나 하는 옵션 설정을 넣어도 좋겠다. 그렇게 되면 정신이 계속 몽롱하거나, 몸을 가누기가 쉽지 않을 테니까. 하지만 긴장이 풀리면 누구든 피로감을 느끼고 노곤해지기 마련이니 꼭 이 옵션을 넣지 않더라도 예제를 그대로 진행할 수 있다.

오늘의 장면에서 하이라이트가 될 만한 부분은 바로 비몽사몽 깨어난 주인공이 눈앞의 상대를 발견하는 광경이다. 주인공이 어디서 눈을 떴는지도 생각해보자. 이때 바로 '누구다!'라고 정의하기보다는 그 사람의 외모 등 정보를 슬쩍 흘림으로써 독자에게 그 사람임을 알려주는 방식을 추천한다. 머리카락, 눈매 등 특징적인 머리 쪽을 기술해도 되고, 주인공의 시선을 따라 발끝에서부터 몸통으로 올라가거나, 옷에서 머리 쪽으로 올라가면서 그려내면 더욱 극적인 연출이 가능하다.

나와 동료의 성별을 어떤 식으로 정하느냐에 따라 가지각색으로 변주할 수 있다. 나는 여자인데 동료가 남자인 상황과 나도 동료도 여자인 상황은 대화와 행동의 분위기가 확연히 다르다. 이 장면에서는 동료가 왜 주인공을 배신했는지 나오지 않아도 되지만 스토리 안에서는 설정되어야 한다.

동료가 머물던 공간은 동료 개인의 집이나 조직이 함께 쓰는 안가安家 같은 아지트로 정한다. 만약 동료가 정말 주인공을 배신했다면 이 공간도 이미 노출되었다는 뜻이다. 이는 전체 서사에 영향을 주는 설정이다.

게이 의심은
제발 그만!

:오늘의 장면:

술을 마시다가 갑자기 나에게 남자와의 성관계에 관해 묻는 대학 친구 녀석. 여자들한테 인기도 많은 놈이 갑자기 헛소리를 하니 나는 대번에 짜증이 나기 시작한다. 나는 혹시 게이냐는 질문을 고등학교 때부터 자주 받았고, 그런 의심을 받으면 치가 떨리고 울분이 차오르는 사람이다. 예의라곤 밥 말아 먹은 그 질문을 들을 때마다 이상한 태도로 나를 대하던 고교 시절 일진 놈의 면상이 떠올라 속이 안 좋다.

:반드시 필요한 설정:

- 내가 그 질문을 자주 받은 까닭
- 대학 친구의 이름과 두 사람의 관계
- 고교 시절 일진의 이름과 두 사람의 관계

북마녀의 조언

오늘의 장면은 내용 특성상 BL에 매우 적합하지만, 장르 선택의 폭을 넓힐 수 있다. 나는 맥락상 분명히 남자이므로 남자주인공이 원 톱으로 스토리를 끌고 가는 남성향 현대 판타지 쪽에서 활용할 수 있겠다.

남성이 '게이냐?'라는 질문을 받게 된다면, 대체로 다음과 같은 이유 때문이다. 예쁘장한 외모, 변성기가 지나갔는데도 굵어지지 않은 목소리, 남자답지 않은 행동거지와 말투 중 하나만 갖고 있어도 오해를 받을 수 있다. 현실에서 덩치 크고 남자다운 외모를 가진 남성의 말투나 손짓이 여성스러우면 대번에 주변의 궁금증 어린 시선을 받곤 한다.

웹소설에 들어갈 장면이므로 어느 장르에서든 '못생겼는데 행동만 여성적인 남성'으로 인물을 설정해서는 안 된다. 가발을 쓰면 여자라 착각할 만큼 중성적인 얼굴, 여기에 키까지 비교적 작은 편이라면 BL 주인공(수)으로 딱이겠다. 수의 키는 좀 커도 괜찮지만, 수보다 공이 훨씬 더 커야 대중적인 '케미'를 이루므로 이 설정이 일반적이다.

최근에는 남성향에서도 주인공을 평범한 외모가 아닌 키 크고 잘생기고 근육이 탑재된 인물로 설정하는 추세다. 비록 도입부에선 그런 모습이 아니었어도 빙의나 환생을 통해 어떻게든 매력적인 외모로 재탄생하는 흐름이 주류를 이룬다. 그러므로 혹시라도 남성향 장르에서 오늘의 장면을 활용한다면 역시 잘생긴 외모로 설정하되, 여성적인 언행은 하지 않아야 한다. 그래야 남성 독자의 반발이 적다.

오늘의 장면에서 신경 써서 연출할 부분은 주인공과 다른 인물들의 관계다. 나에게 그런 질문을 한 친구가 그저 작은 조연에 불과하다면, 독자가 있는 정 없는 정 다 떨어지도록 친구의 행동과 대사를 짜본다. 그러나 주요 등장인물이라면(특히 친구가 BL의 공이라면) 얘기가 달라진다. 똑같이 무례하게 이죽거리더라도 어느 정도 그 속내가 납득되도록 해야 한다. 그렇게 여지를 주어야 독자도 그 친구를 관대한 눈으로 바라보고 주인공으로 인정한다.

일진도 마찬가지다. 일진을 악역으로 설정한 스토리와 다시 수 앞에 나타날 공으로 설정한 스토리는 에피소드의 흐름 자체가 달라질 수밖에 없다. 오늘의 장면을 진행한 후 자연스럽게 일진과의 과거사를 회상으로 이어가는 것도 좋은 방법이다.

기억상실

:오늘의 장면:

나는 불안한 마음으로 병실로 들어간다. 침대에 앉아 있는 환자의 얼굴에 살짝 상처가 있지만 겉으로 보기엔 크게 다친 것 같지 않다. 그러나 나를 바라보는 눈빛에 어떤 감정도 들어 있지 않다. 나는 조심스레 다가가 내 소개를 하고 상대의 낯빛을 살피지만 상대는 모르는 사람과 한 공간에 있어서 어색해할 뿐. 전해 듣기로 이번 사고를 당하는 바람에 지난 수년의 기억이 통째로 날아갔다고 한다. 그 수년 사이에 상대와 나는 별의별 일을 다 겪었다. 나는 상대의 얼굴을 살핀다. 아무것도 모르는 듯 순진하고 멍한 얼굴을 보니 기가 막힌 것도 잠시, 어쩌면 이건 신이 내게 준 기회일지도 모른다! 나는 머리를 굴려 계략을 세우기 시작한다.

:반드시 필요한 설정:

- 나와 환자의 성별 및 이름
- 상대에게 일어난 사고

• 나와 환자의 과거 관계

 북마녀의 조언

오늘의 장면은 기억상실을 소재로 하는 스토리에서 99% 나온다. 동시에 스토리 흐름상 중요한 장면이 나오기 직전 도움닫기 구름판의 기능을 하는 페이지가 될 수 있겠다.

우선 주인공이 시각적으로 상대를 계속 살피고 있기 때문에 그 관찰의 결과가 면밀히 구현되어야 한다. 즉, 상대의 외모가 적당히 소개되는 타이밍이다. 그와 함께 주인공의 머릿속 생각이 계속 나와야 한다.

이 장면에서 사고의 디테일이 나타나지 않아도 괜찮다. 그러나 언제, 어디서, 무엇 때문에, 얼마나 다쳤는지는 전해 들은 바가 있을 테니 이를 주인공이 지문을 통해 복기하면 효과적으로 독자에게 정보가 전달된다. 환자복을 입고 있기 때문에 주인공에게 몸 상태나 다친 분위가 보이지 않을 뿐이다. 겉보기에는 심각한 부상이 아니어도 무방하다.

두 사람은 과거에 어떤 관계였을까? 서로 으르렁대던 혐관이었다면? 한쪽만 짝사랑했다면? 최악으로 헤어졌다면? 한쪽은 동경했는데 다른 한쪽은 무관심했다면? 다채로운 버전을 만들어낼 수 있다. 두 사람의 과거 관계를 어떻게 정하느냐에 따라 '별의별 일'의 결이 달라진다.

부정적인 관계만 나올 수 있는 건 아니다. 두 사람이 서로 사랑하는 애인 혹은 부부 관계였으나 서로 소원해진 시점에 이런 사태가 벌어졌을 수도 있다.

두 사람이 겪었던 별의별 일 중 대표적인 사건을 하나 생각하여 이 장면에 슬쩍 집어넣어도 괜찮다. 에피소드를 통째로 넣기보다는 요약 느낌으로 짧게 넣어주거나, 그 일이 발생하면서 서로 했던 대화 중 일부만 따서 넣어도 아주 쉽게 두 사람의 과거 관계를 강조할 수 있다.

이때 쓴 대사는 실제 원고의 과거 회상 구간에서 다시 활용하는 것도 가능하다. 아예 이 장면만을 위해 따로 만들어도 괜찮다. 이를 통해 일종의 '떡밥'처럼 독자에게 의도적인 혼란을 줄 수도 있다. 알고 보니 그 대사는 오해에서 비롯된 말이었다는 결론이 나게끔 하는 것이다.

기억상실은 웹소설 시장에서 꽤 자주 나오는 소재다. 하지만 한 작가의 작품 커리어에서 여러 번 나오면 배경과 캐릭터가 다르더라도 자기 복제 및 소재의 한계처럼 보일 수 있으므로 주의가 필요하다.

이능력자이지만
낮은 등급

:오늘의 장면:

가장 위험한 곳에 무조건 투입되고, 누군가의 대타가 필요하다면 무조건
내가 배정되는 상황. 간밤에도 그렇게 다녀온 탓에 현재 내 꼴은 말이 아
니다. 평범하게 살아왔던 내가 어쩌다가 이렇게 되었을까? 너무 고통스럽
다. 나는 의무실에 누워 이능검사 결과가 나왔던 날을 돌이켜본다. 이능력
이 발현했다는 통지서를 받았을 때, 내 등급이 낮다는 사실이 밝혀지자마
자 주변의 시선은 그리 좋지 않았다.

:반드시 필요한 설정:

- 이능력자의 명칭 분류
- 등급 분류와 나의 등급(알파벳, 숫자 등)
- 나의 능력 분야
- 나의 현재 연령대
- 통지서를 받았을 때의 연령대 및 이전의 삶

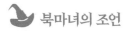 북마녀의 조언

웹소설에서 이능력자 캐릭터를 가장 무난하고 수월하게 정하는 방법은 무엇일까? 바로 가이드버스 세계관으로 스토리를 전개하는 것이다. 가이드버스는 과거 '센티넬버스'로 불렸던 세계관이다. 모종의 이유로 '센티넬'을 '에스퍼'로 변형하여 쓰게 되었을 뿐, 세계관의 기본 골자는 센티넬버스 그대로다. 에스퍼는 공격력을 지닌 형질, 가이드는 에스퍼에게 치료 개념의 가이딩을 할 수 있는 형질이다. 에스퍼는 능력을 쓰고 나면 가이딩을 어김없이 받아야 한다. 가이딩을 제대로 받지 못하면 심신의 컨디션이 극도로 나빠지고 폭주할 가능성이 있다. 에스퍼의 폭주는 혼자만의 죽음뿐 아니라, 폭발 등 주변에 큰 피해를 발생시키기 때문에 아군까지 전멸에 이를 수 있다. 그러므로 이 세계관에서 에스퍼는 자신과 궁합이 잘 맞는 가이드를 꼭 찾아야 한다.

가이드는 에스퍼의 모든 신체적인 문제를 치료할 수 있다. 가이딩은 방사 가이딩(손만 잡거나 스킨십이 없는 수준), 접촉 가이딩(점막이 맞닿을 정도로 진한 스킨십 필요)으로 분류된다. 스킨십이 필수인 기본 설정 덕분에 러브 스토리로 진행하기 수월하다. 과거에는 BL에서만 주로 집필되었으나 근래 HL에서도 가이드버스 작품이 등장하고 있다.

에스퍼와 가이드는 인간 병기라 보통 국가에서 관리하며, 일단 형질이 발현되면 일상생활을 할 수 없고, 늦게 발현할 경우 실상 일반인일 때의 커리어를 중단하게 된다. 이외에 관리 기관, 이능검사의 주기, 에스퍼와 가이드의 대우 수준, 등급 분류 등은 정해진 규칙이 없으므로 제도를 자유롭게 변형하거나 새로이 구성해도 된다.

참고로 과거에는 이능력자들이 억지로 끌려가 속박되는 느낌이 강했다면 근 1~2년 사이에는 '요즘 세상에 이만한 공무원 생활이 어디 있어'라는 분위기로 이전에 자리 잡은 클리셰를 비트는 흐름도 자주 보인다. 다만, 이 역시 클리셰화하는 느낌이 없지 않다.

에스퍼의 능력은 선택지가 넓다. 그 능력이 스토리 라인에 중요한 영향을 줄 수 있으므로 고심하여 결정해야 한다. 화염계(불이나 폭발을 만들어냄), 정신계(정신을 교란하여 환상을 만들고 정신적 고통을 줄 수 있음) 등이 흔히 쓰이는 이능력이며, 지금까지 나오지 않았던 새로운 형질을 창조하는 것도 가능하다. 어쨌든 에스퍼는 공격형 이능력자이므로, 그 형질이 '공격형'이기만 하면 된다. 이능력을 정했다면 해당 능력과 에피소드를 연결시키고, 중간중간 디테일 요소를 그려야 한다. 예를 들어 화염계가 전투에서 돌아왔을 때 옷차림이나 피부 등에 불을 쓴 흔적이 나와야 정상이다.

주인공이 언제까지 평범하게 살았는지에 따라 오늘의 장면에서 드러날 과거가 달라진다. 아무것도 모르는 꼬마 시절에 판정을 받은 상황, 대학교 수석 입학을 앞두고 판정을 받은 상황, 작은 회사의 말단 직원이었다가 판정을 받은 상황은 완전히 딴판일 것이다. 주인공의 기분도 다를 테고 주변 사람, 특히 가족의 생각도 다를 수밖에 없다. 통지서를 받아본 날, 주인공의 옆에 있던 사람들이 누구이며 어떻게 반응했을까? 그들의 표정 변화와 대사를 꼭 넣어줘야 장면의 분위기가 극명해진다.

3. 쌍둥이

오늘의 캐릭터

형제 / 자매 / 남매

일란성 / 이란성

쌍둥이의 생김새와 성별을 선택한다

반드시 필요한 설정

- 이 스토리의 장르
- 캐릭터의 이름
- 가족 관계
- 성격
- 직업
- 잘하는 것(특기)
- 좋아하는 것
- 싫어하는 것
- 애인 유무 및 결혼 여부
- 두 사람은 어린 시절 같이 자랐는가?
- 성인이 된 지금도 왕래하는가?

북마녀의 조언

오늘의 캐릭터 설정 실습은 두 명 분량이다. 쌍둥이이므로 서로 관계가 엮여 있음을 밝혀야 한다. 가족 관계 항목에서는 두 사람 외의 구성원이 누구누구 있는지 정해야 한다. 두 사람 중 누가 먼저 태어났는지도 신속히 정해보자.

일란성 쌍둥이로 정했더라도 시각적으로 명확하게 다른 직업으로 설정하는 것이 실제 작품 진행 시 유용하다. 같은 직업이라 마치 한 몸처럼 함께 활동할 수도 있고, 서로 경쟁할 수도 있다. 어쩌면 한 사람이 상대에게 평생 열등감을 느끼며 살지도 모른다.

이 쌍둥이는 우애가 깊을까, 아니면 서로를 증오해서 죽자고 달려드는 관계일까? 혹은 취향까지 흡사하여 좋아하는 사람까지 동일하여 고민하는 관계일까? 이렇게 두 사람의 관계성에 관해 설정하다 보면 어느 새 스토리가 하나 떠오를지도 모른다. 어린 시절 헤어져 서로의 존재를 모른 채 성장했던 쌍둥이가 나중에 만나게 되거나, 한 명이 죽는 바람에 다른 한 명이 죽은 이를 대신하는 스토리도 여러 매체에서 흔히 볼 수 있는 클리셰다.

쌍둥이는 장르 소설에서 아주 흥미로운 소재다. 그러나 완전한 '유행'이 되기에는 무리가 있다. 특징 있는 캐릭터인 만큼 스토리텔링에 한계가 있기 때문이다. 클리셰 중 하나라 해도 쌍둥이를 소재로 한 소설이 많아졌다고 가정했을 때 독자의 피로도가 높아지고 금방 흥미를 잃게 되는 현상을 피할 수 없다. 한 번쯤 활용할 만하지만 너도나도 쓸 만한 소재는 아니라는 뜻이다.

내 작품을 쓸 수 있는
가장 완벽한 타이밍

이 글은 책의 마지막을 장식하는 에필로그의 성격을 띠고 있지만, 수록된 예제 실습을 전부 끝낸 후 읽진 않길 바란다.

글을 가르치는 모두가 장밋빛 미래를 말하며 수강생을 끌어들이고 책도 팔지만, 이 구역에서 적어도 한 명은 솔직하다 못해 냉엄하기까지 한 이야기를 해야 하지 않을까? 언제나 악녀는 북마녀…. (눈물)

모든 작가와 지망생에게 이 책이 강력한 조력자가 되면 좋겠지만, 작가가 되지 못할 운명의 사람이 이 책을 읽을 가능성도 크다.

이 책에 담은 장면 예제가 무려 200개이고, 캐릭터 설정까지 합치면 총 203개다. 이를 모두 연습하는 동안 머릿속에 아무 스토리도 떠오르지 않는다면 그때는 작가의 꿈을 정말 놓아도 된다. 냉정하게 말하면 작가라는 직업과 자신의 뇌가 맞지 않는 것이니 꿈을 바꾸는 편이 이롭다. 애석하지만 그 정도로 아무 생각이 나지 않는다는 건 창작에 재능이 없으며 영원히 독자로 살아야 할 운명이라는 뜻이다.

독자의 삶으로 돌아가면 평온하고 행복하고 부담 없는 일상이 펼쳐진다. 그저 '금손' 작가들의 심신 건강을 갈아 넣은 글을 가벼운 값으로 즐기며, 언제든지 멈출 수 있고, 때로는 마음껏 욕도 할 수 있다.

당신은 지금 당장이라도 그 자유롭고 즐거운 일상으로 돌아갈 수 있다. 그러나 그런 일은 일어나지 않을 것이다. 이 책과 함께 하는 동안 머릿속에 무언가 번뜩 떠올랐을 테니까. 그 어떤 구체적인 인물이 처절하고 치열하게 해피 엔딩으로 나아가는 스토리가 생각났을 테니까.

장면 하나를 아무리 잘 쓰더라도 자신이 직접 스토리 라인을 만들지 못한다면 작가가 될 수 없다. 작가는 이야기 전체를 창조함과 동시에 그 이야기를 구성하는 장면을 하나하나 조밀하게 써 내려가는 직업이다. 소설은 거시적으로, 동시에 미시적으로 창조력이 발현되어야 성립하는 결과물이다. 둘 중 하나라도 안 된다면 작가가 되는 일은 불가능하다.

이 책은 그중 하나를 연습시키고, 그 과정에서 다른 하나를 떠올릴 기회를 제공하는 가이드일 뿐이다. 모든 것은 자신의 몫이고, 자신의 공이며, 자신의 스토리다. 바로 당신의 스토리다.

장면 실습 예제를 활용하여 써 내려간 조각 글 역시 그 설정에 오류가 없는 한, 당신의 진짜 원고 한 토막이 될 수 있다. 그 인물과 설정으로 떠오르는 이야기가 있다면 이제는 자신의 스토리를 쓸 차례가 온 것이다.

그러므로 중간에 멈춰도 된다. 끝까지 훈련하지 않아도 된다. 책값을 뽑겠다고 꾸역꾸역 203개를 몽땅 연습하지 않아도 된다. 도중에 반드시 자신의 스토리를 써야 할 때가 온다. 어쩌면 책을 사자마자, 첫 번째로 고른 예제를 쓰다가 엄청난 아이디어가 번뜩이며 나타날지도 모른다.

드문드문 연습한 조각들 사이에서 불현듯 떠오른 아이디어를 이어 붙여 하나의 작품으로 만들어야 할 때, 그때는 언제일까?

내 작품을 쓰기에 가장 좋은 때, 그때는 언제일까?
그런 완벽한 타이밍은 존재하지 않는다.

아니, 실은 존재한다.
바로 지금이다.

포기하면 편하다는 걸 모두가 알고 있다.
그러나 당신만은 포기하지 않을 것이다.

이 책이 어느 신인 작가의 버석한 뇌에 들이붓는 청량한 사이다 200병, 또는 정신이 번쩍 드는 채찍질 200번이 되었길 바라며.

★ 이 책의 파트 1과 새로운 예제를 '2023 여름&가을 통조림 워크숍'에서 썼다. 같이 감금되었던 통조림 동료들에게 감사 드린다. 〈포스타입〉에 초벌 원고(예제)를 올릴 당시 지난하고도 허덕이는 연재를 꾸준히 따라오며 힘이 되어주었던 이름 모를 제자님들께도 무한한 하트를 보낸다.

북마녀의 웹소설 장면 묘사 실습 강의

2024년 3월 13일 1판 1쇄 발행
2024년 8월 10일 1판 2쇄 발행

지은이   북마녀
펴낸이   한기호
책임편집   유태선
편집   도은숙, 정안나, 김현구, 김혜경
디자인   늦봄
마케팅   윤수연
경영지원   국순근
펴낸곳   요다
출판등록 2017년 9월 5일 제2017-000238호
주소 04029 서울시 마포구 동교로12안길 14, 2층(서교동, 삼성빌딩 A)
전화 02-336-5675 팩스 02-337-5347
이메일 kpm@kpm21.co.kr
홈페이지 www.kpm21.co.kr

ISBN   979-11-90749-71-8   03800